拾珍译丛

苦行记

〔美〕马克·吐温 著
刘文哲 张明林 译

Roughing It

Mark Twain

漓江出版社

图书在版编目（CIP）数据

苦行记 /（美）马克·吐温著；刘文哲，张明林译 .—桂林：漓江出版社，2017.8

ISBN 978-7-5407-8150-7

Ⅰ. ①苦… Ⅱ. ①马… ②刘… ③张… Ⅲ. ①自传体小说－美国－近代 Ⅳ . ① I712.44

中国版本图书馆 CIP 数据核字（2017）第 162121 号

策划编辑：陆　源
责任编辑：陆　源
助理编辑：孙静静
责任监印：周　萍　黄菲菲
封面设计：周伟伟

出版人：刘迪才
漓江出版社出版发行
社址：广西桂林市南环路 22 号　邮政编码：541002
电子邮箱：ljcbs@163.com
网址：http://www.lijiangbook.com
热线销售：010-85893190-805

印制：北京汇瑞嘉合文化发展有限公司
开本：880×1230　1/32
印张：13.75　字数：260 千字
版次：2017 年 8 月第 1 版　印次：2017 年 8 月第 1 次印刷
定价：56.00 元

目录

译　序

《苦行记》是美国著名现实主义作家、幽默大师马克·吐温的一部半自传体著作，作者以夸张的手法记录了他1861—1865年在美国西部地区的冒险生活。书中的情节大多是作者自己当年的所见所闻和亲身经历，我们可以在他的自传里发现那一系列真实的素材，也可以在他的其他作品中看到这些情节的艺术再现及作者审美旨趣的发展。

《苦行记》也是19世纪淘金热时期美国西部奇迹般繁荣的写照。全书由几百个妙趣横生的小故事构成，读之既令人捧腹，为之绝倒，又活脱脱勾画出当年美国西部生活五花八门的突兀现实，是社会的面面观与众生相：发财与挥霍，追求与冒险，野心与欲望，强力与巧智，希望、奋斗、钻营、落空、潦倒、幻灭……在万头攒动的黄金梦幻中，展现出一幅幅目不暇接的喜剧画图，喜剧现实的夸张与幽默化，在马克·吐温笔下，铸成了这部脍炙人口的《苦行记》。

《苦行记》是马克·吐温的第二部成名之作，也是他的写作技巧日趋成熟、日臻完美的标志，充分显示了他的早期创作风格。构思粗犷豪放，朴素自然，语言轻灵、活泼、平易流畅，文风幽默、诙谐，耐人寻味。作者在书中以流浪汉的形象出现，以一个百分之百的实地参加者的身份运用第一人称进行描述，更增加了这部小说的真实感和艺术魅力。

马克·吐温在《苦行记》中采用了其他西部作家常用的幽默手法，但技巧更成熟、更巧妙、更高超。他那运用口语讲故事的特殊姿态在主人公身上有生动的表现。有时，他那神来之笔会出其不意地触动你的笑神经，使你笑得前仰后合而不能自已。

然而，取笑逗乐，幽默揶揄并不是《苦行记》的所有内容。进行道德教育的意图和鼓吹政治改革的热情与幽默诙谐一样是《苦行记》的一个有机组成部分。在书中，作者毫无顾忌地对政府的腐败无能、官员的愚昧渎职以及社会上存在的种族歧视等丑恶现象进行了揭露与鞭笞。

值得一提的是，《苦行记》中有一章是专门描写当时在美国的华侨生活的。作者以饱满的热情赞扬了华侨的聪明智慧、刻苦耐劳和忠厚老实等优秀品质，对他们所遭受的不公平待遇给予深深的同情，同时他还怀着满腔义愤对美国政府的种族歧视政策和一小撮坏人的残暴行为进行了有力的谴责。这一事实生动而具体地说明了马克·吐温是中国人民的忠实朋友。

《苦行记》是我国唯一尚未全文翻译介绍的马克·吐温的长篇著作。它的书名早已散见在国内外一些书籍、杂志和评论文章中。由于译名很不统一，在读者中造成了混乱。这里仅将我们见到的译名录出，为读者和研究者提供一些方便：

1.《艰苦生涯》（见许汝祉译《马克·吐温自传》）；

2.《苦难生涯》（见程华《同情中国人民的美国作家——马克·吐温》，载《外国史知识》1983年第9期）；

3.《苦干》（见张友松、陈玮译《马克·吐温传奇》）；

4.《辛酸记》（见国际书店进口书书名标签）；

5.《苦行记》（见方杰译《美国的文学》，香港今日世界出版社1975年出版）。

根据本书的主要情节，我们采用了《苦行记》作为本书的译名。

《苦行记》是由美国 HarPer & Brothers 出版公司在1872年2月初版发行的。后来又有几个新版本问世，文字上稍有改动。初版内容共七十九章，计二十章写作者随哥哥奥里昂乘驿车前往内华达赴任的旅途见闻；四十一章写他在美国西部的生活，参加淘金活动和当记者的生涯；十六章写他的夏威夷之行；最后两章写他从夏威夷回到美国[①]后在各地的演讲旅行。我们采用的是美国 Rinehart 出版公司1953年的版本。该版本删去了最后十八章，以作者西部生活的结束为结尾，从而使全书意蕴与书名更加吻合，内容相对完整。该版本载有罗德曼·W.保罗的序言，现一并译出，供读者参考。

---

① 夏威夷于1959年正式成为美国第50个州。

马克·吐温作为现实主义幽默大师，其影响越洲跨洋，深受世界各国广大读者的喜爱并受到文学批评界的广泛重视。我国介绍马克·吐温的作品是从1906年开始的。八十余年来，他的作品已在我国广为流传，其主要著作都已陆续译出，有的还有几个版本，但是，这部既幽默风趣又极具研究价值的《苦行记》却仍付阙如。广大读者迫切希望一睹其庐山真面目。我们有幸承担了这一补缺的任务，但愿这一工作能够差强人意。

刘文哲

原　序

一

在《苦行记》的初稿完成三分之二的时候，马克·吐温写信给他的出版商说:“我正写得津津有味……既没有什么事使我伤脑筋，也没有什么事分散我的注意力——除了这本书，我什么也不去想，同时，我无时无刻不感到身心愉快，丝毫不在乎‘学校上课不上课’。这真是一本第一流的好书！”

对于出版商埃莉莎·布利斯来说，马克·吐温在1871年5月写的这封鼓舞人心的信，真不啻是一服镇定剂。因为布利斯十分了解，在上年的秋冬时节，这位幽默大师意外地碰上了一连串坏运气，便搁笔了。马克·吐温在1870年2月结婚以后，曾经想安下心来在布法罗编辑出版一份报纸，但后来发现，无论是布法罗这个地方还是编辑工作都不能差强人意，而且他一直都在为家人接连患病不胜其苦，在他得了一个早产儿和妻子重病卧床之后，这种痛苦达到了顶点。他心力交瘁，悲郁哀愁，把自己在报社里的股份以一万美元的低价蚀本转让给他的合伙人，然后便永远离开了布法罗。

1871 年春，马克·吐温在纽约附近埃尔米拉的一座山顶农庄里找到了一个令人愉快的暂时住处。在这里，他妻子的健康逐渐有所好转，有一段时间，他们的儿子也一天天地好起来。在布法罗的冒失行动使他负债累累，不过，他的最早的一本较重要的书《天真旅客游记》正在卖好价钱——“连续不断，就像圣经一般。”他说。——所以，布利斯主动向他提出，如果他把他在远西地区的经历写成一本书的话，布利斯愿出超乎寻常的、高达百分之七点五的版税。几个月后，马克·吐温的心情比较轻松一些，于是便开始动笔写《苦行记》。

最初，他的记忆有些模糊不清，写作的兴趣也很一般。他在远西地区五年的生活是在 1866 年结束的。时间已经过去了很久，生活环境也发生了巨大的变化，要捕捉住年轻时代的风貌是不容易的。但是在读了他哥哥奥利昂写的他们从密苏里边疆到内华达的旅途日记以后，他便回忆起那次在远西地区冒险旅行的第一部分。随即他又对约瑟夫·古德曼进行了一次长时间的愉快的访问——约瑟夫是他的朋友和他在科穆斯托克矿区做记者时的老板，这使他受到了激励与鼓舞，迸发出冲天的干劲，这一切都充分表露在给布利斯的信中。在同一封信中他还写道：“我发现自己的精力已全部倾注到工作中去了，现在（这是我数月来所没有遇到过的）我绝不能容忍放掉这稍纵即逝的灵感。”

二

马克·吐温在撰写《苦行记》时还不到三十六岁。几年前，他结束了那次体验生活的遨游，为他的几本最重要的小说准备了素材，但是他的文学创作时代才刚刚开始。《汤姆·索亚历险记》写于1874—1875年;《哈克贝利·芬历险记》在1876年动笔，直到1883年才完成;《在密西西比河上》写于1874—1883年，都是以他那旺盛的精力，在近十年的时间里进行连续的冲刺创作出来的。

因此,《苦行记》是马克·吐温积累了丰富的知识并开始运用这些知识时期的代表作。马克·吐温并不是人们在高等学府里常见到的那种受过系统教育的人。他不长的学校生活是在密苏里的汉尼巴尔度过的，以后他充当排字工人和地方报纸记者，开始了比学校教育更为重要的锻炼。接着便是在密西西比河上那四年值得留恋的引水员生活。他还为共和党竞选做过短期工作。后来便动身到远西地区进行冒险活动，这些活动的事实便成了《苦行记》的内容。

马克·吐温在密西西比河流域度过的童年时代和青年时代，使他接触到构成19世纪美国社会的形形色色的人。后来，在谈到充当引水员的那些日子时，他说:“在那段短暂而紧张的学习生活中，我亲身接触和熟悉了几乎各种类型和性格的人，这些人物将出现在小说、传记和历史里……当我在小说或传记中发现一个刻画得很生动的人物时，我对他便产生炽热的个人兴趣，理由是我早已熟悉他了——在密西西比河上遇到过他。”正是在密西西比河上引水的生活中，马克·吐温最初遇到他的作品中出现的人物的原型。这些人物中有擅长演说的政治家，有厚颜无耻蛊惑人心的煽动者和轻信他们而上当受骗的受害者，有花花公子纨绔子弟，有吹牛皮说大话的无赖，有既无知识又具有偏见的派克县的边疆居民，有盲目乐观派，认为他们的最新计划是“笃定”要实现的，最精彩的是还有爱用一本正经、故作郑重的态度讲述诙谐幽默故事的西部人。

虽然马克·吐温最初遇到这些人物是他在密西西比河上航行的时期，但在1861年他到达远西地区之后又再一次认识了他们，因为他自己的旅行正是密西西比河流域居民全面向西迁徙活动的一部分，这一活动持续了长达一代人之久。在1812年战争以后，密西西比河和密苏里河域的人口迅速增长，这并没有产生像现代美国人所形容的那种定居人口稠密的现象；相反，这个地区却很快出现了大量的心神不定的边疆居民、农场主、冒险家和坏人。有些人向南进入得克萨斯，引起该州的巨大变革；其他人听信了毛皮商人和圣菲车队里的人的话，决心要到那块比大草原还肥沃的土地上去碰一碰运气。在19世纪40年代人民向俄勒冈和加利福尼亚的移动，以及加利福尼亚发现金矿后更加大批的人群朝那里涌去，使密西西比河流域的居民随着向西迁徙。

在内战的第一年间，马克·吐温随同他的哥哥来到内华达时发现，虽然地理环境生疏，但对自己周围的人们却都似曾相识。在与这些从美国内地西迁的移民交往中，他遇到了一些新类型的人，使他完成了对人类性格的研究。这些人中有从纽约、波士顿和巴尔的摩迁来的市民、海员，新从欧洲到达的移民，以及从古老的爱尔兰和更加古老的中国来的劳工。

远西地区采矿地，以其独特的魅力吸引了大量的人前来，与他们联袂而至的是资本、生活物资、交通设施，甚至奢侈的生活。新开辟的农业地区经常为劳力不足、资金短缺、交通运输不便和文化生活贫乏而艰苦奋斗，与此同时，远西地区的采金矿区却在飞速发展，景象宏伟壮观，虽然有点反常。在勃然兴起的城市里，银行、驿车、报纸和剧院的出现几乎与杂货店和酒吧一样快。加利福尼亚是在19世纪40年代末和50年代初期那火红的年代里开始形成的。随后的几年，这里的采矿业的繁荣景象便日趋萧条，这样不仅使数以万计的矿工和勘探人员面临失业问题，就是旧金山和内地一些较小城镇里的居民，在就业问题上也受到了影响。这些城镇大多数是随矿产的开采而形成的。发展农业是有可能解决这一困难的，可是，在过渡时期应该怎么办呢？

在50年代末，由于西部边远地区的另一些地方接二连三地发现了金矿和银矿，这一问题便随之解决。人们纷纷向这些地区扑去，这些人是在加利福尼亚成长起来的，仍然把加利福尼亚，特别是旧金山当作他们的供应基地和文化娱乐中心。新矿区中最大的一个是科穆斯托克矿区。那里的淘银狂是1859年开始的，直到1864年锐气才稍有减退，也就是说，贯穿了马克·吐温在内华达居留的整个时期。1864年以后，科穆斯托克矿区处于急剧变化的过程中，经历了从严重萧条到虚假繁荣这两个极端以后，最终宣告失败——在60年代后期，矿藏似乎枯竭了；1871年，由于在皇冠峰矿场发现了富矿，又出现一线希望。1873年着手开掘巨型富矿——在合并后的弗吉尼亚土地里的一种矿体，新的轰轰烈烈的局面开始形成。到80年代末，大多数矿为了清付股金而彻底停产了。

因此，马克·吐温在内华达居住的时间正是当地人心最振奋的年代——它那满怀信心的发展还没有受到任何挫折，这时，它仍然是西部的一个新出现的明珠，日日夜夜吸引着那些四海为家的游民、雄心勃勃的实业家、才能出众的知识分子和总是充满希望但却一事无成的幻想家们投入它的怀抱。马克·吐温的经历和受到的磨炼，对描写这样一个五花八门的社会是一次理想的准备，同时，他能够运用一个百分之百的实地参与者的思想感情来描述他亲身经历的事件，而不只是一个来自外界的毫不相干的旁观者——他写了弗吉尼亚城、卡森城、尤宁维尔和爱丝梅拉达。还有别的人也对这一时代做过记述。比《苦行记》中记述的事情更加详尽，更加完整，更加精确，但是，对那些淘金者和未来的百万富翁的内心世界，粗鄙的西部新区的居民本身所存在的偏见与习俗，美国边疆的民俗学，却没有人具有更深刻的洞察能力。

然而马克·吐温把一切都写得恰如其分，趣味盎然，完全符合他对这本书所做的那个热情洋溢的预告：“在我把这本书写成时，我想要看到人们对它爱不释手。”

三

山姆·克莱门斯——从前的排字工人，引水员，这时的淘金者，正是在科穆斯托克矿区才最终转向写作，并且取了马克·吐温这个笔名。他在密西西比河流域度过的青少年时代，他曾经做过种种尝试，写了一些地方的新闻报道、幽默讽刺的短文和旅行札记。这些早期所做的努力没有取得什么显著的成效。不过这也毫不奇怪，因为这些作品都是出自一个毫无经验的青年之手。在他阅读了大量书籍，游历了许多地方，同时也接触到形形色色的人物，受到种种因素的激励之后，他的知识会不断增长，对世界的认识也会不断加深。从他给家里写的信件中可以看出，他在出发去远西地区之前已经相当成熟。未来的马克·吐温——幽默作家和具有独特写作风格的文学大师，在下面这封经常被人们引用的信的一些片段中，已经锋芒毕露了。这封信是他 1861 年到达内华达不久写给他母亲的：

这个地方盛产金、银、铜、铁、水银、大理石、花岗岩、白垩、石膏、盗贼、杀人犯、亡命徒、女人、儿童、律师、基督徒、印度人、中国人、西班牙人、赌徒、骗子、恶棍、诗人、传教士，以及傻瓜笨蛋、胆小懦夫。

这里花草不生，看不到一丝赏心悦目的青绿颜色，连鸟儿飞越这里也要随身携带干粮。

艾蒿折断时散发出一种香气，既不十分像木兰花，也同样不十分像臭鼬——而是介乎二者之间的一种气味。

在内华达，这位参加淘金的年轻人不久便恢复了原来的习惯，他开始向当地报纸主动投稿。在1862年春夏之交，他以“乔西”做笔名写了一些短文，被弗吉尼亚市《地方企业报》接受了。这些短文都写得很成功，结果给这位年轻人赢得了一份意外的收获——《地方企业报》聘请他做记者，周薪二十五美元。因为在矿区里，无论是从事正当劳动还是进行投机买卖，克莱门斯都混得不够得意，所以便决定接受下这个职务。1862年8月他进入《企业报》，在那里工作了两年之久。这是一段丰富多彩的生活。在当时，《企业报》吹嘘说，他的编辑班子在两方面同样引人注目，一是编辑人员具有出众的才华，二是能够完全适应一个蓬勃发展中的新兴矿业城市的生活特点。该报的编辑和老板约瑟夫·T.古德曼，在给报纸增添活泼、多样、幽默和胆量等鲜明的特色方面，比任何人都要认真负责，不过，他也得到了丹·德奎尔（威廉·怀特）的有力帮助，后者把对这个新开辟的矿区所作的技巧娴熟的新闻报道，与一些最优秀的滑稽幽默的文学作品组织在一起。这几位人士以及《企业报》的其他“支柱”，都成了马克·吐温的挚友，在某种程度上也是他的生动有力的表现艺术方面的导师。这位初出茅庐的新闻记者同他的同事们一起，过着既轻松愉快而又严格认真的男性生活，这在《苦行记》中都有十分生动的描述。

马克·吐温对弗吉尼亚那鼓舞人心的新环境做出反应的机敏程度，充分证明他在去报社前已实际成熟了。半年后他便采用了那个响当当的笔名。一年后他已是太平洋沿岸各州中最有名气的记者之一。由于古德曼采取自由办报方针，没有人强迫马克·吐温去恪守那些标志新闻写作特征的许多限制。他随心所欲地自由发展，很快便采用了其他西部作家常见使用的幽默形式，如设骗戏弄、卖关子、荒唐的夸张。他还毫无顾忌地对政府机构中的腐败无能等丑恶现象进行嘲弄和鞭笞。进行道德教育的意图和鼓吹政治改革的热情，与幽默讽刺一样是马克·吐温作品中的一个有机组成部分。《苦行记》在这些方面为我们提供了十分说明问题的例证，如对地方政府和选举陪审团的方法的一些评论。1863年—1864年，马克·吐温作为《企业报》驻立法机关记者在卡森市逗留的那几个月，为他提供了作为公众利益的捍卫者的千载良机。

尽管内华达——当时人称“华休”——具有吸引人的种种魅力，但是它却无法再挽留住马克·吐温。或许是传说中写的那个插曲——他要和一个同行竞争者进行决斗，加速了他的离去。不过这位幽默作家的声誉正在日益提高，在西部的文化中心——旧金山，会使他很快进入另一家报社，人们对此是深信不疑的。1864年5月，马克·吐温翻过大山到达加利福尼亚，在那里一直待到1866年3月，然后渡海去夏威夷，从而结束了他在西部的冒险生活。旧金山的生活是弗吉尼亚的继续，因为马克·吐温在那里和西部主要的文化人士有着广泛的接触。这些人士中有布雷特·哈特、普伦蒂斯·马尔福德、查尔斯·韦布、查尔斯·沃伦·斯托达德和奥夫厄斯·克尔（罗伯特·纽厄尔）。同这些人的交往使年轻的马克·吐温又朝前迈进了一大步，他的写作风格更加成熟，更臻完美。

马克·吐温在加利福尼亚逗留期间还有一件事，几乎和上面谈到的情况同等重要，那就是他到蠢驴山和天使营的访问。事情的经过都写在《苦行记》的最后几章里了。在老妈妈矿区的一部分，红火兴旺的日子已经过去十年了，这时日渐衰败下去，正是在这萧索沉闷的气氛中，马克·吐温突然发现了幽默故事的富矿。正如富兰克林·沃克所指出的，在这里，马克·吐温不仅找到了几个故事的情节，而且还找到了叙述这些故事的慢条斯理的姿态——边疆地区说书人的技巧。马克·吐温在密西西比河流域和西部地区居住时间很久，因此，这种姿态对他来说不会是什么新鲜的东西，不过，在这之前，他似乎还不了解它们在文学上可能产生的效果。马克·吐温根据他在天使营听到的一个民间故事，立即创作了他的第一个短篇小说《加拉维拉斯县有名的跳蛙》，发表在1865年11月18日的《纽约星期六电讯》上。这篇被马克·吐温自己一度不公正地称之为“坏透了的、落后的边远地区的速写”，几乎立刻使他成为全国注目的人物，超过了他在加利福尼亚和内华达已获的地方声誉。

四

马克·吐温在结束西部生活时所发表的《跳蛙》，具有特别重要的意义，因为它使作者第一次跃居写作新闻趣味故事的水平之上。在《跳蛙》中，他塑造了一个文学人物，或者可以说两个：西蒙·惠勒——慢声慢气的西部说书人，和吉姆·斯迈利——过分自信的青蛙的主人。由于马克·吐温的写作技巧再现了靠运用口语讲述故事的特殊姿态，上述两个人物的性格都刻画得栩栩如生。用同样手法描写的人物在《苦行记》里比比皆是，从第二章中的那位话多得难以忍受的女旅客，到第五十三章中的吉姆·布莱恩——那个说话没头没尾、信口瞎聊的人。

这时，作者并没有进一步去开拓这一可喜的文学前景。相反，他却作为一家加利福尼亚报纸的特派记者，前往夏威夷群岛——当时通称三明治群岛。德兰西·弗格森曾经谈到，夏威夷之行的重要意义有两点：第一，必须对加利福尼亚读者完全陌生的地方进行描述，这迫使马克·吐温登上了弗格森称之为“完整的水平”的高峰。他在内华达和加利福尼亚报道地方新闻的时候，总是可以设想读者是了解他所写内容的背景的，可是现在，正如弗格森先生所指出的，“光他自己看见和感觉到事物是远远不够的，他必须使他的读者也看到和感觉到”。第二，夏威夷之行标志着他对那个已成熟了的文学人物的创造又前进了一步。他就是我们熟悉的“马克·吐温”——这个人物在报纸上具有强大的号召力，正像他的创造者在实际生活中那样。

把自己的性格的一部分生动地表现在印刷的纸页上，在那里又把它发展成为一个看起来既真实而又完善的人物，马克·吐温的这种能力，多半要归功于他从夏威夷回国后所做的演讲旅行和在报纸上发表的旅途见闻。1866年他在加利福尼亚和内华达所做的演讲，无可争辩地表明，听众已被他的魅力所迷倒。当时的一位观察家——诺厄·布鲁克斯把这一切描写为，马克·吐温“慢声慢气的说话姿态，焦急不安的面部表情，字斟句酌、煞费苦心的样儿，听众兴高采烈地发出轰然大笑时，他脸上显得惊奇而又意外”。总之，这儿的演说家马克·吐温正是《苦行记》中的那个主角马克·吐温的模特儿——买“纯种墨西哥老马”的那个极易上当受骗的笨蛋，想从广袤的西部矿山里搞几百万金钱而去瞎碰运气的无能之辈，分不清云母和金子的淘金新手，在《企业报》意外地同意发表他主动提供的稿件时，对该报的崇敬心情遽然低落下来的志愿通讯员。

马克·吐温对他在《跳蛙》中所显示出的特殊写作手法只是

尝试一下，并没有进一步加以运用，同样的，他对他的具有个性的演讲也暂时没有充分地从文学方面加以开拓。他的下一个任务是照夏威夷之行的样子作为特派记者去圣地和欧洲。他从向报社报告见闻的新闻通讯中汇集资料，随即编写出版了他的第一部长篇著作《天真旅客游记》(1869年)。许多学者感到，在这部不连贯的长卷中，马克·吐温的散文写作技巧第一次得到了充分的发挥。的确,《天真旅客游记》是一部比《夏威夷信札》更好的作品。《苦行记》的情况也相同，它是马克·吐温的第二部长篇著作，比《天真旅客游记》已取得长足进步。

在《苦行记》里，马克·吐温已较大程度地摆脱了他必须乔装一名记者如实陈述事实的感情。这部著作里只有一条很细的连贯线索：作者的冒险生活的没有计划的时间顺序。这绝不会妨碍把一个好的故事或有趣的事件写成一个较重要的情节，也不会使作者感到有压力，非拘泥事实不可。在《天真旅客游记》发表以后，用狄克逊·威特的极恰当的措辞来说，马克·吐温已经学会“为了艺术而更加不顾事实”。这样，马克·吐温的《苦行记》在某些方面已超出了一个自传。他使这本书朝着以流浪汉的冒险事迹为题材的小说体裁迈进了一大步。这类题材的小说中，他的《哈克贝利·芬历险记》是最突出的典范。

过分严格的批评家往往有一种担心，因为《苦行记》是一部铺排不匀称、结构涣散的著作。横越大陆到内华达去的旅途，只有二十天的时间，却占去了二十一章的篇幅；在加利福尼亚居留时间长达两年之久，只安排了六章。另外还穿插了一些与主题不相干的成分，如内德·布莱克利船长的故事，或者华休文学上的杰作——滑稽场面，这两者都与该书的整体没有有机的联系。对这种批评的最好的回答是:《苦行记》的魅力和现实主义正是从该书情节发展毫不矫揉造作得来的，就如同马克·吐温慢声慢气地，字斟句酌地在即席讲述故事一般。他觉得在灵感给予启示的地方便信马由缰。无论是松散的结构，或是文学体裁——这都和演说家马克·吐温的风格那么相像——看起来都和主题是珠联璧合的。

十分明显，这本书的不墨守成规的特点妨碍它呈现出一幅完整的画面。例如，在乘坐驿站马车横越大陆旅行的叙述中，插入篇幅很长的一章去讲述野牛。撇开正题去讲白米士和野牛结下了不解之缘的故事——因为作者在讲述这个被夸张的故事时，巧妙地运用了西部的那种板起面孔说谎的手法，使这个故事成为英语散文中最滑稽可笑的妙文之一。马克·吐温没有去有条不紊地描写盐湖城和摩门教徒，却用杨伯翰子女多得数不清这种子虚乌有的故事来迎合读者的兴趣，然后又侧身去对摩门教的经书进行嘲弄性的评头品足。他把这本经书的特点说成“它是用三氯甲烷（麻醉药）印制的。如果这本经书是约瑟夫·史密斯创作的，他能在创作中自始至终保持一定程度的清醒，这一事实本身就是个奇迹”。野牛和摩门人这两个主题，在某些灵感不那么丰富的作者手中，完全有可能会写成几个材料臃肿、索然无味的篇章，不过，说实在的，只有一个缺乏想象力的人才会喜欢这种传统的叙述手法，而不喜欢马克·吐温的手法：那技巧的娴熟，处理的精当，在任何时候对任何人都具有吸引力的绝妙的构想。

事情过若干年后，一位作家——他在19世纪70年代还是个小孩子——一直还清晰地记得他父亲在读到白米士与野牛的故事时笑得前仰后合的样子。可是，这个故事只是《苦行记》里许许多多使读者感到幽默风趣、韵味无穷的情节之一。例如关于狄克·海德农场滑坡的那场官司，就是一个精心罗织的情节，在法官做出荒唐可笑的判决时，形成一个高潮。还有巴克·范肖的葬礼，这是写"身材魁梧的无赖"司科提与新来的文质彬彬的牧师之间发生的语言误会的喜剧。前者满口科穆斯托克矿区的方言土语，后者讲话又过分学究气。在这里，可以肯定，有人会觉得牧师的那一部分对话有时显得太过火了，但是大家都会一致同意，这种过火情况由于在葬礼布道结束时宣读了为司科提写的独特的墓志而得到弥补。也许最为重要的是，全书从头到尾无处不显示出马克·吐温的与众不同的才能——幽默夸张手法使人意想不到。例如他对那只长耳大野兔落荒而逃的惊人速度的描写："在它逃得无影无踪以后很久，我们还能听到它奔跑的飕飕声。"这种夸张手法为上述的描述添加了完美的一笔。

一位能够写出这样作品的作家，已大大超出他曾经经受锻炼的新闻业务水平。他开始创造出一种技巧，由本人现身说法地讲述——这种技巧主要是为了消遣，而不是为了某种其他目的。但是，如果人们得出这样的印象，这本书唯一吸引人之处是幽默，那也是一种误解。正如文学界人士称一篇文章中“具有地方色彩”一样,《苦行记》是具有朗斯特里特的《佐治亚风光》和鲍得温的《亚拉巴马和密西西比的火红的年代》这两部作品的传统的,但是比二者都好。例如,《佐治亚风光》和《亚拉巴马和密西西比的火红的年代》里,都充满了大量具有边疆地区典型特征的风俗画,与马克·吐温在本书中所描述的喝醉了酒寻衅闹事的恶棍“阿肯色斯”,或弗吉尼亚城的亡命之徒类似,但是,无论是鲍得温还是朗斯特里特,在对边疆人性格的刻画上,比起《苦行记》中所描述的那位性情和善、一本正经、具有帕庭顿人习惯,喜欢不恰当地使用夸张词汇的巴娄先生,都略逊一筹。作为对内华达全盛时期的一种研究,《苦行记》是可以与马克·吐温的朋友丹·德奎尔在1874—1875年写的《巨型富矿脉》,以及埃利奥特·洛德在1881年写的《科穆斯托克矿场与矿工》相提并论的。然而《苦行记》的印象主义风格却常常比上述两部巨著使读者对其内容有更清晰的了解。举例来说,那两部书都没有能把探矿者对几乎完全无望的探察死不罢手和侥幸发现了什么便不肯声张等特殊心理状态,向对矿区一无所知的读者做明确的解释。

作为社会研究,或许有人会根据《苦行记》中对火红年代所提供的一幅可爱的画面而发出责难。这里,显而易见的解释是,事隔五至十年之后,马克·吐温在写作时有些怀旧感。他对矿区生活条件的原始落后和不舒适毫无掩饰之意,也没有掩盖那种挥霍浪费和投入发掘财富竞赛中的绝大部分劳力只能获得微不足道的报偿这一事实。但是，同一时代的另一西部作家杰·罗斯在华休所见到的，除了欺诈哄骗、粗俗下流和无法无天以外，几乎别无其他，马克·吐温在回顾往事时，却从那些无疑是他亲身经历的艰难与危险中得到了报偿。欢乐的往事——几个体格健壮的年轻人到塔霍湖畔野营，艰苦跋涉穿过沙漠后围着篝火奇谈妙论，引吭高歌；在弗吉尼亚城晚间的社交欢宴；以及每一个人都想有朝一日发财致富的那种如梦如痴的生活等，又历历在目。这样，作为举世闻名的文学巨匠马克·吐温，在他后半生中那么热衷于旧事重提，对他早已逝去的青年时代的这几年的天真无知那么津津乐道，其原因就不难理解了。

罗德曼·W. 保罗

第一章

我哥哥被任命为内华达准州[1]州务秘书——我羡慕他未来的历险——我被任命为他的私人秘书——我如愿以偿——一小时内收拾好行装——梦幻与向往——密苏里河上——出色的船

我哥哥刚被任命为内华达准州的州务秘书。这个职位集诸多权力和尊严于一身：财政部长、审计员、州秘书，在州长缺席时，还是代理州长。一千八百美元年薪，还有“秘书先生”头衔，让这个职位无比地体面而尊荣。我既年轻又少阅历，非常羡慕他。我垂涎他的显赫和豪富，更向往他即将进行的漫长而神秘的旅行，以及他要去探索的奇妙新天地。他就要出门远行了！可我还从来没有出过远门，“旅行”这个词儿对我有一种迷人的魔力。不久，他就会千里迢迢，在那广袤的沙漠和平原上跋涉——游历

① 在美国历史上把尚未正式成为州但有本地立法机构的地区称为准州。——译注（本书脚注，除特别标明外，均为译注。）

于远西地区的山中，看到野牛、印第安人、草原犬鼠和羚羊，经历种种冒险，过一种前所未有的愉快生活，还有可能被吊死或剥掉头皮。他在家书里会给我们讲述这一切，成为我们的英雄。他还会看到金矿和银矿，公务之余，下午去山坡上溜达，或许顺手就会捡到两三桶亮晃晃的金块和银块。用不了多久，他就会腰缠万贯，由海路还家，平心静气地讲起旧金山、海洋和“地峡”，似乎亲眼见过的那些天下奇观不过是区区小事。我眼红他的幸福，心中受尽折磨，笔墨难以描述。因此，当他不动声色地说要把我安插在他手下做他令人尊敬的私人秘书时，那一刻，我觉得就像平地一声惊雷，世界骤然间消失！这就是我最大的妄想，我完全心满意足了。两小时以后，我已整装待发。没有多少行李需要收拾的，因为我们将要乘坐由密苏里边区至内华达的大陆驿马车，每个旅客只能携带少量行李。在十到二十年前[1]那美好的年代里，太平洋铁路还没有修筑，连一根枕木也没有。

我打算在内华达只住三个月——一点也没有想在那里多待。只想去尽量看看那里的新奇东西，然后便马上回家来干正经事。万万没想到，那三个月愉快的旅行，竟在六七年漫长的岁月之后才看到它的尽头。

整夜，我梦见印第安人、沙漠和银块。在第二天预定的时间，我们在圣路易港登上一条开往密苏里河的汽船。

---

① 本书写于 1871 年，这里指的是 19 世纪五六十年代。

从圣路易到圣约走了六天——那是一段极为沉闷、乏味、使人昏昏欲睡的航程，在我的记忆中，它好像不到六分钟，而不是那么漫长的日子。关于那次旅行，我现在已经没有什么印象了，所记得的就只是水中那些形状丑恶、盘根错节的树根。船开到这里，得小心翼翼地时而开动这个轮子，时而开动那个轮子，一次又一次地碰到礁石，退回来，在平缓的地方又开过去；经常陷进沙滩，于是停下来，取出撑竿，撑过去。实际上，这条船简直可以说是从陆地上开到圣约去的。因为大部分时间都在“走”——成天耐心而吃力地越过礁石，爬过树根。船长说，它是一条“出色”的船，它需要的只不过是更大的冲力和一个大些的轮子。我认为，它倒是需要一副高跷。但是我很聪明，没有说出口。

第二章

到达圣约瑟夫——只准携带二十五磅行李——告别了羔皮手套和外套——武装到牙齿——亚伦牌手枪——快活的武器——听人劝告，买下骡子——我们离开了“合众国”——“我们的马车”——送达印第安人的邮件——眨眼和地震之间——现代的斯芬克斯，以及她如何使我们开心——豁达的女人

到达圣约瑟夫的那个愉快的夜晚，我们的第一件事就是寻找驿站，每人掏出一百五十美元买了由陆路去内华达卡森城的马车票。

次日清晨，天气晴朗，我们匆匆吃了早饭，急忙赶到出发地点。但是，这时出现了一件意想不到的麻烦事：每人连箱子加行李只能带二十五磅东西，如果带一只结实的旅行箱又带行李，那就大大地超重了。于是，我们只得打开箱子，手忙脚乱地做了一番选择，挑出那法定的二十五磅行李塞进一只旅行包，把箱子又

送回圣路易。那只宝贝箱子，我们真是难分难舍，因为这样一来，在落矶山区的波尼族印第安人招待我们的宴会上，我们就再也没有燕尾服可穿，没有白羔皮手套可戴，没有大礼帽，也没有漆皮靴，没有任何能使生活安适的必需品了。我们给弄成了打仗的步兵，每人穿一套粗陋的服装，包括一件军用羊毛衫和一双“大头靴”。在旅行包里，我们还塞进一些白衬衣、内衣等诸如此类的东西。我哥哥，秘书先生，随身带了五磅重的美国法令全书，一本六磅重的全本大字典，因为我们不知道——可怜的无知——这样的东西头天在旧金山邮购，第二天就可以送到卡森城。我带着一把史密斯维森公司制造的可怜的七发小手枪。这样，我就武装到了牙齿。它的枪弹就像顺势疗法药片，七颗药片一齐打出去也刚够一个成人受用的。但我仍然认为它威力强大，简直是支致命的武器。它只有一个毛病:连屁也打不中。有个“押车”用这支枪对着一头母牛试了试，只要母牛安安静静、规规矩矩地站着，不会伤着半根毫毛;但是母牛一动，押车只得瞄准另外的东西开火，母牛都感到很遗憾。我的秘书哥哥身上挎了一把小号柯尔特左轮手枪，用来抵御印第安人的袭击，为了防止意外，他还拉开了枪栓。乔治·白米士胆小得可怜，他是我们的旅伴，以前我们从来没看见过他。他腰间佩着一把地道的亚伦牌左轮手枪，没有教养的人叫它“胡椒瓶”。只要拉开扳机，手指一勾，就开火了。拉起扳机，击铁便翘起，弹轮一转动，击铁立刻敲下，弹丸就打了出去。顺着枪筒瞄过去，就能打中目标，恐怕世界上没有哪一把亚伦枪创造过这样的纪录。但无论怎么说，乔治这把亚伦牌倒是把可靠的枪，用一个马车夫后来说的话可以作证：“就算它打不中它瞄准的东西，总可以打中点别的什么。”此话的确不假。有一次，他用这把枪对准钉在树上的黑桃二开火，却击中了站在左边三十码开外的一头骡子。白米士并不想要那头骡子，但那畜生的主人扛了把双筒猎枪跑过来，“劝”他无论如何也得把那头骡子买下来。亚伦真是件开心的武器！有时，它那六发子弹一齐乱飞，遇到那种情况，四面八方就没有块安全的地方，除非躲在它后面。

我们带了两三条毯子抵御山区的严寒。至于奢侈品，我们倒还有节制——不过几支烟斗，五磅烟叶，两只大铁皮桶用来装水，在大平原的驿站之间好用，身边还有一小子弹袋银币，作为每天的早晚饭钱。

到了八点钟，万事齐备，人也到了对岸。我们跳进马车，车夫叭叭地挥动鞭儿，马车疾驰向前，把“合众国”丢在后面。这是个景色壮丽的夏日早晨，四周的景物都沐浴在阳光中，一片辉煌。微风习习，凉爽宜人。一种解脱了各种麻烦和责任的喜悦油然而生，使我们觉得，以前在拥挤、喧嚣的城市中当牛做马的年月一文不值，现在总算把它抛到了九霄云外。我们飞快地穿过堪萨斯，一个半小时以后，就来到了辽阔的大平原上。在这里，大地伸展开去——极目远眺，地势起落有致，十分壮观——就像暴风雨过后，大海的胸膛那宏大的起伏。到处都是玉米地，一望无际的大草原上，呈现出一方方的浓绿色。不久，这陆地上的海洋不再起伏波动，它伸展开去，绵绵七百英里，平坦如一整块地板！

我们的马车是一个摇来晃去的大箱子——拿最堂皇的话来说——是个装有轮子的摇篮。六匹高头骏马拉着车子，车夫旁边并肩坐着“押车”，他是这船儿的名正言顺的船长，他的分内之事就是负责邮件、行李，应付特殊事件和照顾旅客。这一趟只有我们三名乘客，坐在车厢内的后座上。其他的一切地盘都塞满了邮包——因为我们捎上了滞留三天的邮件。邮包堆成了一道巍然矗立直达顶篷的墙，差点抵住了我们的膝盖。车顶上还捆着一大堆，前后行李箱都塞得满满的，总重量达二千八百磅。车夫说：“有些邮件要运到布里格姆、卡森和旧金山，但大部分还不是要落到印第安人手里。他们哪里读得了这么多废物嘛。”就在这个时候，他脸上突然现出一种恐怖的表情，好像一瞬间，他会给地震吞了进去似的。我们猜想，他讲话是要显得俏皮，意思是说大部分的邮件将要卸在大平原上，留给印第安人或别的什么人。

每走十英里，我们换一次马匹。整天，马车在坚硬平坦的道路上几乎像飞一样平稳奔驰。一停下来，我们就跳下车去，舒展一下筋骨。所以，夜晚降临，我们仍然精力充沛，毫无倦意。

晚饭后，上来个女人，她的家就在前面五十英里的地方。我们三个人不得不轮流到车厢外面去，坐在车夫和“押车”旁边。显然，她是个不健谈的女人。在越来越浓的暮色中，她眼睛全神贯注地盯着叮在她手臂上的一只蚊子，把另一只手慢慢抬起，在射程范围达到蚊子的时候，突然发起攻击，其劲道之大足以打死一头牛。然后，她又坐下来，安详而满足，研究蚊子的尸体——她百发百中，在短射程范围内，从不失手。她把蚊子尸体全留在手上，作为诱饵。我坐在这个残忍的斯芬克斯[1]旁边，看着她击杀了三四十只蚊子——看着她，等她说点什么，但她什么也没说。于是我自己提起话头，说道：

“这里的蚊子真可恶，夫人。”

“你可以打赌！”

“夫人，你的意思是……”

“的确！”

于是她兴奋起来，转过身子说道：

“如果开头俺没把你们这些家伙当成聋子哑巴，让鬼把俺捉去。真的，见鬼。俺在这里坐呀坐呀，打这些蚊子，简直不知道你们犯了什么病。开头俺捉摸你们是聋子哑巴，后来俺猜你们不是犯了什么毛病就是傻瓜什么的。过后，俺开始捉摸你们是一群讨厌的白痴，找不到什么做的。你们打哪儿来？”

这个斯芬克斯不再是个斯芬克斯！她那深渊里的泉水冲破了闸门汹涌而出。打个比方，九大词类就像倾盆大雨，接连四十天又四十夜，向我们劈头盖脸地泼来，把我们埋葬在一大片唠唠叨

① 希腊神话中带翼的狮身女怪。传说她常叫过路者猜谜，若猜不出即被杀死。

叨的荒凉的洪水底下。那乱七八糟的语法和尖声怪气的语音的废墟掩埋了一切反驳的岩石与山峰！

多么，多么，多么地受罪哟！她滔滔不绝，一个钟点又一个钟点，后来我真后悔提起蚊子那个话题，让她开了头。直到第二天黎明她该下车的时候，一直没有闭上过嘴。要下车了，她把我们搅醒（那时我们正在打盹儿），说道：

“现在下车去卡吞伍德瞧瞧，小伙子们，待上一两天，俺今天晚上可以陪你们逛逛，要是俺能时不时插句嘴，对你们有好处，那俺就满意了。乡亲们会对你们说，俺一贯对人不亲热，特别是对穷乡旮旯的妞儿，对这种乌七八糟的人，俺就是这么个人，一个乡下妞儿，若要还自以为了不起，就该这么对待她。可是，遇到和俺一般的人，俺认为，俺毕竟是个极好相处的女人。”

我们下决心，绝不“在卡吞伍德下车”。

第三章

“腹条断了”——邮件送到适当的地方——艰难的睡眠——长耳大野兔的沉思，及其表演——当代格利弗——山艾树——外衣当饥粮——骆驼的厄运——对尝试者的劝告

还有大约一个半小时就要天亮了，我们在平坦的道路上飞快而平稳地前进。路是那样的平展，我们的摇篮只是轻轻摇晃着，渐渐地我们的感觉模糊了，进入了梦乡——突然，下面有什么东西不对头了！我们只是模糊地觉得好像发生了什么事，但并不在意。马车停下来，听到车夫和“押车”在外面说话，找灯的声音和找不到灯的咒骂声。那些人在黑沉沉的夜里卖力，而我们却蜷缩在窗帘拉得紧紧的窝里，倒更增加了我们的舒服感。接着，从声音上判断，好像是在检查什么，后来传来车夫的声音：

“天啊，腹条断了！”

这下子我们惊醒了——祸事临头时的那种说不出的感觉常是

这样。我想：大概腹条是马身上的一部分吧，听车夫那沮丧的口气，无疑还是致命的一部分呢。是腿吧？但在这样平坦的路上轻松地跑着怎么会折断腿呢？不可能是腿。这不可能，除非那匹马要掉过头来走。那么，马的腹条是什么呢？我不得其解。但无论如何，也不能让别人觉得我无知。

这时，窗帘撩起处，现出了“押车”的脸，他手里的灯光射进车厢，照在我们身上和那道邮包墙上。他说：

“您老，下来一会儿吧，腹条断了。”

我们爬下车，就落进冷飕飕的细雨中，感到是多么的孤苦伶仃和疲倦不堪。我们发现，他们叫作腹条的东西原来是一大团皮条和弹簧，车厢就安在上面。我对车夫说：

“我记得，从前还没有见过像这样用腹条的，怎么搞得？”

“怎么搞得？一辆车硬要塞进三天的邮包，不出事才怪，”他说，“瞧这一袋袋报纸，明明就是白送给印第安人的，好让他们看报纸，没时间惹事。要是该死的腹条不断，我可以趁这黑夜神不知鬼不觉地过去，那才是他妈的好运气。”

我知道他肯定又惊恐地眨了一下眼睛，虽然他弯着腰我看不见他的脸。我希望他能把邮件都安全送到，便走过去帮他们搬下邮袋。全部搬完后，路边立即出现了一座巨大的金字塔。腹条修好后，我们又把行李柜装满，顶篷上不再放东西，车厢里也只装上了原来的一半。“押车”把所有座椅靠背都放倒，这样一来，车厢里从头到尾都铺满了邮件，我们坐的地方都没有了。我们一起大声抗议。但“押车”比我们精明，他说床比座位好，再说，这样做还可以保护腹条。打那以后，我们就再没有要什么座位。这懒人床无比舒服。结果，我们过了好几天舒心日子，躺在那张床上，读法规，翻字典，猜想那些神秘人物怎样出场。

“押车”说，到了下一站，他再派个看守来照看这些不受约束的邮件。于是，我们又上路了。

这时已曙光初现，我们伸开麻木的腿躺在邮包上，透过车窗注视着那广阔的未经开垦的草原，沉浸在一片凉丝丝的雾霭之中，眺望着东方地平线上我们向往已久的景色。这时，这绝佳的享受，变成了心中憩静、惬意的狂喜。驿车跃马飞奔，微风撩起窗帘吹拂着衣衫，令人极为振奋；摇篮纵情地摇晃，马蹄嘚嘚，鞭儿清脆，加上车夫的“啊驾”声，构成了美妙的乐章；转动的大地，一闪而过的树木，默默地向我们致意，然后，又带着好奇，或是妒嫉，或是别的什么心情目送我们。躺在床上，悠闲地抽着烟，对比着眼下的欢乐与昔日城市生活的辛酸，我们觉得，世上只有一种绝对的幸福，而我们已经找到了。

早饭后，来到一个现在已经忘记名字的驿站。我们三人爬上去坐在车夫的后座上，让“押车”在我们的床上打个盹儿。不久，太阳晒得我昏然欲睡。我趴在车顶上，手抓住纤细的铁栏睡了一个多小时，从这点，你可以想象那是一条多么无与伦比的路。马车颠簸时，睡着的人会本能地抓住栏杆，如果只是摇摇晃晃，就没有必要了。车夫和“押车”常在座位上睡上三四十分钟，而车却以每小时八到十英里的速度奔驰。我见他经常这样睡觉。这样并没有危险，马车颠簸时，一个睡觉的人会抓住铁栏杆。他们很劳累，时时刻刻保持清醒是不可能的。

不久，我们穿过了马里斯维尔，涉过了大蓝河和小沙河。前行一英里就进入内布拉斯加，再往前走一英里便来到大沙河——离圣约瑟夫已有一百八十英里。

太阳落山的时候，我们第一次看见了一种叫“长耳大野兔”的动物，从堪萨斯到太平洋——在方圆两千英里的山区和沙漠上，它远近闻名。这种动物真是名副其实，它跟一般野兔的长相一样，只是个头大小不同，小的只有一般野兔的三分之一，大的可达一般野兔的两倍，长着和它身材不相称的长腿，拖着两只超长的大耳朵，只有驴子的耳朵方能与之媲美。当它安静地坐着，思索它的罪孽或者以为平安无事，心不在焉的时候，它那神气的耳朵赫然耸立着。但是折断一根小树枝就会把它吓得要死，于是它便轻轻地耷拉下耳朵跑回家去了。一眨眼，你就只能看见它那伸直的灰色身躯“划过”低矮的山艾树，头直立，眼朝前，耳朵稍微后倾，给你指明它的去向，好像它身上架着一张三角帆。时而，它用那长腿令人吃惊地纵身一跳，凌空越过矮小的山艾树，所创造的跳高纪录，马儿也得眼红。时而，它又来个优雅的“慢大步”，顷刻间便神秘地消失了。它会躲在山艾树丛后面缩成一团，蹲在那里一边仔细听着一边浑身发抖，当你走到离它还有两码的地方时，它又跑开了。如果你希望看到把它吓得屁滚尿流，只要对它开上一枪就行了。现在，它已经是亡命逃窜了，它把长耳朵平放在背上，每跃起来，身子挺得像把直尺，遥遥数里，不过举足之劳，速度之快，令人咋舌。

我们这群人使这畜牲（照“押车”后来的话说）“干得更卖力些”。秘书那支柯尔特放了一枪，我的武器也开了火，几乎就在同时，老亚伦的全部弹膛也发出一阵破响，一点儿也不过分地说，那只长耳大野兔急得发了疯。它垂下耳朵，竖起尾巴，向旧金山跑去，那速度之快，只能用“转瞬即逝”来形容。它跑得无影无踪了，还能听见那飕飕的风声。

我是在哪里第一次见到山艾树的，现在已记不清了，但是既然我已多次提到它，不妨也描绘一番。这很容易办到，只要读者能想象出一棵盘根错节的老橡树缩成了两英尺高的灌木，你就得到了山艾树的确切形象，它那粗糙的树皮，繁茂的枝叶，扭曲的躯干，一应俱全。在山区那些懒洋洋的下午，我常躺在地上，头钻进山艾树丛里，怡然自得地想象枝叶中的那些虫子是小人国的鸟儿，在那土堆附近浩浩荡荡地前进的蚂蚁是小人国的牛群和羊群，而我就是从布罗布丁纳格[1]来的那个巨大的二流子，等着捉一位小公民来吃。

在精巧微型的植物中，山艾树是庄严的森林之王。它的叶呈灰绿色，染绿了荒原和山地。气味就像家养的苏叶，用它的叶子

① 《格列佛游记》里的大人国。

泡制的茶，味道好像孩子们熟悉的苏叶茶。它是种坚毅非凡的植物，可以在深沙或不毛的岩缝中生根，植物界里，除了鼠尾草[①]外没有别的植物愿在这里落脚。山艾树高达六至七英尺，遍布西部大平原和山区，直到加利福尼亚边界。在那数百英里的荒漠中，根本没有别的植物，只有山艾树和它的表亲“肉叶刺茎藜”，它俩的长相极像，几乎毫无差别。在沙漠上，没有这种好客的山艾树，就不可能有篝火，也吃不上热腾腾的晚餐。它的茎干粗如小孩的手腕，大的可以比拟成人的手臂，扭曲的枝杈有茎干的一半粗细——它是优质、坚硬的木料，很像橡木。

一群人扎下营来，第一件事就是砍山艾树，几分钟便可弄到一大堆备用，挖个坑，宽一英尺，长两英尺，深两英尺，把山艾树柴放进去，点起火来，直烧到满满一坑红彤彤的火炭，然后就可以造饭了。这种火没有烟，当然也就不会听到咒骂声。营火可以整夜不熄，几乎不需要再加柴。这里便成为一个交际场所，围着火堆，连最不可思议的联想听起来也十分有道理，意味深长，极为有趣。

山艾树是优质的燃料，但作为蔬菜却是绝对不及格。除了公驴和它那杂种儿子骡子，谁也忍受不了它那气味。驴子和骡子吃

---

① 鼠尾草生长在内华达及其附近的荒凉山区里。甚至在严寒的冬天，当积雪被风吹开，露出地面时，它也是最好的牲口饲料。尽管它出身微贱，照牧人的说法，鼠尾草对牛马的营养价值却几乎高于青草或干草。——马克·吐温

得下山艾树，并不能证明山艾树有什么营养价值，因为它们吃得下松节疤、无烟煤、铜锉渣、锡烟袋、旧瓶子或任何别的东西，只要顺口，吃完后便满足地走开，简直像享用了一顿山珍海味。以骡子、驴子和骆驼的食欲，无论什么都可以暂时解馋，但什么也无法满足。在叙利亚的约旦河上游，有一次我正在搭帐篷的时候，一头骆驼弄到了我的外衣，它用批评的眼光里里外外检查了一通，看它那感兴趣的模样好像要照样子再做一件似的。它这样盘算了一番之后，开始思索是否值得一吃。它用脚踏上去，用牙齿撕下一条袖子，嚼了又嚼，慢慢吞进去，同时不断地眨巴着眼睛，似乎它一辈子还没有尝过像外衣这样好吃的美味。而后，它咂了咂嘴又去撕另一条袖子。接着，它又吃下丝绒领子，满意地笑了笑，显然，它认为领子是外衣最可口的部分，再吞进去的是衣襟，还有雷管、咳嗽糖以及从君士坦丁堡带来的无花果软糖。这时我的新闻通讯稿件掉了出来——是为国内报纸写的信件手稿，它又尝了一下。但这次它遇到难以对付的东西了，开始碰到对于它的胃来说是相当沉重的“固体智慧”了。它随随便便开的这个玩笑使它浑身发抖，直到抖松了牙齿；它感到越来越不行了，但仍以巨大的勇气，充满希望地忍着绞痛，到后来，它开始在那些文件上打滚。那些东西，没有哪匹骆驼吞下去而不倒霉的。它不断抽搐，眼睛暴出，前腿直伸，大约十五秒钟，它就像木匠的锛头一样硬邦邦地倒地而死，其惨状难以尽述。我走过去从它嘴里扯出手稿，发现这头敏感的畜生是被一篇报道闷死的。

后来，我把这篇最温和、最委婉的真实报道提供给值得信赖的公众。

在我转变话题以前，我要说的是，有时找得到五到六英尺高、枝叶匀称铺开的山艾树，但通常这种植物只有二到三英尺半高。

第四章

铺床——大字典的进攻——驿站上——显贵的车夫大人——奇特的前院——膳食供应——双像——传家宝——我们杰出的主人——“餐具和调料”——流放犯——饮料——丰盛的餐桌——主人大吃一惊——席间的礼仪——野性的墨西哥骡子——驿车和铁路

夕阳西下，夜寒袭来，我们开始铺床。我们翻起那些硬邦邦的信袋和装着印刷品的鼓鼓囊囊的帆布包（它们凹凸不平是因为杂志、盒子和书籍的棱角），翻起来又放下去，使我们的床铺尽可能平坦些。我们还确实使环境有所改善，但它还是那样波浪起伏，如同一小块暴风雨袭击中的海面。接着，我们从邮包的缝隙间拽出靴子，穿在脚上，然后从拉手皮带上取下外衣、背心、裤子和厚厚的毛线衫——它们在皮带上摇摇摆摆晃荡了整整一天。我们把所有这些一齐套在身上，因为驿站上和马车里都没有女人，天气又热，早晨九点，我们就脱得只剩下内衣，图个舒服。现在，一切都弄好了，把那本大字典打发到一个让它安安静静地躺着的地方，水壶和手枪则安置在闭上眼也摸得到的地方。于是，我们抽了最后一袋烟，交换了最后一次呵欠，然后，把烟斗、烟叶和钱袋放进邮包间那些小巧的洞里，拉下四周的窗帘，照“押车”那生动的说法，把车厢弄得像“母牛肚皮里一样黑”，简直黑咕隆咚，伸手不见五指。最后，我们像蚕蛹一样，蜷成一团缩进毯子里，安稳地入睡了。

马车一停下来换马，我们就会醒来，懵懵懂懂地估计这是什么地方——每次都猜对了——一两分钟以后，马车又上路了，当然我们也上路了。现在，我们来到了乡间，不时穿过一条条小河。河岸高耸陡峭，每当马车俯冲下河去，又在对岸往上挣扎时，车内的人都给搅成了一团。下冲时，我们给堆在前头，身子几乎立起来，上爬时，又立刻把我们弹回后头，两脚朝天。我们手脚挥舞着，抵挡那些向我们劈头盖脸打来的邮包，骚动骤起，尘土飞扬，大家都来个喷嚏大合唱，三分之二的人都叽叽咕咕地抱怨，很不耐烦地说上句“手肘别抵着我的肋骨呀！”“别挤好不好？”或其他什么的。

每当我们从一头被扔向另一头时，那本大字典也来趁火打劫，它每一次飞过来，就有个人要遭殃。它飞过去“咬”破了秘书的手肘，飞过来击中了我的肚皮，再飞回去打得白米士先生鼻孔朝天，据他自己说，弄得他眼睛看得见鼻子。手枪和钱袋沉了下去，但烟袋、烟斗、烟丝和水壶却随着字典噼里啪啦，摇摇摆摆地向我们发起进攻，烟丝撒进我们眼里，凉水泼到我们脊梁上，给字典助威。

尽管如此，总的说来，那还是个很惬意的夜晚。黑夜慢慢逝去，当透过窗帘的皱褶和缝隙，看见寒冷的鱼肚白的时候，我们满意地伸伸懒腰，打着哈欠，抖掉了茧壳，觉得已经睡了个够。不久，旭日东升，阳光温暖着大地，我们扒掉衣服，准备吃早饭。这个准备活动来得正是时候，五分钟以后，车夫那古怪的号音将回荡在荒凉的草原上，接着，就会看到远处的一两间低矮的茅屋。于是马车颠动的嘎嘎声，六匹马扬蹄的嗒嗒声，车夫那清脆的吆喝声，将闹得更欢，闹得更凶。我们以最快的速度向驿站扑去。多么迷人啊——那往日横越大陆的驿车上的旅行哟！

我们穿着便服就跳下车去，车夫将一把缰绳甩在地上，满足地打了个哈欠，伸伸四肢，脱掉鹿皮手套，尊严高贵得叫人难以忍受——丝毫也不理会那五六个粗俗不堪的、半开化的驿站看守和马倌们七嘴八舌的请安问好、卑躬屈膝的阿谀奉承和讨好卖乖的周到服务。他们敏捷地把马卸下，再从马厩里牵出新马换上。那时，在马车夫的眼里，驿站看守和马倌是呱呱叫的低级动物，很有用，世界上也少不得，但却不是他那种有身份的人瞧得上眼的。相反，在后者的心目中，驿车车夫是伟大显赫的英雄豪杰、天之骄子、人民的骄傲、民族的希望。他们对他讲话时，温驯地接受他傲慢的沉默，以为这是大伟人自然而得体的风度，而当他一开口，大家一齐品味其话语（车夫从来不恩赐某人一句话，但对马厩、马匹、周围的乡村以及马倌们却慷慨得要命）。如果他肯滑稽地辱骂哪个马倌一顿，这个马倌就可以幸福一天了。每当马车开到驿站时，如果车夫肯用这种龌龊的字眼对他的听众开个玩笑——哪怕像山丘一样粗糙、荒唐、自相矛盾——这些贱人们也会拍着屁股大声欢呼，赌咒发誓说这是他们一辈子听到的最有趣的俏皮话。每当车夫要一盆水或一瓢水，或是要点个烟，他们就会飞也似地跑去跑来。但倘若哪位旅客忘乎所以，想沾点光，立即就会受到侮辱，这种侮辱是他们从车夫那里原封不动地学来的——千万要记住，车夫对马倌和旅客是同等蔑视的。

马倌和驿站看守对真正的实权派“押车”只不过客客气气，而车夫才是他们崇拜得五体投地的人物。当车夫高高坐在车上，故作慎重地、慢腾腾地戴手套，一个幸运的马倌高高举起缰绳，耐心地等待他接过手去，他们是多么崇敬地仰视着他哟！当他啪的一声挥动长鞭，马儿飞驰而去的时候，他们又是怎样用赞叹的欢呼向他轰击哟！

驿站的房屋就是几间长形的矮屋，用太阳晒干的土坯垒成，土坯间没加泥灰（西班牙人把这种土坯叫作“阿多比斯”，美国人简称“多比斯”）。屋顶几乎是平的，先铺上茅草，再抹上草泥或垫上一层厚厚的土，上面长着相当茂密的杂草。我们还是第一次见到一家人的庭院开辟在房顶上。这种土坯房屋包括车房，可关十二至十五匹马的马厩和一间供应旅客的饭堂，饭堂里还放有驿站看守和一两个马倌的小床。你的手肘可以放在屋檐上，进门时得弯腰屈背，提防着脑袋吃苦。窗子是个大方洞，足够爬进一个壮汉，没有装玻璃。屋内没铺地板，地面却搞得结实硬邦。没有垒火炉，但有个烧火的地方，这就解决了一切问题。既没有木架，也没有碗柜，也没有壁橱。角落里放着一袋打开的面粉，挨着面粉袋搁着一对黑黝黝的、已经有好些年头的咖啡罐，一把锡茶壶，一小袋盐和一块熏猪肉。

驿站看守住的那间小屋，门前的地上放有一个铁皮洗脸盆。旁边放着一桶水和一条黄澄澄的肥皂，屋檐上还吊着一件破旧的蓝色羊毛衫，真有意思——但这东西是驿站看守的专用毛巾，这个圈子中只有两个人有胆子享受——车夫和“押车”。不过“押车”不会用，因为不体面；车夫不愿用，因为他不愿意抬举驿站看守。我们有毛巾，是放在旅行袋里的，把它们放在索多玛和蛾摩拉[①] 也许完全一样。我们（还有“押车”）用自己的手帕，而车夫则用他的裤子和袖子。紧靠着门，钉着个老式小镜框，它的一个角上还残留着两片玻璃。照一下镜子，你的尊容会滑稽地分成两片，脑袋的上半和下半相隔两英寸远。镜框下用绳子吊着半把梳子——但是如果要我选择去死或者去描述这个老掉牙的家什的话，我相信我肯定宁愿先预定一副棺材。它是以扫和参孙[②]

① 据《圣经》记载，索多玛和蛾摩拉是死海边上的两座城市，上帝因它们的居民罪恶严重，降火将两城烧毁。见《旧约·创世记》19章24节。此处意思是说，有毛巾等于没有。

② 以扫和参孙都是《圣经》里的人物，这里用以说明梳子年代久远。

传下来的，上面有从那时起历代积存下来的头发——还有一些不干净的东西。在屋子的一个角落里，靠着三四支步枪和滑膛枪，还有些火药筒和子弹袋。驿站看守们穿的是手工编织的粗布裤子，裤子屁股上和大腿内侧还缝上大块的鹿皮，便于跪着干活和骑马——这样，裤子就成了一半是晦暗的蓝色，一半是黄色，说不出的奇形怪状。裤脚塞进长统靴里，靴跟上装有大号西班牙马刺，每走一步，上面的小铁坠和铁链就叮当作响。

那车夫长着满脸大胡子，戴一顶破草帽，穿件蓝色羊毛衫，没有吊裤带，没有穿背心，也没有穿外衣——腰带上吊着个皮套子，里面装着把长长的"海军左轮"（它原来是挂在右边的，给甩到了前面）。靴筒里伸出一柄角把长猎刀。茅屋里的家具既不豪华也没有几样，没看见有安乐椅和沙发，也许从来就没有过，但代替它们的是两个三只脚的凳子，一根四英尺长的松木长条凳，还有两个空烛台。桌子是一块油腻腻的木板，安在高跷似的四根木棒上。没有送来餐巾和桌布，看样子他们也不打算去找。每个座位前放一个尽是缺口的锡镴盘，一副刀叉，车夫面前放着一个见过世面的奶油色碟子，当然是这位爵爷坐上首。另有一样孤傲的餐具尽管在不幸中也闪现着动人的光辉，那是只白铜调味盒，歪歪斜斜，锈迹斑斑，但它是那样鹤立鸡群，令人想起被流放到野蛮人中的衣衫褴褛的国王。它昔日的高贵，甚至在这默默无闻的处境中也拥有压倒一切的尊严。只有一个酱油瓶，是个没有盖子、蝇屎狼藉、断了脖子的东西，里面装有两英寸高的醋，上面漂着十多个四脚朝天的苍蝇，似乎在为自己不幸的命运而悔恨。

驿站看守端出一盘上周的面包，其形状和大小就像旧时的奶酪，他切下一些面包片，像尼可尔松街上铺的路砖一样厚，但没有那样硬。

他为每人切下一片熏肉，但只有那些阅历丰富的老手才敢吃下去，因为这是美国不愿拿去喂堑壕里的士兵的那种该死的处理熏肉。驿车公司把这种便宜货买来作为乘客和雇员的粮食。我们有可能在前面的大平原上碰上这种该死的军用熏肉，而不应该是在这个歇脚的地方，但是，我们的确碰上了，这是无可置疑的。

然后，他给我们倒了一种东西，他把它叫作饮料。但是，他在取这个名字时如果没有得到灵感，那才不可思议。他确实是把这种东西当成饮料送上来的。不过，里面有太多的抹布条、泥沙、老肉皮，这蒙骗不了聪明的旅客，他没有糖，也没有牛奶——连一把用来搅动调料的小匙也没有。

那面包和肉，我们无法下咽，那“饮料”也喝不下去，看着那只令人伤感的醋瓶子，我想起了一位旅客的故事（就在当时，那也是很久很久以前的事了）。那位旅客坐在桌旁，桌上除了一条鲭鱼，一瓶芥末，别无他物。他问老板，是不是只有这么多，老板说：

“只有这么多！哎呀，雷打火烧！我觉得这条鲭鱼足够六个人吃呢。”

“不过，我不喜欢吃鲭鱼。”

“哦，那么就请用点芥末吧。”

以前我还以为这是件有趣、很有趣的奇闻逸事，但此时此刻，它居然成为一桩凄凉的现实，连一丁点儿幽默味儿也没有了。

早饭就摆在面前，但我们的牙齿都消极怠工。

我尝了一口，闻了一下，说我要咖啡，那驿站看守惊得目瞪口呆，盯着我，一句话也说不出来。然后，他终于回过神来，转过身去，就像一个人在沉思一件天大的不可理解的东西：

“咖啡！天啊，如果还剩下一丁点儿，让我不得——不得——”

我们吃不下去，马倌和车夫间又无话可说——我们都围着一张桌子坐。间或，只有马倌之间发出一声简短的请求，总是同样的方式，总是既粗鲁又亲热。开头，这种西部的新鲜故事和传奇还使我吃惊，觉得有趣，但现在，却变得单调乏味，失去了魅力。谈话是这样的：

“把面包拿过来，你这黄鼠狼的小崽子！”不，我忘掉了，大概说的不是黄鼠狼，似乎比这个词还更有味道些，我记得大概是这个意思，但到底是什么，我的确记不得了。尽管如此，这关系不大——没准儿味道太浓而不能印进书里吧。这是我记忆中的里程碑，它告诉我是在什么地方第一次听到这种西部平原和山区的热情而新颖的方言的。

我们没有吃早饭，每人付了一美元饭钱就回到了车里的邮包床上，在烟袋里寻找安慰。在这里，昔日王公般的生活第一次衰落了，我们十分悲痛。卸下那六匹好马，换上六匹骡子，但它们是些墨西哥野种。车夫戴皮手套做准备时，每头骡子前面站一个人，紧紧地勒住缰绳。当车夫最后抓住缰绳，吆喝一声，牵骡子的人猛地跳开，马车像炮膛里打出的炮弹一样从驿站射出去。那发疯的畜生狂暴地飞奔，劲头一刻不减，一气直奔十到十二英里，来到下一站的茅屋和马厩前面。

我们就这样整天奔驰。下午两点，那依傍北普拉特河逶迤穿过大平原的森林带映入眼帘。下午四点，渡过北普拉特河的一条支流，五点，渡过普拉特河，在卡尼堡靠岸。**从圣约出发已有五十六小时——行程三百英里！**

这就是十到十二年前的横越大陆的驿马车旅行。那时，在全美洲，指望活着见到沿这条线路修条铁路通向太平洋的人，大概还不到十个。但是，现在有铁路了，我在《纽约时报》上读到一则游记，写的差不多就是我说的这个地方，心中涌起成千种奇怪的感慨。对这种新奇的事我几乎不能理解：

> 穿越美洲大陆——
>
> 星期日下午四点，我们开出奥马哈车站，开始了向西部的长途旅行。两小时过后，宣布开晚餐——对于那些想见识在托普曼车轮旅馆里吃是怎么一回事的旅客

来说，这可真算是件“大事”。于是，从我们的“寝宫”向前走进下一节车厢，就来到了餐车。星期日的第一次晚餐对于我们来说还是一次新发现。虽然四天以来，我们一直在这里吃饭，共进早餐和晚餐，乘客们仍然交口称赞那些完善的设备和妙不可言的享受。桌上铺着雪白的亚麻桌布，摆着纯银餐具，身着洁白制服的黑人侍者来往如梭，变戏法一样地摆上菜肴。这样的宴席，就连戴尔莫尼克[①] 本人也不会感到寒碜的，在有些方面，连这位著名厨师也难以配出这样的美膳，因为，除了通常的头等宴席所具有的各个方面，我们还吃了羚羊排（那个好吃鬼还没有尝过这种东西呢，呸！他懂得丰盛宴席是什么？），可口的山溪鳟鱼，精美的水果，以及（开胃的，买也买不到辣酱油！）甜美诱人的草原空气，不是吗？你可以相信，我们对好东西有公正的评价。当我们用满杯泡沫洋溢的克鲁格酒把这一切都冲进肚里的时候，与此同时列车以每小时三十英里的速度向前飞奔，我们承认，这是我们经历过的最快的生活。（两天后，又打破了这个纪录，二十七分钟前进二十七英里，而斟满的香槟酒却没有溢出一滴！）晚餐后，我们来到卧车厢，因为是安息日前夜，大家哼着庄严而古老的赞美

① 戴尔莫尼克餐厅是纽约一家非常著名的高级餐馆。

诗——“赞美我主”，还有“闪光的海岸”，“加冕礼赞”，等等——男女歌手的声音在晚风中甜美地混在一起，同时，火车上那灿烂的波吕斐摩斯[①]巨眼划破草原深处，冲进黑夜和荒野。然后，我们回到豪华的卧铺，享受那应得的睡眠。第二天（星期一）早上醒来，我们发现火车正在渡北普拉特河，离奥马哈已经三百英里——才用去十五小时又四十分钟。

① 希腊神话中的独眼巨人。

第五章

新相识——郊狼——狗的经历——抱憾终生的狗——郊狼的亲属们——天涯海角寻找食物

又过了一个时而宁静，时而喧嚣的夜晚，早晨终于来临了。又一次愉快地醒来，仍然是清新的微风，大片平坦的草地，灿烂的阳光，动人的孤寂，四处杳无人迹，也不见一座房屋。大气具有某种神功妙法，把一切都放大了，三英里以外的树木似乎伸手可及。我们脱得只剩内衣，爬到飞奔的马车顶篷上，腿悬在车厢旁边摇荡着，不时地对那些疯狂的骡子吆喝一声，只是为了让它们拖着耳朵蹦得更欢，同时用手把帽子扣紧，以免头发被吹走。我们举目眺望，穷尽视野，扫视四周那无边无际的地毯，搜索着新奇的事物。时至今日，每当想起那种生活，想想在横越大陆旅程中那些美妙的早晨，那种欢快舒畅、自由自在和无拘无束的感觉，血液便在脉管里跳荡沸腾，我禁不住一阵又一阵激动不已！

早饭后过了一小时，我们见到了第一个草原犬鼠群落、第一只羚羊、第一只狼。如果我没有记错的话，后者是名正言顺的“郊狼”。如果千真万确是它的话，那这种草原深处的畜生既不好看也不可敬。由于后来我同这东西打过多次交道，可以很有把握地介绍一下。郊狼是一副身架细长，惹人讨厌而又可怜巴巴的骷髅，披着灰色的狼皮，那条勉强还看得过去的乱蓬蓬的尾巴，却永远带着丧家之犬的倒霉相，向下垂着，眼睛又狡猾又邪恶，脸又尖又长，嘴唇向上翘起，露出牙齿，总是一副鬼鬼祟祟的样子。郊狼就是穷困潦倒这个词的活生生的同义词。它永远吃不饱，永远可怜巴巴、不幸而孤独。最下贱的动物也不理睬它，就连跳蚤也宁可叮童车而不愿光顾它。它是那么萎靡不振，胆小怯懦，尽管它那暴出的牙齿装出一副吓人的样子，脸上的其余部分却同时在为此表示道歉。它太难看了！——瘦骨嶙峋，肋骨毕现，皮毛粗糙，形象可鄙。它一看见人就咧开嘴唇，现出一排牙齿，一下子跳开，微微低下头，穿过山艾树丛，轻身一跃，啪地一窜老远，一次又一次地扭过头来看你，一直跑到手枪打不到的地方，然后停下来，慎重地打量你一番。它会跑五十码，停下来，再跑五十码，又停下来，最后，它那流线型的灰色身躯和灰色的山艾树丛融合在一起，不见了。你无意伤害它，它就是这个样子。要是你想伤害它，它就来真的了。它立即发动四条腿，就像通上了电似的，在它和你的武器之间便丢下一大段距离。你举起武器时，觉得要有一支短程步枪就够了；瞄准时，你觉得需要一门加农炮；到你开火时，你会明白，这时什么武器也无济于事，除非是一条特长而蜿蜒的闪电才能打到它那个地方。如果你放出敏捷的猎狗去追，尤其是一条自我感觉良好，生来就受到训练，对速度有清晰概念的猎狗，那时，你就可以大饱一下眼福了。郊狼会用轻捷的快步斯文地跑开，欺骗猎狗上当。它边跑边扭过头来温和地一笑，给那狗儿鼓起饱满的勇气和十足的野心，使它头放得更低，脖子伸得更长，气喘得更急，尾巴绷得更直，更加暴躁地移动它那发狂的腿，卷起的尘烟愈来愈宽，愈来愈高，愈来愈浓，在那平坦的草原上划出一条长长的行迹！在追击中，猎狗一直紧跟在郊狼之后，距离只不过短短的二十英尺，猎狗无论如何也无法理解为什么不能靠得更近一点，它开始冒火了。郊狼跑起来是那么轻松自如，像是在滑行一般，既不喘气，又不流汗，还不停地微笑，这使猎狗越看越恼火。原来那沉着、轻松自如的大步完全是个卑鄙的骗局，猎狗发现自己被一个素不相识的家伙这样无耻地戏弄，更是火上加油；然后，它注意到自己已累得不行了，郊狼还得放慢脚步才能和它保持那个距离——于是，这个城市狗儿真的发疯了，它开始玩命、叹气、咒骂，爪子把沙刨得更高，竭尽吃奶的气力不顾一切地去追赶郊狼。这一“冲刺”使它离那滑行的仇敌只有六英尺了，而离它的朋友们已经两英里远。这时一个新的不切实际的希望使它喜形于色，郊狼又扭过头来对它和蔼地一笑，似乎是在说：“好了，我们不得不分手了，小兄弟——正事归正事，成天这么鬼混可不行。”——接着就是一次猛冲，一阵长长的破裂声划过空中，再看那只猎狗已经是孑然一身，被孤独地留在这广阔的荒野之中了。

猎狗晕头转向了，停下来，向周围瞧了瞧，爬上最近的山丘，若有所思地摇了摇头，一声不吭地转身回到它的队伍中去，在最后一辆马车下面捡个最低下的位置卧下来，满脸说不出的下贱和羞惭，随后的一周内尾巴下半旗。以后一年里，每当听到追捕郊狼的喊叫声，那条狗只不过朝那个方向望一望，一动也不会动，显然它在告诫自己，甭想吃那馅饼。

郊狼主要生活在最荒凉的沙漠上，与蜥蜴、大耳野兔和秃鹫为伍，过着一种无规律的、朝不保夕的、自食其力的生活。它的食物主要靠移民队里掉队而死的牛、骡、马，树上掉落的腐败水果，还有那些富足的、有好东西享用而不至于吃那该死的军用熏肉的白人有时留下来的残羹剩饭。世界上的任何东西，凡是郊狼的嫡亲——经常在沙漠上生活的印第安部族——要吃的东西，它都能吃，而印第安人又什么都吃得下去，只要咬得动。这真奇怪，印第安人是历史上仅有的吃得下硝化甘油的动物，如果吃了不死，就还要吃。

落矶山脉那边的郊狼日子特别不好过，因为它的本家印第安人和它一样善于第一个闻到微风送来的诱人的气味，并且循着气味抢先找到那发出味道的死牛烂马。这时，它只好无可奈何地蹲在一旁，远远望着印第安人把可以吃得的每一部分都带走。然后，它和那些等候着的秃鹫才去剔骨架，啃骨头。有人认为，郊狼、令人恶心的秃鹫和沙漠上的印第安人互相十分信赖地、亲密无间地居住在地球上那些荒凉的地区，它们仇视一切别的动物，渴望参加它们的葬礼，这就证明它们具有血缘关系。郊狼不在乎跑一百英里去吃早饭，跑一百五十英里去用晚餐，因为它明白，它要三四天才能弄到一顿饭吃。它可以四处游荡，观赏风景，也可以躺着，无所事事，给父母增加负担。

不久，我们就熟悉了郊狼那尖厉可怕的叫声，它常在夜间走过黑沉沉的平原，打断我们在邮袋上的睡梦。想起它那副可怜相和它的艰难的命运，我们衷心希望它一天的辛劳能够得到恰当的报酬，第二天能找到吃不完的美味。

第六章

段长——“押车”——车夫——一百五十英里无眠的跋涉——教训下属的方法——我们的老朋友杰克和一个香客——本·哈利德和摩西的比较

新上来的“押车”已经二十小时没睡觉了。这种事情是家常便饭，乘马车从密苏里州的圣约瑟夫到加利福尼亚的萨克拉门托约一千九百英里，通常要用十五天的时间（现在乘汽车只用四天半），如果我没记错的话，依照邮政合同的规定，可用十八九天时间，这是为冬天的暴风雪天气和其他无法避免的耽搁而留出的余地。驿车公司把一切都置于严格的纪律和卓越的管理之下，每二百五十英里设一名代办或主管，赋予他极大的权力。他那二百五十英里线路或辖区，就叫作“段”。他购买马匹、骡子、马具和人畜的粮草，并根据需要随时分配到各个驿站。他还负责修建驿站房屋，挖掘水井，发放驿站看守、马倌、车夫和铁匠的工钱，并可随意解雇他们——他是他的“段”里非常、非常伟大的人物——有几分印度苏丹莫卧儿大帝的气派。只要他在场，人们的一言一行都得谦恭有礼，只要他一瞪眼，连那气壮如牛的车夫都会化成铜钱那么大一点儿。在这条线路上，共约有八个这样的君王。

在地位、级别上仅次于段长的就是“押车”。他的辖区和段长的一样长——二百五十英里，他和车夫坐在一起，（必要的时候）还得日夜兼程完成那可怕的行程，只能在那飞驰的马车顶篷上打个盹儿。大家想一想吧！他对邮包、急件、乘客和马车负完全责任，直到将责任移交给下一“押车”，扯了回销。总之，他得是个聪明、果断、谨慎干练的人。通常，“押车”是个沉着、快活而忠于职守的人，一个绅士派头十足的人。段长并非必为绅士，有时也的确不是绅士，但一定得是个具有统帅才能的将军，意志坚毅而行为果断的硬汉子——否则，对这条线上那些无法无天的下属们的领导权就屁也不值，而不过是一个月的威风和苦恼，最后吃一颗子弹，得一副棺材的同义语罢了。每天各段发出一辆车，每辆车上一个“押车”，因此，整条大陆驿车路上共有十六到十八个“押车”。

在职权、官衔和重要性方面都次于“押车”的，就是我津津乐道的车夫——实权虽在其下，却显然威风得多——我们已经知道，在一般马夫眼中，车夫之与“押车”，犹如海军上将之与旗舰舰长。车夫出一次车的路程相当长，有时在驿站上睡觉的时间很短。因此，就他显赫的地位来说，他的生活真算是可怜、艰苦而乏味的。我们每天或每晚都换上一个新的车夫（因为他们在原路上成天不停地跑来跑去），因此，我们同车夫一直没有混得像我们同“押车”那样熟。话说回来，他们一般也不屑于同乘客这些废物搞熟。不过，每当换班的时候，我们还总是渴望见到新换上来的车夫，因为对不受欢迎的车夫我们急于摆脱，而我们渐渐喜欢，开始交往而相处友好的，我们又不愿离开。于是，每到一站换车夫时，我们问“押车”的第一个问题是：“他是哪个？”这句话的语法大概是错的，但当时我们没有想到有一天它还会上书呢。只要诸事顺利，大陆驿车车夫的日子还十分好过。一旦有个车夫得了暴病，这就麻烦了。因为马车一定得开动，于是，这位在长夜中同风雨进行了搏斗、正要下车去美美睡一觉的君王，又只好坐回他的宝座，顶那个病人的班。在落矶山区，有一次，骡子们又像通常那样不要命地飞奔着，车夫却在车厢上呼呼大睡。“押车”说别管他，没有危险，他干了两个人的活——他已经在一辆车上赶了七十五英里，没有打个盹儿或睡个觉，又得赶着这辆车回去。在一百五十英里的路途上，掌握这六匹恶狠狠的骡子，不让它们去爬树，这真不可思议！但我记得清清楚楚，他就是那么说的。

驿站看守和马夫之流，如我已经说过的那样，是些粗野下贱的家伙。从内布拉斯加西部到内华达，可以不算冤枉地说，他们中有相当一部分是土匪、亡命徒、罪犯，他们最安全的避难所就是这没有法律和甚至连冒充法律的东西都没有的旷野。段长完全懂得，要对这样的家伙发号施令得用六响左轮手枪。于是，他一贯“收拾”他们，使一切正常运转。有时，本来用棍子就可以教会马夫的一件小事，如果情况和环境不同，段长却不得不用手枪打碎他的脑袋。但是，他们都是些精明能干的人，当那些段长想教训下属的时候，下属们通常是“用脑袋来接受的”。

这部庞大的机器的一大部分——数以百计的人和车，数以千计的骡马——都操在本·哈利德先生手中，西半部的这个行当全在他的掌握之中。这使我想起了我在巴勒斯坦旅行时的一件事，和这有关。下面就是我在圣地时所写的日记里原原本本的记载：

> 无疑大家都听说过本·哈利德——一个精力盖世的人物。他把邮包和乘客装在马车里，像一阵旋风一样送过大陆——十五天半接力运输两千英里。但这一节记载的不是本·哈利德，而是一个名叫杰克的纽约小伙子，他和我们这一小队朝圣者在圣地旅行（三年前他乘哈利德的大陆马车到过加利福尼亚，他从来没有忘掉过那次旅行，或失去对哈先生那火一般的崇拜）。杰克十九岁，是个本性善良，一贯好心肠的小伙子，在纽约城长大，虽然聪明，懂得很多东西，却根本没有受过《圣经》教育，他对此十分无知，以致对圣地的历史毫无了解，对所有圣徒的名字都闻所未闻，这些东西从来没有钻进他那处子般的耳朵。我们这一组里还有个和杰克恰恰相反的老香客，他通晓教义，并且态度虔诚。他是我们的百

科全书，他的言谈我们百听不厌。从贝兴到伯利恒，每到一个有名的地方，他从不放过任何机会发表一通演说，为该地增光添彩。有一次，我们在杰里科遗址旁歇下来，他一下子就滔滔不绝地谈出下面的一番话来：

“杰克，你看见那环绕约旦河谷的山脉吗？那是莫亚山脉，杰克！注意，我的孩子，那是真正的莫亚山脉，在《圣经》史上是极有名的！我们正面对着这些辉煌的悬崖和山峰——就我们所知。”他意味深长地压低了声音，“说不定我们的眼睛此时此刻正盯着神秘的摩西之墓那个地方呢！嘿，杰克！”

“摩西，是谁呀？”（音调变低）

“摩西，是谁呀！杰克，你应该感到害臊——你应该为这造孽的无知而害臊。啊，摩西，伟大的导师、战士、诗人，古以色列的立法者！杰克，从我们站的这个地方到埃及，有一片三百英里长的可怕的沙漠——那个非凡的人把以色列的孩子们领过了那片沙漠！就从我们看得见的那个地方，他以无穷的智慧指引着人们，历时四十年，终于平安地穿过了那荒无人烟的大沙漠和那艰难重重的崇山峻岭。就从我们站的这个地方，他们唱着《欢乐颂》，进入了希望之乡[1]。这真是个奇迹，奇迹呀，

①《圣经》中上帝赐给亚伯拉罕的迦南地方。

杰克，嘿！”

“四十年吗？只有三百英里吗？哼！本·哈利德只要三十六个小时就可以把他们送过去了！”

这小伙子不是恶意的，他不知道他说了错误的或冒失的话。所以谁也没有责备他，也没有谁觉得受了冒犯，没有谁会这样，只有那些心地狭窄、连一个小孩的童言戏语都不原谅的人才会。

第十五天中午，我们到达“南普拉特渡”，即“尤尔斯堡”，或“大陆城”。这是我们没有见识的眼睛一直渴望一睹，一直感到惊奇、最古怪、最稀奇的边区小城，此地离圣约瑟夫已有四百七十英里。

第七章

大陆城——渡普拉特河——白米士猎取野牛——野牛的袭击——白米士的马疯了——即兴杂技表演——新方针——白米士在树上避难——施展巧计终于逃脱性命危险

和这辽阔、寂静、几乎没有人烟、没有房屋的荒野打了这么久的交道之后又见到了城市，真感到稀奇得很！我们跌跌撞撞地爬出马车，来到繁华的街道上，就像一直蜷缩在天外一角的外星人，猛然醒来就抵达了这个世界。在一个小时里，我们对大陆城尽情地观赏，就像我们以前从来没见过城市似的。因为要在这里换车（换成一辆不那么舒服的东西，叫“泥马车”）和付邮件，我们在这里逗留了一个小时。

不久，我们又登车出发，来到了浅浅的、浑浊泛黄的普拉特河边。它的河岸低矮，河中遍布沙洲和不显眼的小岛——这是条可怜的小河，穿过巨大的平原的腹地一路挣扎着来到这里，要不是两岸那些稀稀落落像哨兵一样排列着的树木，肉眼几乎看不出它的存在。人们说普拉特河在“涨”，这倒使我但愿见它“落”，如果那样会使它显得更加渺小和可怜的话。有人说，渡这条河危险，谁要企图涉水而过，那流沙很可能会吞掉马匹、车辆和乘客。但邮件必须过去，我们决心试一试。在中流，有一两次马车陷进不断下沉的流沙中，情况是那么吓人，我们几乎认定，我们一辈子畏惧和逃避大海，却在沙漠中坐在这泥马车里沉了船。但太阳落山时，我们还是挣扎了过去。

第二天早晨，天将黎明之前，在离圣约瑟夫已有五百五十英里的地方，我们的泥马车坏了，得耽搁五六个钟头。因此我们应一伙正要出发打猎的人邀请，骑马前去猎捕野牛。在夜露未开的清晨，策马在平原上驰骋，这本是件高尚的活动，但我们这次打猎却以灾难和丢脸而告终。一条受伤的公野牛把白米士追赶了大约两英里，他丢了马儿，逃到一棵孤零零的树上。为了这件事，他生了一天一夜的气，后来还是一点一点地消了气。最后，他说：

“嘿，这没有什么好笑的。那些笨蛋开这种玩笑真不要脸。我告诉你们，有一阵子我的确很生气，我本来完全能够打死他们称为汉克的那条又瘦又长的蠢牛的，只不过只要我开枪，六七个人就得断手断脚——要打死牛，又要不打断六七个人的腿，我可做不到。老亚伦的火力实在太广了。要是那几个笨蛋都爬到树上去就好了，这样他们就不会拿我寻开心了。要是我那匹马能值一分钱的话——但它连一分钱也不值。它一见野牛冲来，就大叫一声，后蹄着地立在空中，鞍子开始往下滑，我抱住它的脖子，贴在它背上，开始祷告。接着，它又放下前蹄，来了个倒立，那头公野牛不再刨沙，不再吼叫，它被马儿那野蛮的行为惊呆了。然后，它从旁边跳过来，叫了一声，可怕极了。它离我那么近，那一声吼叫似乎让马儿昏了头，把它弄成了个歇斯底里的疯子。如果它没有头顶着地抹十五秒钟眼泪，我不得好死。它完全丧失了理智——千真万确，它真不知道如何是好，不知道它自己在干些啥。然后，公野牛朝我们冲过来，我那马儿四蹄趴在地上，又忽地跳了起来——以后十分钟，它一次又一次地前滚后翻，动作那么快，把公野牛也弄得糊里糊涂的，不知道从何下手。于是，它只好喷着响鼻，抖抖背上的灰尘，不时地哼一声，以为它恐怕是弄到了一匹价值一千五百美元的要把戏的马来做早点，一点不假。这样，开头我骑在它脖子上——马脖子上，而不是牛脖子上——然后又滑到肚皮上，接着又骑在它屁股上，有时头朝天，有时脚朝天——但是，我告诉你，在死神面前，那样撕撕扯扯，颠来倒去，真是件又严肃又可怕的事情，你们都懂的。突然，公野牛向我们一扑，啃掉了几根马尾（我记得是这样，不过并没看清楚，因为当时忙不过来），不过，准有什么东西使得马儿对荒凉的沙漠大感兴趣，提醒它跳起来向沙漠狂奔而去。你该看看那螳螂腿儿老骨头怎样跳来跳去！你也该看看那头公野牛怎样在后面穷追不舍——它埋着头，竖着尾，伸着舌头，吼得震天价响，刈倒野草，划破地面，把沙扬得像刮狂风一样！老天在上，这是一场白热化的赛跑。我和鞍子都滑到马屁股上了，我用牙齿咬着缰绳，双手扳着鞍桥。开头，我们把狗甩在后面，又赶上了一只长耳大野兔，跟着又超过了一条郊狼，最后又撵上了一只羚羊，这时，肚带断了，把我朝左边甩了三十多码，当鞍子落回马后腿上时，它用蹄子往上一踢，把鞍子送到空中四百多码高，如果我吹了牛，叫我立刻就死。我落到一棵孤零零的树下，方圆九个县只有这么一棵树（任何人睁大眼睛都看得见），下一秒钟，我的手指甲脚指甲还有牙齿紧紧扣着树皮，立刻就骑在一根大树枝上。我诅咒我的霉运，嘴里都冒出硫磺烟来。现在，我占了那头野牛的上风，只要它没想到那一招的话。但我就害怕它使那一招，害怕得要命。野牛可能想不到那一招，但它想到这一招的可能性更大。万一它使出这一招，我也打定了主意来对付它。我坐的那个地方离地面有四十多英尺高，我小心地从鞍子上解下皮带……”

“你的鞍子？难道你把鞍子带上了树？”

“带上树？哎呀，你在说些什么呀，当然不会，谁也办不到。它落下来的时候就掉到了树上。”

“哦，端端正正的。”

“自然。我解下皮带，把一头拴在树枝上，这是根很好的生牛皮带，吊得起几吨重。另一头打了个活套，放下去看看有多长，它有二十二英尺长，差一半就到了地面。然后，把亚伦枪的每个弹膛都装上了两倍的火药，我满意了，暗自想，如果它不考虑我害怕的那件事，那很好——如果它要那么做，那也好——我已横下一条心。难道你们不知道，你越怕鬼，鬼越要找上门吗？的确如此。现在，我焦急地盯着那头公野牛——这种焦急谁也体会不到，除非处在那种场合，感到死随时都会临头。这时，公野牛眼睛一闪，我明白那是什么意思！我说——只要我精神一垮就完了。一点儿不假，正是我害怕的那种事，它开始爬树了……”

“什么，那头公野牛吗？”

“当然，还有谁呢？”

“可是牛不会爬树呀。”

“是呀，是不会爬。这种事你知道得够多的，你见过野牛爬树吗？”

“没有！我做梦也不会想到这等事。”

“哦，那么，你这样说又有什么意思呢？就因为你从来没有见过就没有这种事吗？”

“嗯，好吧，说下去。那你怎么办呢？”

“那头公野牛往上爬，很顺当地爬了约十英尺高，后来一溜便滑了下去，我松了口气。它又试了一回，爬得高了点，又滑下去了。但是它再一次爬上来，这次很小心。它慢慢地越爬越高，我的心越沉越低。它上来了，每次爬一英寸，眼睛瞪得血红，舌头伸得老长。越来越高——用脚勾住一根树杈，向上望着，好像在说，‘你是我的荤菜，朋友’。接着又向上爬——越爬越高，离我越近，它越激动。离我不到十英尺了！我深深地吸了一口气，自言自语地说‘机不可失’。我把准备好的皮带一圈一圈慢慢放下去，正正地对准它的头，然后突然丢下活套，一丝不差地套在它脖子上！我掏出亚伦枪，动作比闪电还快，照它脸上就是一枪。枪声震耳欲聋，一定打得那头公野牛魂飞魄散。硝烟散去，它被吊在半空中，离地二十英尺。它一下又一下地抽搐，快得数也数不清！不过，我没有停下来去数——我溜下树来，一溜烟地跑了回来。”

“白米士，这都是真的吗？真像你说的那样吗？”

“如果有半点儿假，我愿烂在车辙里，像条不得好死的狗！”

“啊，我们不能不相信，也愿意相信。但假如有些证据……”

“证据！我把皮带带回来了吗？”

“没有。”

“我把马牵回来了吗？”

“没有。”

“你们又见到那头公野牛了吗？”

“也没有。”

“那好，你们还要什么呢？我从来没有见过对这种区区小事拼命挑剔的人。”

我断定，如果这个家伙不是个撒谎的人，也只差那么一点点。这支插曲使我想起多年以后我在暹罗那次短暂的逗留中的一件事。住在曼谷附近一座城市里的欧洲公民中有个奇才，他叫埃克特，是个英国人。此人以其谎言的数量、质量、巧妙和机智而闻名。大家一再上他那个最著名的谎言的当，总想在新来的人面前戳穿他的鬼把戏，但很少成功。有两次，他被请到我做客的那家来，但没有办法逗引他说出一个典型的谎话来。有一天，种植园主巴士根——一个有权势的人物，傲慢有时还有些暴躁——请我一同骑马去见埃克特。在路上，他说：

"喂，你知道差错出在哪里吗？在于使埃克特有了戒备。小伙子们一盘问埃克特，他便完全明白了他们打的什么主意，自然就缩进壳里去了。无论是谁也懂得要那样做。不过我们到了那里，要玩得更聪明些，让他随心所欲地去瞎编乱造，他想添油加醋就随他去吧，使他觉得没有人在打他的主意。只要让他爱怎么说就怎么说，不久，他就会忘乎所以，随意瞎扯，像个磨盘一样卖力气。要沉住气，只要不出声，看我来耍他，我一定让他说谎，我绝不认为那些小伙子们都是些瞎子，竟然看不出那种明摆着的、一眼就能看穿的把戏。"

埃克特热情地招待我们——这是个说话动听、举止文雅的人。我们在阳台上坐了一个小时，呷着英国淡啤酒，谈论国王、圣白象和睡神，海阔天空，我们注意到，我们伙伴绝不提起话头也绝不改变话题，只是随声附和，显得对任何事情都不紧不慢。不一会儿就看出效果来了。埃克特开始爱说话了，他越来越自如，越来越健谈，越来越豁达。又一个小时过去了，还是这样。突然，埃克特说：

"啊，听我说！我差点儿忘了。我弄到了一件东西，要使你们大吃一惊。这样的东西，无论是你们还是别人都没有听说过。我弄到一只吃椰子果的猫！吃一般的新鲜椰子的猫！它不但吃肉，还喝牛奶，真的——我发誓。”

巴士根向我递个眼色，我明白这是什么意思，接着说道：

“哎呀，我的天，这种事我真是闻所未闻，老兄，这不可能。”

“我知道你会那么说，我去把那只猫捉来。”

他走进房间去，巴士根说道：

“喂，我给你说过什么来着？嗯，就得这样收拾埃克特。你瞧，我耐着性子诳他，麻痹他的警惕性。我很高兴来了这一趟，回去把这事讲给小伙子们听听。猫儿吃椰子果，啊，我的天！嗯，就是这个办法，一点儿不错，他会撒个弥天大谎。凭借运气，故技重演。猫儿吃椰子果——这天真的傻瓜！”

埃克特真的抱着猫儿走进来。

巴士根笑着说：

“我抱着猫，你拿椰子果。”

埃克特砸开一个，切成几块。巴士根偷偷地给我递个眼色，喂给猫儿一块，它一口抢过去，贪婪地吞进肚里，并且还要吃！

我们骑着马走了两英里，默默无言，互相离得远远的，至少我没有说一句话。巴士根打着马，恶毒地咒骂那匹马，尽管它表现良好。我们分手的时候，巴士根说：

“明天早晨还我的马。还有，你不必提起今天的事，不要把这件蠢事告诉小伙子们。”

第八章

快递邮差——一口气飞驰五十英里——“他来了！”——碱水——排山倒海——印第安人大屠杀

不久，大家都兴致勃勃地伸长脖子，注意看“快马骑手”——穿越大陆的快递邮差，从圣约到萨克拉门托，八天行程一千九百英里！试想一下，这是冒着生命危险，用马和人的血肉拼出来的！快递邮差照例是有点男子汉气概的人，精力充沛，坚韧不拔。不论白天还是黑夜，不论隆冬还是盛暑，不论是雨雪霏霏，还是冰雹阵阵，不论路线是平坦笔直的大道还是悬崖峭壁上砾石遍布的崎岖小路，也不论要通过的是平安无事的地区还是危机四伏的印第安人聚居区，只要轮到他当差，他就得随时准备着跳上马鞍，旋风似的出发！当差的快递邮差没有一点空闲的时间。白天也罢，月夜也罢，在星光下或是漆黑的夜里也罢——不管什么时候，他都得一口气飞驰五十英里。他骑的是十分出色的快马，天生就是赛马良骥，吃住都很讲究，过着绅士般的生活，他以最快的速度跑完十英里之后，冲进下一个驿站，那里有两个马夫牢牢牵着一匹生龙活虎般的骏马在等着，转瞬之间便换了坐骑，交接了邮袋，还没等旁边的人对他瞅上一眼，这急如星火似的一人一骑早已跑得无影无踪了。邮差和坐骑都是轻装上阵的。邮差衣着单薄而贴身，身穿紧身短衫，头戴无檐便帽，裤脚塞在靴筒里，一副赛手装扮。他不带武器——也不带任何不是非带不可的东西，因为他随身携带的邮件每一封信的邮费五美元。他仅带有很少一些零碎物件，邮包里大多装的是公事信件。马身上也剥去了一切不必要的装备，只有一副薄薄的赛鞍，没有毡垫，钉着轻便马掌，别无他物。邮差两腿上各绑着一只扁平的小邮袋，每只约为小孩识字课本大小。里面装有许多重要的公务文件和新闻稿件，都写在又轻又薄如金箔一样的纸上，这样，体积和重量都减到最小。驿车日行二十四小时，行程一百至一百二十英里，但快递邮差却是二百五十英里。从密苏里到加利福尼亚，随时都有八十个骑手伏在鞍上，日日夜夜，排成一条漫长而分散的队伍。四十个飞向东边，四十个奔向西方，四百匹雄壮的马过着流动的生活，一年四季每一天要经过许多地方。

从一开始，我们就怀着奢望，要看看快递邮差，但不知怎的，所有超过我们的或迎面而来的都是在夜间疾驰而过，听到的只是一声呼哨，一声吆喝，头还没伸出车窗，那沙漠的幻影早已消失。但这次，我们将在白天看见，我们随时期待着。一会儿，车夫喊道：

“他来了！”

每只脖子伸得更长，每只眼睛鼓得更大。越过那平坦无际的大草原看去，天边出现一个黑点，显然，它在移动。啊！终于来了！我想一定是它！转眼之间，小黑点成为一匹马和骑手，一起一落，一起一落，朝我们飞扑过来，越来越近，越来越清晰，越来越明确无疑。它来得更近了，隐约可以听到马蹄的敲击声。又一转眼间，车顶篷上传来一声吆喝，一阵欢呼，只见邮差用手一挥，还没有听到回答，人和马已在我们激动的面容前一闪而过，犹如一股风暴的残尾，转瞬即逝！

这一切出现得多么突然，又多么像一个幻影，当这幻影闪现而又逝去之后，如果邮袋上没有留下还在颤抖着消散的白色尘埃，我们大概会怀疑是否看到了真正的人和马。

马车隆隆地驶过了司各特悬崖关口，在这附近的某个地方，我们在路上第一次碰到了货真价实的碱水。我们真诚地欢呼终于见识了这绝妙奇景，这也是我们要在信中对家里那些无见识的人大吹特吹的一件事。碱水使道路像肥皂一样滑腻腻的，许多地方的地面上好像刷了一层石灰。我觉得，这不可思议的碱水像我们曾经遇到过的奇迹一样使我们激动不已。我知道，我们又得意又自负，对生活更加满意，因为，在我们见识过的事物的名单上又加进了一件，而这些奇迹是许多人还未见识过的。同时，我们也像那些无谓地攀登布朗克山和马特洪山的险峰的傻瓜们一样，除了一场值得深思的非凡经历以外，并没有从中得到什么乐趣。但是间或这些傻瓜中会有一个突然失足跌倒，从山崖的斜坡上冲下山来，身后带着滚滚雪烟。他从一台滑向下一台，从一梯滑到下一梯，所到之处，铲得泥雪飞扬，接着又像蜻蜓点水似的一闪而过，不时地撞在冰团上，撕破了衣衫；他沿途抓拉可以救命的东西——抱住树木、树根等，遇到什么抓什么。他接连撞动石块，又带动了大块的砾石，然后冲过大片的冰雪和森林，一路上不停地采集，不断地给他积聚起来的无所不包的伟绩增光添彩，在接近三千英尺高的悬崖时，他最后自豪地挥动帽子，在狂暴凶猛的雪崩中冲向极乐世界！

这确实很不错，但我们不要激动得太不能自已，冷静地自问一下，当第二天这个人冷静下来，望见盖在头顶上那六七千英尺厚的冰雪，他又该做何感想呢？

我们翻过沙丘，那附近就是一八五六年印第安人杀人劫邮事件发生的地方。据说，“押车”和车夫遇难，乘客仅一人幸免，但这传说一定不确实，我在太平洋沿岸曾先后同一百三十三或一百三十四人打过交道，他们都在那次屠杀中受过伤，侥幸逃脱性命危险。这是确凿无疑的，因为这是我亲耳听他们说的。其中一人告诉我，在屠杀后约七年间，在他身上不断取出箭头。另一位告诉我，他被射中，浑身是箭，在印第安人去后，他爬起来一看，禁不住伤心落泪，因为他的衣服全给糟蹋了。

不过，最可信的说法是，只有一个人，一个叫巴比特的人从那次惨案中活了下来，他受了致命伤。用手和一条腿（因为折断了一条腿）爬向几英里外的驿站，历时两昼夜，夜晚爬行，白天躲藏起来，四十多个钟头，他忍受住了难以想象的饥渴和创痛。印第安人把驿车抢得精光，其中还有不少珍宝。

第九章

在印第安人中间——不公平的上风——枕戈待旦——半夜的谋杀——猖狂的土匪——一个危险而有用的公民

我们在夜里过了拉腊米关，第七天早晨，进入黑山，拉腊米峰已近在咫尺（明显可见），它赫然耸立，荒凉而孤独，呈现出浓深、幽黯、饱满的靛蓝色。这位古老的巨人在它那突出的云雾眉毛后面可怕地板着脸。实际上，它离我们还有三四十英里，但看上去好像就在右边的一道山脊旁边。我们在“马掌驿站”吃了早饭，这里离圣约瑟夫有六百六十六英里。现在，我们已经来到凶残的印第安人中间，下午，越过了拉帕勒尔驿站，我们时时感到毛骨悚然，我们知道，马车驶过的许多树丛后面都埋伏着一两个印第安人。前天夜里，埋伏的野蛮人一颗子弹打穿了一个快递邮差的外衣，但他照样继续前进，因为快递邮差不得停下理会这样的事情，除非他被杀死，只要一息尚存，就得贴在马上，即使印第安人已经等了他一周，并焦躁到了极点。在我们到达拉帕勒尔驿站大约两小时前，站长向一个印第安人开了四枪，但他愤愤地说那个印第安人“跳来跳去，把一切都堵塞住了，而且弹药也该死”。以他说话的语气来判断，大概是说：印第安人不要脸地“跳来跳去”，所以占了便宜。我们乘坐的马车前部有个圆圆的洞，这是上一次经过这一地区留下的伤疤。子弹擦伤了车夫，但他并不大在乎。他说，使人冒火的地方在大陆驿道的南线，在阿帕拉契山中，那时驿车公司还没把线路移到北边。他说，阿帕拉契那个地方常使他不舒服，在荒野中几乎饿死，因为他浑身给子弹穿得“到处漏水”，连酒也装不住。他的话没有多少人会相信。

在这块可怕的印第安土地上的第一个夜晚，我们关紧车窗，枕戈待旦，有时躺在武器上睡一会儿，但大部分时间仅是躺在上面。我们说话不多，只是保持沉默，警觉地倾听。这是个漆黑的夜晚，有时还下着雨。我们行进在树丛、岩石、山丘和峡谷中间——那样闭塞，从车窗的缝隙向外望，什么也看不见。顶上的车夫和“押车”同样安静，很久才开一次口，窃窃低语，如同处在看不见的危险之中。我们听见拍打着车顶篷的雨点声，轧过泥泞沙砾路的车轮声，还有风的低沉吼声。我们始终都摆脱不掉那种荒唐的感觉——夜晚坐在窗帘紧闭的马车里旅行，尽管马车在颠簸，马蹄在奔腾，车轮在滚动，却龟缩在一个角落里，保持着绝对的沉默。我们聚精会神，屏住呼吸，长久地倾听着。每当有人松懈一下，长长地舒口气，正要说点什么，另一个同伴就会突然发出“嘘”声，立刻那个冒险家又一本正经地倾听了。使人难熬的时间就这样一分钟又一分钟地慢慢逝去，后来，我们紧张的躯体支持不住了，意识迷糊了，便颓然睡去。如果可以用睡觉来称呼这种状态的话，那我们是枕在一触即发的枪机上睡眠。这是由颠三倒四、光怪陆离、荒诞可怖之梦的片段凑成一团的睡眠，是骚乱中的睡眠。一会儿，睡梦和夜的沉寂突然被响亮的喊声打断，被拉长的粗野揪心的尖叫声划破！接着，在离马车不到十步远的地方传来喊声：

“救命啊！救命啊！救命啊！”（这是车夫的叫声）

“宰了他！像条狗一样宰了他！”

“有人要杀我！谁给我一杆枪？”

“当心！截住他！截住他！”

（两声枪响，一阵混乱的喊叫声和许多脚步的践踏声，好像一群人正在围攻一个目标；又是几下重重的闷响，像是棍棒打在什么上面。一个声音在恳求：“别打了，先生们！请别打了——我不行了！”接着是更微弱的呻吟，又是一击，马车冲进黑暗，将那令人恐怖的谜留在后面。）

多么吓人呀！这一切充其量发生在八秒钟以内，甚至只有五秒钟。我们只来得及扑向窗子，张皇失措，哆哆嗦嗦地去揭开窗帘，鞭子在头上叭叭作响，车子已经咕噜噜、轰隆隆地冲下“山坡”。

那天夜里剩余的时间，我们都在琢磨那个谜。它出现得那么突然，消失得那么迅速，后来如何？我们仍然得不到谜底。多次追问，“押车”的回答透过车轮的轧轧声传来，好像是说：“早上给你们讲！”

于是，我们点上烟斗，掀开窗帘的一角作为烟囱。大家在黑暗中躺着，讲自己原来的感受，认为有多少印第安人向我们扑来，随后是什么声音以及声音发生的顺序等。我们也做了假设，但没有一个假设能解释车夫在那里喊叫的原因，也无法解释为什么那些印第安凶手英语讲得那样好，如果他们当真是印第安人的话。

我们就这样一边抽烟，一边闲谈着，轻松自在地消磨掉后半夜的时间，眼前的现实占据了我们的心，原来对前途凶险的焦虑却奇迹般地荡然无存了。

关于那夜晚发生的事，我们没有得到多少令人满意的解释。早上，我们收集到了一些零星的消息，只是说骚乱发生在一个驿站上，当时驿车正在站上换车夫，下去的那个车夫一直和出没于那个地区的土匪发生口角，(“因为那里的每个人都受到悬赏通缉，他们不敢在居民区露面。”“押车”解释说。）他既然和这些家伙不和，就应该“手枪张着机头放在座位旁边，赶到驿站时自己先动手，因为任何软弱都会送掉自己的命”。

这就是我们听到的全部消息，似乎“押车”或者车夫对这件事都不大感兴趣。一个爱口出狂言，惹是生非的家伙，头脑又如此简单，竟毫无防备地闯到对方面前，让人家像对待一个普普通通的人一样，顺顺当当就给宰了，对于这种人他们是没有多少恭维话可说的。他们同样看不起这人的低劣的判断力，竟然去招惹那些完全像野兽一般的土匪。“押车”补充说：

“我告诉你们，这八成儿是斯莱德亲手干的！”

这句话使我的好奇心转了一个一百八十度的大弯。现在，我不再想那些印第安人，也失去了对那个被杀害的车夫的兴趣。斯莱德！这个名字多有魔力。现在，无论白天还是黑夜，我随时都准备丢掉手中的一切事情去倾听斯莱德和他那令人恐怖的新业绩。就在到达大陆城之前，我们就听人谈起大陆上的斯莱德和他的“段”（因为他是个段长），从离开大陆城那时起，我们注意到，车夫和“押车”只谈三件事：加利福尼亚种马、内华达银矿和亡命徒斯莱德。更多的还是谈斯莱德。我们慢慢地了解到，斯莱德是这样的一个人，他的内心、双手和灵魂上都沾满了冒犯过他的人的鲜血。他是个对任何伤害他、冒犯他、侮辱他或怠慢他的行为进行疯狂报复的人。如果可能，立刻就要报复，如若没有机会，则留待若干年以后再算账。他是个被仇恨日夜折磨着，不报复就不能平静的人。他不是一般的报复，而是要置仇敌于死地，不会有轻松的。他只要占了仇敌的上风，使对方惊慌失措，便会非常得意，喜形于色。总之，他是大陆上的一个高贵而精明的公务员，一个土匪中的土匪，又是土匪的克星，他是山区蛮荒地带最嗜血、最危险、最有价值的公民。

第十章

斯莱德的历史——提议来一场拳斗——碰到了尤尔斯——土匪的乐园——斯莱德作为主管——作为刽子手——该死的酒店老板——成了俘虏——妻子的勇气——捉到了宿敌——奢侈的享受——和斯莱德亲切交谈——过分谦虚——幸运地逃脱

千真万确，从我们到达尤尔斯堡之前那一天开始，车夫和“押车”的谈话内容有三分之二是关于这个斯莱德。为了使东部的读者对落矶山处于巅峰时期的亡命徒有个清楚的概念，我把流传在大陆上有关他的种种谣传加以压缩整理，以如下面貌奉献给读者。

斯莱德生于伊利诺伊，出身良家。约二十六岁时，因为口角，他杀了个人，便亡命他乡。在密苏里的圣约瑟夫，他加入了加利福尼亚帮移民队，并谋得了队长之职。有一天，在平原上，他和一个车夫发生激烈的争吵，两方都拔出手枪，但那车夫是个动作更麻利、枪艺更高超的家伙，先拉起了扳机。于是斯莱德说把生命浪费在这点区区小事上太可怜，提议把手枪丢在地上，用拳头一决胜负。那车夫毫无疑心便同意了，把枪丢掉。这时，斯莱德哈哈大笑，说他头脑太简单，一枪结果了对方的性命！

他成了亡命之徒，在荒野里过了一段时间，一面和印第安人搏斗，一面和前来追捕他的伊利诺伊警察周旋。据说，在一次和印第安人的战斗中，他亲手杀了三个野蛮人，然后割下他们的耳朵，附上他的问候送给了部落酋长。

不久，斯莱德就以无畏和果敢出了名。这些品质足以使他取代被撤职的尤尔斯先生，把尤尔斯堡大陆驿站段长这一要职弄到手。在前一段时间，成群的土匪经常偷盗公司的马匹，拦截驿车，如果有人壮着胆子对这些无法无天的行为说上几句愤恨的话，土匪们只会对他嗤之以鼻。斯莱德却直接对他们表示不满。土匪们不久发现，新段长对会出气的生物是什么也不怕的。他干净利落地打发了所有的挑衅者。结果是，驿车畅通无阻，公司财产安然无恙，无论发生了什么事，无论谁遭了殃，斯莱德的马车却随时畅通！的确，为了换来这崭新的面貌，斯莱德不得不杀掉几个人：有的说三个，有的说四个，还有人说六个，不过，这样的人死一个少一个。他遇到的第一个困难就是对付前段长尤尔斯，此人也以粗鲁、不要命而享有盛名。尤尔斯仇恨斯莱德，因为他挤掉了他的位置，但更主要的原因是他随时准备同人打架。不久，斯莱德竟雇用了一个尤尔斯解雇的人。后来，斯莱德捉到了一套马，反诬是尤尔斯把它们赶走并藏在哪个地方据为己有。双方宣战了，有一两天，这两个人小心翼翼地在街上走来走去，搜寻对方。尤尔斯带着一支双筒猎枪，斯莱德佩着他那把打天下的左轮。最后，当斯莱德跨进一家商店时，尤尔斯从门后把那支枪里的内容一齐倾倒在斯莱德身上。斯莱德真勇敢，作为回敬，让尤尔斯重重地挨了几枪。两个人都倒了下去，被分别抬回各自的住所。两个人都发誓，下一次要瞄得更准些，把事情办得更彻底些。两个人都在床上待了很长时间，但尤尔斯先下地，他收拾起财物，用两匹骡子驮着逃到了落矶山区安全地养精蓄锐，等着算账的那一天。过了好几个月，他杳无音信，便慢慢从所有人的记忆中消失了，但斯莱德除外。斯莱德是个不会忘掉他的人，恰恰相反，大家普遍的说法是，斯莱德悬赏捉拿他的对手，不管是死的，还是活的！

因为斯莱德管理有方，驿车线上最恶劣的地段恢复了安宁和秩序。大陆驿车公司将斯莱德调到落矶山区的落矶岭段，期望他在那里也创造同样的奇迹。那里是土匪和亡命徒的乐园，根本没有法律的影子，暴力就是统治，力量是公认的唯一的权力。最一般的误会也会动用左轮或刀子来及时处理，凶杀在光天化日之下进行，频繁得惊人，也无人想去过问。大家认为，人们杀人自有其理由，他人干涉则是无礼。凶杀后，按落矶山的规矩，得找个证人，其职责是帮助那个先生埋葬他的猎物，否则，当他自己第一次杀了人，需要邻人帮忙埋死人时，人们一定会记得他前番的吝啬。

斯莱德又舒服又安逸地在那个盗马贼和刺客窝里住下来，任何人只要敢当他的面不要脸地自吹自擂，他就打死他！他对土匪们发起进攻。不久之后，不仅马匹不再被盗，还收回了大批被盗的马匹，宰了几个最危险的亡命徒，取得了令人慑服的威势，剩下的人都尊敬他，崇拜他，害怕他，服从他！如同在大陆城一样，他给这里也带来了奇迹般的变化。他逮住了两个盗马贼，亲手吊死了他们。他是这个地方的最高法官，同时也是陪审团和刽子手——不管是得罪了他的下属，还是冒犯了过路的移民，所有案子他都受理。有一回，有些移民的马匹丢了或是被偷了，碰巧斯莱德带着一名随从来访问他们的营地，他们把这事告诉了斯莱德，他怀疑是某个农场主干的，便骑马到那个农场，踢开门就开枪，打死三个，伤了第四个。

我从一本血淋淋的但十分有趣的蒙大拿小册子[①]里摘录出这一段：

> 在驿车线上，斯莱德有至高无上的权威。他常纵马到一个驿站，挑起口角，踏平房屋，极残忍地虐待那里的住户。那些倒霉的人无法逃脱，被迫拼命弥补损失。有一次，据说他杀了一个漂亮的混血孩子吉米的父

① 《蒙大拿治安维持会的成员》，迪姆斯德尔教授著。

亲，事后，他收养了那孩子。斯莱德伏法后，这孩子仍和他的遗孀住在一起。斯莱德吊死人，无数次袭击、枪战、杀戮和斗殴，这就是广为流传在驿线上的故事。每一个故事中，斯莱德都唱主角。如果算上一般的口角和枪战，斯莱德每一分钟的历史就是一大堆这样的勾当。

斯莱德是个使用海军左轮枪的神枪手。传说有一天早晨，在落矶岭，他心情很好，看见一个人走过来，这人前些日子得罪过他——请注意，他对这种事总是耿耿于怀——“先生们，”斯莱德拔出手枪，说道，“那人正好是二十码远的好靶子，我要敲掉他大衣上的第三颗扣子！”果然分毫不差。目击者无不佩服，他们一齐参加了葬礼。

有一天，一个在驿站上开小酒店的人做了点什么事惹恼了斯莱德，便去立下遗嘱。一两天过后，斯莱德走进店里要了些白兰地。那人弯腰去柜台里取（看来是拿酒瓶，也可能是拿别的什么），但斯莱德对他满意地淡淡一笑，附近的邻居早就知道这种奇特的微笑是他要杀人的伪装，他告诉那人：“不要那种！拿贵的来。”于是，那个可怜的店主只好转身去货架上拿最贵的白兰地，等他转过身来，眼睛正对着斯莱德的枪口。“眨眼间，”给我们讲这件事的人意味深长地说，“他已是个死得硬邦邦的人了。”

车夫和“押车”告诉我们，有时候斯莱德会几个星期不打扰、不注意，也不提他的仇敌——至少有一两次。有些人说，他们认为斯莱德这样干是为了麻痹他的牺牲品，然后他就可以占人家的便宜；另一些人认为，他留下敌人就像学生娃娃留着要吃的蛋糕，为的是对他的敌人的厄运幸灾乐祸，尽可能享受其中的乐趣。有个法国人冒犯过斯莱德，大家很惊奇他竟没有当场宰了他，而让他逍遥了很长一段时间。后来，他在一天深夜去敲那个法国人家的门，那人一开门，他就一枪把他打死，一脚把尸体踢进屋里，一把火把尸体连同他的寡妇和三个孩子一齐烧掉了！我从几个人那里听到过这个故事，他们显然都相信这件事。这可能是真的，也可能不是。“欲加之罪，何患无辞”……

有一次斯莱德被一伙人捉住了，这些人打算用私刑处死他。他们缴了他的枪，把他关在一间结实的木房子里，还设了一个岗哨守着他。他说服了那些人去叫他妻子来做最后诀别。他妻子是个勇敢、忠实、有胆量的女人，一听到消息，便翻身上马，不顾死活地赶去。她赶到以后，那些人没有搜身便放她进去了，门还没关上，她唰地掏出两把手枪，和她丈夫一同冲了出去，打倒了那些人，然后放了一把大火，双双跳上马，安然地跑掉了！

后来，斯莱德的忠实爪牙捉到了他的宿敌尤尔斯，他在山区一个荒僻的地方小心地藏起来，靠那杆枪过着动荡的生活。他们把他押解到落矶岭，缚住手脚，绑到牛栏中间的一根柱子上。据说，斯莱德闻讯欣喜异常，脸上闪闪发光，令人望而生畏。他检查了他的敌人，看捆得是否结实，然后去睡觉，满意地等待第二天上午来享受那杀人的乐趣。第二天早上，他拿尤尔斯来试枪法，在这里或那里敲掉一块肉，有时打断一根手指头，尤尔斯乞求他干干脆脆地杀了他，不要叫他受这份罪。最后，斯莱德走近他的牺牲品，做了一番独特的评论，便打发了他。尸体在那里摆了半天，未经许可无人敢动一下。过后，他叫了一帮人来，还亲自参加了葬礼。但他割下了尤尔斯的耳朵，放在背心口袋里，非常满意地保存了许久。这就是我经常听到的或经常在加利福尼亚报纸上看到的斯莱德的故事。其主要情节是真实无误的。

在预定的时间，来到一个驿站，我们坐下来和一群半野蛮、半开化、佩着刀枪、满脸胡子的山里人、牧场工人和驿站看守一起吃早饭。坐在上首，就在我眼前的那位头头，是我们一路上所见到的大陆驿车公司里最有绅士气派、最安详、最和蔼的人。我听到人们叫他斯莱德时，立刻目瞪口呆，浑身发抖，没有哪个小伙子会像我那样失魂落魄！

这就是那个凶神，我正和他面对面地坐在一起！看得见，摸得着，还和他亲密交谈！这儿，坐在我身边的就是那个真正的吃人魔王，在斗殴、争吵和其他不同场合，要了二十六个人的命，如若不然，那就是大家都冤枉了他！我觉得自己是个最了不起的小伙子，游历过稀奇古怪的地方，见过出类拔萃的人物。

他是那么友好，口气是那么亲切。尽管他有那么可怕的历史，我还是对他产生了好感。简直难以相信，这个人竟会是土匪们的无情的灾星，山区的母亲们用来吓唬孩子的偶像，就像腿骨上架着的骷髅。直到今天，我能记得的斯莱德的最明显的特征只不过是宽脸膛、矮颧骨和特别薄而直的嘴唇。但这些留给我的印象已经够深了。每当看到具有这些特征的脸，我很少不认为他是个危险的人物。

咖啡喝完了，至多也只剩下一小杯了，斯莱德正要喝下去，他看到我的杯子空了，便有礼貌地要倒给我，我客气地拒绝了。我害怕他那天早晨还没杀过人，这时正想寻点开心。但他仍然非常客气地坚持要倒满我的杯子，说我坐了一夜车，比他更需要。他边说边倒，直到一滴不剩。我道了谢，喝了下去，但并不觉得舒服，因为我不能担保他会不会马上翻脸，他舍了咖啡，或许会杀掉我们来弥补损失。但什么事也没有。我们离开了，他还是只有二十六条人命债。我们暗自庆幸在早餐桌上处处谨慎小心所以幸运地没有做了第二十七个。斯莱德到车前来给我们送行，事先还叫人把邮包摆好使我们舒服些，然后我们就离开了他，相信今后还会听到他的消息，那还不知道是在什么场合呢。

第十一章

斯莱德在蒙大拿——“寻欢作乐”——法庭上——对法官的攻击——被治安维持会逮捕——矿工起来了——斯莱德之死——他妻子的悲哀——斯莱德是个懦夫吗?

果然，两三年后，我们又听到了他的消息。蒙大拿治安维持会（斯莱德被从落矶岭押到这里）绞死了斯莱德的消息传到了太平洋沿岸。我在一本令人毛骨悚然的小册子里看到了这件事，这本小册子的最后一章是:《蒙大拿治安维持会会员逮捕、审讯和处决亨利·普拉默尔站臭名昭著的路霸实录》(蒙大拿州弗吉尼亚市迪姆斯德尔教授著)。迪姆斯德尔的这一章很值得一读，这是法庭无能为力时，边区人民怎样对付犯罪的样本。迪姆斯德尔曾两次提到斯莱德，两次的描述都很准确，其中一次还十分生动:“那些只见过正常状态下的斯莱德的人们会断定他是个温厚的丈夫，最好客的主人和最识礼仪的绅士;要是他喝得醉醺醺的，周围是一群武装野人，这时人们看到了他，会断定他是个恶魔的化身。”还有，“在西部的肯尼堡，人们怕他大大甚过上帝。”这个句子写得严谨、简练、有力，可谓文学作品中的极品。迪姆斯德尔先生的描述如下。着重号是我加的。

> 一月十四日，执行了五个人的死刑后，治安维持会会员们认为他们的工作快要完结了。他们已经清除了那个地区的大部分土匪和杀人犯，在还没有正式法律机关的情况下，他们决定建立一个“人民法庭”，在那里由法官和陪审团处理一切罪犯。这是在条件许可的情况下建立社会秩序的最后一步。虽然缺少严格的法律认可，人们还是坚决地维持人民法庭的权威和执行它的命令。这里要提到的是，**斯莱德把逮捕状撕得粉碎并踩了几脚，接着阿利克斯·戴维斯法官借一把大口径手枪的权威亲手逮捕了他**，斯莱德这种公然的无理导致他走完通向绞架的梯子的最后一级，他在上面送了命。
>
> J.A. 斯莱德，就我们所知，他本人就是个治安维持会会员，他还公开炫耀并且宣称他们知道的他都知道。他在这个地区犯的杀人罪和抢劫罪，从来没有受到控告，甚至没有受到过怀疑（后一种罪状在任何地方都没有提到过）。但他去别的地方杀了几个人却使他臭名远扬，在他因上述暴行终于被捕后，这种恶名却决定了

他的命运。从米尔克河回来后，他越来越好酒贪杯，到后来，他和他的朋友们“进城”成了家常便饭。人们经常看见斯莱德和两个走狗同骑在一匹马上，在大街上奔跑，高声尖叫，开枪射击，等等。有许多次，他骑马冲进店铺，打断棚栏，把秤摔出门外，用最下流的语言辱骂在场的人。就是在他被捕的前一天，他还毒打他的一名随从，但恰恰就是这个随从在绞架旁边为他哀声哭泣，竭力恳求饶他一命。斯莱德对手下的影响可想而知。当斯莱德畅饮了一通，开店铺的商人和市民们便纷纷熄灯灭火，害怕遭到魔爪的荼毒，这已成为常事。他随意毁坏物品和器具，如果他没喝酒而手边又有钱的话，他也总会赔偿。但也有不少人认为这只不过是对那些暴行的微不足道的补偿罢了。说这种话的人都是他的死敌。

一次又一次，斯莱德从一些他深知不会欺骗他的人那里得到警告，他的行为将得到应得的结果。他被捕前的几个星期，人们随时都会听到这样那样血腥的暴行，单是人们对于他的名字的畏惧，再加上他那一伙武装随从，就足以制止任何抵抗，而这种抵抗必然会以抵抗者一方的立即被屠杀或身首异处而告终。

我们已经提到过人民法庭经常下命令逮捕斯莱德，但每次都是他交付一两笔罚金，并答应有了钱再付清其余部分而了事，但在这个性命攸关的时刻受到传讯，他甚至连这个方法也忘了。感情用事和毫无节制使他跳进了死神的怀抱。

斯莱德酩酊大醉，整夜“杀伐”，他和他的伙伴们把这个城市弄成了地狱。早上，司法长官J.M.福克斯传见并逮捕了他，把他带到法庭，宣读了传讯他的命令。他狂怒冲天，难以自制，一把夺过传票撕得粉碎，扔在地上用脚践踏。紧接着便听到外面他的伙伴们的枪机咔咔作响。一场危机一触即发。司法长官没有固执己见，但这样做是既果断又精明的，他让步了，让斯莱德成了局势的主宰，成了法庭的征服者和庭长，成了法律和立法者。斯莱德宣了战，对方也接受了。现在，治安维持会觉得，为了维护社会秩序和守法公民们的利益，这个问题必须立即解决。他们知道斯莱德的脾气，如若不愿毫无怨言地屈服于他的淫威，那就得采取恰当的措施使他不能对治安维持会进行报复，否则，他们就别想逃脱死亡和暴虐，平安地住在这个地区；也别想避开他的帮凶们的纠缠，这些人受斯莱德的胜利的鼓舞和激励，会肆无忌惮。前一天，他纵马冲进多利斯的商店，当有人请他走开时，他拔出手枪，威胁说要宰了那个和他说话的人。他把马牵进另一个酒吧，买了一瓶酒来喂那个畜生，这种行为并不罕见，他还经常闯进酒吧，对吊灯开枪，引起一场疯狂的骚乱。

委员会的一名官员见了斯莱德，他很明白自己的话对斯莱德的重要性，便心平气和诚诚恳恳地对他说：“斯莱德，立即上马回家去，否则，就会——吃亏的。”斯莱德吃了一惊，一双黑洞洞的目光逼人的眼睛久久地瞪着那位先生：“你是什么意思？”他问。“你无权过问我是什么意思，”对方平静地答道，“立即上马，听我的话。”过了一会儿，他答应照办，也真的骑到了鞍上，但是，当时酒还没醒，他把他的朋友一个又一个地叫来，似乎忘了他受到的告诫，又激动起来。作为挑战，或许不过是虚张声势，他高叫着一个著名妓女的名字，这个妓女和两位他认为是委员会头面人物的人曾吊过膀子。大概他并没有把那有生命危险的警告忘得干干净净，可是，尽管性命攸关，他却用一种愚蠢的方式表示他还记得。他找到亚历山大·戴维法官，抽出上了膛的大口径手枪，抵住他的头，告诉他，为了他的安全，他得把他扣为人质。法官站着，一言不发，毫不反抗，因此，没有发生更严重的暴行。在这之前，因为事关重大，委员们曾开会研究，最后决定逮捕他。但对他的死刑判决却没有得到通过，在那时，极可能还会得到否决。他们派人到内华达准州，把已有的材料报告了负责人，因为有必要表明，河谷沿岸的全体人民对这件事意见是一致的。

矿工们几乎“倾巢出动”，丢下工作，集结成强大的队伍，约六百个身强力壮全副武装的人开到弗吉尼亚。队伍的首领深知他手下的人对这个问题的激愤情绪，他纵马跑到队伍前头，匆忙召集了一个执行委员会议。他明确地告诉他们，矿工们做事“钉是钉，铆是铆”，他们既然来了，就不会站在街上让斯莱德的朋友们打死，而是要捉住他，绞死他。参加会议的人不多，因为弗吉尼亚人根本不愿意采取行动。会后，把这个表达“下城”人感情的重要决定通知了在主街一家商店后面的一群人，他们正在一辆货车背后慎重商量着。

委员会不愿意走极端，他们以前执行的任务都很轻微，与眼下这个任务相比简直不值一提。但他们必须做出决定，而且要毫无迟疑。最后终于决定：如果全体矿工一致认为应该绞死他，那么委员会就交给他们去处理。内华达人的领袖飞马回到自己的队伍中去了。

斯莱德知道了将要发生什么事，这个消息使他清醒过来。他走进普法兹的商店找到戴维，为他的行为道歉，表示他愿把一切收回。

这时，队伍的前锋已开到瓦立士大街，并迅速向前推进。队伍在商店门前停下来，委员会执行长官走上前去逮捕了斯莱德，立即宣布对他的命运的处理，问他还有什么事要办。好几伙人都对他提起这件事，但他对这些讯问一点也没听进去，他一心想着他那可怕的处境，不断地乞求饶命，并要求见见他的妻子。这个不幸的女人和斯莱德感情深厚，这时她正住在麦迪逊河岸边他们的农场里。她生得相当有魅力，高挑的个头，匀称的身材，姿态高雅，风度动人，而且还是一个有名的女骑手。

斯莱德的一个报信人火速赶到那里，报告了斯莱德被捕的消息。她立即翻身上马，以恩爱与绝望在一个热情而强健的人身上所能激发出的所有活力，在崎岖的山路上奔驰了十二英里，飞向她热情献身的那个人身边。

与此同时，一些人自告奋勇地在队伍经过的山谷里为行刑做了必要的准备。在离普法兹和拉谢尔的石头房子下面不远处有个畜栏，门梁方正而又结实，顶上加了根横梁，上面捆着根绳子，一个杂货箱子作为绞刑台。斯莱德由一队卫兵簇拥着来到这里，这是蒙大拿地区有史以来装备最精良，力量最强大的队伍。

这个命在旦夕的人被眼泪、祈祷和忏悔弄得精疲力竭，几乎没有力气在那根要命的横梁下站稳。

他一次又一次地喊道："天啊！天啊！我非死不可吗？啊，我的爱妻！"

在那疲倦的队伍回去的路上，他们遇到了一些斯莱德的朋友，都是些忠实可靠的公民和委员会成员，但和那个囚徒有私交。听到判决后，有个人，一个本来心肠很硬的人，扯出手巾像个小孩子似的抽泣着跑开了。斯莱德一再乞求见他妻子一面，他的请求似乎很难拒绝，但考虑到难免有人前来营救，这会带来血腥的后果。还有，他妻子的到来和恳求赦免，也会引起骚动，所以他们还是拒绝了他的请求。在最后的时刻，他们派了几位绅士到刑场，其中之一（戴维法官）对大家简短地讲了几句话，但声音低得除了他近旁的几个人谁也听不见。斯莱德的一个朋友竭尽全力为他讨饶未能获准，便甩掉外衣，表示如要绞死斯莱德先把他杀了。一百支枪立即对准他，于是他转身逃跑了，人们把他捉了回来，逼他穿上衣服，答应以后规规矩矩。

在逮捕斯莱德后，虽然有许多弗吉尼亚公民加入了警卫队伍的行列，但在他们中间几乎找不到一个领头的。对判处死刑这一冷酷的必然后果，大家还感到有些惋惜。

一切准备就绪，一声令下："伙计们，执行吧！"斯莱德脚下的箱子立即被抽去，他几乎马上就咽了气。

尸体放了下来被送到弗吉尼亚饭店的一个房间里，没有进行殡葬。等到死者不幸的妻子火速赶到时，发现一切都完结了，她已成了寡妇。她那令人心碎的悲痛号啕，突出地表明她对亡夫的深沉而诚挚的爱。过去了很久，她还没有控制住她那激动的感情。

这个亡命徒的性格完全不可思议——至少表面上如此。事实是，尽管这个地道的亡命徒的胆量非凡，但他还是用最卑鄙的手段去占他敌人的便宜。当他武器在身，逍遥自在时，他会在别人面前把一切都打得七零八落才罢手。当他站在绞刑架下绝望时，又会像个胆小的孩子一样哭叫哀求。话是不值钱的，把斯莱德叫作胆小鬼是容易的（因为轻率的人往往把并不“坚毅不屈”的死刑犯叫作胆小鬼），我们已知斯莱德“被眼泪、祈祷和忏悔弄得精疲力竭，几乎没有力气在那根要命的横梁下站稳”，这句难听的话本身就把一切说得明明白白——但是，他经常打死落矶山那些杀人的匪首和他们的同伙，向他们挑战，激怒他们，自己既不躲也不逃，这表明斯莱德是个英勇无比的人。没有哪个胆小鬼会这样。许多臭名昭著的胆小鬼，许多胆小如鼠、粗鲁残忍、卑劣下贱的懦夫，临刑前昂然陈词，极平静、极坚强地走向地狱。因此，我们有理由相信，由于这种人智力低下，不是“道德的”勇气使他们那样。但是，如果道德的勇气不是必不可少的气质，这个铁石心肠的斯莱德又缺少什么呢？——这个嗜血、亡命、和颜悦色、温文尔雅的绅士，总是毫不犹豫地警告他残忍的敌人，只要下次碰到，无论何时何地，他会把他们宰掉！我认为，这是个值得探讨的谜。

第十二章

一支摩门教徒移民队——落矾山区的中心——纯碱——自然冰窖——一位身兼数职的居民——看见了“常年积雪”——南关——分道扬镳的水流——不可靠的信差——故友重逢——摔了西瓜——下山——荒凉的景象——黑夜中迷路——不必要的劝告——美国军队和印第安人——惨不忍睹的景象——又消除了一个误会——在天使中间

离开吃早饭那个驿站不久，我们赶上了一个有三十三辆马车的摩门教移民队，几十个衣着粗陋、表情忧郁的男人女人和孩子，赶着稀稀拉拉的牛群，步履蹒跚地向前挪动着脚步。他们已经这样日复一日地步行了漫长的八个星期，行程长达七百九十八英里，这是我们的马车八天零三个小时就可完成的路程！他们个个风尘仆仆，蓬头垢面，衣衫褴褛，显得那样疲惫不堪！

早饭后，我们在马河里洗了个澡，（在以前）这是条清澈湍急的小河。真是一次难得的享受，因为我们飞奔的马车很少长时间停留使我们得到这种享受。每二十四小时换十到十二次马——确切地说，是换骡子。六匹骡子，每次几乎都是在四分钟内便换好了。这是个热闹的场面。我们的马车每到一站，六匹上了套的骡子便生龙活虎一般从马厩里跑出来，几乎在一眨眼的工夫，原来的已经卸下，新来的已经套好，我们又开车了。

下午，我们经过了“甜水河”“独立峰”“鬼门关”和“魔鬼峡”。后两个地方重峦叠嶂，景色雄伟，充满奇趣。这时，我们已经来到落矶山区的腹地了。我们还路过了“碱湖”（或叫“苏打湖”）。车夫告诉我们，大盐湖城的摩门人常来这里拉碱。我们突然明白了，我们的旅程已经非常遥远。他说，前几天，他们在地上（湖是干的）铲起纯碱，装了满满两车。不花一文钱就得到了两大车碱，弄到盐湖城就能卖到二十五美分一磅。

晚上，我们路过了一个最有名的奇景。关于这一奇景，近一两天来我们听得很多，心痒痒地想看一看。可以把它叫作自然冰窖。这时正是八月天气，白天酷热难当，然而在一个驿站上，人们在山边的一片砾石下面，扒开六英寸泥土，便可以弄到纯净的冰块——冻得结结实实，坚硬而透明，如水晶一样！

黎明时分，我们又动身了。不久，我们坐在打开的窗帘边，过着早晨的烟瘾，凝视着初升的太阳的第一缕霞光，它扫过群峰，映红一块块岩石，一座座山峰，给它们镀上金边，犹如不可见的造物主正在检阅他那些身着灰色军服的老兵，他们也微笑着向统帅致敬，这时，我们看到了“南关城”。客栈老板、邮政局长、铁匠、市长、警察、城防司令、第一公民和财政部长出来热情地欢迎我们，我们也向他问好。他告诉我们一些印第安人的消息，一些落矶山的消息，我们回赠了些平原上的新闻。然后，他又回到他那孤独的宫殿。我们继续在群峰林立、云雾缭绕的山道上攀登。南关城有四座木屋，其中一座还没有完工，拥有那些官衔和职务的先生是当地十位公民的首脑。设想一下吧，客栈老板、邮政局长、铁匠、市长、警察、城防司令、第一公民和财政部长，那么多个头衔竟被塞进一张人皮里，集一切大权于一身。白米士说，他是“一把八面威风的亚伦枪”。他还说，如果他作为一个邮政局局长或铁匠，或者邮政局局长兼铁匠而死去，人们还可以忍受，但如果他身兼数职而死去，对公众将是一个可怕的损失。

在南关城前面两英里处，我们第一次见到了那种神秘的奇迹——盛夏里的雪墙。西部地区所有没见过世面的小伙子都听说过这一奇景，也完全相信。尽管如此，当他们亲眼见了，还肯定会惊得目瞪口呆。我们钻进云霄之中，四周都是经年积雪覆盖的顶峰，景色着实壮观，在书本上，终年不化的积雪并不稀罕。但是，当我真的见到皑皑白雪在远处雄伟壮丽的山峰上闪闪发光，当我意识到，这是在酷暑的八月，天气酷热，外衣早已经收起的时候，我也完全看呆了，就好像以前从来未听说过八月雪似的。常言道，“眼见为实”。许多人活了老大年纪，以为自己相信某种人们普遍接受、肯定假不了的事情。这些人绝不会想到，一旦自己亲身面对这种事情，他会发现，他以前并不是真正相信，只不过自以为相信罢了。

不一会儿，群峰映入眼帘，耀眼的积雪像一条条长长的利爪紧紧抓住一座座山峰。山腰上的背阴处，稀稀拉拉地散布着一片片的雪块，看起来比女人用的手帕还小，但实际上比“群众广场”还要大。

这时，我们终于进入了大名鼎鼎的南关，在群山之上快活地飞奔。我们跨上了巨大的落矶山脉的绝顶。多少个日日夜夜，我们朝它攀登，不停地攀登。在我们的四周，在一万、一万二，甚至一万三千英尺的高处，大自然的君主们正在召集会议——在晨曦中，这些巍巍然的老翁们高高地耸立在远处的华盛顿山之上。在这云霄之上，下面是在大地上蠕动的人们，每当绕过遮挡视线的悬岩，似乎我们便能够尽情地眺望，注视这整个巨大的地球了，它那山川、海洋和大陆都融为一体，在神秘的夏日雾霭中伸展开去。

总的说来，南关像一条峡谷而不像一座云中吊桥——但有个地方，却极像座吊桥。在那里，一两座紫色的大山巍然耸立在我们两边，使我们觉得，在那极深的下面还有平原和山谷，如果我们能够走到边上，就会看见的。这些不食人间烟火的苏丹们的头巾是翻滚的云块。云块不时撕裂开来，一朵朵散乱地向四面八方飘去，后面拖着大片的影子；顷刻又抓住挡道的山峰，停留下来，将其缠裹住，然后又撕裂开来，放开紫色的山峰，就像刚才放开那峰峦起伏、披着新雪的紫色大山一样。这些吓人的云块飘过时，黑压压地掠过观者头顶，败絮般的云丝扑面而来，使人不由得脉管紧缩。在这个地方，你可以在脚下看到许多缩小了的山峦，山谷向下逶迤，直达远处溟蒙的平原。平原上横贯的细线就是道路，一簇簇的羽毛就是树木。这是一幅沉睡在阳光下的美丽图画。但是，即将来临的风暴皱着眉头，拖着一道黑影偷偷袭了上来，使它的画面越来越昏暗。这时，尽管你站立的高处正是烈日凌空，没有一丝阴云，但你却能看到风暴向下扑去，千条火蛇在岩石上跳跃，铺天盖地的大雨向峡谷中倾泻；你会听到隆隆雷声，霹雳轰鸣。我们观赏到的这种景象许多人并不陌生，但对我们来说，却是个奇观。

我们轻快地向前疾驰。不久，在绝顶上（尽管已车行半个多小时，我们一直觉得是奔驰在顶峰上），我们看到一条清泉。泉水从两个泉眼里涌出，分别向两个相反的方向流去。“押车”说，我们面前的那条小溪刚刚踏上旅途，向西奔往加利福尼亚湾和太平洋，它要流过几百甚至几千英里的不毛之地。他还告诉我们，另外一条小溪正在离开雪峰中的老家，向东开始了一条同样的旅程——我们知道，即使我们早已忘记这条不起眼的小溪，在许多年后，它依然会湍流不息地奔下山坡，穿过深涧峡谷，从黄石河中流过。它会潺潺地注入那宽阔的密苏里河，横越那无人知晓的平原、沙漠和人迹罕至的荒野，在树根、沉船和沙滩间留下一长串朝圣者的艰难足迹。它将汇入密西西比河，拍击圣路易港，继续奔腾向前，流过浅滩、沙洲和礁石重重的河道，掠过水深流急密林夹岸的河曲，在树木葱茏的小岛间那神秘的水道和杳无人迹的水巷中穿行。然后，它又经过一道道河湾，这里的两岸已不是遮天蔽日的森林，而是一望无际的碧绿蔗田，途经新奥尔良，又流过一条又一条弯弯曲曲的河道——最后，经过长达两个月的黑夜与白天，历尽旅途中的辛劳、兴奋、欢乐和艰险，经受住了干旱、抽灌以及蒸发的严重损失，它越过墨西哥湾，在热带海洋那宽阔的胸怀里躺下来，再也不回头，再也不留恋走过的雪峰。

我在一张纸上给家乡的朋友写了几句心里话，投进水流里。可是上面没有贴邮票，它在某个地方给扣下来了。

在山顶上，我们赶上了一个移民队，许多车马，许多疲倦的男男女女，还有许多丑陋的牛羊。我认出，这支远征队的头领，一个满身灰尘的骑手，就是约翰——世界之大，人口之多，可偏偏在离家乡数千里之遥的落矶山巅上碰见他，这个我原来最不想见到的人。我们曾是多年的同窗好友。但有一次，我孩子气的恶作剧破坏了这种友谊，再也没有恢复过。是这么回事：我过去常去拜访一位编辑，他住在临街的三楼上一个房间里，有一天他给我一个西瓜，我正准备大吃一顿，这时，我偶然往窗外一望，看见约翰正站在下面，一个无法抑制的欲望涌上心头，想把西瓜扣在他头上。跟着，我就这样做了。结果我损失惨重：西瓜糟蹋了，约翰又决不肯原谅我，从此我们不再来往，后来就你东我西了。

但在这种情况下我却又见到了他。

我们俩同时认出了对方，手热情地握在一起。好像我们之间从来没有冷淡过一样，谁也不再提及那些嫌隙，一切都烟消云散。在远离家乡的荒凉的山冈上见到一个熟悉的面孔，这个简单的事实就足以使我们忘却一切，只有愉快的回忆。在诚挚的“再见”和“上帝保佑你”声中，我们又分手了。

苦苦熬了好几个小时后才登上那漫长的落矶山岭。现在终于开始下山了，峰回路转，我们以轻快的速度向山下驰去。

我们把白雪皑皑的温得河山和尤因塔山甩在身后，向前飞奔，一路上壮丽的景色目不暇接，偶尔也穿过一堆堆牛骡的白骨——这是以前大迁移的纪念碑——到处是东倒西歪的桌子和小堆小堆的石头。车夫说，这些东西表明，它们是更珍贵的遗骸的安息之乡，是最凄凉的墓地！是郊狼和渡鸦的家园——荒凉和不毛的别名。在潮湿、漆黑的夜晚，这些骷髅发出惨淡可怖的光芒，犹如点点微弱的月光照耀着昏暗的沙漠。这是枯骨发出的磷光，尽管有科学的解释，人们遇到这种鬼火，知道它是来自一块骨头，仍禁不住毛骨悚然。

夜半，开始下雨了。我还从来没有见过这种事——的确，我什么也没看见，因为太黑了。我们紧紧地拉上窗帘，还用布条塞好缝隙，但雨水还是从二十处流进车厢。没有可躲避的地方。如果挪动脚避开一股漏下来的水，身子就得让雨水浇。如果动动身子，别的地方又会遭殃。如果你从水淋淋的毯子里钻出来坐起，肯定会有一股水正浇在你的后脑勺上。此时，马车在满是沟壑的路上摸索前进，车夫面前的能见度不超过一英寸，也找不到路，暴风雨那样无情地打来，马匹也无法控制。风雨的势头刚过，"押车"就提着灯跳下去找路，刚下车就掉进了一个十四英尺的陷坑里，手里的灯像一颗流星一样也跟着滚了进去。一摸到底，他就疯狂地叫道：

"别过来！"

车夫正盯住他掉下去的那块危险的地方，听了这话，他以被冒犯了的口气答道："你当我是个该死的傻瓜？"

"押车"用了差不多两个小时才找到了道路——这说明我们瞎摸了多远，也说明我们冒了多大的危险。他顺着我们的车辙往回走，有两处摸到了危险的边缘。我一直很庆幸那晚上没有丢掉性命，这没啥特别的原因，但我总是很庆幸。

第十天早上，我们渡过了格林河——一条美丽、宽阔、清澈的小河。车开下去，河水刚刚淹过我们的邮包床，我们就在河里等着，直到又套上了几匹马，将我们拖上陡峭的河岸。河水凉爽舒适，我们身上本来就找不到一块干的地方，河水也无从把我们的衣服再打湿了。

在格林河站，我们吃了早饭——热甜饼、新鲜的羚羊肉和咖啡——这是我们在"合众国"的大盐湖城之间吃的唯一的一顿可口的饭，一顿真正满意的饭。想到以前那三十顿单调倒胃的饭菜，这顿简单的早餐，在岁月流逝这么多年以后，仍像一座发射塔一样高高地耸立在我们记忆之中！

下午五点，我们到了布莱基堡，离南关一百七十英里，离圣约瑟夫一千零二十五英里。往前再走五十二英里，在回声谷口，我们赶上了弗洛伊德营的六十名美国士兵。在前一天，他们向三四百个印第安人开了火，因为他们认为这些人聚在一起是图谋不轨。在接着的战斗中，他们抓住了四个印第安人，把其余的人追赶了四英里，但一个也没伤着。这看起来说的是实话。我们打算下车去与这六十名大兵同路，但想到印第安人有四百之众，我们决定还是往前走，去与印第安人搭伴。

回声谷有二十英里长，它像一条又长、又窄、又平顺的街道，微微向前倾斜，两边夹着高耸陡峭的粗砾岩墙，许多地方有四百英尺高，上面有平台，好像中世纪的城堡。这是山区最无可挑剔的道路，车夫说，他要"让马儿自己随便走"，他果然说话算话。如果说现在呼啸穿过这里的太平洋直快列车比我们当年的马车跑得更快的话，我还是羡慕当年那些旅客的欢畅淋漓。我们真像是收起车轮在飞翔。邮包飞起来，停在空中，又在动荡中落下来！我可不爱吹牛，我说的句句是实。

然而，时间去得很快。下午四点钟我们爬上大山之巅，离盐湖城还有十五英里，这时，大地沐浴在落日的余晖之中，一张群峰构成的巨幅风景画突然映入我们的眼帘。我们是从一道绚丽的彩虹下面远眺这绝妙的景色，甚至连车夫也勒住马匹注目凝视！

约半小时或一小时后，我们换了马，和一个摩门教的"毁灭天使”一起吃晚饭。我现在知道了，毁灭天使是罗马教廷派遣出来专司送不讨人喜爱的公民上西天的后期圣徒。这些摩门教毁灭天使和他们的血腥可怕的勾当，我已听说过一些。我还没走进这个人的房子，浑身已经在发抖了。我真为听到的那些离奇的传闻感到遗憾，他只不过是个暴躁、庸俗、好斗的老流氓而已。他大概杀人不眨眼，很对魔鬼的口味，但是，你听说过这种没有尊严的天使吗？你能容忍这种穿肮脏衬裤、不系裤带的天使吗？你能尊敬一个像海盗一样放声狂笑、狂妄自大的天使吗？

还有些恶棍在场——他们是这家伙的同伴。有一个绅士模样的人——希伯·C. 肯波尔的儿子，高个子，好身材，三十岁左右。许多邋遢女人端着咖啡壶、面包盘还有别的晚餐用的食具，急急忙忙，跑来跑去。据说，她们是这位天使的妻子——至少也是他的妻子的一部分。她们当然是他的妻子，如果是雇来的“帮工”，她们就不会让这位天使火气冲天，骂来骂去。

这就是我们对西部“奇风异俗”的第一次经历，并不令人满意。但我们并没有花多少时间去做考察，而是继续前行，到那位后期圣徒之家、先知的堡垒、美国唯一绝对君主的首都——大盐湖城。夜幕降临时，我们在“盐湖之家”旅馆住下来，打开了行李。

第十三章

摩门教徒和“异教徒”——提神的饮料和它对白米士的作用——盐湖城——鲜明的对比——一个摩门教的移民——和一位圣徒的谈话——访摩门“国王”——愉快的相似

我们吃了一顿十分可口的晚饭，有最新鲜的肉、家禽和蔬菜，花样既多，又很丰盛。大约饭后，我们到街上闲逛，对店铺只偶尔看上一眼，每遇到一个摩门教徒模样的人，我们都禁不住要偷偷地盯着看一阵子。对于我们来说，这里实际上不啻是一处仙境——一块迷人的、神奇的、不可思议的土地。我们有一种好奇心，想问问每个孩子，每人有几个妈妈，如果他能分得清楚的话。每当我们经过一座房子，房门一开又一关，闪出人头、背、肩的影子，我们心里就一阵战栗，因为我们极渴望仔细地看一看按传统形成一个家族同心圆的摩门教徒的庞大家庭。

过后，准州代理州长把我们介绍给另外的“异教徒”，我们和他们一同愉快地度过了一个小时。“异教徒”就是非摩门教徒。我们的伙伴白米士先生那天晚间单个儿出去游玩，但他没有取得决定性的成功。他十一点回到旅馆，冲进我们的房间，兴高采烈，满口胡言，语无伦次，颠三倒四，时而哽出一个含糊的词来，打的嗝比说的话还多。同时，他把外衣放在座椅一边的地板上，把背心放在座椅另一边的地板，把裤子放在座椅前面的地板上，然后，毕恭毕敬地审视着这整个效果，像对待神明似的。最后宣布他吃得太多了，没脱靴子就上了床。我们担心他是吃了点什么消受不了的东西。

但是，我们后来才知道他是喝了点什么，是独特的摩门饮料“瓦利坦”。摩门人发明的“瓦利坦”（至少也是“瓦利坦”的一种）是一种威士忌或者最接近威士忌的东西，仅产于犹他。据说，它是用火与硫磺酿成的。如果我没记错的话，杨伯翰禁止在王国里开酒馆，摩门教徒不得饮私酒，除了“瓦利坦”。

次日，我们在那宽阔、平坦、笔直的大街上漫游，欣赏这座城市的令人愉快的新奇气象。它有十五万居民却没有到处闲逛的无业游民；看不到醉汉和惹是生非的人；每条街旁没有污秽狼藉的阳沟，却有一条清澈的溪水汩汩流过；一排排用“木架”和干砖坯建成的住房，整整齐齐的——每幢房子后面还有一座繁茂的大花果园——街边的溪水还有一条条支流在花圃和果树中间蜿蜒闪耀——整个城市，无论是背街或是闹市，处处洋溢着一种整齐、完善、繁荣和舒适的气氛。作坊、工厂和各种工业设施比比皆是；专心致志的面孔和忙碌不停的双手到处可见；铁锤的叮当声，做买卖的欢笑声以及滚筒和飞轮怡然自得的嗡嗡声不绝于耳。

我家乡那个州的州徽是两只任性的熊抱着一个破旧的木桶，上面还有一句中肯的警句：“合则存，（呃！）分则亡。”本书的作者一直觉得这形象太隐晦。然而，摩门教徒的徽章则一目了然，平易、简单、朴实，就像手套那样妥帖，它是一个金色的蜂窝，全体蜜蜂都在工作！

城市躺在一片平展展的平原的边沿上（这块平原有康涅狄格州那么大小），依偎在高耸入云的、山脊上冬雪终年不化的崇山峻岭的脚下。从十二到十五英里远处一座使人目眩的高山上俯瞰下去，大盐湖城显得模糊而渺小，就跟雄伟的中国长城脚下的村庄一样，像一个小孩子的玩具。

西南方有些山上，两周来连日下雨，但一滴也落不到城里。在暮春和深秋那炎热的日子里，市民们从不摇扇，也不抱怨，出门观看一下大山上纷纷扬扬落雪的壮丽景色，就算乘凉了。在那个季节里，每天都可站在远处观赏雪景，尽管没有一片雪花落到街上，或城外什么地方。

盐湖城是个卫生的、十分卫生的小城。他们宣称全城只有一名医生，但每星期都定时把他逮起来，以移民法中“没有明显的维持生计的技艺”一条对他提起公诉（盐湖城的人经常为你提供反映当地实况的最扎实的文章，评论公允，重量也可观。如果你想把一份他们的最空洞的普通报道称一称，你也得使用称干草的秤，这种事很平常）。

我们希望游览著名的内海——美国的“死海”——大盐湖，它离城十七英里，只能骑马去。在开始旅行时，我们梦到过它，谈论过它，渴望见到它，但现在近在咫尺，它却突然对我们几乎一点吸引力都没有了。于是，我们按照一般的做法把这次旅行推迟到第二天，这原是我们没有想到的。我们和一些好客的“异教徒”一起吃饭，参观了巨大的寺庙的遗址，和那个精明的康涅狄格北方佬希伯·肯波尔（已故）——一个高贵的圣徒、豪富的商人做了长谈。我们参观了“什一税所”，还有“狮宫”，我不知道或不记得还有多少种类繁多、名目稀奇的教会和行政建筑。我们四处游荡，享用每一个小时，捡到许多有用的消息和悦人的废话，到了晚上，心满意足地上床睡觉。

第二天，我们认识了斯特里特先生（已故），穿上洁白的衬衣去正式拜见“国王”。他是一个五六十岁的老绅士，神态安静、慈祥，态度随和、威严而镇定，眼睛里闪着一种大概是固有的机智的光辉。他衣着朴素，我们进去时他刚要揭下头上的草帽。他同我们的州务秘书以及一些出席作陪的政府官员谈了犹他、印第安人、内华达和一般美国事务问题。但他完全没有理我，尽管我几次企图引他谈谈联邦政策和他对国会的高见。我以为，我提到的有些问题是蛮有意思的，但他只不过隔许久才转过身来看我一眼，就像一只慈祥的老猫回头去看是哪只小猫在搔他的尾巴一样。我渐渐沉默下来，一言不发，心中恼怒，一直坐在那儿脸颊发烧、满面通红，心里暗暗咒骂他的愚蠢、不开化。但他很安详，和那些绅士们的谈话像夏日的小溪一样甜蜜、安宁、潺潺流淌。会谈结束，我们即将告辞时，他摸着我的头，用赞赏的眼光打量着我问我哥哥：

“啊，我猜，是你的孩子吧？是男孩还是姑娘？”

第十四章

摩门包工头——斯特里特先生怎样使他们吃惊——杨伯翰先生面临的案件，他的审理——用新的观点看一夫多妻制

斯特里特先生忙于处理他的电报工程。想想吧，他要在八九百英里崎岖、积雪、杳无人烟的山地里和无树、无水的沙漠中架设电线，没法不忙得团团转。他的工作条件也不太舒服，不能在路旁砍树做电杆，电杆得用牛车穿过使人筋疲力尽的沙漠拖来。如果有一两条河可以水运的话，这只是两天的水路。斯特里特先生的合同无论从哪方面看来都是一项浩大的工程，然而要真正理解“八百英里险峻的山岭和荒凉的沙漠”这几个含糊的字眼的含义，读者得亲自去走一趟——笔墨是不可能把那可怕的真实情况原原本本地转达给读者的。总的来说，斯特里特先生最大的困难是他原来一点也没有预料到的。他把那巨大的工程的最艰巨、最笨重的一半转包给了摩门人。摩门人立即发现这几乎是白

干，一旦明白了是这样一回事，他们就把电杆掀翻在山野和沙漠里，赶车回家去干他们的正经买卖去了！他们与斯特里特先生是订有书面合同的，但他们完全不睬那一套。他们说，他们倒想看看一个“异教徒”在犹他州如何迫使一个摩门教徒去履行那让人亏本的合同！对这件事情他们嘻嘻哈哈，满不在乎。斯特里特说（是他亲口给我们讲的这些事）：

“我很狼狈。我负有沉重的义务必须在规定的时间内完成合同，这倒霉事很像一场灭顶之灾。实在令人震惊，也是我压根儿没想到的困难，使我走投无路。我是个商人，一直是个商人，除了经商一无所知。书面合同——本来是生意的保障，是不可或缺的命根子，而在这里，合同竟然一文不值，你可以想象，我简直像是遭到霹雳轰顶。我完全绝望了，再订合同也无济于事，这显而易见。我找一个又一个头面人物帮忙，他们对我深表同情，却不知如何才能帮助我。后来一位‘异教徒’告诉我，‘去找杨伯翰吧！这些小人物帮不了你’。我并不以为然，既然法律尚且无济于事，一个与立法和执法毫不相干的人又能做什么呢？或许他是个教堂的好牧师、教区的好主教，但要控制一百个桀骜不驯的半开化的二道包工头，得需要比宗教或道德说教更为厉害的东西才行。但又有什么法子呢？我想，如果杨先生对别的事情无能为力，大概他总可以给我一些忠告或一两点有价值的暗示吧，于是，我径直到他那里去，把一切都告诉了他。他说话很少，但自始至终极感兴趣。他仔细查验了各种文件，每当发现文件或我们叙述中有什么不清楚的时候，他则从头抓住主线耐心地顺势摸下去，直到得到合理的、令人满意的结果。后来，他列出一份包工头的名单，然后说道：

"'斯特里特先生，一切都明白了。这些合同是严格按法律要求拟定的、正式签署的，是合法的。显然，这些人是睁着眼睛签订的合同，我看没有什么错误和漏洞。'

"而后，杨先生转身对等候在房间另一头的一个人说：'把这名单交给某某，叫他在某某时候把这些人找来。'

"他们准时到了，我也准时去了。杨先生对他们提了些问题，他们的回答证明我说的是准确的。然后，他对他们说：

"'你们签订了这些合同，打算自觉自愿地承担这些义务吗？'

"'是的。'

"'那就严格执行到底吧，哪怕它会使你们变成乞丐！去吧！'

"他们的确去了！现在，他们在沙漠上牵成一条线，像蜜蜂一样干起来。我从来没有听到他们发过怨言。这里有一帮从华盛顿来的行政官员、法官和别的官长，他们维持着共和政府的场面——但令人目瞪口呆的事实却是：犹他州是个地地道道的独立王国，其国王就是杨伯翰！"

斯特里特先生是个诚实的人，我相信他说的是实话。以后在旧金山那几年，我同他常打交道。

我们在盐湖城只待了两天，因此没有时间对一夫多妻制的情况做一般性的调查，得出具有普遍意义的数据和结论，以便再一次唤起国民对这一问题的高度注意。我本来有这个愿望。我想以一个年轻人具有的那种狂妄自负劲儿，热情洋溢地一头扎进去，在这方面做出重大的改革。但是，在我见到了摩门教女人后，这个念头便烟消云散了。我被感动了，我的良心战胜了理智。看到这些可怜、笨拙、“朴素”得可怜的生灵，我的心软了。当我扭过头去掩那几乎夺眶而出的泪水时，我暗暗地说：“不，讨一个这种女人的男人是干了一件大慈大悲的好事，使他有资格接受人类善意的欢呼，而不是严厉的谴责。讨六十个这种女人的男人是完成了一件极为慷慨的业绩，这种慷慨行为是那样的崇高，各民族都得在他面前脱帽，默默地向他顶礼膜拜。”

第十五章

一个异教徒的窝棚——讨论一夫多妻制——宠妻与D类第四号——退休妻子饲养场——孩子需要编号——给第六号的礼物的代价——送一只值一分钱的铁皮哨子带来的后果——收养弃儿——他像他——家用大床

要想听人讲述无法无天的异教徒杀人那种令人晚上毛骨悚然的故事，这里真是个再好不过的地方了。我难以想出有什么事情比我在盐湖城一个异教徒窝棚里度过的那个夜晚更为惬意。我们一边抽着烟斗，一边听着故事，一个讲的是柏顿如何骑着马冲进那些手无寸铁苦苦哀求的“莫里赛人”中间，把那些男男女女像狗一样宰掉。一个讲的是“毁灭天使”比尔·赫克曼打死了德朗和阿诺德，因为他们为一笔债务向他提起诉讼。另一个讲的是波特·罗克威尔干了这样或那样可怕的事情。还有一个故事讲的是一些冒冒失失的人常常到犹他去妄加议论杨伯翰、一夫多妻制或是其他神圣的事情，到第二天清早准会发现这批人躺在僻静小巷里，心满意足地等待柩车来收尸。

另一件最有趣的事就是听那些异教徒谈论一夫多妻制，讲一个胖墩墩的法国老头儿，也许是个长老，讨了一个姑娘——他喜欢她，便讨了她姐姐——他喜欢她姐姐，便讨了她妹妹——他喜欢她这个妹妹，便讨了她那个妹妹——他喜欢她那个妹妹，便讨了她妈妈——他喜欢她妈妈，便讨了她爸爸、爷爷、爷爷的爸爸，仍然不知餍足，还要讨。他们讲有一个十一岁的小东西交了好运，成为得宠的妻子，而她高龄的亲奶奶，受她们共有的丈夫的宠幸程度只能名列 D 等[①] 第四，得睡在厨房里，可有可无。他们还讲一件可怕的事情，妈妈和女儿们挤在同一个肮脏的窝里，女儿比她亲妈妈地位高，权力大，这种可怕的现象却为摩门妇女所接受，因为他们的宗教教导说，一个男人在世上老婆越多，养的孩子越多，他在来世地位就越高——大概也更暖和吧，尽管他们似乎没有这样说。

照那些异教徒朋友的说法，杨伯翰的后宫里养有二十到三十个老婆。他们讲，其中一些已经老了，不能再服务了，但还是受到照顾，舒舒服服地养在鸡场里，这地方也叫“狮宫”——怪怪的名字。孩子们不吵的时候，屋里倒也安静。他们都在一个屋子里吃饭，据说那真是天伦之乐。我们这一行人没有哪一个有机会和杨先生吃过饭。但一个叫约翰逊的异教徒声称曾在“狮宫”里

---

① D 等为勉强及格。

享用过一顿气氛友善的早餐。他十分夸张地讲述了“点名”和其他准备程序，还有大麦饼送上来后那场刀叉之战。但是他太添油加醋了。他说，杨先生还讲了他的某个两岁孩子说的几句机灵话，并且扬扬得意地讲这个孩子是东部一家杂志多年来最大的撰稿人。过后，他想让约翰逊看看他说的那个最可爱的小东西，但他无法找出那个孩子，他在孩子们的脸蛋中仔细地搜索，但判断不出哪个才是。最后只得作罢，他叹了口气说：

“我原以为我还认得出那条小狗儿，但现在不行了。”约翰逊先生接着说，杨先生认为生活是件可悲又可悲的事——“因为男人新婚的欢乐极易被前一个新娘的不合时宜的葬礼给糟蹋了。”约翰逊先生说，他和杨先生正在私下谈得痛快，一个杨夫人进来要只胸针，说她发现他已答应给第六号一只胸针，所以她也要一只，并且不会容忍这种偏爱继续下去而不就此事制造点不大不小的麻烦。杨先生提醒她有生人在场。杨太太说，如果这场合对生人不合适的话，就请他出去好了。杨先生答应给她只胸针，她才走了。但一两分钟过后，又进来了一位杨太太来要只胸针。杨先生刚开始解释就被她打断了。她说第六号得到一只，又答应了十一号一只，并且“骗她没有用——她想她也知道行使自己的权利”。他许了诺，她才走了。接着另三位杨太太一齐拥了进来，一阵眼泪、咒骂和恳求的风暴向她们的丈夫劈头盖脸打来。第六、第十一和第十四的事她们都听说了。杨先生又答应了三只。她们还没出去，另外九个杨太太鱼贯而入，一场新的风暴爆发了，席卷了杨先生和他的客人。又答应给九只胸针，这些奇怪的姐妹们才鱼贯而出，又进来十一个，又哭又叫，咬牙切齿，答应了十一只胸针才再一次买得了和平。

“这就是一个例子，”杨先生说，“你看见了这是怎么回事。你看见了我过的是什么样的日子。人不可能事事聪明，我一时粗心，给了我第六号达令[①] 一只胸针。请原谅我这样称呼她，眼下我记不起她的名字了。这不过才值二十五美元——显然只值这么多——但到头来却免不了要花我一大笔钱。你亲眼看见这已经高达六百五十美元了，天哪，就这还没完！我的老婆遍布犹他地区。我的老婆成打成打的，不查家庭圣经，我甚至连她们的编号也搞不清呢。她们山南水北地分散住在我王国的各地。注意，连住在偏僻角落里的随便哪个女人都会听到这该死的胸针的事，每一个都要得到一只，否则就要拼命。给第六号买了只胸针，最后我要掏出两千五百美元才算完。这些女人还会把胸针拿出来互相比较，如若哪一只比其他稍微好一些，所有的胸针就会立即扔回我手里，我只得又订购一批新的以维持家里的和平。先生，你大概还不知道吧。你在这里和我的孩子们一起，每时每刻都会受到我那些警惕的仆人们的监视。如果你要想给一个孩子一毛钱、一块糖，或是任何类似的小东西，礼物还未出手，你立即就会被扔出屋子。要不你就非得给每个孩子送上一份一模一样的礼物。凭

① 英文 Darling（亲爱的）的音译。

经验我知道这种事的重要性，我会站在一边，亲眼看你做这件事，做得妥妥帖帖。有一次，一位先生送给我的一个孩子一只铁皮哨子——这是撒旦发明的该死的东西，先生，提起那东西我就感到说不出的害怕，如果你家里养了八九十个孩子，你也会有同感的。可是，那先生却干了这种事，然后便逃跑了。我知道事情会有什么样的后果，此仇不报，誓不罢休。我派出一群毁灭天使，他们追捕那人直到内华达山区的穷乡僻壤，但没有逮到他。我这人并不残忍，先生，只要不是把我惹火了，我并不存心报复，但只要我捉到了他，约瑟夫·史密斯[①]保佑，我要把他锁在育儿室里，让那些小东西把他吵死。以被害的圣帕利·善拉特（上帝饶恕他）的遗体起誓，这个世界上哪有这样麻烦的事。我知道是谁把那哨子送给孩子的，但我无法使那些吃醋的母亲们相信我的话，她们认为是我给的，于是每个有头脑的人都想得到那后果，我得订购一百一十只哨子——我记得当时我家有一百一十个那种尖叫的东西，从那时起直到孩子们把铁哨子玩厌为止，我都不希望再说话了，除非完全用手指来交谈。如果还有人把哨子给我的孩子，要是我抓住了他，非得把他高高地吊在哈曼山上！丑话说在前头！见鬼！你对婚后生活一无所知。我有钱，这是众所周知的。我乐善好施，大家都来占我的便宜。我生来就有一种强烈的做父亲的天性，所有的弃儿都往我这里塞。

---

① 摩门教的创始人。

“一旦某个女人想要使她的宝贝孩子过上好日子，她就会绞尽脑汁，想尽诡计，设法把那小东西塞进我手里。嘿，先生，有一次一个女人来到我这里，带来一个神情古怪、毫无生气的孩子（和那女人一个样），她赌咒发誓说那是我的孩子，她是我的老婆，还说我在某时某地娶了她，她已忘了她的号码，当然我也记不得她的名字。嗯，先生，她还叫我注意，说那孩子模样像我，看起来也的确有点像——这种事在本地区很平常——长话短说吧，我把那孩子收进了育儿室，她就走了。真见她娘的鬼！等他们把那孩子身上的油粉洗去后，原来是个印第安人！天啊！你根本不懂婚后生活，简直是狗的生活，先生，纯粹是狗的生活。你不可能节俭，那根本不可能。我备有一套新娘嫁衣，以备随时使用，但没有用。开头，你会讨到一个女人和肺痨病的混合体，瘦得像根竹竿，接着，你会弄到一个同化了装的水肿病人差不多的东西，然后，你得把那套嫁衣改大，给一个老气球穿。事情就是这样。再说洗衣账单吧——原谅我流了泪——每周九百八十四件！不，在我这样的家里没有节俭这码事。嗯，先生，就说摇篮这一宗吧，请想想看！还有驱虫药！安宁糖浆！嚼杯！拿给婴儿玩的‘爸爸的表’！用来凿家具的东西！他们拿来吃的安全火柴！拿来割自己的碎玻璃块！单是玻璃这一桩开支就可以养活你一家人，我敢这么说，先生。我尽量缩减开支，紧捏每一个小钱，尽管有许多机会，我赚钱的速度还是达不到我觉得应该达到的那种速度。上帝保佑你，我家养了七十二个老婆，成千上万的美元捆在七十二张床上，本来这钱可以拿去赚钱。这压得我直哼哼。我刚把牲口卖了，先生，贱价卖的，造了架七英尺长九十六英尺宽的床。但这行不通，先生。我没法入睡，我发现那七十二个女人一齐打呼噜，那咆哮声震耳欲聋。还有性命危险呢！我看就是这样。她们一齐吸气，你可以看见房子墙壁生生给吸瘪了，然后一齐呼气，你会看见墙壁又给吹得胀了出去，她们一使劲，你会听见檩子嚓嚓作响，瓦片稀里哗啦。我的朋友，听听老人的劝告吧，不要让大家庭把你缠住了。记住，我告诉你，别干那种事。在小家庭里，也只有在小家庭里，你才能找到这个世界能赋予我们的最大的恩赐：灵魂的舒畅和安宁。没有这种体验，积聚的财富，挣来的荣誉、权力和伟大都无法弥补。听我的话吧，十个或十一个老婆就足够了，千万别超过这个数目。”

出于直觉或别的什么原因，我觉得这位约翰逊的话不靠谱。然而他却是个有趣的人，他给我们讲的这些东西能否从其他地方听到，我表示怀疑。他和那些沉默寡言的摩门教徒形成了滑稽的反差。

第十六章

《摩门圣经》——《摩门圣经》神圣性的证据——《摩门圣经》是集体剽窃的产物——奈菲的故事——一场恶战——比基尔肯尼猫还要基尔肯尼猫[①]

人们都听说过《摩门圣经》，可是除了那些被“选中的人”，很少有人看见过它，很少有人费神拜读过。我从盐湖城带了一本，对它充满了好奇。这是一本自命不凡的作品，然而读起来却很沉闷，叫人打瞌睡，是一个索然无味的神灵启示录的大杂烩。它是用三氯甲烷[②]印制的。如果这本经书是约瑟夫·史密斯写成的，他能在创作中自始至终保持一定程度的清醒，这本身就是个奇迹。如果根据传说，他仅仅是从某些古老而又神秘的、镂刻在

① 这一典故来自爱尔兰的一个民间故事，喻为“两败俱伤”之意，据说1789年前去镇压爱尔兰起义的雇佣军，驻扎在基尔肯尼闲暇无聊，以斗猫为乐。他们让两只猫在一起恶斗，斗到最后只剩下猫尾巴了。

② 麻醉药。

铜箔上的文字翻译下来的——他曾宣称，这些铜箔是在某个神奇地方的一块石头下面找到的——基于同样的理由，这一翻译工作本身也同样堪称奇迹。

这部书似乎是一部完全虚构的历史，内容烦琐而乏味。它以《旧约》为蓝本，又没完没了地照抄《新约》。作者煞费苦心地要使他的语句就像钦定本《圣经》的音韵一样古色古香，结果却成了个四不像——一半是今文的明快流畅，一半是古文的古朴庄重。后者显得笨手笨脚，别别扭扭；前者虽然自然，但对比之下却不伦不类。每当作者发现语句过分现代——大概每隔一两句——他便插进去几个钦定译本中的短语，如“极其哀伤”“接着发生之事述后”等，使文字重新符合要求。“接着发生之事述后”是他最喜欢使用的一个短语。要是他把这个短语省去不用，他这本“圣经”就会成为一本薄薄的小册子。

“圣经”扉页上的内容如下：

> 《摩门圣经》：摩门亲手写成的经典，根据奈菲铜箔中一些箔片上的文字写成。
>
> 因此，这是一个有关奈菲人，也是有关拉曼尼蒂斯人的记载之节本。这也是写给拉曼尼蒂斯人看的——他们是以色列王朝的遗族。也是写给犹太人和异教徒[①]看

① 此处指基督徒。

的。这部“圣经”是以圣训的形式写成的，也是用预言和启示的精神写成的。写成之后加以密封，然后藏在完全可以信赖的基督那里，以免受到损毁。以上帝的神力加以公布并做解释。由莫朗尼亲手密封，并藏于基督身边，届时由异教徒加以公布。它的解释要依靠上帝的神力。它也是天书的一个节本，是贾列德人的记录。在贾列德建造通天塔时，上帝使他们的语言产生了混乱，这些贾列德人也被驱散了。

“藏起来”很好。“因此”也不错——不过，为什么要“因此”呢？用任何旁的话做回答大概也同样好——尽管听起来的确不那么富有基督教《圣经》味儿。

接着是：

三位目击者的证词

各民族、各种族、各国人民以及将读到本件的人们：

敬启者，我等，由于圣父及我主基督的恩典，曾经目睹载有本记录的箔片。这是奈菲人的记录，也是他们的兄弟——拉曼尼蒂斯人的记录，也是来自建造我们前面提到的那座塔的贾列德人的记录。我们还知道，它通过上帝的神力而被译出，因为上帝曾对我们亲口做了宣布。因此，我们的确知道它是真实的。同时我们还证明，我们曾经看见这些箔片上刻的文字，它们是依靠上帝的神力而不是靠人的力量显示给我们的。我们郑重地声明，上帝曾派遣一位天使下凡把箔片送到我们面前，因此，我们亲眼看到了那些箔片和它们上面的文字。我们知道，正是由于圣父和我主耶稣基督的恩典，我们才能看到并证实这一切都是事实。这在我们看来真是不可思议。但上帝有旨意，要我们必须为此作证。因此，我们遵从上帝的旨意，证实这些东西。我们知道，如果我们忠于我主基督，我们将使所有的人去掉我们身上的血衣，以清白无瑕的身体出现在基督的审判席前，并且和他永世同享天国之福。光荣归于三位一体的上帝——圣父、圣子、圣灵，阿门！

奥利弗·考德利
大卫·惠特默
马丁·哈利斯

一些人还没来得及弄清事实的可信程度，便不得不出来提供证词。至于我呢，一个人告诉我他“曾经看见了箔片上的铭文”，还不止那些，当时还有一位天使在场，看见他看到了这些东西，或许天使是等着取走收条的吧，就在这时，我还是远不相信的，不管我是否曾经听这个人说过，更不管到现在我还不知道这位天使姓甚名谁，也不知道他的仙乡国籍。

接下去是：

又有八个目击者提供证词

各民族、各种族、各国人民以及将读到本件的人们：

敬启者，约瑟夫·史密斯，本件的译者，已将前面提到的箔片拿给我们看过，箔片看来像金质的。他翻译的那几页，我们悉数用手摸过。我们也看到了箔片上的铭文，整个看来极像年代久远的古代作品，工艺奇巧。对此我们严肃地作证：该史密斯已拿给我们看过，因为我们亲眼见过，亲手摸过，确知该史密斯得到了我们提到的那些箔片。我们把姓名公诸于世，并向世界作证，我们见到过，我们决不撒谎，上帝可以作证。

克里斯蒂安·惠特默　　海勒姆·佩奇
雅各布·惠特默　　老约瑟夫·史密斯
小彼得·惠特默　　海拉姆·史密斯
约翰·惠特默　　塞缪尔·H. 史密斯

在我还满心怀疑的时候，这八个人，不论他们符合语法不符合语法，又跳出来告诉我，他们也曾经看到过那些箔片，岂止亲眼见过，还亲手摸过。我相信了。就算惠特默全家人都已经出来作证，我对这一点也不可能更满意、更放心的了。

《摩门圣经》共有十五卷——它们是雅各布经、伊诺斯经、嘉戎经、奥姆尼经、莫西亚经、曾尼夫经、阿尔玛经、黑拉曼经、埃塞经、莫朗尼经、两卷摩门经和三卷奈菲经。

奈菲经的第一卷是从《旧约》上剽窃来的，叙述了“列希的孩子们”从耶路撒冷出走的故事。接着还讲了他们在荒野长达八年之久的流浪生活，以及受到一个人神奇的保护，这个人叫作奈菲，是他们那一行人中的一员。他们最后到达了“富饶”之地，在海滨安置下营地。他们在那里逗留了“许多日子”之后——这比说出具体时间还更符合《圣经》的精神——奈菲接到上天的旨意建造一艘大船，用它“把人们载过海去”。他照诺亚的方舟依葫芦画瓢——不过，他还是按计划行事。仅仅一天的时间，他便把船造成了。在他工作期间，他的弟弟站在一旁，拿他的船，也拿他本人开玩笑。他说：“我哥哥是个白痴，他竟然认为能造一艘船。”他们没有等候木料干燥，整个部族——或者民族，便于第二天登船起航了。随后，他们的本性开始流露出来了，就像他们的“圣经”那般坦率，直爽的奈菲终于本性毕露了——他们都兴高采烈地开怀痛饮起来！他们，“还有他们的妻子们都开始寻欢作乐，于是他们开始跳舞、唱歌、满口下流话。真是的，他们已极度兴奋，达到粗野放荡的地步”。

奈菲竭力去制止这些可耻的行为，但是他们把他结结实实地捆起来，继续胡闹。可是，请注意先知奈菲怎样得到神力的帮助，用巧计制服他们的吧！

接着发生之事述后：在他们把我捆绑起来以后，我无法动弹了，指南针——这是上帝给我们准备的——不转动了。因此，他们不知道把船驶向何处。海上突然出现狂风暴雨，是的，这是一场非常猛烈可怕的暴风雨。航船在海上漂流了整整三天的时间，他们开始惊慌失措，担心会沉没在大海里淹死。但是，他们并没有放开我。在第四天，航船一直随波逐流地漂着，暴风雨更加猛烈了。

接着发生之事述后：我们已处在立刻就会落进海底的危险之中。

这时他们给他松了绑。

接着发生之事述后：他们把我放开之后，看哪，我去拿住罗盘，它开始转动了，我要它怎样它便怎样。接着发生这事述后：我向上帝祈祷，祈祷之后，风停了，雨住了，大海上一片平静。

这些古人，由于携带着罗盘，似乎要比诺亚的条件有利些。

他们的航行直指“希望之乡”——这是他们为这个地方取的最恰当的名字。他们平安到达了目的地。

一夫多妻制是摩门教新近的特色，是约瑟夫·史密斯死亡后杨伯翰加进去的。在这之前，一夫多妻被认为是一件坏事。下面这段摩门经文出现在雅各布卷第二章：

> 看哪，上帝这样说，这些人的罪恶愈来愈大，他们不懂得《圣经》，因为上面记载着大卫以及他的儿子所罗门的一些事，他们企图为自己的荒淫行径做辩解。请注意，上帝说，大卫和所罗门都是妻妾成群的，这在我看来是极坏的事。所以，上帝说，我已经把这些人从耶路撒冷的土地上领开，靠我的手、我的力量，我有可能从约瑟夫生的孩子中培养出正直的人来。因此，我——上帝，绝不容忍这些人仍像以往那样胡作非为。

但是，计划失败了——或者说，至少是现代摩门人终止执行了——因为杨伯翰可以“容忍”。下面这段文字摘自同一章：

> 看哪，你的兄弟拉曼尼蒂斯人，尽管由于他们的污秽不洁和身上背着恶名，你们恨他们，但他们却比你们正直，因为他们没有忘掉上帝的圣训。上帝训诫我们的

祖先，他们应当只娶一个妻子，绝对不准纳妾。

下面一节（摘自奈菲卷第九章）似乎包含着一些大家不太熟悉的情况：

> 接着发生之事述后：在耶稣升天以后，人们便散开了。每一个男人都带着他的妻子和孩子回到自己家中。
>
> 接着发生之事述后：第二天，在人们又会集在一起的时候，看哪，奈菲和他刚从死人之中扶起的他的兄弟提摩西，还有他的儿子乔纳斯，还有马桑尼和弟弟马桑尼亚、库门、库门诺尼、杰列迈亚、谢农、乔纳斯、泽德吉亚和艾赛亚。这些现在都是耶稣挑选出的门徒的名字。

伴随我们的救世主一生中的一个最微妙的插曲而出现的景象，（在这十二个门徒看来）是多么壮观，多么别致，其他人的眼睛似乎是无法发觉的。为了使读者看到这些景象，我从同一个奈菲卷中再摘一节如下：

> 接着发生之事述后：耶稣和他们讲话，并吩咐他们站起来。于是，他们从地上站起来，他对他们说，你们是有福之人，因为你们是忠诚的。现在，听我说，我十

分高兴。他说完这些话，伤心地流下眼泪，群众证实了这一点，他逐个地抚摩他们的小孩，降福给他们，祈求圣父保佑他们。过后，他又哭了。接着他和群众讲话，对他们说，注意看你们的孩子。当他们注意看的时候，他们把眼睛朝天上瞧了瞧，看见天开了，而且看到天使们好像在火光中从天而降。他们来到地上，在小孩的四面围成一个圆圈。小孩子们被围在火圈当中，天使在照顾他们。群众都看见了，听见了，并且可以作证。他们知道他们的证明是确实的，因为他们所有的人都看见和听见了，每个人都是亲眼看到的。他们一共有两千五百人，包括男人、女人和儿童。

这本“圣经”里还有些什么货色呢?

埃塞经是一部莫名其妙的“历史”大杂烩。一些内容大概读者是从未听到过的，民族之间发生的战争和攻城略地，占据了其中的大部分篇幅。他们居住在一个地理书中还未记载的国家里。有一个国王，名字很奇怪，叫科里安吐姆尔。他和夏列德、里布、希兹，以及其他一些人，在“赫希隆平原”“吉尔加尔谷地”“阿克希荒野”“莫兰地带”“康诺山”和“立普里安卡穆海域”等等，等等，等等地方进行了战争。“接着发生之事述后”，在打了许多仗以后，科里安吐姆尔一计算损失，发现“死亡了两百万壮丁，还有他们的妻子和儿女”——总共五百万或六百万之多——“他感到大为悲伤”。毫无疑问，是该悲伤的时候了。于是，他写信给希兹，要求停战，提出愿意放弃王位来拯救他的人民。希兹提出条件，声称除非科里安吐姆尔前去让他先把头砍下来才能停战，这是科里安吐姆尔绝对不会同意的。结果战争更加激烈地进行了三个月。然后双方花了四年的时间集结兵力准备决一死战——在这之后，紧接着发生了一次战斗，我认为它在历史上是空前绝后的——也许比不上基尔肯尼猫同归于尽的打法，它们之间有许多类似之处。下面就是这次集结与战斗的经过：

七、接着发生之事述后：他们把各地没有遭到屠杀的所有人都召集起来，埃塞除外。接着发生之事述后：埃塞目睹了双方所有的活动。他看见支持科里安吐姆尔的人集合起来加入了科里安吐姆尔的军队，支持希兹的人集合起来加入了希兹的军队。所以他们用了整整四年的时间来积蓄兵力，以便能获得陆地上所有的人员和尽可能多的力量。接着发生之事述后：他们被召集起来后，每一个人带着他的妻子和孩子到他要去的军队里。无论大人或小孩都进行了武装，有盾牌、胸甲、头盔，照打仗的样子穿戴起来。一个紧挨一个地向前线开拔，投入战斗。他们整整打了一天的仗，未分胜负。接着发生之事述后：夜晚，他们都已疲劳不堪，回到营帐去歇息。他们各自回到营帐后，开始号啕痛哭，为阵亡的同胞进行哀悼，悲声之高，伤心之痛，真是惊天动地。接着发生之事述后：次日，他们又投入了战斗。这一天杀得难分难解，血肉横飞，但是他们谁也没有能取胜。夜幕降临的时候，他们那哀悼阵亡同胞的痛哭号啕声又响彻云霄。

八、接着发生之事述后：科里安吐姆尔又一次写信给希兹，请求他不要再打仗，而去接管王国，以拯救人民。但是，你瞧，上帝的精神在他们身上消失了，撒旦已完全占据了这些人的心，因为他们已陷入使自己遭到毁灭的冷酷与盲动之中。因此，他们再次进行战斗。接着发生之事述后：那天他们激战终日，夜间枕戈待旦。次日战斗更加激烈，一直打到傍晚。夜间他们都气得要发狂了，就像吃醉了酒似的。他们还是手不离剑地睡了一夜，次日又重新开战，傍晚时分，科里安吐姆尔剩下五十二人，希兹剩下六十九人，除此之外，都已做了刀剑下的牺牲品。接着发生之事述后：那天晚上他们仍是枕戈待旦，和甲而眠，次日又激战竟日，双方挥舞宝剑和盾牌，奋力决战。到了夜晚，希兹只剩下三十二人，科里安吐姆尔只剩下二十七人。

九、接着发生之事述后：他们饱餐战饭、养精蓄锐，准备次日决一死战，他们都是膀阔腰圆的壮汉。接着发生之事述后：他们激战了整整三个小时，由于失血过多体力渐渐不支而倒下。接着发生之事述后：当科里安吐姆尔的人有了足以站起来走动的体力时，便打算逃命，可是，你瞧，希兹站起来了，接着他的人也站起来了。他怒不可遏，发誓要杀死科里安吐姆尔，否则他将死在自己的宝剑之下。因此他对他们穷追不舍。次日他便赶上了他们。他们挥剑再战，结果全部战死，只剩下科里安吐姆尔和希兹二人，而希兹由于失血过多已昏厥过去。接着发生之事述后：科里安吐姆尔拄剑稍事喘息之后，砍下了希兹的头。接着发生之事述后：他刚把希兹的头砍下，希兹手撑着地站了起来，然后又倒下去，喘了口气死了。接着发生之事述后：科里安吐姆尔倒在地下，好像也死了。上帝告诉埃塞，让他朝前去。于是他走上前走，看见上帝的话全都实现了，于是他做了记载。第一百回我没有写下来。

他没有写完，这似乎很遗憾，因为他那前几章全部内容平淡无奇，叫人打瞌睡，而刚刚出现使人不打瞌睡的苗头时，他便停笔不写了。

《摩门圣经》相当乏味无聊，读起来令人生厌，但是在它的教义中没有一点邪恶的东西。它的道德准则是无可非议的——它是从《新约》中“偷”来的，这丝毫不是过誉之词。

第十七章

一切问题的三方面——一律“二十五美分”——束手无策——不受欢迎的移民和白衬衣——“一八四九年淘金客”——票面价值以上——真正的幸福

观光两天后，我们离开了大盐湖城，饱了眼福，心满意足，物质上得到极大的享受，但对“摩门教问题”却并不比刚来时增长了多少见识。当然，比原来多了些“见闻”，但并不知道有多大成分是可信的，多大成分是不可信的——因为这些都来自于一些一日之交——严格地说，不过是些陌生人。例如，人们告诉我，那可怕的“山区草场惨案”完全是印第安人干的，而异教徒却卑鄙地把这件事赖在摩门人身上；也有人同样肯定地说印第安人和摩门人各有罪责；还有人讲，对那次最残酷无情的大屠杀，摩门教徒即使不应负全责，也几乎应负全责。我们听到的故事都莫衷一是，直到几年后，威特夫人的著作《摩门先知》出版，描述了法官柯雷德堡对被告团伙的审理过程，才披露了事实真相，最后一种说法是确凿的，摩门教徒确是凶手。关于这个问题我们得到的一切“消息”都有三个方面，于是，我放弃了在两三天之内解决“摩门教问题”的念头。后来，我见报纸记者们一天就把问题解决了。

我离开了大盐湖城，心中极为困惑，那里的东西到底是什么样子——有时甚至心中自问，那里的东西是否真的存在？但我又释然地想起，我们毕竟了解到两三件可以确信的小事，这一来，那两天就不能算是白混了。例如，我们到底来到了边区，这是绝对无疑的事实。平常物件的高价就雄辩地表明了运费之高昂和运输路程之艰难。那时，在东部，最小的货币单位是一美分，它代表任何商品可以买得到的最小量。在辛辛那提西部，最小货币单位是五美分银币，买东西以五美分为最小量。在大陆城，最小的钱币是十美分，但在盐湖城，似乎没有低于二十五美分的钱。也就是说买任何东西至少都要二十五美分。我们一直习惯于把半角或五美分作为银钱交易的最小单位，但在盐湖城，如果你买一支雪茄，得花二十五美分，一个石头烟斗，二十五，买一个桃子、一支蜡烛、一份报纸、一片刀片，或要点异教徒的威士忌来擦鸡眼、开胃或治牙痛，每次都是二十五。我们不时地看看钱袋，觉得就像是在无度地挥霍钱财似的，可想这里开销之高，便知道我们算不得挥霍。人们很容易习惯于大票子和高价钱，喜爱这二者并感到自负——人们最难以接受，最不易容忍的就是由大票子、高价钱降格到小硬币、贱价钱。只要有一个月习惯了二十五美分为最小单位，一般的人一想到他把五美分钱当作起码货币的那些可悲的日子，就一定会脸红。我在内华达花钱大手大脚，每当我想起在盐湖城第一次用金钱交易的经历，我都会羞得满脸通红。事情是这样的（这是大作家们喜爱的表达方式，也很简练，但人们谈话时，我从来没有听谁说事情是这样的），一个面色如黄茄克的混血小伙子问我要不要擦皮鞋，这是在我们刚到“盐湖之家”旅馆的那个早上的事。我让他给我擦了。我递给他一枚五美分的银币，满脸施舍钱财、赐福于苦难之人的那种大慈大悲的神气。那黄茄克脸恭敬地接过去放在宽大的手心上，我以为他是在极力抑制内心的感激之情。后来，他开始注视它，就像一个学者注视显微镜下那宽广的视野里的蚊子的耳朵。几个山里人，脚夫和马车夫围过来，投入这场面，俯身去观察那钱币，都是边区人那种满不在乎的样子。立刻，那黄茄克脸把那五美分还给我，并告诉我应该把钱夹在袖珍书里而不要存放在灵魂里，这样才既不卷边又不起皱！

骤然爆发出一阵野蛮的笑声！我当场宰了那个杂种龟儿子，但一边削他的头皮一边忍不住笑，因为他那句话就一个“印第安人”来说实在是妙极了。

是啊，在盐湖城我们已经学会了听人家漫天要价而不让内心的颤抖形之于色，因为在车夫、“押车”和马夫中，最后是在盐湖城居民中，我们已经约摸听说过，也注意到了这个现象。后来，我们都很明白，这些高等公民瞧不起“移民”。我们绷着脸，不让脸色泄露内心的不平静和痛苦，因为我们要装得像拓荒者、摩门教徒、混血儿、脚夫、车夫和山区草场刺客——只要是世上任何一种在平原和犹他受到尊重与崇拜的东西就行——但是，我深感羞耻自己是个“移民”，极度后悔身穿白衬衣，当着妇女的面发誓时总把头扭向他处。

后来，在内华达，我们经常难堪地想起我们是“移民”，就是一种低等下贱的东西。读者大概去过犹他、内华达或加利福尼亚，甚至不久前还去访问过，当你沉思原来的那些地方已从你所谓的“世界上”悲哀地逝去时，当你发现你已成为被人同情的对象，你周围的一切人都准备着乐意地可怜你时，你的雄心壮志便丧失殆尽——的确，无论你走到哪里，人们都愿意傲慢地可怜你，你会感到无可奈何，束手无策。可怜的东西，人们会取笑你的帽子、你那纽约上衣的样式、你那拘谨的语法、你那微不足道的骂人的话。人们会嘲笑你那十分荒唐可笑的无知，竟然不懂得矿石、竖井、坑道以及别的你从未见过、也无足够的兴趣去阅读的东西。你时刻会想到你给放逐到这遥远的边疆，这样寂寞的地方，命运是多么的悲惨。周围的人们会恶毒地蔑视你，因为你是个“移民”，而不是个遍于世界各地的最骄傲、最走运的“一八四九年淘金客”。

现在，又开始了已经习惯的马车旅行。直到午夜，我们感到似乎根本没有从那邮包中舒适的小窝里爬出去过。大概只换了一次马。为了未来的六百英里马车旅行，我们带了双倍的面包、煮腊肉和煮鸡蛋。

以后的几天很舒服，我们坐着车，一边尽情地欣赏脚下伸展开去的高山峡谷的壮丽景色，一边吃煮腊肉和鸡蛋，同时，我们的心灵不断地沉迷于彩虹、风雷和绝妙的日落，无论什么也不如腊肉和鸡蛋那样能使风景生色。腊肉、鸡蛋，接着一袋烟——陈年、有劲、可口的一袋烟，腊肉加鸡蛋加风景、一趟下坡路、飞奔的马车、醇香的烟袋和满足的心灵——这就是幸福，也正是人们世世代代为之而奋斗的东西。

第十八章

烧碱沙漠——沙漠旅行的浪漫情趣消失了——碱尘——骡子们的反应——谢天谢地

上午八点，我们到达“弗洛伊德营”遗址，它曾经是个重要的兵站，离盐湖城四十五到五十英里。到下午四点，行程增加一倍，离盐湖城已经九十到一百英里。这时，我们来到了一片沙漠——“碱性沙漠”，它那令人吃惊的高浓度使以挥发性和渗透性著称的撒哈拉大沙漠自叹不如。四十八英里的路程，中途仅休息一次。我记不得这是否真的是一次休息，的确，它似乎只是延绵四十八英里的沙漠中的一个供水站。如果我的记忆可靠，此地没有一口井，也无一眼泉。水是由牛骡从沙漠那一头运来的，那里有个驿站。离沙漠的起点四十五英里，到尽头还有二十三英里。

整个夜晚，我们挣扎着，摸索着向前赶路，难熬地摸了十二个小时，走完了那四十五英里，到达供水的驿站。这时已是旭日初升的时候。晚上，在睡梦中经过沙漠是最容易不过了；早上，回想到我们已经亲自见识了真正的沙漠，今后可以经常在没有见过沙漠的人面前神气十足地吹牛了，倒也令人痛快。你会愉快地回想到那并不是一片不起眼的偏僻地区的沙漠，而是一片赫赫有名的沙漠，就像是个大都会，随你怎么说都可以，这时，你也会感到心情舒畅。这一切都很好，很舒服，也很满意，但现在我们将在大白天穿过沙漠。这是一次美妙、神奇、浪漫、戏剧性的历险，值得一行。有了这次历险，确实不算白活一场！我们会在家信里描述这一切。

这种热情，这种向往冒险的如饥似渴的劲头，在八月的骄阳下没有维持到一个小时就枯萎了。只有可怜的一个小时，然后，我们就为原来那样的“热情奔放”而害臊。诗歌存在于希望之中，现实是毫无诗意的。想象一下一片宽阔平静的海洋，突然遭受到灾难性的袭击，变成了一片死灰；想象一下这片阴森森的荒漠，只点缀着簇簇灰扑扑的山艾丛；想象一下这种地方自古以来所具有的毫无生气的沉寂与凄凉；想象一下一辆马车像只甲虫一样在一望无际的茫茫荒原中央蠕动，后面拖着滚滚烟尘，如同是一只蒸汽驱动的甲虫；想象一下这痛苦、艰难、单调的跋涉进行了一小时又一小时，没完没了，沙漠的尽头还是遥无踪影；想象一下马匹、车夫、马车和乘客都厚厚地裹着一层灰尘，一切都是灰黄的颜色；想象一下大块的灰尘沾在眉毛胡子上，如雪堆积在树枝上、灌木上一般；想象一下这所有的一切吧。这就是现实。

烈日炙人，那么炽热、残酷、无情、毒辣；汗水从人畜的每个毛孔里涌出来，但没有一滴流到了皮肤表面——还没有到达皮肤就给蒸干了。没有一丝儿风，灿烂的晴空中没有一片儿云；在向四面八方铺过去的无垠沙漠里，无论哪个方向也看不到一个活物；没有一点儿声音——没有叹息，没有低语，没有蜜蜂的嗡嗡声、鸟雀的鼓翅声，或远处的鸟鸣声——在那死气沉沉的空气中，甚至连很可能是迷路人的抽泣声也没有。因此，骡子打瞌睡的呼噜声、马咬嚼子的咯咯声会在这可怕的静寂中显得越发刺耳，这不但没有驱走睡魔，反而瞌睡得更加难熬，使人更觉得孤独、凄楚。

在粗暴的咒骂、哄骗和叭叭作响的鞭子威逼下，骡子们每隔一定时间就来一个冲刺，把车拖出一百或许两百码远，卷起沙云高及车轮以上，翻腾着向它反扑过来，把马车团团罩住，车儿就像在雾中运行。接着，又是停下来歇息，只有那通常的呼噜声和马嚼子的咯咯声。然后又是一个一两百码冲刺，接着又停下来歇息。我们整整一天忍受着，没有给骡子喂水，也没有换牲口。这样至少忍受了十个小时，我认为是一天，在烧碱沙漠中，这是多么实在的一天，从凌晨四点到下午两点。那么炎热！那么郁闷！中午时分，水壶里就没有水了，我们是那样口干舌燥！那么沉闷、无聊、厌倦！而那折磨人的时间又是那么无情而缓慢地爬行着！耐心地等了许久，摘出表来一看，它还在那里磨磨蹭蹭，根本不想往前走！碱灰钻进了我们的嘴唇，折磨着眼睛，撕裂了纤细的黏膜，弄得鼻子流血，而且流个不停。诚恳而严肃地说，一切浪漫都没有了，都已消失得无影无踪，剩下的只有在沙漠上跋涉的严酷现实——一种干渴、酷热、切望与可恨的现实！

每小时两英里多，一连走了十个小时，这就是我们完成的路程。原已习惯了八到十英里的时速，再也无法理解这蜗牛般的爬行。我们终于来到了沙漠尽头的驿站，第一次庆幸带来了字典，因为除了全本带插图大字典，在任何别的字典里都找不到恰当的词汇来描述我们那种高兴劲儿。但是，你就是把整个图书馆的字典都搬来，也找不到足够的词汇来描述那些拉了二十三英里车的骡子们有多疲倦。要想使读者了解它们有多渴，恐怕是在“金上镀金”或者“画蛇添足”了。

这成语用得似乎有些不恰当，但没有关系，既然用了，那就将就吧。我以为这样是既体面又有吸引力的，故而一次又一次地尝试把这成语用在适当的地方，但都失败了。这种努力使我心烦意乱，坐立不安，也使我的叙述不时显得颠三倒四，支离破碎。在这种情况下，我觉得似乎最好还像上面那样，把这成语保留下来，既然费尽心机想要引出这个真正适用、美丽的成语，它至少能使我暂时喘口气吧。

第十九章

迪格印第安人和非洲布须曼人的比较——食物，生活与性格——卑鄙地袭击马车——勇敢的车夫——一个高尚的红种人

第十六天上午，我们到达落矶谷口，离盐湖二百五十英里。就在这个除驿站外远离任何白人居住区的荒凉地方，我们看到了直到我写这本书前从未见过的最不幸的人种，我指的是“高苏特印第安人”。就我们的所见所闻，他们甚至比加利福尼亚下贱的迪格印第安人还要低劣得多，比美洲所有的野蛮人还要低劣；比特拉、德·富甘人要低劣；比霍屯督人低劣；在有些方面实际上比非洲的凯茨人还要低劣。事实上，我曾翻遍了伍德那几卷大部头的《未开化人种》，想找出一个其野蛮程度足以和高苏特人相提并论的野蛮部落，但只发现一个民族还算和这耻辱的概念沾得上边，这就是南非的“波士曼人”（也叫布须曼人）。我们看见的这些在路边、驿站周围游荡的高苏特人，是一种矮小、羸弱、骨

瘦如柴的动物，面部呈普通非洲人的灰黑色！他们脸上、手上的污垢积聚贮存了数月、数年甚至数代之久，因年龄差异而有不同程度的堆积；他们是个冷漠、鬼祟、奸诈的民族，像我们读到过的（或没读到过的）所有“高等红种人”一样，偷偷摸摸地观察一切事物，脸上却毫无表情；他们像所有印第安人一样懒惰、忍饥耐饿、不知疲倦；他们是些恬不知耻的乞丐——如果一个印第安人失去了乞丐的本能，他就不会“动”，如同没有摆的钟一样；他们饥饿，永远饥饿，猪吃得下去的任何东西他们都不会拒绝，猪通常都会拒绝的东西他们也不会挑剔；他们也打猎，但他们的奢望不过是猎食大耳野兔、蟋蟀和蝗虫，从秃鹰和郊狼那里盗窃腐肉；他们是野蛮人，当有人问他们是否信仰印第安圣灵时，他们会露出一种近乎激动的表情，以为你说的是威士忌；高苏特人是个人口稀少、居住分散的民族，身材近乎一丝不挂的黑人小孩；他们什么也不生产，没有村子，没有结构严密的村社——他们唯一的栖身之处不过是挂在灌木上用以遮挡风雪的破布片，而且，他们的栖息地是我国或其他国家最陡峭、最寒冷、没人愿意涉足的不毛之地。

显然，高苏特人和布须曼人的共同祖先是黑猩猩、袋鼠或是挪威老鼠，以及进化论者追溯到的任何动物始祖。

高苏特人和一般人一样希望兔子打架，但他们常常一连几个月靠驿站丢出去的下水、杂碎过活，然后在夜黑风高时，趁人不备，放火烧掉驿站，伏击冲出的人们。有一天晚上，他们袭击了一辆马车，车里仅坐着一个乘客，是内华达准州的地方法官。他们的第一排箭（还有一两颗子弹）就把窗帘穿得像筛子一样，射伤了一两匹马，车夫受了致命伤。车夫是个勇敢的人，他的乘客也是个好样的。一听到车夫的喊声，莫特法官立即从车厢里钻出来爬上车顶，抓住了缰绳。车夫受伤后便倒在车厢上，但双手紧紧抓住缰绳不放，直到有人来解救才松手。莫特法官从车夫松开的手里把缰绳接了过去，车夫把头放在莫特法官的双脚之间，沉着地指引着道路。他说，他相信自己能够活到把那些歹徒都甩掉，如果他能做到这一点，就没有严重问题了，法官按照他的指点驾车（他指出难走的地段和通常的路径），就可以顺利地到达下一站。法官把敌人丢在了后面，最后终于冲到那个驿站，他知道夜间的危险已经过去了。但是他却没有战友来分享这一胜利，因为那个英勇的车夫已经死去。

现在，让我们忘掉我们对大陆驿车夫所说的那些严苛的话吧。高苏特人使我恶心，尽管我是库柏的信徒，崇拜红种人，甚至崇拜在《最后的莫希干人》中那些和边区人民有适当交往的有一定文化的野蛮人。那些边区人把每个句子分为相等的两部分，一部分语法严谨而精练，另一部分只不过想要带上一种猎人和山里人讲话的味道：就像百老汇的店员啃了一部爱默生·贝内特[①]的作品，花几个星期在鲍厄里剧院研究了边区生活后，说话时所

---

① 或许是作者用著名作家爱默生与著名报业家贝内特两人的名字组合而成的虚构姓名。

带的那种口气——我是说，我本来崇拜印第安人，但高苏特人让我恶心，这促使我去考察那些权威著作，以确定过去我是否是透过柔和浪漫的月光观察红种人而把他们估计过高了。随后的发现使我清醒过来。真奇怪，他们身上的油彩和金箔那么快就脱落了，暴露出他们的卑劣、肮脏和令人讨厌。证据那么快就汇集起来，无论你在哪里找到一个印第安部落，你见到的总是或多或少经环境美化过的高苏特人，但毕竟还是高苏特人。他们应该受到怜悯，这些可怜的动物；他们能够得到我的同情，因为已经时过境迁。但在他们身边，谁都没法同情他们。

人们普遍有一种印象，似乎巴尔的摩华盛顿铁路公司的许多雇员都是高苏特人，但这是讹传。仅有一点点说得过去的相似之处，虽然这足以使无知者误入歧途，但骗不了那些仔细地打量过这两种人的人们。但严肃地说，那种说法不仅愚蠢，而且大错特错，因为无论出于何种动机，它的必然后果都损害了那些人的名誉。他们在落矶山脉那严酷的沙漠里度过了何等艰难的日子，只有老天爷才知道！如果在我们的心里找不到基督的同情和怜悯来赐予这些可怜的一丝不挂的人，那么以主的名义，至少不要对他们落井下石吧。

第二十章

美洲大沙漠——四十英里白骨之路——没有出口的湖泊——格里利的有名的旅行——大名鼎鼎的车夫汉克·蒙克——“打断”一个故事的悲惨结局——老掉牙的逸事

第十七天，翻过了我们迄今为止见过的最高的山峰，白天虽然很热，接踵而至的夜晚又寒气逼人，毯子几乎无济于事。

第十八天，在里斯河驿站遇到了向东架线的工人，在那里给卡森城的亲州长阁下发了个电报（距离一百五十六英里）。

第十九天，穿越了美洲大沙漠——难忘的四十英里无底的沙海，车轮陷进去六英寸到一英尺。大半的路程是我们自己穿过来的，即是说，是下车走过来的。因为没有水，这是一次疲劳、漫长、干渴的跋涉。从沙漠这一头到那一头，牛马尸骨铺路，白茫茫的一片。可以不夸张地说，四十英里路每一步都踩着骨头！这沙漠是一个巨大的坟场。测程链、车轮以及朽烂的车辆碎片几乎和尸骨堆得一样高。我觉得把沙漠上生锈的测程链铺直，足以跨过合众国的任何一个州。这些遗物不是多少给我们一些印象，说明早期到加利福尼亚的移民所经受的苦难与辛酸吗？

沙漠边上，就是卡森湖，或叫卡森潭，只是一层浅浅的、死气沉沉的水，方圆八十到一百英里。卡森河水注进里面就消失了——神秘地渗进沙里，再也不见天日——因为这个湖没有出口。

内华达有几条河流，其归宿都这样神秘。它们流入不同的湖泊或潭里，那里就是它们的归宿。卡森湖、洪堡湖、沃克湖、莫洛湖都是不见出口的大片水泽，河水不断流进，却总不见流出，但湖水总是保持一定高度，既不涨也不落。多余的水到哪里去了，只有上帝才知道。

我们在沙漠西缘的拉格镇停了片刻。这个镇就是一间木屋子，地图上是找不到的。

这使我想起了一件事。在普拉特平原上，刚离开尤尔斯堡，我坐在车夫旁边，他说：

"如果你愿意听的话，我给你讲一件十分可笑的事。有一次霍拉斯·格里利[①]经过这条路。离开卡森城时，他对车夫汉克·蒙克说，他已约好要在普莱塞维尔大学演讲，急着要赶路，汉克·蒙克鞭儿甩得叭叭直响，车速快得吓人。马车蹦蹦跳跳，颠簸得那么凶，把霍拉斯大衣上的纽扣全抖掉了，后来，他的头撞

① 霍拉斯·格里利（1812—1873）是著名记者。反奴运动领袖之一。

穿了车顶篷，他就对汉克·蒙克大声叫喊，请他赶得稳当点——说他不像刚才说的那么急了。但汉克·蒙克答道：‘坐好吧，霍拉斯，我会把你准时送到那里。’——千真万确，霍拉斯是及时赶到了，可他还剩下些什么哟！”

一两天后，我们在交叉路口接上来一个丹佛乘客，他给我们讲了许多当地的和格里高利金矿的事。他似乎是个很有趣的人，在科罗拉多有个很好的职位。后来，他讲道：

“如果你愿意听的话，我给你讲一件十分可笑的事。有一次霍拉斯·格里利经过这条路。离开卡森城时，他对车夫汉克·蒙克说，他已约好要在普莱塞维尔大学演讲，急着要赶路，汉克·蒙克鞭儿甩得叭叭直响，车速快得吓人。马车蹦蹦跳跳，颠簸得那么凶，把霍拉斯大衣上的纽扣全抖掉了，后来，他的头撞穿了车顶篷，他就对汉克·蒙克大声叫喊，请他赶得稳当点——说他不像刚才说的那么急了。但汉克·蒙克答道：‘坐好吧，霍拉斯，我会把你准时送到那里。’——千真万确，霍拉斯是及时赶到了，可他还剩下些什么哟！”

几天后，在布里杰要塞，上来个骑兵中士，他的确是个正儿八经的军人。在整个旅途中，我们还没有从别人那里得到这么多精辟而有条理的军事知识。在我国的这个蛮荒地方，居然能够找到一个对自己本行里有用的知识无所不知的人，这真令人吃惊，况且他的军衔又那样低，举止又是那样谦和。我们听他讲了足足三小时，始终兴致勃勃。最后，他提到穿越大陆旅行这个题目，马上讲道：

“如果你愿意听的话，我给你讲一件十分可笑的事。有一次霍拉斯·格里利经过这条路。离开卡森城时，他对车夫汉克·蒙克说，他已约好要在普莱塞维尔大学演讲，急着要赶路。汉克·蒙克鞭儿甩得叭叭直响，车速快得吓人。马车蹦蹦跳跳，颠簸得那么凶，把霍拉斯大衣上的纽扣全抖掉了，后来，他的头撞穿了车顶篷，他就对汉克·蒙克大声叫喊，请他赶得稳当点，说他不像刚才说的那么急了。但汉克·蒙克答道：‘坐好吧，霍拉斯，我会把你准时送到那里。’——千真万确，霍拉斯是及时赶到了，可他还剩下些什么哟！”

离开盐湖城八小时后，一个摩门教牧师在一个小站上了车，他是一个和蔼、亲切、善良的人，一个任何陌生人一看见就会产生好感的人。他用朴实的语言讲述了他的同胞的流浪生活与无人同情的辛酸遭遇，我永远不会忘记他那凄凉的声音。没有哪一个牧师的口才像他那样流畅，那样动人。他生动地描绘了第一批摩门教徒穿过平原，悲惨地挣扎着，走向他们的流放地，荒芜的道路上布满坟场，洒满泪水。他的话使我们极为感动，当谈话转到较轻松的题目，谈论我们将经受考验的这块古怪的大地的自然景色时，大家都松了口气。大家高高兴兴地讨论了一个又一个的问题，最后，这位乘客说道：

“如果你愿意听的话，我给你讲一件十分可笑的事。有一次霍拉斯·格里利经过这条路。离开卡森城时，他对车夫汉克·蒙克说，他已约好要在普莱塞维尔大学演讲，急着要赶路，汉克·蒙克鞭儿甩得叭叭直响，车速快得吓人。马车蹦蹦跳跳，颠簸得那么凶，把霍拉斯的纽扣全抖掉了，后来，他的头撞穿了车顶篷，他就对汉克·蒙克大声叫喊，请他赶得稳当点，说他不像刚才说的那么急了。但汉克·蒙克答道：'坐好吧，霍拉斯，我会把你准时送到那里。'——千真万确，霍拉斯是及时赶到了，可他还剩下些什么哟！"

在拉格镇前面十英里处，我们看见一个可怜的流浪汉，躺在地上奄奄待毙。他已走得精疲力竭，实在拖不动腿了，饥饿和疲乏压垮了他。把他丢在那里不管实在不人道。我们给他付了去卡森城的车钱，把他抬上车。过了好一阵子，他才显得还有口气。我们给他按摩，把白兰地灌进他嘴里，最后他才慢慢苏醒过来。然后，我们又喂了他点东西，渐渐地他似乎明白是怎么回事了，感激的心情使他的目光柔和起来。我们整理了邮包床，把我们的衣服垫在他头下，让他躺得尽可能舒服些。对此他感激不尽，仰视着我们，用虚弱而颤抖的声音诚恳地说道：

"先生们，我们素不相识，你们却救了我的命。虽然我无力报答，但我想至少可以使你们漫长的旅行轻松一会儿。我想你们还不熟悉这条路，而我却了如指掌。在这方面我可以告诉你们一件十分可笑的事，如果你们愿意听的话。霍拉斯·格里利——"

我激动地打断他的话，说道：

"可怜的陌生人，再讲下去你就有生命危险了。我原来是个魁梧健壮的小伙子，但现在，你看见我是这么个丧魂落魄的样子，是什么把我折磨成这副模样的呢？就是你打算讲的那件事情。那件陈旧乏味的逸事缓慢地却是坚持不懈地耗尽了我的精力，弄垮了我的身体，吞噬了我的生命。可怜可怜我这悲惨的处境吧，只饶了我这一回，换个话题，讲一讲乔治·华盛顿的少年时代和他的小斧头吧。”

我们得救了，那个人却没有。他极力挺住，想把那件逸事留在脑中，结果死在我们怀里。

现在，我明白了，我不应该对那整个地区哪怕是最强健的居民提出这个请求，更不用说对这个只剩一层皮的人了。在太平洋之滨住了七年以后，我才知道，没有一个乘客或车夫当着陌生人的面打断了这个逸事而居然没有丢掉性命的。六年间，我曾一次又一次地乘马车翻越内华达和加利福尼亚山脉，那件不朽的故事我听了四百八十一次或者四百八十二次。我还列了张单子。“押车”讲，房东讲，车夫必讲，乘客偶尔讲，地道的中国人和游荡的印第安人详细地讲。同一个车夫在同一个下午对我讲了两三遍。他用从通天之塔传到世间的各种各样的语言对我讲，还洋溢着威士忌、白兰地、啤酒、香水、烟草、大蒜、洋葱、蝗虫的味道，亚当的子孙把这一系列东西统统吃喝进去，再把它们的各种风味加在这个故事上面。我对任何逸事都没有像对这件听的次数那样多，我闻的各种逸事没有像这件的味道那样杂七杂八。凭它的气味，你根本不能认出就是这件逸事，因为每当你以为已经识别出了它的味道，它的味道又变了。贝亚德·泰勒描写过这件古老的逸事，里查森出版过；还有琼斯、史密斯、约翰逊、罗斯·布朗以及所有在尤尔斯堡和旧金山之间的茫茫大道上任何一处落过脚的新闻记者都写过这件逸事；我听说它被收在犹太法典里，我看见它以九种文字出版；有人告诉我在罗马宗教裁判所里经常使用；我现在遗憾地得知有人还要为它谱曲，我认为这样做不对。

大陆上的驿马车消失了，马车夫这一群体也不复存在了。我不知道他们是否将这老掉牙的逸事遗赠给了他们的继承人——铁路制闸工和押运员。如果这些人还用这件事来折磨列车上的乘客，如同昔日许多人所受的折磨那样，太平洋沿岸真正壮丽的东西就不再是约·塞密蒂国家公园[①] 和古杉，而是汉克·蒙克以及他与霍拉斯·格里利的历险记了。[②]

---

① 加利福尼亚州东部内华达山脉中一深谷，现为国家公园的一部分。该公园即以此谷得名。

② 使这件陈旧的逸事更加令人激动的是：它歌颂的那次历险根本就没有发生过。如果它是件好的逸事，它的主要价值就是它表面的漏洞，因为创造力总是伟大的。但是应当怎样评价那个不负责任地编出这样天衣无缝的故事的人呢？如果我提出怎样评价他，人们会说我放肆——但是丹尼尔的第十六章上是怎么写的呢？啊哈——马克·吐温

第二十一章

碱尘——荒凉和期望——卡森城——旅行结束了——我们被介绍给几位市民——奇特的责备——华休西风——华休西风的上班时间——州长的宫殿——政府办公室——法国女房东布里奇特·奥弗兰尼甘——影子的秘密——一场骚动的前因后果——爱尔兰大队——奥弗兰尼甘的房客——勘测之行——塔兰图拉蜘蛛逃跑了

第二十天的早上，我们漫长的旅行已临近结束了。中午，我们就将到达内华达的首府——卡森城。我们并不怎么高兴，反而感到遗憾。这是一次愉快的旅行，每天都饱赏了奇异风光，现在，我们已经过惯了马车生活，甚至很喜欢它。因此，在一个村子里安下身来，过一种单调的生活，并不舒服，反而使人沮丧。

显然，我们的新家是一片沙漠，四周是白雪覆盖着的荒山。看不到一棵树，只有无边无际的山艾树丛和肉叶刺茎藜。它们把一切都染成灰扑扑的颜色。我们在深深的碱灰中耕行，卷起厚厚的尘烟，像个着火的房屋，拖着浓烟划过沙漠。我们浑身是灰，活像面粉匠，还有马车、骡子、邮包和车夫也一样——我们，山艾树和周围的景色都是同一种单调的颜色。远处笼罩在漫天沙尘中的长串货车，就像一幅草原烈火图。看得见的活物只有那一队队牲口及其主人。除了这些，只有我们在一片凄凉、寂寞的荒漠之中行进。每走二十步，就要经过一具某种动物的干尸，它那沾满灰尘的皮紧紧地裹住空空的枯骨。常常可以看见一只阴沉的渡鸦坐在头骨或股骨上，警惕而严厉地注视着过往的马车。

卡森城慢慢进入视野。它坐落在一块大平原的边缘。从数英里以外看去，它仅仅是严峻的群山的阴影俯视下的一串白色的斑点，那些山峰一个个巍然屹立，孤傲而清高。

我们到达目的地，下了车，马车继续前进。这是一个“木头”城，人口两千。主街就是四五排低矮的白色木排店铺。这些房子用来坐则太高，作为其他用途则又太矮，实在是太矮了。它们一间一间紧紧地挤在一起，好像这个广阔的平原上缺乏空地皮似的。人行道上铺的是稀稀拉拉的石板，人走在上面会咯咯作响。城中央，面对着商店的是“广场”。这是落矶山区里城镇的特产——一块宽敞的空地，没有栅栏，中间有一根旗杆。这是个用途很广的场所，公开拍卖、马匹交易、群众大会在这里举行，军队也在这里安营扎寨。广场的另外两侧对着商店、政府机关和马厩。卡森城的其余部分就相当凌乱了。

在驿车公司里和从旅馆去州长府邸的路上，有人给我们介绍了几位公民。其中一个叫哈利斯先生，骑着马。他正要开口说什么，突然改口说道：

“实在抱歉，请稍候片刻，那边那个证人硬说我参与了加利福尼亚马车抢劫案——这是无礼的举动，多管闲事，先生们，因为我根本不认得那个人。”

然后，他拍马过去，用一支六发左轮训斥那个陌生人，后者也用一把枪来做辩解。当双方的子弹打完后，那个陌生人又装上子弹开了几枪（还补上一鞭），哈利斯先生随后骑马跑过来，彬彬有礼地点了点头，回家去了。一颗子弹击穿了他的肺，几颗钻进了屁股。从这些洞眼里涌出小股的鲜血，顺着马背淌下来，弄得那畜生怪模怪样。从那以后，我再也没见哈利斯开枪打过人，但是这件事使我回想起了我们在卡森城第一天的经历。

这就是我们那天的所见所闻。下午两点，如同往常一样，每天一次的“华休西风”刮了起来，随风而来的是铺天盖地的尘土，有美国的面积那么大，内华达准州的首府不见了。然而对于新来乍到的人来说，这景色并不是一点意思也没有的。在高空，遮天蔽日的尘云中黑压压地裹带着一些奇怪的东西——活的、死的，东飘西荡，来来去去，在翻卷的灰尘中时隐时现——草帽、小鸡和阳伞被卷上了最高最远的天空；毛毯、铁皮招牌、艾灌丛和木瓦在稍下面一层；门口擦鞋用的棕垫、车毯更低一层；下一层是铁锹和煤斗；再下一层是玻璃门、猫儿和小孩；再下一层是贮木场上吹散的木材、轻便马车和手推车；最下一层，离地三四十英尺，则是随风飘舞的房顶和空空的木棚架子。

真使人眼花缭乱，要是能弄出眼睛里的沙子，本来还会看到更多。

但正经说，“华休西风”真是非同小可。它刮倒不结实的房屋，有时揭起木屋顶，把铁皮瓦像活页乐谱一样卷起，有时它还吹翻驿车，摔出乘客。据说那里之所以有那么多秃头，原因是当他们仰望天空，搜索帽子时，风把头发吹走了。夏天午后，卡森城的街上很少显得死气沉沉，因为有那么多的人在他们逃跑的帽子后面扑腾，就像女招待们在拦截一只蜘蛛一样。

“华休西风”（华休是内华达的昵称）是一股怪风，无人知晓它“神兮何来”，也就是说，没有人知道它是在什么地方产生的。说它是从西方的山那边吹过来的，但是翻过那山脊一看，山那边连一丝风也没有！也许它临时在山巅上形成，从那里吹了过来。夏天，这风极有规律。它的上班时间是下午两点到次日凌晨两点，在那十二小时中，任何敢于外出的人都必须考虑到风的影响，否则他就会被吹离他的目的地一两英里。尽管如此，去旧金山的华休人要抱怨的第一件事，就是说那里的海风太凶了！这就是人性啊。

我们发现内华达准州州长的庄严宫殿是一座白色木结构平房，里面有两间小屋，前面有一根柱子撑起屋顶——为的是显得气派——这使市民们恭恭敬敬，印第安人畏若神明。新来的准州首席法官和副法官还有政府其他官员的官邸不那么气派。他们在附近租房食宿，在寝室里办公。

我和州务秘书在一个可敬的法国妇女的“庄园”里安下身来，她叫布里奇特·奥弗兰尼甘，是州长阁下的随营女郎。她刚认识他时，他还是纽约警察局局长，正飞黄腾达，现在他落泊到这内华达当准州州长，她也不愿意抛弃他。我们的房间在第一层，对着广场，摆进一张床、一张桌子、两把椅子，公用防火保险箱和那部大字典，剩下的空间还可以站下一个客人——或许两个，但不能担保不把墙壁挤变形。但那墙壁经受得住这种压力——至少那块间壁能行，因为那块间壁是由一块白色“手工布”从这只角牵到那只角做成的。这是卡森城的惯例，其他材料的间壁很少见。如果你处在暗中，而隔壁邻居点着灯，那布上的影子有时可以告诉你一些稀奇的秘密！这些间壁通常用缝在一起的旧面粉口袋做成。于是平头百姓和达官贵人的区别就是，平头的面粉袋上没有装饰，达官的墙壁上满是残留的壁画——即面粉袋上红红蓝蓝的磨房标记。偶尔，还有些上层人物把《哈珀周刊》上的画片贴在间壁上，来装饰白色的手工布。在多数情况下，阔人和有教养的人还会拥有痰盂以及别的挥霍和奢侈的爱好①。我们有一块地毯和真正奶油色陶质面盆，结果，遭到了奥弗兰尼甘“庄园”其他房客们的公开嫉恨。当我们还挂上一块印花油布窗帘时，就简

① 华休人对开玩笑很小气，所以我得解释一下，以上的描述仅是一般情况，在卡森城还有许多可敬的例外——抹泥的天花板和许多家具的房屋等。——马克·吐温

直是提着脑袋玩命了。为了避免流血，我们搬到楼上去和无头衔的平民住在一起，二楼仅一间屋子，十四张没上漆的柏木床分列两排。

这十四个人是个快活的集体，大部分是州长的随行人员，他们在纽约和旧金山之间做了选择，然后就来了，觉得在边区混点面包皮，找份差使，情况总不会比原来糟糕，说不定还会混得更像样些。他们是人人皆知的“爱尔兰大队”，虽然州长的所有随员中只不过四五个爱尔兰人。好脾气的州长阁下对有关他的随从的流言大为不满，尤其是有人谣传说他们是他雇用的刺客，随行而来是为了在必要的时候拉选票！

奥弗兰尼甘太太为他们提供膳宿，每人每周交十美元，他们高高兴兴地付了支票。他们很满意，但是布里奇特马上发现卡森城的惯例是支票不能兑现。于是她去打扰州长，请他为那个大队队员找点事干。她和他们的一致要求终于使他有些无可奈何了。最后，他把大队召集起来，宣布道：

“先生们，我为你们安排了一份既可发财又有益处的差事。这份差事将使你们在美妙的景色中得到娱乐，使你们通过观察和研究得到无穷的机会来充实你们的心灵。我要你们从卡森城向西勘测一条铁路线。州议会开会时，我将要求通过必要的法案，为你们提供补贴。”

“什么，是翻越西尔拉内华达山脉的铁路吗？”

“唔，要不，就向东边某个地方勘测吧！”

他把他们弄成了勘测员、牵测程链的人等，把他们放进了沙漠。这“娱乐”太过分了！拖着脚步，拉着测程链，穿过灌木，顶着烈日，在牛骨头、郊狼和毒蜘蛛中间进行的娱乐。“浪漫的冒险”也不过如此了。他们勘测得很慢、很谨慎、很仔细。第一个礼拜，他们天天回来，满身灰尘，腰酸腿痛，又饥又渴，但很快活。他们带回许多毛茸茸的大蜘蛛——塔兰图拉毒蜘蛛——在“庄园”的楼上倒扣着杯子把它们监禁起来。一周后，只得在野外露营，因为已向东走了很远了。他们多次讯问那个含糊的“某个地方”到底是哪里，但得不到答复。最后，对一封询问“向东多远”的特急电报，奈州长回电说：

“到大西洋，该死！然后架桥一直向前！”

这封电报使那些满身灰尘的人都跑回来了，他们打了个报告，不干活了。这件事州长很满意。他说，奥弗兰尼甘想用大队的伙食问题要挟他，而他却想从小伙子们那里取乐；他说（眼睛像往常那样愉快地眨着），他的意思是要他们勘测到犹他州，然后电告杨伯翰，让他以非法侵入罪吊死他们！

勘测员们带回好些塔兰图拉毒蜘蛛，这样房间里的搁板简直成了个大动物园。有的蜘蛛会用它那毛茸茸、肌肉发达的腿傲慢地站在公用盘子上，如果有人伤了它们的感情或是冒犯了它们的尊严，它们将是动物界最邪恶的亡命之徒。哪怕是轻轻地碰一下它们的玻璃囚室，它们也会一跃而起，摩拳擦掌。勇猛吗？骄傲吗？的确，它们还会捡起稻草，像国会议员一样剔牙齿。大队刚回来那个晚上，照例刮起了猛烈的西风，约摸半夜时分，邻近的马房屋顶给刮掉了，它的一角轰隆一声打到了我们的“庄园”旁边。大家一齐惊醒，暗中集合起来，在床间狭窄的过道上翻来扑去。混乱中，波伯·H——从沉睡中跳起来，头碰翻了一块搁板。他立刻大叫道：

“快跑，伙计们，蜘蛛跑出来了！”

没有什么警报有这等可怕。没有人再想跑出去，怕的是踩到蜘蛛上。每个人都摸索着跳到一个箱子或一架床上去。接着就是一阵最奇特的沉静——可怕的紧张的沉静——等待，期望，恐惧。屋里一片漆黑，什么也看不见，十四个近乎赤条条的汉子战战兢兢地立在箱子上或床上，你只得凭想象去了解那是个什么怪象了。沉静中偶尔出现一下骚动，你只能根据声音猜测出是谁和他的位置，或是判定难友在摸索着改变姿势时发出声音的位置。人们发出的声音不过是简单的几个字。只要听到有人轻轻地叫一声“哎哟！”接着就是啪地一巴掌，你就可以知道有位先生觉得毛茸茸的毯子或别的什么东西擦着了他赤裸的皮肤，他已从床上溜下去了。又是一阵沉静。立刻，就会听到一个上气不接下气的声音：

“有、有、有什么东西爬到我背上来了！”

时不时，你会听到轻轻地一抓，一声悲惨的叫声，“我的妈呀！”这时，你就知道有人当机立断地从他认定有蜘蛛的那个地方逃开了。紧接着屋角里一个疯狂而清晰的声音嚷道：

“我捉住它了！我捉住它了！”（停顿，大概是换姿势。）“不，它捉住我了！哎呀！他们不会拿盏灯来吗？”

这时，奥弗兰尼甘太太提着灯上来了，虽然她急于想知道那飞来的屋顶造成了多大的破坏，但她还是明智地等了一会儿才掌灯，下床。现在，她上楼来看看风是不是住了，是不是小些了。

灯光射进来，那场面真是壮观，有的人会觉得有趣，但我们却没有那个感觉。我们是那样古怪地站在箱子上、盒子上或床上，衣着那样离奇，而我们实在痛苦，真正悲哀，并不觉得有什么好笑，也笑不出来。我知道，处于那些爬来爬去、嗜血恶毒的塔兰图拉蜘蛛的包围之中，要是那紧张的几分钟再超过一秒钟，我就扛不住了。我十分可悲地从一架床跳到另一架床，从一个箱子跳到另一个箱子，每当摸到毛茸茸的东西，就以为摸到毒刺了。我宁愿去打仗也不愿再经历一次那种事件。没有人受伤，那个自以为被蜘蛛“捉住了”的先生搞错了——原来是箱子缝夹住了他的手指头。再也没有看见那些逃掉的蜘蛛，一共有十个或十二个。我们点起蜡烛，上上下下到处搜索，但没有找到。又上床去睡觉吗？我们没那样干，给钱也不干。大家坐下来打牌，警觉地提防着敌人，直到天亮。

第二十二章

富翁的儿子——向塔霍湖进军——绚丽的风光——湖上泛舟——林边露营——起死回生的气候——划出一片土地——取得了资格——附属的小屋和栅栏

八月末，天空无云，秋高气爽。在两三周内，我奇迹般迷上了这块新奇的土地，决定暂时推迟回“合众国”的日期。我已习惯了戴上耷拉着边的破草帽，穿上蓝色羊毛衫，裤脚塞进靴筒里，不穿外衣、背心和吊裤带，还颇为自得。我觉得这样又粗犷又“霸道”（史学家约瑟福斯在他那精彩的关于圣殿毁灭的一章里提到过这个词），我觉得这样最有趣，最浪漫。我是个政府官员，但这只不过是为了虚荣，既无事干也无薪俸。这是个奇怪的闲职。我是州务秘书大人的私人秘书，但我们两人都没有什么可写的。于是约翰尼·K和我成天沉迷于娱乐。他是俄亥俄州一个富翁的儿子，出门来寻求消遣。他达到了目的。我们听许多人提到绝佳的塔霍湖。最后，好奇心驱使我们去看一看。三四个大队队员已去过那里，在湖畔上划出了几块林场，搭起帐篷，里面贮存了一些粮食。我们肩披两条毯子，各提着一把斧头，就出发了——我们想自己开辟一片林场，发财致富。我们步行前往，读者可能会觉得骑马去方便些，但有人告诉我们只有十一英里。我们走了一大段平路，又艰难地登上了一座大约有一千英里高的大山，往下看去，没有湖泊。从那边下山，穿过山谷，费力地登上一座显然有三四千英里高的山，再向下看去，还是没有湖。我们疲劳不堪，汗流浃背地坐下来，雇了两个中国人帮我们咒骂那些欺骗我们的人。赌够了气，又立即以恢复过来的精力和毅力继续那长征。我们步履蹒跚地跋涉了三四个钟头，最后那湖泊突然映入眼帘——一片壮丽的蓝色湖水，海拔六千三百英尺，四周耸立着还高出整整三千英尺的皑皑雪峰！它呈巨大的椭圆形，周长足有八九十英里。它躺在那里，平静的水面清晰地映出群山，我想，这必定是世界上最迷人的图画。

我们找到了大队兄弟们的小船，刻不容缓地登船横过湖湾，向着标明营地位置的路标划去。我让约翰尼划船——不是我不愿出力，而是因为我划船，船却往后倒退，这会使我晕船的。但是我掌舵。前行三英里，夜幕降临时，来到了营地。登上岸去，疲乏不堪，饿得要命。在岩石中的“窖里”找到了食品和炊具，我已精疲力竭，坐在一块大石头上看着约翰尼拾柴做饭。任何人如果经受了我受的那份罪，都会想休息的。

晚餐十分可口——烤面包、煎腊肉，还有清咖啡，四周的宁静也十分可口。三英里远处有个锯木场，那里有些工人，但在这宽广的湖岸上一共还不到十五个人。天黑了，星光灿烂，巨大的明镜上钻石闪烁，在肃穆的沉静中我们默默抽着烟，忘却了一切烦恼和痛苦。睡觉时，我们在两块大石头之间温暖的沙滩上铺上毯子，很快就进入梦乡，毫不在乎成群的蚂蚁从衣缝里爬进来探究我们的身体。什么也不能打扰那死死缠着我们的睡眠，因为它是合理挣来的。即使我们做了亏心事，那天晚上道德法庭也会休庭的。睡意蒙眬时，起风了，湖水的浪花拍击着沙滩，将我们催入梦境。

夜晚，湖岸上总是很凉，但我们有足够的毯子，觉得很暖和。整整一夜，一块肌肉也没动一下，清晨一觉醒来，还是入睡时那个姿势。我们马上起床，感到神清气爽，疲劳和疼痛全部消失了。在这样的经历中，我真是体验到包治百病的灵丹妙药。那天早上，我们打得过十个前一天我们那样的人——那简直是病人。但世人愚钝，却去采用“水疗法”“运动疗法”，以及出国疗养。埃及的木乃伊在塔霍湖畔露营三个月也会恢复他远古时的精力，胃口会好得像头鳄鱼。当然我不是指最古老最干的木乃伊，而是指稍微新鲜些的。云中的空气非常清新、纯净、凉爽宜人。很显然，天使们呼吸的就是这种空气。我想，躺在这沙滩上就是通宵不睡，也不会有丝毫倦意。那不是在屋顶下，而是在苍穹下，那里夏季极少下雨或者根本无雨。我认识一个人，他到那里去等死，但他失败了。他刚去时活脱脱是具骨头架子，几乎站立不稳。他吃不下东西，成天仅读点书，思索未来，此外什么也不做。他经常在房子外睡觉，一日三餐，有什么吃什么，在三千英尺的山上打猎作乐。三个月后，他不再是具骨头架，体重增加十分之一吨。这不是虚构的故事，而是真人真事。他原来害的是肺病。我很自信地把他的经历推荐给别的骨头架们。

又是我监督做饭，一吃过早饭，我们登上小船，沿湖划了三英里，爬上岸去。我们喜欢这个地方的景色，于是，我们要了三百英亩，在一棵树上刻下个“告示”。这是一块黄松林——茂密的森林，树木高达一百英尺，根部直径一至五英尺。很有必要把我们的财产围起来，要不就保不住。这就是说有必要在这里或那里砍下一些树，让它们倒下来形成一个圈子（中间当然有很宽的空隙）。我们每人砍了三棵树，发现这项工作使人累断骨头，便决定把我们的财产“寄托”在这些树上面，如果它们能保住财产，当然不错；如果保不住，那就让财产从空隙中间流出去吧，为了那么几亩土地累死累活，委实划不来。第二天，我们又回来修一座房子。为了保住财产，房子也有必要。我们决定修一座宽敞的木房子，要让那些大队弟兄们眼红。但刚砍倒一棵大树，把它刨平的时候，似乎又没有必要那么讲究，于是我们决定用小树来造。但刚砍下刨平两棵小树，又觉得再朴实点的建筑更实用些，于是又决定搭一座灌木窝棚。第二天，我们全力以赴来办这件事，但我们磨磨蹭蹭，讨论又讨论，下午已过去了一半，才搭好一半，因为得一个人看着，一个人砍灌木，免得两个一转身就找不到砍下的枝条，它们和周围的植物太不易分辨了。不过，我们仍然很满意。

现在，我们成为地主了，弄到并占有了适当的土地，又是在法律的保护下，于是我们把家搬到自己的王国里来，享受只有经过这种经历才能带来的自食其力的欢乐。第二天下午，舒舒服服地酣睡了一觉之后，我们带着所有能搬走——确切地说是借走——的食物和炊具上了船，天黑的时候，我们在自己的领土上靠了岸。

第二十三章

幸福的生活——塔霍湖和它的脾气——透明的水——大祸临头——火！火！——壮观的火景——又无家可归了——我们回到湖上——风暴——回到卡森

如果说还有一种生活比以后两三周里我们在林场里度过的那种生活更幸福的话，那一定是我在书本上还没有读到过的，或是没有亲身经历过的一种生活。在那些日子里，除了我们自己，看不见一个人影，除了风声、浪声、松涛声以及远处偶尔的雪崩声，听不见一丝声音。四面的森林又茂密又凉爽，顶上的晴空，阳光灿烂，前面浩瀚的湖面，或是波平如镜，或是微波荡漾，或是黑浪汹涌——全凭大自然的脾气；周围的群山上，森林苍翠，滑坡道道，沟谷条条，白雪耀眼，和谐地勾画出一幅完美的画面。景色是那样的迷人，令人陶醉和心旷神怡。眼睛总是看不够，无论是白天或者黑夜，风平浪静还是狂风暴雨。只有一点不足，眼睛不能一直看，睡觉时只好闭上。

我们在岸边的沙滩上睡觉，两块大石头把我们夹在中间，为我们遮挡猛烈的夜风。睡觉前再也用不着头疼粉了。天刚蒙蒙亮，我们就起身乱跑一气，只为消耗用不完的体力和过剩的干劲。其实是约翰尼起身疯跑，我还待在窝里，因为我要为他看住帽子。吃过早饭，惬意地抽着烟斗，我们欣赏着座座群峰披上朝霞，倾泻而下的阳光填满山谷，唤醒了黑暗笼罩过的悬崖和森林。湖面上那五彩缤纷的图画不断伸展，越来越清晰明亮，到后来，每一片森林、每一座悬崖峭壁都一笔笔绘在湖面上，成了一幅心醉神迷的巨作。看够了，我们才开始去干“正经事”。

我说的正经事就是坐船在水面上漂荡。我们在北岸，那里水底的礁石有灰的，有白的，所以这里的水比别的地方更清澈、更透明。我们通常划离岸边一百码，然后躺在船板上沐浴着阳光，任小船尽情地在水面上荡漾。我们很少说话，因为谈话会搅乱这安息日般的平静，破坏这奢侈的休息和懒洋洋带来的梦境。湖岸锯齿般地曲折，嵌着深深的、蜿蜒的小湾，周围是狭窄的一溜沙滩；沙滩边上，高山拔地而起，直插云端，就像巨大、几乎垂直的高墙一样巍然耸立，上面覆盖着高大的松树。

湖水异常清澈，只有二三十英尺深的湖底清晰可见，小船真像是在空中飘荡！是啊，就是八十英尺深的地方也是如此。看得见每一颗小石头、每一条红斑鲑鱼、每一块巴掌大的湖底。我们趴在船上，经常看见如乡村教堂般大的花岗岩突然耸起，像是要冲出水面，顷刻间，它又吓人地似乎能戳着我们的脸，我们禁不住要抓起桨来，躲开这危险。但是，小船从上面过去了，大石头又沉了下去，这时，我们才发现，就是我们在它正上方的时候，离那石头也至少有二三十英尺远，通过这明镜向深处看去，水不仅透明，而且光亮夺目，叫人眼花缭乱。一切东西透过水看去，它的轮廓，甚至每一细节都特别清晰而生动，透过同样厚度的空气是看不到这些的。船下的空间是那样空旷、缥缈，在半空中高高飞翔的感觉是那样强烈，我们把这种航行叫作“气球旅行”。

我们常钓鱼，但平均每周还钓不到一条。可以看见成千上万的鲑鱼在空荡荡的水下穿来游去，或在礁石缝里睡觉，但它们不咬钩——也许它们清清楚楚看见了钓鱼线。我们经常选定一条鲑鱼，耐心地放下诱饵，固执地放在八十英尺深水下它的鼻子上，但它总是极不耐烦地把诱饵拨开，又换一个姿势。

我们偶尔也游泳，水看起来十分温和，实际上寒冷刺骨。有时，我们离岸一两英里，来到“蓝水”区域，因为水很深，那里的水就像蓝靛一样呈深蓝色。正式测量结果表明，湖心深达一千两百二十五英尺！

有时，在闲散的下午，我们躺在帐篷里的沙地上，抽着烟斗，看一些古老破旧的小说。晚上，我们围着篝火玩两人牌和七点，锻炼智力。那副牌太油腻太破旧，一个学生要花整整一个暑假才分得清梅花 A 和方块 J。

我们从来没有在房子里睡过觉，一是因为从来没有想到过要去住，再是这座房子是用来占地的，仅此而已。我们并不想滥用它。

粮食慢慢地要吃光了，我们到原来的营地去装粮食。走了一整天的路，天黑时分，又回到了家，又饿又累。约翰尼把大部分粮食搬到我们的房子里去，以供将来之需。我把一块面包、几块腊肉和咖啡罐提上岸，靠在一棵树上，生起火，又回到船上去取煎锅。我正忙着，突然听见约翰尼大叫一声，回头一看，看见我点的那堆火已经吞没了房子！

约翰尼被隔在火的那一边，他只好从火焰中钻过来，我们两人站在湖岸上，无可奈何地望着这场灾祸。

地面上铺着厚厚的一层干燥的松针，火苗一舔着它们就如同触发了火药一样。看到那高高的火苗以疯狂的速度流窜，真是惊心动魄！我的咖啡罐不见了，所有的东西都跟着付之一炬。一分钟以后，火苗燃着了六至八英尺深、干燥而密集的灌木丛，接着发出轰轰隆隆、噼噼啪啪的爆裂声，十分可怕。我们目瞪口呆地站在船里，像中了邪一样。

半小时以内，我们面前已是一片翻腾耀眼的火海！它正向毗邻的山脊挺进——翻上山梁，消失在那边的山谷里——又立即冲出来，向更远的山脊扑去——一片更加光亮耀眼的火焰泻向山野，又冲下去——再腾空而起，越来越高，爬上山腰——把大团的火焰抛向四面八方，让它们拖着红色的尾巴，在遥远的山梁上和沟谷中乱窜，直到看不见为止，远处的高山好似罩在一张通红的熔岩结成的破网之中。从水面看过去，悬岩和山头都被血红的火焰映得通红，顶上的天空被照得像个地狱！

这一切都复制在光亮如镜的湖面上！两张图画都极为壮观，都很美丽。但湖里那一张画具有一种不可思议的瑰丽，使你眼花缭乱，目不暇接，神魂颠倒。

整整四小时，我们出神地坐着，一动也不动，根本没想到晚饭，一点也不觉得疲倦。到十一点，大火燃到我们看不见的地方，黑暗又偷偷地溜了回来。

饥饿也回来了，但没有一点吃的。粮食都给烧毁了，这毫无疑问，不过我们没有去看。我们又成了无家可归的流浪汉，没有一点财产了。栅栏不见了，房子也烧掉了，这些都没有保过险。我们的松林烧焦了，枯树给烧成了灰，那大片的灌木林也一扫而光。好在毯子一直是放在我们睡觉的沙床上，我们只好躺下来睡觉。次日早晨，我们动身回老营去，从岸边划出了老远一段路，突然起了风暴，我们不敢贸然登岸。我往船外舀水，约翰尼艰难地划着船，穿过波涛，来到越过营地三四英里的地方。风暴越刮越猛，这时，我们觉得与其被吞进一百英寻深的水底，倒是冒险登岸更好些。于是，我们试了试，我坐在船尾，船头直指湖岸，后面拖着汹涌的白浪。船头一触岸，一个大浪扫过船尾，把我们和船上的东西一齐冲到岸上，这倒省事。那天剩下的时间，我们躲在一块大石头后面发抖，挨了整整一个通宵的冻。早上，风暴停了，我们刻不容缓地向营地走去。我们太饿了，把剩下的贮藏品吃了个精光，然后回到卡森去，把事情的经过告诉他们，请他们原谅。其实，这应该算在灾害的账上。

在那以后，我到塔霍湖去过多次，多次死里逃生，经历的危险令人一想便毛骨悚然。这些事情在任何历史上都没有过记载。

第二十四章

决定买一匹马——卡森的马术——诱惑——我得到坦率的劝告——买了匹纯种墨西哥马——第一次骑马——蹦高的能手——我把马借给别人——借马者的遭遇——打算卖掉它——试验的代价——陌生人上当了

我决定弄匹马来骑骑。这些奇装异服的墨西哥人、加利福尼亚人和美籍墨西哥人，每天在卡森城大街上表演的骑术是那么疯狂、豪放、壮观，除了在马戏场上，我还从来没有见过。他们真棒！微微俯身向前，舒服而自在，宽边草帽前面卷起，长长的套索在头上挥舞，放马疾驰，像一阵风一样穿城而过，再过一分钟，就只剩下遥远的沙漠上的一团烟尘；快步跑时，他们英武、优雅地端坐在鞍上，成了马的一部分，不像骑术学校那种南茜小姐式的上下颠簸。我很快就学会了分辨马和奶牛，心急火燎地想要多学些。我决定买一匹马。

正当这想法还在使我心烦意乱，拿不定主意的时候，一个拍卖商骑着一匹黑色的牲口匆匆跑进了市场，这东西身上疤疤块块，棱角毕现，就像一匹骆驼，样子的确很难看，但听他喊叫着:“卖啦，卖啦，只要二十二块啦！——连马带鞍加缰绳，只卖二十二美元啦，先生们！”我心痒痒地简直不能自持了。

一个我不认识的人（过后才知道他是那个拍卖商的弟弟）注意到了我眼巴巴的神情，他评论说，这匹马真是好得了不得，价钱又那么便宜。还说单是那副鞍子就值那点钱。那是一副西班牙鞍，面子是叫不出名字的极难得的鞋底皮。我说我还拿不定主意。这时，我觉得这个目光锐利的人好像是在“打我的主意”，但他一开口我就疑虑全消了，因为他的态度一派豪爽、坦率、诚恳。他说：

“我熟悉这匹马——非常熟悉。你不是本地人吧？我猜。所以你大概以为它是匹美国马，但我担保不是。它绝对不是那种东西，不过——原谅我声音得放低些，旁边有人——它是，毫无疑问，它是一匹纯种墨西哥马！”

我不知道纯种墨西哥马有什么好处，但听那人的口气，我暗暗打定主意，就是死也要一匹墨西哥马。

“它还有别的什——什么好处吗？”我问道，极力按捺着迫切的心情。

他用大拇指勾着我的军用衬衣口袋，把我拉到一旁，贴着我的耳朵悄悄地说出这几个字：

“它能跃过美国的任何东西！”

“卖啦，卖啦，卖啦——二——十——四块五，先——”

“二十七块！”我激动地大声叫道。

“成交！”拍卖人喊道，把那匹纯种墨西哥马牵给我。

我狂喜不已，付了钱，把它牵到附近一个牲口棚，让它吃草，休息。

下午，我把那匹牲口带到广场，一些市民抓住它的头，另一些拉住它的尾，我骑了上去。他们刚一松手，马就把四蹄攥成一团，弓下腰来突然往上一拱，把我直弹起三四英尺高！我直端端地落下来，又坐在鞍子上，立即又弹起来，几乎落在前桥上，又弹起来，落在马脖子上——这一切都发生在三四秒钟的时间。然后，它抬起前蹄，后蹄着地直立起来，我拼命搂住它那瘦脖子，滑回鞍子，抱住不放。它放下前蹄，马上又抬起后蹄，向空中狠狠地一蹬，倒立起来。接着又放下后蹄，继续表演原来那套把戏，把我射向空中。我第三次腾在空中时，听见一个陌生人说：

“啊，幸好它还没蹦！”

我正在半空中，有人啪地给了马一鞭，当我落下来时，那纯种墨西哥马已经不见了。一个加利福尼亚小伙子追上去抓住了它，问是否可以让他骑一回，我答应让他享受一次。他骑上那纯种，立即被送上了天，待他降落下来时，狠踢了一下马刺，那匹马像电报一样地射走了。它像鸟儿一样跃过三重栅栏，消失在通向华休谷的路上。

我坐在一块石头上，叹了口气，一只手自然而然地捂着额头，另一只手按住小肚子。我相信，直到那时，我才充分认识到人体机器的缺陷——因为我还需要一两只手来按住别的部位。笔墨难以形容我是怎样给弹向空中的，谁也无法想象我的骨架已经松散到了何等程度——外面、里面，全都散了架，揉在一起又扯了开来。不过，我旁边围着许多深表同情的人。

“外地人，你上当了，这个地方每个人都认识这匹马。每个小孩和印第安人都能告诉你这匹马要蹦，它一蹦起来就成了美洲大陆上最可恶的魔鬼。你听我说，我是卡利，老卡利，老阿贝·卡利。还有，它是匹货真价实、地地道道的纯种墨西哥马，还是个不一般的贱种。唉，你这个大笨蛋，如果你沉住气，你会有许多机会买一匹美国马，价钱也不比你那匹该死的外国杂种多花一个子儿。”

我默不作声，但打定主意，如果那个拍卖商的兄弟要举行葬礼，只要我还在这个地方，我一定放弃一切娱乐，去给他送葬。

奔驰了十六英里之后，那个加利福尼亚小伙子和纯种墨西哥马又冲进了城，那畜生满嘴白沫，如同台风前的滔滔白浪，最后越过一架手推车和一个中国人，在“农场”前下了锚。

它喘息得那么凶！通红的鼻孔那么急促地一张一合！疯狂的眼睛那么可怕地熠熠放光！但是，那个威风的畜生屈服了吗？根本没有。议长阁下以为它没劲了，骑上它到州议会大楼去，但那畜生的第一次冲刺就飞过了半座教堂那么高的一堆电杆。它到州议会大楼那一又四分之三英里距离的速度之快，纪录直到现在还未被打破。然后，它捡了个便宜——撇开那一英里，直接走那四分之三英里。就是说它不走弯曲的道路，而是照直冲过田野，专捡那些栅栏和沟壑走。到了州议会大楼，议长说，他觉得是在空中飞行，就像骑着彗星旅行一般。

傍晚，为了锻炼身体，议长步行回家，把马拴在一辆石英矿车后面。第二天，我把这匹牲口借给议会书记到丹纳银矿去，有六英里远。为了锻炼身体，他把马拴在那儿自己走了回来。我把马无论借给谁，他总是步行回来。用任何别的办法，他们也得不到这么大的锻炼。尽管如此，我还是把它借给任何想借的人，我的目的是想把它弄跛，把它塞给借马的人，或者死在借马的人手里，于是借马的人就得赔钱了。但什么事故也没有出。它遇到的那些灾难，要是别的马遇到了没有不丧命的，它却总是平安无事地过来了。它每天的习惯就是要完成几样以前一直被认为是不可能的新花样，总是获得成功。有几次，它也差一点失算，没有保全骑手，可它自己却毫毛无损。当然我也想把它卖掉，但这个想法实在太天真，没有人同情。拍卖商骑着它在街上叫卖，来来往往冲了四天，驱散人群，扰乱市场，践踏小孩，可是没人还价——只有拍卖商雇的一个臭名昭著的懒汉托儿出过价，十八美元。人们只是开心地笑着，就是有钱，也捏在手里不买。拍卖商拿来了账单，我只得把它牵出市场。我们把它牵到小贩那里去，不惜血本拿它交换几块旧墓碑、废铜烂铁、草也不长的土地——不管什么样的财产都行。但小贩们不肯通融，我们只得又走出小市场。我再也没有骑过那匹马。步行对于像我这样没有别的毛病，只不过身上有几条口子，有几处内伤的人来说，是最好不过的锻炼了。最后，我决定把它送人。但这也失败了。人们说太平洋沿岸地震很多——他们不希望自己拥有一个。抱着最后一线希望，我把它送给州长，供大队使用。开头，州长高兴得脸上发光，但马上又沉下脸来，他说我的意图太显而易见了。

正在这时，马厩主人拿来了账单，索要六周的保管费——马房钱十五美元，草料费二百五十美元！纯种墨西哥马吃了一吨草料，那人还说，如果让它放开吃的话，它会吃一百吨。

这里，我很严肃地提一下，在那年和第二年上半年，草料的市价确实是每吨二百五十美元。去年某个时候，还卖到了每吨五百元金币，前年冬天，草料奇缺，一点点草料就可弄到八百金币！不用我说，大家也猜得出结果：人们把牲口放出去饿死，初春时，卡森和鹰谷几乎尸体遍野！那里的老住户都会证实这件事。

我设法付了账单，同一天，我把纯种墨西哥马送给了一个过路的阿肯色移民。命运把他送到了我手中，如果他见到了这几行字，无疑他会记得那件赠品的。

现在，任何有幸骑过一匹真正的墨西哥马的人都会认得这一章里描写的那种动物，丝毫不会认为有所夸张——但对没有见识过的人来说，这大概不过是一个夸张的故事。

第二十五章

内华达的摩门教徒——怎样向他们借东西——准州的早期历史——发现了银矿——新的准州政府——外来的、可怜的政府——为生存而进行的有趣的斗争——不赊账，也不要现钱——老阿贝·卡利养活了政府和政府官员——条例和支票——一个印第安人的签名——税卡

追根溯源，内华达原是犹他州的一部分，叫作卡森县，它还是一个相当大的县呢。它的几条山谷，牧草丰腴，长年不断。这便引来了摩门牧人和农民。一些美国东正教徒也从加利福尼亚闯了进来。但是这两个殖民集团并不那么相亲相爱，他们很少甚至绝无友好往来，各自闭关自守。摩门人人多势众，又占了处在准州摩门政府的直接保护之下的这点便宜，因此，他们能够对他们的邻居采取疏远乃至傲慢的态度。卡森谷有一条传闻就能解释盛行于我讲的那些年头的情况。有家美国人雇了个爱尔兰姑娘，她是个天主教徒。人们吃惊地注意到，在摩门人圈子外她是唯一能

从摩门教徒那里得到好处的人。她经常请求他们帮忙，总是如愿以偿。大家都觉得迷惑不解。有一天，她正要出门去，围裙里面掉出一把长猎刀，女主人叫她解释是怎么回事，她说，她要去“向摩门人借个洗衣盆！”

一八五八年，卡森县发现了银矿，于是世道就变了，加利福尼亚人开始蜂拥而至，不久，美国人成分就成了大多数。公民们不再效忠杨伯翰和犹他州，组成了“华休”临时地方政府。鲁普州长是最高的也是唯一的政府长官。国会及时地通过一项法案，成立了“内华达准州”，林肯总统派出奈取代了鲁普成为州长。

这时，地区人口已有一万二到一万五，并且在迅速增长。银矿蓬勃地发展起来，随之开办了炼银厂。各行各业生意兴隆、蒸蒸日上。

人们很高兴有了正式合法的政府，却并不那么欣赏从遥远的“合众国”来的外地人来管理他们——这也是人之常情。他们认为应该从他们当中选举官员——从本地有名望的公民当中选举产生。这些人自己挣来了拥有这些职位的权利，既同情人民疾苦，又完全了解本地区的要求。他们这些看法无疑是对的。新官员是“移民”，这个头衔并不能赢得任何人的拥戴与尊重。

新政府受到了相当的冷遇。它不过是个外来的入侵者，而且很可怜。这个政府的职位，谁也不稀罕——除了那些寻求一官半职的，小而又小的，微不足道的九流货色。大家都知道，国会每年只不过拨出两万美元钞票作为援助费，这点钱不够一个石英矿一个月的花销。大家也知道，第一年的钱还在华盛顿，要把它弄到手还是一个漫长而困难的过程。卡森人很谨慎，也很精明，是不会让匆匆忙忙闯进来的流浪汉赊账的。

一个新产生的地区政府，为了在这个世界上开张所进行的斗争颇有趣味。我们这个政府经历了一个难堪的时期。国会的《组织法》和“条例”规定，应在何时何地选出议员，某月某日召开会议。找议员很容易，哪怕每天的津贴只有三美元，而膳宿费都得花四块五，到底荣誉在内华达还是有魅力的，这和在别处一样，还有许多爱国人士没有得到起用。但是要找到个会议厅让议员们开会，却是另一码事了。卡森温和地拒绝免费提供一间房屋，或者赊给政府一间房子。

但是，当卡利听说了这个困难时，便挺身而出，把这艘“州之航船”扛过沙滩，让它继续航行。我指的是“卡利——老卡利——老阿贝·卡利”，多亏了他，不然议会就得搁浅在沙滩上了，他让出了他那座大石头房子，就在州政府边上，不要房钱，房子被高兴地接受了。然后他修了条马路，从议会通到城里，无偿接送议员们。他还为议会装上了椅子和凳子，地上铺上了干净的锯末，既做地毯又做痰盂。多亏了卡利，要不然议会得死于襁褓之中。秘书还扯起了一块帆布，把众参两院隔开，这花了三元四角钱，但“合众国”政府拒绝支付这笔钱。秘书提出“条例”规定为议会大厅拨出一笔充裕的租金，这笔钱由于卡利先生的慷慨给国家节省了，但“合众国”政府居然不愿收回成命。而那三元四角一定得从秘书的一千八百美元薪金中扣除。后来果然扣了！

印刷文件从一开始就是新政府面临困难中的一个有趣的方面。州务秘书宣誓服从那本“条例”，条例规定他得不折不扣地执行以下两个规定：

一、印刷参众两院的议事录。

二、此项费用，文章每千字一美元五十美分，急件每字一美元五十美分，钞票支付。

宣誓做这两件事很容易，但要两件事同时做到却根本不可能。当纸币贬值到每美元只值四十美分时，印刷公司通常的要价是每“千字”一元五，每一元五都需用金币“代用券”支付。“条例”规定秘书应对纸币和政府发行的其他货币一视同仁，于是只好停印议事录。这时“合众国”政府严厉地指责州务秘书无视“条例”，警告他应立即改过。因此他印了点东西，呈上单据，详细列举地区的高昂的物价，并提请注意其中一份印制的市场报告，它表明就是干草也得二百五十美元一吨。“合众国”政府的答复是，从州务秘书那倒霉的薪金里扣除那笔印刷费，并且极为严厉地指出，“条例”中找不到哪一条要他去买干草！

在这个世界上，没有什么人比美国财政部的审计员更冥顽不灵了，在这种人那漆黑一片的脑瓜里，就连来世的烈火也不过只剩下忽明忽灭的微光了。在我说的那个时候，他始终没有弄明白为什么内华达的商品物价高得惊人，两万美元还不够开支，而其他地方物价极低，那点钱却够了。他是个随时注意尽量控制开支的官员。州务秘书的办公室设在寝室里，这我在前面已提到。他没有向“合众国”政府要房租津贴，尽管政府“条例”里规定有那么一笔钱，他完全可以理直气壮地加以使用。如果我自己是州务秘书，我会毫不犹豫地那么做，但“合众国”政府却并不欣赏这种献身精神。确实，我国雇用这样鼠目寸光的人应该感到羞耻。

那些“条例”（我们每天早上读一章作为智力体操，安息日在主日学校读两章，因为它们涉及地球上面的一切事情，里面有许多很有价值的神圣内容，以及其他统计数字），规定为议员提供铅笔刀、信封、铅笔和书写纸，于是秘书买来发下去。刀子三美元一把。刀子多余一把，秘书把它给了众议院文书。“合众国”政府提出，众议院文书不是议会议员，照例把那三美元从文书的薪金里扣除。

白人锯柴火要价三四美元一担。秘书极有远见，知道“合众国”政府不会答应这个要价，于是，他雇了个印第安人来锯柴火，每担一块半。他照常开了单据，但没有签名，只附上一张条子，说明是个印第安人干的，他干得出色，令人满意，但由于在某方面缺乏必要的能力而无法签名。结果秘书只好自己付那一块半钱。他以为他花了一半的价钱就办好了那件事，又没有伪造印第安人的签名，“合众国”政府会为此赞赏他的节俭和诚实。但“合众国”政府并不那样看。政府太习惯于在各级机构中雇用偷一块半美元的贼，所以并不认为他对那张单据的解释有何事实根据。

下一次，那个印第安人为我们锯了柴火，我教他在收据下面画了个十字——这十字画得好像他喝了一年酒，然后我签字作证，它就顺顺当当通过了。“合众国”政府什么也没有说。我很遗憾没有把单据上的一担写成一千担。我国政府压制诚实的单纯而宠爱诡诈的邪恶，我想如果我在某个公职上干上一两年，我会变成一个高明的掏包贼。

内华达州第一届议会是一个统治人物的大收藏。他们征收三四万美元税款，而开支却高达一百万。然而，就像其他类似机构一样，内华达议会也周期性地爆发一些小小的经济危机。有个议员建议免去随行牧师，为国家每天节省三美元。但是，那个目光短浅的议员倒比其他议员更需要一个牧师，因为在晨祷的时候，他总是把脚跷到桌子上，嘴里啃着生萝卜。

议会开了六十天，仅通过了一个私人筑路特许权法案。闭会时，据估计每位公民获得三份特许权。人们相信，除非国会再划给准州一经度土地，否则将没有足够的地来修那些私路。那些道路的尽头会像流苏一样挂在边界上。

事实上，运输事业已发展成为如此重要的一部分，突然获得了路税所引起的激动几乎不亚于得到那些惊人的银矿。

第二十六章

淘银热——市场行情——银砖——传说——向洪堡银矿进发

不久，我也染上了淘银热。“勘察队”每天离开这里到山区去，找到并占领富银矿和石英矿脉[①]。显然，这是发财之道。我们刚到的时候，“古尔德与卡利”大矿每英尺仅值三四百美元，但两个月后，猛涨到八百。“奥菲尔矿”曾经值不了几个小钱，但一年后，却以每英尺四千美元售出！在短时间内价钱没有猛涨的矿几乎是找不到的。人人都在谈论这些奇迹，无论你走到哪里，从黎明直到深夜，你听不到别的。某某汤姆以四万美元出卖了“阿曼达·史密斯矿”——他六个月前接手这座矿时还腰无分文。约翰·琼斯出让了他在“波尔德·伊格尔和玛利·安矿”中的一半股份，获利六万五千金币，回“合众国”与家人团圆去了。寡

① 见最后一章末尾的注释。

妇布鲁斯特靠“金弗利什”发了财，卖掉十英尺，获利一万八千美元——去年春天在波尔迪·约翰逊教区节那天，汤米杀了她丈夫时，她连一顶绸帽还买不起。“最后机会矿”发现了一个“泥层”，他们知道他们的矿“正在矿脉上”，结果，这个昨天连送人也无人接手的矿，现在每英尺值一座砖房。昨天在乡村随便哪个小店也赊不到一杯酒喝的落泊商人，今天却灌饱了香槟，气壮如牛，在城里朋友前呼后拥，由于好久没有练习，他们忘了怎样鞠躬或握手。约翰尼·摩根原是个普通的面包师，住在贫民窟里，一觉醒来，身价十万美元，只因他决定参与“富兰克林夫人诉拉夫和雷迪”的讼案。如此等等，这些消息每天轰击着我们的耳朵，四周一片兴奋与激动，愈来愈热烈。

如果我不会和其他人一起发疯的话，那我要么就是超人，要么就是不通人性。整车整车像铅锭般大小的银砖每天从银厂里运出来，这种场面弄得到处沸沸扬扬。我顶不住了，变得和最发疯的人一样狂热。

每隔一两天，就传来发现最新矿区的消息，报纸立刻连篇累牍地报道它丰富的贮藏量。于是，抽得开身的人立即蜂拥而去，占领一块。在我刚染上那毛病时，“爱丝梅拉达”刚刚开张，“洪堡”也开始发出吸引人们注意的尖叫声。“洪堡！洪堡！”响起了新的呐喊。红运亨通的“洪堡”，新矿之首，富矿之最，银矿开发的奇迹中的奇迹，这些呼声在报纸的版面上超过了“爱丝梅拉达”一倍。我正打算到“爱丝梅拉达”去，但为潮流所动，又准备去“洪堡”。为了使读者了解是什么东西使我那样激动，如果你在那里也肯定会同样激动的原因，这里，我摘引当时报纸上发表的一封信。这封信以及出自同一镇定之手和其他几封信，是使我改变主意的主要原因。我将一字不改，原文照录，该信刊登在《地方企业报》上：

我们的矿的情况又如何呢？我将直截了当地给你谈一谈，发表一点诚恳的、基于深入调查的意见。洪堡县是上帝脚凳上蕴藏量最大的矿区，每条山脊都塞满了贵重的矿砂，洪堡是个真正的金银窝。

几天前，仅就露头的矿脉进行化验分析，每吨矿石价值超过四千美元。一两周前，对露天开采的矿石的化验证明，每吨产值达七千美元。在我们的山头上，勘察者川流不息。每日，几乎是每小时都发现新的、更令人惊奇的证据，探明我们得天独厚的县的富饶和巨大的财富。这里的金属不仅有银，显然还有金矿脉。最近还确凿地发现了朱砂。稍次的金属极为丰富。不久前还找到了烟煤。我一直坚持这样的看法，煤属于木质地质构造。过去，我曾告诉惠特曼上校，说戴顿（内华达）附近以前和现在都没有木质构造的迹象，我对他那个备受赞赏的煤矿并不抱希望。我对洪堡那些欣喜若狂的发现者重复了同样的理论，还就这个问题与我的朋友柏奇上尉交换过意见。但他说，他就在上述地区发现了长达二百英尺的树木的化石带，这打消了我后来的成见。事实证明，茂密的森林曾经覆盖着这个广大的地区。我坚定地相信有煤存在，并对洪堡县的矿产资源深信不疑。它们无边无际——不可估量。

为了让读者更好地理解以上的内容，我再举一两件事。当时，我们附近的“金山矿”是内华达最成功的银矿。每天运来的银砖有一大半就产于这个矿。“极富的”（并且稀有的）金山矿砂每吨产值达一百至四百美元，普通的矿砂每吨不过值二十至四十美元。就是说，每百磅矿砂价值一至二美元。但从以上的摘录中读者已经看出，洪堡矿砂含银量为四分之一到二分之一！换句话说，每百磅矿砂含二百到三百五十美元，不久以后，该记者又写道：

我已提到这个地区的巨大的范围和惊人的财富——真是令人难以置信。我们的山里塞满了宝贵的矿石，多得采之不竭。我还提到，大自然如此创造了我们的矿山，为矿山的开采提供了最优良的条件。我曾告诉你这里邻近的乡村处处都是世界最适宜的冶炼场地。但洪堡的开发史又是怎样的呢？西巴矿在旧金山精明强干的资本家手中。似乎这种矿砂中含有的金属是我们不完备的矿山机械难以提炼的。我在绪言里也提到过，股东们拥有资本和劳力。他们正在那里拼命地干，坑道已深达一百英尺。根据最初化验的成色，联想到该矿的发展前途和公众对矿力的持久性的信任，它的股票已达八百美元的市价。我不知道是否已有一吨这种矿砂变成了流通金属。我确已知道，这个地区的许多矿脉仅就最初的化验成色就已超过了西巴。请听一下西巴的开发者的计算吧。他们准备把粗炼过的矿石运往欧洲。从星城（产地）运到弗吉尼亚城每吨运费七十美元；从弗吉尼亚到旧金山每吨四十美元；再运达目的地利物浦，每吨十美元。他们的想法是，这种粗炼过的金属将补偿原来的提炼费、运费和生产费，每吨粗矿砂获纯利润一千二百美元。这估计或许过于乐观，就算打个折扣吧，产值也是巨大的，大大超过我们这个繁荣的地区以前的开发。

按当时的行情计算，我们的许多矿每吨矿砂价值五百美元。和这样的暴利相比，像“古尔德－卡利”“奥菲尔”和“墨西哥人”这些所谓的富矿只好相形见绌。我仅给你举了一个已开发矿的价值，它的蕴藏丰富已为市场价格所证实。洪堡县人患了步行狂。就在我写这封信时，这里的许多城镇几乎成了空城。他们像害肺痨病的姑娘一样疲惫不堪。我们那些健壮的同乡们的情况又如何呢？他们正浩浩荡荡地穿过沟谷，跨过山头，足迹伸向四面八方。不时，有个骑手冲进我们的队伍，他的马看来累坏了。他在他的土墙房子旁下马，和他的同乡匆忙地打个招呼，急忙赶到化验所，又奔向州登记处。次日早晨添足食物又继续他那发疯的旅行。为了什么呀？这个家伙已经发掘了数千英尺。他是一条蚂蟥。他那贪得无厌的胃像鲨鱼或巨蟒。他要征服金属世界。

够了，读完了上面这一段，我们四人决定到洪堡去。立即动手收拾行装，责备自己没有早点做出决定，害怕我们还没赶到那里，富矿就被别人发现并且探明，那样的话，我们就只好接受那些每吨还值不到两三百美元的矿脉。一个钟头以前，我还觉得只要在每吨矿砂值二十五美元的金山矿拥有十英尺就算顶天了；现在，一想到即将得到几处矿场，其中最贫乏的金山矿也算得上是奇迹，这光明的前景把我弄得魂不守舍了。

第二十七章

行路的方式——途中的事故——一个温暖但亲热过分的同床者——巴娄先生不赞成

一句话，赶快！我们立即出发，一行四人——一个六十岁的铁匠和两个青年律师和我。我们买了一辆马车、两匹可怜的老马，装上一千八百磅食物和开采工具，在十二月的一个严寒刺骨的下午，开出了卡森城。马匹又老又衰，不久我们就发现，如果一两个人下车去走路情况会好些。果不其然。接着，我们又发现，如果第三个人也下车去，情况会更好些。果不其然。这次，是我自告奋勇地留下来赶车，尽管我从来没有赶过车，许多处于这个地步的人大概都会谢绝这个职务的。但是不一会儿，我发现如果连车夫也下去走路，那样还要好些。这一次，我辞去了车夫的职位，再也没有复职。不到一小时，我们发现，如果我们四人轮流换班，两人一组把手放在车尾上推车，让那衰弱的马们什么也不干，只驾着车辕别挡道，这样做不仅要好些，而且绝对必要。人们最好是一开始就知道命运，并且顺从它。只一个下午，我们就知道了自己的命运。显然，我们得推车走过沙漠。因此，我们顺应了环境，从那以后就再也没有上过车。再有，我们几乎不停地按次轮班在后面推车。

这样走了七英里，在沙漠上歇下来。小克拉格特（现为蒙大拿选出的国会议员）卸马添加草料；我和奥利芬特砍山艾树，生火，提水；老铁匠巴娄先生烧饭。这种劳动分工和安排在旅途中一直保持下去。我们没有帐篷，只得蒙着毯子，露天睡在沙漠上。实在太疲倦了，大家都睡得很沉。

我们十五天走完了这段路程——两百英里。其实只走了十三天，因为在路上待了两天，让马休息。本来十天就足够了，如果把马拴在车后的话，但想到这个主意的时候已经迟了，于是一路上只得又推车又推马，我们本来可以省去一半力气的。路上偶尔碰到的人们劝我们把马装到车上去，但巴娄先生老实得像铁板一块，什么讽刺话也刺不穿，他说那不行，因为那样会使粮食遭殃的，那两匹马“由于被免职很久，是含沥青的”。读者会原谅我将原话逐字写出。当巴娄先生使用长单词时，他通常的意思只有他和创造他的上帝才懂得。他是个安于谦卑生活的最老好、最厚道、最善良的人。他就是温和与单纯的化身——外加上无私。显然他的年龄比我们中最大的还大一倍，他从不拿架子、讲特权、搞特殊。他干的一份活与年轻人一样。他的谈吐和娱乐在任何年纪的人看来都是得体的，而不像六十岁的人那样老气横秋，盛气凌人。他的一个显著特点就是他那帕丁顿人的习俗，喜欢使用生僻的辞藻，毫不考虑所要表达的意思。那些冗长的音节轻松自如地从他口中流出来，使人听了一点也不会见怪。事实上，他的态度是那么自然、诚恳，经常使人相信那些庄严的句子大概有点什么意义，其实毫无意义。如果一个词又长、又华丽，念起来又响亮，就足以赢得这老头儿的喜爱，他会把这个词用在一个句子或一段话中最不恰当的地方，还扬扬自得，好像那真的又明白又易懂。

我们四人总是把几条公用毯子一齐铺在上了冻的地上，一个挨着一个地睡觉。奥利芬特发现那条傻乎乎的、长腿的小猎狗体温很高，就允许它上床来睡，让它睡在他和巴娄先生中间，胸膛紧贴着那狗儿温暖的背，真是舒服得很。但在夜里，那狗儿的腿一会儿伸直，一会儿又卷起来，蹬老头的背，满意地哼一阵子。有时候，它觉得又暖和又安逸，又感激又快活，它就抓老头的背，这只不过是要表示一下它太舒服了。还有些时候，它梦见正在追捕猎物，会在梦中撕扯老人后脑上的头发，冲着他的耳朵吠叫。最后，这位老先生也温和地抱怨这些表示亲热的行为，发表一通议论之后，他说让这样的狗上床挨着疲倦的人睡不合适，因为它“动作太浮夸，感情太系统”。我们就把它撵出去了。

这是一次艰苦、沉闷、费力的旅行，但也有轻松的时候。每到黄昏，滚烫的煎腊肉、面包、蜜糖和浓咖啡消除了饿狼般的饥饿之后，在万籁俱寂的沙漠上，围着篝火抽烟、唱歌、吹牛，倒是一种幸福的、无忧无虑的娱乐，堪称人世间绝佳的享受。这种生活对于一切人，无论他生于城市还是乡村，都有一种巨大的魔力。我们是在沙漠上游荡的阿拉伯人的后裔，无数代的发达的文明并没有根除我们游牧民族的本能。大家都承认，一提到“露营”，就会激动得发抖。

有时一天走二十五英里，有时走四十英里（穿过美洲大沙漠），再加十英里——共五十英里——一气走二十三小时，不吃，不喝，不歇脚。推着一辆车和两匹马走了五十英里之后，就是在凹凸不平、冻得硬邦邦的石头地上躺一下或睡个觉，也是一种无与伦比的享受，那会儿你会觉得付出的代价似乎还太便宜了。

我们宿营在洪堡潭岸边住了两天。我们曾企图使用那潭里碱性的水，但没有成功，它喝起来就像喝苏打水一样，但不是淡苏打水，喝后口中留下一种又苦又恶心的味道，胃里火辣辣的，难受极了。加了些蜜糖进去，也几乎没什么作用；加进一块泡菜，那碱水还是那种特别的味道，所以，这种水不能饮用。用这种水煮出来的咖啡是人类发明的最恶劣的混合物，比这种不可改良的水的味道更令人作呕。巴娄先生是这种饮料的发明者和调制者，他想硬着头皮为它说两句好话，于是小口小口地喝了半杯，极力含糊其辞地赞赏了几句，但最后还是把剩下的倒了，坦率地说，它“对于他技术难度过大了”。

但很快就找到了一眼清澈的泉水，就在附近。然后，我们进入梦乡，没有任何东西来破坏我们的享受，也没有任何人来打扰我们的睡眠。

第二十八章

到了山区——建了座小屋——我的第一次勘察——我的第一座金矿——口袋里装满了财宝——对伙伴们透露消息——五彩的肥皂泡被戳破——闪光的并不一定都是金子

离开了洪堡潭后，我们沿洪堡河走了一小段。人们看惯了河面有一英里宽的巨大的密西西比河，也就习惯了把“河”这个概念同辽阔壮观的水域联系起来。结果，这些人站在洪堡河或卡森河岸边会很失望，他们发现内华达的“河”不过是些难看的沟。它基本上和埃利运河一样，只不过运河比这条河要长一倍，深三倍。人们在这里，可以进行令人最愉快的，也是最有益于健康的锻炼，就是猛跑几步然后纵身跳过河去，或者在弄得浑身发热的时候，一口气把河水喝干。

第十五天，我们完成了两百英里的征途，冒着漫天风雪来到了洪堡县的尤宁维尔村。尤宁维尔也就是十一间房子和一根旗杆。六间房子立在深谷的一边，另一边有五间与它们相对而立。其余的景色就是那些荒山的陡岩绝壁，直插云霄，把村子留在深深的谷底。当尤宁维尔还笼罩在黑暗之中的时候，四周的山巅早已阳光灿烂了。

我们在深谷的一侧搭了间矮小粗陋的小屋，顶上盖着帆布，留下一角敞开作为烟囱，晚上牛马偶尔从开口处闯进来，糟蹋家具，打断睡眠。气候严寒，缺乏燃料。印第安人从几英里以外背来柴火，能抓得到几个背柴的印第安人还算不错——找不到的时候（经常如此，并不少见），我们得忍着，冻得发抖。

我毫不害臊地承认，我曾期望找到遍地的银块，我曾期望看见它们在阳光照耀的山顶上闪闪发光。但我没有把这些期望说出来，因为某种直觉告诉我，我的想法大概有些不实际，如果是这样，如果我暴露了我的想法，岂不惹人耻笑。然而，我心里还是要多满足有多满足，因为我相信一两天内，最多再过一两周，我会弄到足够的银子，变成富翁——因此，我的想象力已经在忙于筹划如何花这笔钱了。第一次机会来到了，我装着心不在焉的样儿溜出了小房子，眼睛却留意看着别的伙伴们，当他们似乎在注意我时，我便停下来，眼睛望着天，一等到有了机会，我就心虚得像个贼一样溜走了，一口气跑到看不见人也听不见喊声的地方。接着，我开始了狂热的搜索，充满希望——几乎是充满把握。我在地上爬来爬去，捡起一块块石头做检查，吹去灰尘，在衣服上擦一擦，急切地一块块审视起来。不久，找到一块发光的东西，我的心一下子提到了嗓子眼！我躲在一块大石头后面，把它擦干净仔细检查，既紧张急迫又欣喜若狂，简直是决断而不仅仅是把握。我越检查那块东西，越确信我已找到了幸运之门。我在那个地方做了个标记，带走了那块样品。在陡峭的山腰上，我上上下下搜寻着，兴趣越来越大，心中暗自庆幸我来到了洪堡，而且来得正是时候。在我一生中，欣喜若狂而近于完全忘乎所以的经历只有一次，就是秘密探索这块白银大地的宝库。那是一种令人晕头转向的狂喜。不久，在一条浅溪的河床上，我发现了一片金黄色的沉积物，这时，我几乎停止了呼吸！是一座金矿，我原来还老老实实地满足于那下贱的银子！我是多么激动哟，很怀疑是否是想象力在欺骗我。突然一阵恐惧袭上心头，可能有人在监视我，猜出了我的秘密。想到这里，我把周围巡视了一番，又爬上一个山头侦察了一遍。四周一片荒凉，看不见一个人影。然后，我又回到我的金矿，鼓足勇气，准备应付那可能的失望，但我的担心是毫无根据的——闪光的鳞状沉积物还在那里。我立即开始采集，有一个小时，我顺着那弯曲的河流辛勤地劳作，洗劫那河床。但最后，落日警告我得停止搜寻。我满载着财宝，打道回家。路上，想到金矿就在眼皮底下，而我居然为那一块银子而激动，不禁暗自好笑。这时，第一次采到的那块样品在我的心目中身价一落千丈，有一两回，我差点把它扔掉。

伙伴们照常像饿狗一样，但我什么也吃不下，什么也不能说。我心里充满梦想，如天马行空。他们的谈话有点打乱了我的思绪，还使我感到有些厌烦。我看不起他们谈的那些可怜的、鸡毛蒜皮的琐事。但是，他们继续这样谈下去时，我又觉得开心。一方面，我已看见一座金矿，全是我们的，就在这木屋看得到，我随时都指得出的地方；另一方面却听见他们在捉襟见肘地安排他们那点可怜的钱，还为经济不够宽裕而唉声叹气，这倒真是一种少有的开心事。不久，压抑在心里的狂喜开始使我苦恼了。内心出现一种难以控制的冲动，真想扬扬得意地把一切都一下子摊出来，但我忍住了。我暗自想，我一定使那条特大新闻从我嘴里平静地溜出来，而我要平静得如周日的早晨一样来观察在他们脸上产生的效果。我问道：

“你们到那里去过了吗？”

“去勘察了。”

“找到什么了？”

“一无所获。”

“一无所获？你觉得这个地方怎么样？”

“还说不清，”巴娄先生说，他是个老金矿工，对银矿也颇有见识。

“那么，你有了什么想法吗？”

“是的，可以说有了一个。这里挺不错，也许是，不过估计过高了。七千美元的矿脉可是很少的。西巴矿大概丰富得多，可惜我们没有得到。还有，这里矿石含贱金属太多，当今世界的科学还无能为力。我们在这里不会挨饿，但是，恐怕也发不了财。”

“因此你认为前景相当黯淡？”

“还说不上！”

“那么我们最好回去，是吗？”

“噢，还不到时候——当然不到时候。先得试一下。”

“假设——当然只不过是假设，你知道——假设能够找到个每吨值一百五十美元的矿——这你满意吗？”

“值得一试！”大家齐声答道。

“或者假设——当然只不过是假设——假设能找到一个每吨产值为两千美元的矿脉——你们满意吗？”

“这个——你是什么意思？你想说什么？你在卖什么关子呀？”

“没有什么。我什么也没说。你们一清二楚，这里没有富矿——你们当然明白。因为你们亲自到处找过了。任何探察过的人都知道。不过为了讨论，假设——一般来说——假设有个人将要告诉你们，两千美元的矿脉简直不值一提——不值一提，明白吗？——就在这个屋子都看得见的那边，有成堆成堆的纯金纯银——汪洋大海一般——足以使你们在二十四小时内发财！怎么样？”

“我敢说，他是个十足的傻瓜！”巴娄先生说，尽管如此，他还是激动得要命。

“先生们，”我说，“我什么也没说——我没到附近去过，这你们知道，当然我什么也不知道——我只不过要求你们睁开眼睛看看这个，只不过一会儿，告诉我你们觉得如何！”我把我的财宝倒在他们面前。

几只手在里面拨来拨去，几个脑袋凑在一起在烛光下俯视着。接着，巴娄说道；

“觉得如何？我觉得什么也不是，只不过是一堆花岗岩破烂和平庸的发光的云母，每英亩还不值两分钱！”

我的美梦就这样破灭了，我的财富就这样烟消云散了，我的空中楼阁就这样垮到地上，我瞠目结舌，完全绝望了。

我悟出了道理，过了一会儿说道：“闪光的并不都是金子。”

巴娄先生说我的认识还可以深化一步，在我对财宝的知识里加上一条，闪光的都不是金子。从那以后，我就明白了，自然状态的金子不过是一种暗淡无光的东西，不能用来做装饰品，只有贱金属才会以它们那种灿烂的光辉引起无知者的激动。然而，像其他世人一样，我仍然看不起像真金那样暗淡无光的人，崇拜像云母那样闪闪发光的人。凡夫俗子，本性如此，岂能超脱！

第二十九章

出门勘察——终于找到一个银矿——用大锤和钢钎去碰运气——艰难的旅程——我们有了矿产——岩石的国度

很快，我们就真正懂得了开采银矿究竟是怎么回事。我们同巴娄先生出去勘察，登上山腰，在灌木、岩石和雪地里钻来钻去，直累得随时都要倒下来，但是没有发现银子，也没有找到金子。一天又一天就这样过去了。有时，我们发现一些在斜坡上挖了几英尺深又显然给放弃了的洞；有时，还看到一两个无精打采的人还在挖掘，但银子的影子都没有。这些洞是坑道的洞口，其目的是钻进山里几百英尺，有朝一日会找到含银的矿脉。有朝一日！这似乎太遥远了，而且希望渺茫，令人泄气。我们一天天拼命干，攀登，搜索。我们这些年轻的伙伴感到越来越厌倦，对这毫无希望的苦役更是烦恼不堪。最后，我们在高山上一道从地面突起的石坡边停下来。巴娄先生用锤子砸开一些石块，用一只小眼镜认真仔细地检查了许久，扔掉，又砸开一些，说这块岩石是水晶石，水晶是含银的矿石！含银！我原来还以为它至少会像胶一样凝结在石头外面。他继续敲碎石块，仔细地检查，不时用舌头舔一舔，又用眼镜照一照。他终于宣布：

“我们找到了！”

一时间，我们全都眼巴巴地看着。那块岩石干干净净的，在敲开的地方呈白色，有一条断断续续的蓝线穿过断面。他说那细线里有银，还混杂着贱金属，如铅、锌及其他废物，还看得见一两粒金。费了好大的劲儿才分辨出一些黄色的斑点，由此断定，两吨这种岩石加起来大概也只能提出一块美金所含的金。我们并不兴奋，但巴娄先生讲，世界上还有比这更差的矿呢。他收起了那块他称为“最富”的岩石，留着用“火试”法来确定它的价值。接着，我们把这矿命名为“群山之王”（给矿山命名，并不太讲究谦逊），巴娄先生书写并立下了下面的“告示”，留下一个副本以便在城里的矿山登记处登记注册。

告示——

我们，本告示末尾签名者，对此含银石英矿脉要求申索三份所有权，每份三百英尺（另有发现者一份），矿脉从本告示牌向南北延伸，包括它所经过的山沟山洼、横岭支脉、山嘴拐角、高低起伏和蜿蜒曲折，外加两侧各五十英尺的面积，作为本矿开采之用。

我们签了名，极力想象我们已经发了财。但同巴娄先生讨论了这个问题后，又变得心情沮丧，毫无把握。他说这个表面的矿苗并不就是我们的矿，我们那叫作“群山之王”的岩墙或岩脉插入地球数千英尺——他解释说，它就像街沿石一样保持着相同的厚度——就算二十英尺吧——一直深入地球内部，和它两边的岩层完全不同；它不会变化，不管钻入地球多深，或跨过山峦沟谷多远，总是保持着自己的特征。他说，它可能有一英里深，十英里长，也未可知；无论从上面或是从下面打进去，都可以找到金银，但在它两侧的普通岩层中是找不到的。他还说，矿脉最富的地方很深，越深越富。因此，不能在表面开采，必须打一个竖井钻进岩石，直到矿脉——大约一百英尺吧——或者下到山谷里去，在山腰上打一个坑道，从地里很深的地方采掘矿石，无论采取哪种方法都得耗费数月的劳动，因为我们一天只能爆破、掘进寥寥数英尺——不过五六英尺。但这还不算完事。他说，弄出矿石后，还得用马车运到很远的炼银厂去进行粉碎，通过费力又费钱的方法提炼出银，我们那财富大概还得等一百年！

但是，我们还是开始了工作。我们决定打一口竖井。于是，我们把钢镐钢钎、楔子、撬棍、铁锹、炸药和导火索背上了山，努力奋斗起来。起初，岩石破碎而疏松，我们用钢锯挖开，再用铁铲抛出去，洞顺利地向下伸展。不久后，岩石更加坚实，楔子和钢钎派上用场。又过不久，就除了炸药什么也不起作用了。这是件最费劲的工作！一个人撑住钢钎，另一个人挥动八磅大锤，就像往一块大鳞片上敲钉子似的。敲打一两个小时，钎子打进两三英尺，打出一个直径二英寸的洞，填进炸药，装上半码长的引线，再填上碎石和泥沙，最后点上火就开跑。一声爆炸，岩石和硝烟冲上天空，我们走回去，发现只炸松大约一斗那种坚硬、难以驯服的石英岩，充其量才那么多。这样干了一周，我受够了。我不干了，小克拉杰特和奥利芬特也学我的样。我们那口井才十二英尺深。于是大家决定开一个坑道。

于是，我们走下山腰，干了一星期，到头来炸开一个洞，才足以容下一个大桶，估计还得钻九百英尺才达得到矿脉。我又不干了，其他伙伴也只比我多坚持了一天。我们决定，我们并不需要坑道，我们需要的是一个“已经开发出来的”矿脉。这在营地里是找不到的。

我们暂时放弃了“群山之王”。

这时，营地里挤满了人，人们对洪堡矿越来越感兴趣。我们又染上了这种流行病，抽紧了每根神经去夺得更多的“英尺”。我们进行勘察并提出新矿产的要求。在矿上立起“告示”，冠以堂皇的名字。我们还拿“英尺”去同别人的“英尺”做交易。不久，我们就拥有“灰鹰”“哥伦比亚”“敏特支流”“玛丽亚·简”“宇宙”“不胜则亡”“萨姆森和德利拉”“聚宝盆”“宝库”“王妃”“飞镖”“大众”“莫卧儿大帝”，以及另外五十个矿，它们都从没被挖过一铲，或刨过一镐。我们一共在“地球上最富的矿”（疯狂时髦语）上拥有不下三万英尺——同时却欠着屠夫的账。我们激动万分——为幸福所陶醉——被未来的幸福压得喘不过气来——高傲地同成千上万不知道我们那些神奇的山谷的人交往——但我们在杂货店里的信用并不咋样。

这段时间过的是可以想象得出的最奇特的生活，是乞丐们的欢乐。在这里什么也没干——没有开采，没有提炼，没有生产，没有收入，全营地的钱加起来还不够在东边的村子里买一块边角地。但一个初来乍到的人还会以为他来到了一些趾高气扬的百万富翁之中。天刚蒙蒙亮，勘察队就开出了城，夜幕降临时又涌进来，满载着岩石——废物而归。没有别的，全是岩石。每人的口袋里都装满了岩石，每人的小屋里都摆满了岩石。这些岩石上贴有标签，一排排地摆在架子上。

第三十章

不谋私利的朋友——怎样把“英尺”卖掉——我们不再打坑道——“爱丝梅拉达”之行——我的同伴——一个印第安预言家——洪水——我们当时的住处

我们经常遇见在未开发的银矿中拥有一千到三万英尺的人，他们相信他们的每一英尺马上就会价值五十到一千美元——但通常他们连二十五美元也拿不出。你遇到的每个人都有值得吹牛的新矿，并且随时都准备着“样品”。一有机会他一定会把你拉到一个角落去，给你一些好处，并不是要占你的便宜，把“黄金时代”、“莎拉·简”或别的什么不知名的露头矿床分几英尺给你，代价只是凑够“大吃一顿”的钱，看情形说话。你绝不要显露这样一种态度，好像他给你的好处会使你倾家荡产，因为完全是出于对你的友谊，他才肯做出这种牺牲。然后，他会从衣袋里掏出一块岩石，神秘地往四周看了看，好像害怕他这笔财产会给人抢去似的，他会舔一舔那块岩石，用眼镜盖在上面，激动地说：

“看这个！就在那块红色的泥土上头！看见了吗？看见这金斑点了吗？还有那条银线？这是从‘艾贝大叔’矿里采来的，那里有十万吨这种东西呢！肉眼都看得见。注意！当我们挖到矿脉，矿石集中的地方，它就是世界上最富的矿！看看这张化验结果吧！我说的不算，看看这化验报告吧！”

接着，他摸出一张油渍渍的纸，上面写明这块化验过的岩石确实含有金银，按比例折算每吨矿石价值几百美元或几千美元。当时，我还不知道那时的习惯做法是选一块“最富”的岩石拿去化验！一般说来，这块榛子果一样大小的矿石是一吨矿石中唯一含有点金属的那一块，而化验结果却弄得好像它代表那一吨废物的平均价值！

由于这种检验制度，洪堡地区变得疯疯癫癫。由于这种检验的权威性，这里的报纸记者们唾沫四溅，大吹大擂每吨值四千到七千美元！

读者是否还记得几页前摘引的那一段报道？照这样计算，采出矿石要用船运往英国提炼，矿主可以收回金银作为纯利润，矿石中的铜、锑和其他副产品就足以偿付一切费用。每个人满脑子都是这种“计算”，这倒不如说是在发痴。很少有人去实施这种计算，或者拿钱去支付费用，除非人家出钱，人家干活。

我们再也没有去碰一下我们那个坑道或竖井。为什么？因为我们认为我们已经知道了开发银矿的奥秘——那就是，不是靠自己额头上的汗水和双手上的气力去开发银矿，而是把矿脉卖给那些呆头呆脑的股东，让他们去开发！

在离开卡森之前，州务秘书和我从几个“爱丝梅拉达”来的人手里买了“英尺”。我们原来希望不久就会得到金块银锭，万万没有想到反而给定期缴纳的、没完没了的“应缴股款”弄得十分苦恼——要钱开发上述名矿。这些应缴的股款成了沉重的负担，似乎有必要亲自去过问一下。因此，我制订了个经卡森去“爱丝梅拉达”的计划，买了匹马就出发了，同行的还有巴娄先生、一个叫奥伦多夫的普鲁士绅士。这家伙不像别的外国人那样给自己的糟糕的外国语法弄得狼狈不堪，而是没完没了地重复人在谈话中从未发生过的、今后也不像有可能要发生的语法问题。我们冒着风雪走了两三天，来到了“蜜湖史密斯旅馆”，一家开设在卡森河畔的孤独的小客栈。这是一座二层楼的木房子，坐落在一块大盆地或沙漠中央的小山丘上，丑陋的卡森河凄凄凉凉、弯弯曲曲地穿过这块沙漠。房子附近就是大陆驿站的土坯马房。在一二十英里的范围内再也看不到任何建筑。黄昏时分，来了大约二十辆干草车，围着房子扎下营来，车队的人一齐进来吃晚饭——一群非常粗野的人。有一两个驿车夫，六七个流浪汉和从其他队伍里掉队的人。结果，房子给挤得满满的。

晚饭后，我们出去走访了附近一个印第安人营地。这些印第安人正忙得不可开交，不知为了什么。他们在收拾行李，准备要尽快地离开这里。他们用那糟糕的英语告诉我们：“马上，许多水！”靠他们的手势我们才搞明白，他们的意思是洪水就要来了。天气好极了，又不是雨季，那条不起眼的河里只有一英尺深的水——大概两英尺吧，它并不比村子里的背巷子宽多少，堤岸还不到一人高。那么，洪水从哪里来呢？我们就这个题目讨论了一会儿，然后得出结论，这是大惊小怪。印第安人要那么匆忙地离开这里，是因为某种特别的理由，而不是因为在这极干旱的时候害怕洪水。

晚上七点，我们上楼睡觉了——照常和衣而卧，三人同床，因为地板上所有可以利用的地盘连椅子上都占满了，就是这样还差点没有地方安置客人。一小时后，一阵骚动声把我们惊醒了，我们跳下床，从地板上那一排排正在打呼噜的人中间穿过，来到这间房子的前窗，一眼就看见了月光下的奇怪的景象。弯曲的卡森河水已经漫到岸边，波涛汹涌，白浪翻滚，在急弯处猛然一扫而过，水面上漂浮着一堆堆木头、灌木和各种废物。有一处洼地，原来曾是河床，现在已经灌满水，有一两处，河水已开始涌过主堤。人们跑来跑去，把牲口和马车一齐赶到房子旁边来，房子所在的这块高地前面只约有三十英尺宽，后面约有一百英尺。紧挨着老河床，有一座木马棚，我们的马就关在那里。在我们观看的时候，那地方河水涨得飞快，才几分钟，一股大水就在那小马棚旁边咆哮，水的前锋正对直向它扑去。我们猛然醒悟，这洪水不仅是一幅壮观的景象，也意味着是一场灾难——不仅对那座小马棚，对河边的大陆驿站也同样是场灾难。这时波浪已翻过堤岸，正在堤坝上流淌着，向附近的大草垛进攻。我们跑下去，加入那激动的人群和惊慌的牲口的行列。我们蹚着没膝深的水进了马棚，解开马匹，水已齐腰，涨得真快。接着，人们一齐冲向草车，把大捆大捆的草卸下来，滚到房屋旁的高地上去。这时，有人发现一个叫欧文斯的马车夫不见了，一个男人冲进大马房，蹚着齐膝的水进去，发现他还在床上睡觉，他把他唤醒后又蹚水出来。可是欧文斯很疲倦，又睡着了，但只睡了两分钟，因为他在床上一翻身，手掉在床沿上就摸到了冰凉的水！这时水已淹到草垫了！他刚蹚着快要齐胸的水走出来，那土墙就像糖一样融化在水里，那座大房子倒下来，一眨眼就被冲走了。

到七点钟，只有那小木马棚顶还露在水面上，我们的客栈立在一片汪洋大海中的小岛上。极目望去，月光下再也看不到沙漠，而是闪光的海洋。印第安人是真正的预言家，但他们是怎样得到信息的呢？我无法回答这个问题。

我们这一群奇形怪状的人被水围困了八天八夜，每天的生活就是咒骂、喝酒、打牌，有时为了换个花样就斗殴一场。这是些社会渣滓和苍蝇——但让我们忘掉这些东西吧，他们精力充沛得令人难以置信——最好让他们永远这样吧。

有两个人——不过，这一章已经够长了。

第三十一章

“蜜湖史密斯旅馆”的客人们——“顶呱呱的老阿肯色斯”——“我们的老板”——存心打架——老板娘——她制服了那恶棍———又一次上路——渡过卡森河——死里逃生——踏着自己的脚印前进——新向导——雪中迷路

在这一伙人中，有两个人使我特别不舒服。一个是小个子瑞典人，大约有二十五岁，他只会唱一首歌，总是唱个没完。白天，我们都挤在一间又小又闷的酒吧间里，所以没有人逃得脱这家伙的音乐。在一片咒骂、酗酒、拳斗和争吵声中，他那单调的歌声荡漾开来，绝无变化，让人烦死了。到后来，我觉得如果能摆脱这种折磨，我倒愿意高高兴兴地去死。另一个人是个身材魁梧的流氓，名叫“阿肯色斯”，他的腰带上别着两把左轮，靴筒里冒出一把短刀，他总是喝得醉醺醺的，不惹是生非就憋得难受。但大家怕他怕得要命，无人敢和他打交道。他总是要出各种精心策划的诡计，设下圈套，诱使某人说出一句冒犯的话。每当他以为已经找到一个打架的借口时，他的脸会兴奋得直放光，但他的对手总是避开他的圈套，这时，他失望得叫人可怜。约翰逊老板是个温和善良的人，阿肯色斯找到了个很满意的对象，很早就盯住了他，叫他一刻也不得安宁。第四天早晨，阿肯色斯喝醉了，正在等待机会。不久约翰逊进来了，他给威士忌弄得格外和蔼可亲，他说：

“我估计，宾夕法尼亚选举……”

阿肯色斯意味深长地竖起一根指头，约翰逊闭了嘴。阿肯色斯站起来摇摇摆摆地走到他面前，说：

“你知道些、些宾夕法尼亚什、什么？回答我。”

“我只不过是要说——”

“你只不过要说。你！你只不过要说——你要说点什么？就是这个！我就是要知道这个。我要知道你知道宾夕法尼亚些什、什、么了？既然你闲着没事，回答我！”

“阿肯色斯先生，如果你肯允许我——”

“谁逼你了？别给我指桑骂槐！——别来这一套。别在这里耀武扬威，像个疯子一样走来走去——别来这一套！我受不了！如果想打架，出来！我就是你要找的人！出来！”

约翰逊退到屋角，阿肯色斯气势汹汹地逼过去。约翰逊解释说：

“天啊，我什么也没说，阿肯色斯先生。你怎么不让人说话呀。我只不过要说宾夕法尼亚下周就选举——就这些——我要说的就这些——如果不是这些，叫我四肢麻木。”

“那么你为什么不早说呢？干吗做出那副了不起的样子，是来惹事的吗？”

“哎呀，我没有什么了不起呀，阿肯色斯先生——我只——”

“那我说谎了，是不是？见你娘的鬼——”

“啊，请原谅，阿肯色斯先生，我绝不是那个意思，要不，叫我不得好死。大家都会告诉你，我总是说你的好话，我敬重你胜过这房子里的任何一个人。问问史密斯吧，是不是这样，史密斯？就在昨天晚上我还说过，有一个人，你无论在什么时间、什么情况下遇到他，他总是个绅士。那个人就是阿肯色斯先生，不是吗？如果这不是我的原话，就让这里的随便哪个先生说吧。现在，来吧，阿肯色斯先生，来喝一杯吧，我俩拉拉手，喝一杯吧。来吧，都来吧！我请客。来吧，比尔、汤姆、波布、斯科特，都来吧！我请你们大家来陪我和阿肯色斯先生喝一杯。我叫他老阿肯色斯，顶呱呱的老阿肯色斯。伸出手来吧。看他呀，伙计们，看他一眼呀。那是美国最善良的人！他否认要和我打架，就是这样。您老伸出手来吧！”

他们拥抱在一起，主人一方如醉如痴，热情洋溢，阿肯色斯则毫无表情地接受了，在酒的贿赂下，他的“诱捕”计划又一次落了空。但是那个傻乎乎的店老板因为逃脱了这场屠杀而乐得忘乎所以，本来他应该走出去避难，他却在那里喋喋不休。结果，不久阿肯色斯就开始恶狠狠地瞪着他，接着说道：

“老板，如果你愿意的话，能不能把你那句话重说一遍？”

“我正在跟斯科特说，我爹死的时候都快八十岁了。”

“你说的就是这些？”

“是呀，就这些。”

“除了这些，没别的？”

“没有——什么也没有。”

接着就是一阵不祥的沉默。

阿肯色斯摆弄了一会儿眼镜，手肘支在柜台上。然后，他用右靴子仔细地搔着他的左小腿，这时，还是可怕的寂静。但马上他就向火炉摇摇摆摆地走过去，显得很失望。他粗暴地用肩膀把两三个人从他们舒服的位置顶开，自己霸占了座位，给一条正在睡觉的狗一脚，踢得它在板凳下直嚎叫，然后他又叉开双腿，撩起大衣后摆，烤他的背。一会儿，他在那里叽叽咕咕，又无精打采地向柜台走去，说：

“老板，你把那些陈年老账翻出来，吹嘘你爹，是什么意思？这群人不合你的意，是不是？要是这群人不合你的意，我们大概最好离开，你是这么想的吗？你就是打的这个主意吧？”

“啊呀，上帝保佑你，阿肯色斯，我压根儿就没这个意思。我爹我娘——”

“老板，别装蒜！别这样。如果你想惹事，像个男子汉那样站出来——但不要把那些陈谷子烂芝麻翻出来硬往人家嘴里塞，这些人有机会就想图个安静。你今早上到底犯了什么病？我还没有见过你这样的东西。”

“阿肯色斯，我真的没有伤害谁的意思。如果你不高兴，我就不说话了。我想我是昏了头，这洪水，没有那么多东西来喂和照管——”

“你心里就是这么想的吗？你要我们走，是不是？我们这么多人，你想要我们卷起铺盖游过去，是不是？说呀！”

“讲点道理嘛，阿肯色斯。您明白我这个人不是那种——”

“你在吓唬我吗？是不是？老天爷在上，威胁我的人别想活！别来那一套，我的小鸡崽子——尽管我肚量大，也忍受不了这个。从那柜台后面站出来，我来把你修理一下！你想把我们赶出去，你，你这条贼眉贼眼的贱狗！从柜台后面滚出来！我来教训教训你怎样去欺侮、纠缠、威胁一个总是对你友好，给你解除麻烦的绅士！”

“请你，阿肯色斯，请你别开枪！如果非得流血的话——”

“你们都听见了吗？先生们，你们听见了他说流血吗？原来你要的是流血，是不是？你这个土匪！今天早上你安了心要杀人——我一清二楚。我就是那个人，是我吗？你要杀的就是我吗？不过你办不到，因为我要先下手，你这个黑心贼、黑鬼的草鸡胆儿子！把枪拔出来吧！”

说着，阿肯色斯开了枪，店老板不顾一切地急忙逃命，从桌凳、人和别的障碍上跳过去。在这场狂乱的骚动中，店老板打碎了一扇玻璃窗逃了出去，阿肯色斯穷追不舍。这时，老板娘在门口出现，举着一把剪刀，对着那个亡命徒！她气势汹汹，昂着头，红着眼，停了一下，就举着武器发动进攻了。那个目瞪口呆的流氓犹豫了一下，又退了一步。她逼了上去，一步一步地把他逼到屋中间，接着，惊讶的人群围上来，在众目睽睽之下，她把他臭骂了一顿，大概随便哪个卑怯的牛皮匠都没有挨过这种臭骂！她骂完了，凯旋而去，一阵欢声雷动，震撼屋宇，大家齐声要酒，每个人都要求“请大伙干一杯！”

这个教训是够厉害的。恐怖时期已经彻底结束，阿肯色斯的统治已经垮台。以后，在我们被围困在孤岛上的时候，有一个人带着永久的耻辱坐在一边，从不参与任何争吵，也不吹牛，现在，就连那些胆小的人们没完没了地侮辱他时，他也绝不怨恨，这个人就是阿肯色斯。

到第五或第六天早上，水退了，但旧河床里的水流还是又大又急，不可能过河。第八天，水势还是太大，渡河仍不很安全。但客栈里十分肮脏，加上酗酒和斗殴等，这种生活简直令人无法忍受。因此，我们决定设法离开这里。我们顶着大风雪登上一只小船，把马鞍装在船上，马匹就用缰绳拴在船尾。普鲁士人奥伦多夫拿着一把桨坐在船头，巴娄坐中间，我就坐在船尾牵着缰绳。船划到水深处，马脚够不着底，开始凫起水来，奥伦多夫可吓坏了，因为这有很大的危险，那些马会拉着船偏离目标，显然，如果我们不能在某个地方靠岸，水流就会把我们冲走，几乎肯定会把我们带进卡森河主道去，那里现在已成了一条滔滔激流。这样的大灾难无论从哪方面看都意味着死亡，因为我们会被冲进那片像汪洋大海一样的“潭”中去，翻船，淹死。我们警告奥伦多夫，要他多加注意，小心地控制自己，但没有用。船刚靠岸，他就纵身一跳，船翻在十英尺深的水里。奥伦多夫抓住灌木爬到岸上，但我和巴娄却得拖着浸透了水的大衣游过去。我俩抓住小船，尽管大水几乎把我们冲到卡森河，我们还是设法把船推到岸边，平安地靠了岸。我们冻得要命，浑身湿透了，但总算平安无事，马匹也爬上岸来，但马鞍自然给冲走了。我们把马拴在山艾树丛中，它们得在那里待二十四小时。我们舀出了船里的水，给牲口运了些草料和毯子，但我们还得在小客栈里住一夜才能继续进行那冒险的旅行。

第二天早上，大雪仍然纷纷扬扬地下个不停，我们带上行李，换了马鞍，离开客栈，骑上马又出发了。地上雪很深，根本找不到路的影子，雪下得太大，最多只能看见前面一百码，我们只得依靠山岭来辨别方向。事情看来毫无把握，但奥伦多夫说，他的直觉就像罗盘一样精确，他能够向卡森城“划一条直线”，一点也不会偏差。他说，如果他稍微偏离那条线，他的本能就会像做了亏心事一样责备他。结果，我们便糊里糊涂地跟着他走下去，又高兴又满意。大家摸索着向前走，累得发昏，半小时后，我们看见了一些新鲜的脚印，奥伦多夫骄傲地大声叫道：

“我说嘛，我就像只罗盘一样精确无误。伙计们！我们来到这里，恰好就踏在别人的脚印上，这样就会顺顺当当地找到方向了。加油，去和他们会合吧！”

于是，我们策马而行，在深雪中以最快的速度奔跑。不久，我们的速度很显然超过了我们的先驱，因为脚印越来越清晰可见。我们急忙赶路，一小时后，脚印好像更新鲜，更明显——但让我们感到惊奇的是，我们前面那些旅行者的数量似乎在不断增加。我们很奇怪如此庞大的队伍这时怎么会在荒野旅行。有人猜测这一定是从要塞出来的一队士兵，于是我们接受了这个解释，跑得更加快些，因为这时离他们不会有多远了。但前面的脚印在继续增加，我们开始设想莫非那一排士兵奇迹般地扩大为一个团了。巴娄说，他们已经增加到五百人！接着，他勒住马，叫道：

“伙计们，这些脚印原来是我们自己踩出来的呀！实际上，我们围着这个圈子转了两个多小时了，就在这荒郊野外！真见鬼，这简直是流力！①”

然后，这老头怒火万丈，高声叫骂起来，骂得奥伦多夫狗血淋头，说从来没有见过像他这样可怕的傻瓜，最后一句话特别恶毒，说他“还不如对数②懂得多！”

我们一定是在沿着我们自己的脚印绕圈子。从那时起，奥伦多夫的“心灵罗盘”就丢尽脸了。辛辛苦苦地走了这么久，又来到了河岸边，透过翻飞的雪块，隐隐约约望得见对岸小客栈的轮

①② 巴娄老头说话爱生搬硬套地用词。

廓。我们正在考虑怎么办，看见那个小个子瑞典人下了船，正朝卡森方向走去，一路上还唱着他那首乏味的歌，“哥呀妹呀”和“娘儿俩，睡在坟墓里”，很快就变得模模糊糊，消失在白茫茫的雪海之中。我们再也没有听见他的消息。无疑他走迷了路，困神把他交给睡神，睡神又把他交给了死神。也有可能他踏上了我们那些诡诈的脚印，直累得倒了下去。

不一会儿，大陆驿车涉过正迅速消退的河流，自发洪水以来第一次向卡森开去。我们不再犹豫，紧跟在它后面快活地前进，因为我们充分信赖车夫的定向能力。不过我们的马比不上那些精神抖擞的挽马。不久，就看不见驿车了。但这没关系，那深深的车辙就是我们的路标。这时已是下午三点钟，不一会儿，黑夜就降临了——连过渡的黄昏也没有，就像地窖门突然关闭上了一样，这里一向是这样。雪还是那样大，前面十五步开外就看不清了。但在四周雪床反光的照射下，我们看得见光滑浑圆的山丘，前面那两条我们熟悉的印子就是车辙，它们正不断被大雪填满，慢慢地消失。

这地方，山艾树丛生得都差不多——高三四英尺，间隔约十英尺，遍布在广阔的沙漠上。每一丛变成了一个雪堆，就像整齐的果园一样，你无论向何方走，都会以为你正走在规规整整的大道上，两边都是这种雪丘。这是一条普通宽度的大道，平坦而宽敞，路旁的雪丘明显地隆起。但我们并没有想到这一点。深夜，我们突然想到，那车辙的最后一丝模糊的痕迹早已被埋掉了，从那时以来，我们已经走了很长时间，这时我们也许就会沿着这山艾树大道游荡，偏离大路数英里远，而且离它越来越远。想到这里，一阵寒噤透过全身。比起这个，就是一块冰落在脊背上也要算舒服的了。已经沉睡了一个钟头的血液这时突然涌起，心灵和肉体里正在打瞌睡的活力突然激发出来。我们立即清醒，振作起来——并且害怕得直发抖。我们跳下马，趴在地上，焦急地查看道路。当然，这毫无用处，因为离地四五英尺眼睛就分辨不出不大明显的水坑，就是用鼻子差不多触在上面也绝对不行。

第三十二章

绝境——生火的尝试——马跑了——找到了火柴——一根、两根、三根，最后一根——没有火——在劫难逃——痛悔罪恶的生活——戒除恶习——互相原谅——动人的告别——长眠

我们好像是走在大路上，但也说不定。为了检验这一点，我们分开向各个方向走去，规则的雪丘和雪丘间规则的大道使每个人都相信是他发现了正确的路，而人家的路都是错误的。形势显然十分危急。我们冻僵了，马也累了。我们决定生堆火来过夜。这个决定是明智的，因为如果继续走下去，如果走错了路，风雪再刮上一天，我们就将陷入绝境。

大家一致同意，只有生堆火才能拯救我们。于是我们动手生火。弄不到火柴，只得用手枪来试一试。这伙人中没有哪个以前做过这种事，但这伙人中没有任何人怀疑可以这样做，而且认为这是轻而易举的事——因为大家都在书上读到过，自然就老老实

实地相信了。正如很久以前我们就接受并且相信了一般书中的鬼话，说印第安人和迷路的猎人用两根干柴就生起了火。

我们挤在一起，跪在深雪中，马儿们鼻子凑在一起，低着头很耐烦地俯视着我们。鹅毛般的白雪飞舞着落下，把我们变成了一组白色的雕像，我们开始了这重大的试验。折下山艾树的细枝，堆在一块打扫干净的地方，我们围在一起做掩护。十到十五分钟，一切准备就绪，然后，大家屏住呼吸，提心吊胆，使脉搏都变缓了，奥伦多夫操起左轮，扣动扳机，一枪把这堆柴火轰出了这个县！这是一次彻彻底底的失败。

这件事令人很忧伤，但比起另一件事来，它也只能算鸡毛蒜皮了——我们的马不见了！原来大家叫我抓住缰绳，但我全神贯注地观看那次手枪生火试验。无意识中放了缰绳，那些解放了的牲口冒着大雪走了。去追赶是无用的，马蹄踏在雪地上寂然无声，就是离它们只有两码也看不见，找也无用，丢了就算了。我们咒骂那些骗人的书，那上面说，在像我们这样不幸的处境中，马总是不离开主人，与主人做伴，保护主人。

在这以前，我们已经够不幸了；这一来，便觉得更加悲惨。我们抱着最后一线希望，耐心地折了些树枝堆起来，普鲁士人再一次把它轰得无影无踪。显然，用手枪取火是一种需要实践和经验的艺术，深更半夜在沙漠中，也不是个取得成功的理想时间与地点。我们只得放弃这种办法另寻门路。每人捡两根树枝拼命地摩擦。过了半小时，我们完全冻僵了，树枝也是一样。我们痛骂那些用这种愚蠢的把戏来糊弄我们的印第安人、猎人和书本。大家悲悲切切，不知下一步该怎么办。在这关键时刻，巴娄先生从他那漏过了检查的衣袋的破烂中翻出了四根火柴。和这相比，就是找到四根金条也只能算个微不足道的好运气了。人们不难想象，在这种情况下，一根火柴是多么重要——或者说是多么可爱，多么宝贵，它在人们的心目中闪耀着多么神圣而灿烂的光辉。这次，我们怀着极大的希望采集树枝。当巴娄先生预备划第一根火柴时，大家的全部注意力都集中在他身上，那种聚精会神的程度就是用几页纸来写也描绘不完。那根火柴充满希望地燃了一下，就熄了。第二根火柴也只闪了一下就完了。第三根火柴刚达到希望的边缘，就被风吹灭了。我们挤得更紧，巴娄先生把我们最后的希望在他腿上划了一下，这时，忧虑和希望变得更加疯狂和痛苦。它燃了，发出微弱的蓝光，接着冒出一朵火焰。这老先生用手捧着，慢慢地弯下身子，每一颗心都跟随着他——任何人遇到这种事都会这样——血液凝固，呼吸停滞。那火苗终于挨着了树枝，慢慢地引燃——犹豫了一下——再引燃一点——再犹豫一下，挣扎了令人心碎的五秒钟——然后，像人一样地喘息了一下，完了。

有几分钟，没有人说一句话。这是种肃穆的沉寂，甚至风也做出鬼鬼祟祟的模样，不祥地沉静下来，只剩下雪片飘落的簌簌声。最后，大家开了口，声音凄切，每个人都明白，心中都相信，这是我们生命的最后一晚。我还以为只有我一个人这样想。

当大家都平静地承认了这个想法时，好像这就是传票。奥伦多夫开口说道：

“兄弟们，我们就死在一起吧。忘掉和原谅过去的一切，让我们就互相毫无怨恨地去吧。我明白你们怨恨我，因为我弄翻了小船，又因为我逞能而使你们在雪地里转来转去，但我是好意，原谅我吧。我坦率地承认，我曾怨恨过巴娄先生，他辱骂过我，把我叫作‘对数’。我不知道对数是什么，但无疑它在美国是一种耻辱的、不成体统的东西，我几乎时刻记在心头，它伤透了我的心，但是就让它过去吧，我诚恳地原谅了巴娄先生，并且——”

可怜的奥伦多夫再也说不出话来，眼泪一涌而出，不仅他一个人，我也哭了起来，还有巴娄先生。奥伦多夫又开了口，原谅了我对他的所作所为。接着，他掏出威士忌酒瓶，说他无论是死是活，也不会再沾一滴酒了。他说，他已放弃一切生的希望，虽然没有多少准备，也要谦卑地服从命运。他希望寿命再长一点，倒不是由于自私，而是为了彻底地改造个性，以全副精力扶助穷苦，安慰疾患，劝诫人们抵制一切放纵的罪恶，使自己成为年轻人中行善的榜样，最后带着珍贵的回忆——没有虚度年华——而献出生命。他最后还说，他的改过自新就从此时开始，而且就在死神面前，因为再也没有时间来执行这个改造，帮助人民，为人民造福了。说着，他扔掉了那瓶威士忌。

巴娄先生也做了大意相似的发言，开始执行他无法再活着继续执行的改造，他扔掉那副破旧的纸牌，这副牌在洪水围困期间，给我们带来了安慰，使生活好过一些。他说，他从来没有赌过钱，但他相信，无论为什么而打牌，只要打了牌，就是不道德的、有害的，若不戒绝纸牌，无论谁都不会完美无瑕。“因此，”他继续说道，“这样，我赞同，并且越来越觉得有必要对那种心灵的欢娱进行完全彻底的改造。”这些轰鸣的字眼使他大为感动，没有任何滔滔不绝的雄辩会产生这种效果，这老人呜咽着，悲哀之中也不无满足。

我自己的发言大意也和我的同伴们的差不多。我知道，这些话是发自内心的，是诚恳的。我们都很真诚，深深感动，无限热切，因为我们已经面临死亡，没有希望了。我扔掉了烟斗，就这样，我终于戒掉了一个恶习，卸下了这个每时每刻像暴君一样压迫我的重担。我边说边想我本来可以在世界上做的那些好事，如果我能多活几年，我还可以在这些新的鼓励和更大更宏伟的目标的指引下做更大的好事，我那止不住的眼泪又夺眶而出。我们互相抱着脖子，等待着严寒带来的昏昏欲睡，这是死亡的前奏。

很快，它就偷偷地钻进我们的全身，我们做最后一次告别，一阵舒适的睡意张开罗网，罩住了我们渐渐模糊的感觉。这时，雪块织成一床满是褶皱的毯子，裹住了我们被征服的身体。长夜降临了，生活的战斗也完结了。

第三十三章

恢复知觉——铸成笑柄——一座驿站——痛苦的情感——忏悔的后果——罪恶的复苏

我不知道失去知觉有多久，好像有一百年。模糊的知觉一点点地增长，四肢一阵剧痛传遍全身。我动了一下，脑袋里飘浮着这样的想法：“这就是死——这就是来世。”

接着，旁边一个白色的东西鼓起来，传来一个痛苦的声音：

“哪位行行好，从背后踢我一脚吧！”

这是巴娄——至少是一座奇形怪状的雪雕，是坐姿的，是巴娄的声音。

我坐了起来，在苍白的晨曦中，离我们不到十五步远，就是驿站的几座木房，而且在一个木棚下还站着我们套着鞍子，拖着缰绳的马！

这时，又一座耸立的雪堆破裂开来，奥伦多夫从里面钻出来，我们三人坐在地上，一言不发地瞪着那些房子。我们的确无话可说，我们就像那些不信神的人一样“不分青红皂白”，全部经过是那样令人痛苦地荒唐可笑。语言太平淡了，我们谁也不知道从何说起。

死里逃生带来的心中的欢乐给败坏了，几乎消失得无影无踪。我们的火气越来越大，真是火冒三丈；然后，又对别人生气，对自己生气，对一切生气，我们气狠狠地拍掉身上的雪，排成稀稀拉拉的单行，踏着积雪向马匹走去，解下马鞍在驿站上住了下来。

这件奇怪的、荒唐的冒险，我几乎没有夸张一星半点。它就跟我说的分毫不差。千真万确，我们就在沙漠中的雪堆里过夜，孤苦、绝望，而十五步以内，就有一个挺舒服的客栈。

我们在驿站里坐了两小时，各自气愤地回想往事。这时，神秘感消失了，事情完全清楚了，马为什么抛弃了我们，很显然，它们离开我们后，就在那木棚里站了十五秒钟，它们一定听见了我们大家的自白和悼词，并且十分欣赏呢。

晚饭后，我们觉得精神好些了，不久，生活的热情又回来了。世界又光明灿烂，生命对我们又像原来那样宝贵。跟着，我觉得一阵不安——不断加剧的不安不停地向我袭来。天啊！我的改过自新并不彻底——我又想抽烟了！我竭尽全力忍受着，但肉体忍不住。我独自一人走开，和自己的良心搏斗了一小时。我回想起我做的改过自新的保证，强烈地、内疚地竭力劝诫自己。但一切都是白搭，很快，我就发现自己在雪堆里搜寻烟袋，费了好大的劲才找到了。我溜开去找个地方藏起来过瘾。我在谷仓后面待了很久，心中自问要是那些更勇敢、更坚强、更诚挚的同伴们发现我这样丢脸，我将做何感想？但是，我终于点上了烟斗，没有哪个人会像我当时那样，觉得自己又卑鄙又下贱。在那支可怜的队伍中，我觉得惭愧。在这里抽烟我还是不放心，心想谷仓那一面大概会安全些吧。于是，我叼着烟斗从屋角转过去，这时，奥伦多夫衔着酒瓶从对面那个角转过来。在我们中间，巴娄先生毫无察觉地坐在地上，正在用那副油乎乎的纸牌专心致志地玩“单人游戏”。没有必要再自欺欺人了。我们握手言欢，一致同意再不要谈什么“改过自新”以及“新的一代的榜样”什么的了。

驿站设在“二十六英里沙漠”的边上。如果我们昨天晚上早来一个小时，就一定会听见人们在那里呼喊、鸣枪，因为他们在等待一些牧人和羊群。他们知道，如果没有声音的指引，牧人和羊群一定会迷路，陷入绝境。我们待在驿站的时候来了三个牧人，他们在风雪中走来走去，几乎精疲力竭，但以后再也没有听说过和他们同行的另外两个人。

我们按时到达卡森，在城里住了下来。这次休息，也是为去爱丝梅拉达的旅行做准备，花了一周的时间。在这期间使我们有机会出席了海德诉摩根那场大塌方的审判——这段插曲在内华达直到今天也是有名的。做一两句必要的解释后，我将把这件奇特事件的历史原原本本地记下来。

第三十四章

关于卡森城——邦库姆部长——海德对摩根案件——海德丢掉了农场的经过——大塌方案——审判——邦库姆部长出庭——惊人的判决——事后，一个严肃的意见

卡森城、鹰谷和华休谷周围的山又高又陡——很高很陡，于是，每当春雪消融，地面变得又湿又软时，可怕的塌方就出现了。读者除非在那里住过，亲眼看见过，否则不可能知道塌方是怎么回事。在一个美丽的早晨，整面山坡下滑，掉进山谷，在山前面留下一块巨大的、光秃秃的、丑陋的伤疤。要是你住在距离这地方七十英里以内，每当看见它，你对那场灾难就会记忆犹新。

邦库姆是美国司法部代理部长，他乘坐为地区官员装运货物的船来到内华达。他自以为是个才华横溢的律师，急需一个机会来显露一下——部分出于他对这种事情的纯粹的满足，部分因为他的薪金在边区来说“瘦得可怕”（这是边区人的强有力的表达

方式）。那时，一个老公民对别的地方来的人们的态度是安详温厚的轻蔑，只要他不碍事——但一旦管他们的事，他们可就不客气了。有时，对后一种情况简直是一种恶作剧。

有一天上午，狄克·海德飞马直冲到邦库姆部长在卡森城的府邸门前，也不拴马就闯了进去，看来他很激动。他告诉部长，他想请他受理他的讼案。如果成功，他将奉送酬金五百美元。接着，他就诉起苦来，疯狂地比画着，漫天咒骂着。他说，大家都十分清楚，好几年来，他一直在华休地区务农（更时髦的说法是开办农场），并且很成功，大家也知道他的农场就在谷边上，而汤姆·摩根的农场恰恰就在它的上方，在山边上。引起争执的问题是，发生了一场可恶的、可恨的滑坡，摩根的农场、栅栏、木房子、牲畜、仓房全部下滑到他的农场上面，把他的全部财产都埋在三十八英尺深的地下。摩根霸占在上面，拒绝搬走——他说他住在自己的房子里，并没有侵占别人的——还说他的房子还在老地方，在同一个农场，同一块土地上，他倒要看看谁有那个本事叫他搬家。

“我提醒他注意，”海德抽泣着说，“这是在我的农场上，他侵占了别人的领土，竟然死不要脸地问我看见山塌下来时为何不留在我那农场上，守住自己的财产！我为何不留在上面，这该死的疯子！上帝呀，我听到一声巨响，朝山上一看，整个世界都像从那山上撕裂，崩塌下来——细渣碎片、木垛柴捆、雷鸣闪电、雨雪冰雹、零星的干草、可怕的烟尘！——树木漫天乱飞，房子般的岩石跳起一千英尺高，碎裂成一千万块，牲口的肠肠肚肚倒了出来，尾巴从嘴里穿出，向你冲来！——在这场毁灭性的灾难中，那该死的摩根坐在他的门槛上，奇怪地问我为何不留下来守住财产！啊，天地良心，我才晃眼一看，大人，这火光就三蹿两跳跨出了这个县界了。

“但使人气愤的是摩根赖在那里拒不离开——他说那是他的，他绝不放弃它——比原来在山上的时候，他更喜欢它了。疯子！疯了！啊呀，这两天我急得发疯，都找不到进城的路了——饿着肚子在灌木丛里转来转去——有喝的吗，部长？但是现在我来到这里了，我是来请求得到法律保护的。你听明白我说的话了吗？”

世上恐怕还没有哪个人像部长这样勃然大怒。他说他活了一辈子还没有听说过像摩根这样专横的人。他又说，根本用不着打官司——摩根毫无权利留在那里——在这偌大的世界上没有人会支持他，没有哪个律师会为他辩护，也没有法官会受理这个案子。海德说，在这点上他恰恰错了——全城都支持摩根。哈尔·布雷顿，一个很老练的律师接受了他的委托。法庭正在休庭，此案将由公断人处理，前州长鲁普已被指定为仲裁人之一，他将于当天下午两点在旅馆附近的公共大厅开庭审理。

部长大为惊讶，以前听说边区的人是傻瓜，他还不信，现在才明白真是这么回事。但他说不必着急，沉着镇定地收集证据，因为胜利在握，如同争执根本就不存在一样。海德抹掉眼泪走了。

下午两点，仲裁人鲁普宣布开庭。鲁普和他的司法官员们登上高座，证人、旁听者就位，他脸上一派庄严，令人敬畏，以至于他的雇员们都担心他大概还没有搞清楚这一切都不过是一场玩笑。一片异常的沉静，哪怕是一丁点最轻微的声音，法官也会严厉地命令道：

“肃静！”

司法官员们立即传达下去。跟着，部长从旁听者中间挤过来，手里抱着一大摞法典。这时，法官命令——对他显赫的地位的最尊敬的承认——钻进他的耳朵里，并且舒舒服服地流到全身每个系统：

“为美国司法部长让开道！”

证人传到，有议员、政府要员、农场主、矿工、印第安人、中国人和黑人。四分之三的人都是摩根叫来的，不过这没有关系，他们的证词绝对只会有利于原告海德。每一个新的证词只不过进一步证明了那个因为农场滑到人家农场上面就要求占领别人财产的人的荒唐无理。然后，摩根的律师们做了辩护，似乎极为苍白无力——他们对摩根的事确实无能为力。这时，部长扬扬得意地立起身来慷慨陈词。他拍桌子，敲法典；他高喊着，咆哮着，号叫着；他旁征博引，有诗句、挖苦话、统计数字；他大摆史实，引人怜悯，故作伤感，又破口大骂；他还扯进一个冠冕堂皇的话题，大声疾呼言论自由、出版自由、结社自由，以及美国的光荣的巨鸟，还有那永恒公正的原则！（热烈的掌声。）

部长坐下来，他丝毫不怀疑证据充分有力。加上伟大的发言和四周那些信服而钦佩的面孔，摩根肯定是败诉了。前州长鲁普头枕在手上有好几分钟，思考着，肃静的听众等待着他的裁决。接着，他站起身来，挺直腰板，低着头又想了一会儿，迈着大步慎重地在地板上走来走去，一只手支着下巴，观众们仍然等待着。最后，他回到高座，坐下来，语气动人地说道：

"先生们，我觉得这个巨大的责任今天落到了我的身上。这不是一件普通的案子。恰恰相反，它显然是一件由人来裁定的最庄严、最棘手的案子。先生们，我已经仔细听取了证词，掂量了它们的分量，无可争议的分量，它是有利于原告海德先生的。我还以很大的兴趣听取了律师们的辩护——我尤其欣赏这位代表原告的著名的先生那高超的、无懈可击的逻辑。不过先生们，我要提醒大家注意，在这样庄严的时刻，我们是如何受到人的证词、人的辩才和人的公正思想的影响的。先生们，我们这些人，这些可怜虫去干涉上帝的条律是极不合适的。我觉得，很显然，那天国里的上帝以其不可思议的智慧，为了某种目的，觉得有必要移动被告的农场。我们只不过是上帝的创造物，我们必须服从。如果上帝要以这个明显的方式赐惠于被告摩根，如果上帝不高兴摩根的农场摆在山上，要把它摆到一个更方便、更有利于它的主人的地方，我们这些芸芸众生去追问这种行为是否合法，是出于什么动机，这就极不合适了。不，上帝创造了农场，布置它们，拿它们做实验，随意改造它们，这是上帝的特权。我们只得服从，毫无怨言。我要警告你们，眼前这件事是人们的亵渎的手、脑和舌头绝不能干涉的。先生们，本庭的判决如下：原告理查德·海德，受上帝的惩罚，被剥夺了农场！此判决不得上诉。”

邦库姆抓起那一大摞法典，气急败坏地冲出了法庭。他宣布，鲁普是个非凡的傻瓜，一个有灵性的白痴。晚上，他又回去了，诚恳地规劝鲁普再考虑一下他那个不合道理的判决。他恳请鲁普在屋子里坐一会儿，考虑半小时，看看是否能够找出某种办法更改那个判决。鲁普终于让步了，站起身来踱步。他踱了两个半小时，最后脸上高兴得发光，他告诉邦库姆，他突然想到，摩根的新农场底下那个农场仍然属于海德，他对那片土地的所有权还是和原来一样，因此，他的意见是海德有权把它从下面挖起来并且——

部长根本没有听完，他一贯是个没耐心、脾气大的人。打通胡萨克地道花了二十年，而让检察官先生的脑袋开窍，让他意识到自己被愚弄了，好比再开一条隧道，不过才花两个月。

第三十五章

一个新旅伴——小店客满，也没有吃的——奈船长怎样弄到了房间——并且使我们感到依依不舍——坑道的功能——一个典型的例子——“买卖产权”，但是失败了——一落千丈

我们骑马离开这里去爱丝梅拉达的时候，又增加了一个新伙伴——约翰·奈船长，他是奈州长的兄弟。他的记性极好，舌头长得端正，这使他具备了谈话的不朽能力。在一百二十英里的旅行中，约翰船长的谈话从来没有间断或中止过。除了他的谈话能力，他那出色的性格里还有一两项特别的天资。其一就是做任何事情或者说做每一件事情时那种非凡的“轻松”，从铺铁路、组织政党，到缝纽扣、钉马掌、接骨头、孵小鸡，他无所不能。其二，他有一种完备的能力，在任何时候，或者说每时每刻都把每一个人的需求、困难、苦恼扛到自己肩头上，并且轻松、敏捷地加以解决——因此，在拥挤不堪的旅馆里他总是找得到空床，在

空空如也的贮藏室里他总可以吃喝个够。最后一点，他无论在哪里遇到男人、女人或是小孩，无论是在营地里、客栈里还是在沙漠上，他不是认识这些人，就是和这些人的亲戚有过私交。这样的旅伴是我以前从来没有见过的，我忍不住要举个例子来说明他克服困难的方法。第二天，我们来到沙漠上一家可怜的小客栈，又累又饿。他们告诉我们，房间客满，没有吃的，喂马的干草和燕麦也没了，我们得往前走。我们大家都打算趁天亮赶快走，但约翰船长却坚持要停一下，我们下马走进店去。在任何人脸上都看不到欢迎的样子，约翰船长开始了恭维，二十分钟内，他就完成了下列工作：在三个马车队里找到了老相识；发现他原来曾和老板的妈妈同过学；曾经在加利福尼亚拦住惊马，救过老板娘的命；修好了一个小孩的坏玩具，赢得了孩子的妈妈——一位旅客的欢心；帮助马倌为一匹马放了血；为另一匹患哮喘的马开了处方；在老板的酒吧里请了大家三次客；还拿出一张一周来大家还没见过的最新的报纸，坐下来为那些兴致勃勃的听众念起了新闻。其效果归结起来如下：马夫给我们的马弄来了足够的粮草；晚餐吃的是鳟鱼，饭后受到极为友善的款待，舒舒服服的床，次日早晨还意外地得到了一餐早饭。我们离开时，大家依依不舍！约翰船长也有些不好的品性，但他那些无可估量的宝贵品性把它们淹没了。

爱丝梅拉达在很多方面看来都是洪堡第二，只不过稍微发达些。我们一直为之缴股款的矿产一文不值，只好放弃了。最大的一座矿位于一个十四英尺高的山丘上，那些满怀信心的股东们正在山丘上面打一条通向矿脉的坑道。坑道要挖七十英尺长才能达到本来挖十二英尺深的竖井就能达到的矿脉！

股东理事会靠财产“估价”过日子，（注意：这一暗示对于纽约的银矿主们的启发来得太晚了，他们现在凭经验就能识破这个绝妙的诡计。）并不希望采到矿脉，他们知道，它就像街沿石一样根本不含银。这一点使我想起吉姆·汤森的坑道。他为一个叫“溪谷”的矿缴纳股款，一直到几乎囊空如洗。最后，又要缴纳一笔股款在“溪谷”上开挖一条二百五十英尺长的坑道，汤森爬上山去察看到底是怎么回事。他发现“溪谷”露头在一座非常尖峭的山峰上，两个人正在那里“应付”那个设想的坑道。汤森计算了一下，然后对他们说：

“这么说，你们是接受了一项合同，要在山上挖一条二百五十英尺长的坑道直到矿脉吗？”

“是的，先生。”

“嗯，你们知道这是一件代价昂贵，十分艰巨的工作吗？”

“不知道，怎么会是那样呢？”

“因为这座山从这边到那边只有二十五英尺。因此，你们这条坑道得有二百二十五英尺建立在栈架上！”

银矿股东们的前景十分暗淡曲折。

我们得到了许多矿山，并开始在上面挖竖井和坑道，但一个也没有完成。我们必须在每座矿山上做点事以“占有”它，否则，十天的期限一到，别人就会把我们的财产夺去。我们不断寻求新矿，并在上面做点工作，然后等待买主，但买主一个也没来。我们没有找到一个每吨能生产五十多美元的矿脉。由于银厂“处理”矿石，提炼银子要价每吨五十美元，我们口袋里的钱源源外流，一个子儿也没回来过。大家栖身在一个小房子里，自己烧饭。总的说来，这是艰难的生活——尽管是有希望的生活——因为，我们一刻也没有停止盼望发财，希望某天有一个买主从天而降。

最后，面粉涨到每磅一美元，而保证金低于每月百分之八就借不到钱（我也没有这笔保证金），这时我不再开矿，到工场去了。就是说，我到一家石英工场去当了个普通工人，除伙食费外，每周挣十美元。

第三十六章

石英选矿场——汞齐化——“筛尾渣”——内华达第一座石英选矿场——火试——精明的化验员——我坚持要求增加工资

以前，我已经认识到要掘进地球深处挖出所觊觎的矿石是一件多么艰难、多么漫长而又多么使人丧气的工作；现在，我才知道，采掘只是一半工作，而从矿石里提炼出银才是另一半既沉闷又繁重的工作。我们早上六点就出工，一直干到天黑。这部机器是一台蒸汽式六锤捣矿机。六根长长直立的铁棍，粗如成人的脚踝，下头包了一大团钢铁，架在一起，像一座大门，它们在一个叫作“捣罐”的铁箱子里一起一落，上下沉重地跳动。每根捣锤或铁杆都重六百磅。一个人成天侍候在这捣罐前，用大锤把银矿石砸碎，然后铲进捣罐里去。铁杆不停地跳动，把矿石捣成粉末，注入捣罐的水流把它混成岩浆。最细的物质通过一只镶在捣罐上的精巧的铁丝网压了出去，冲进经过蒸汽机加热的槽里——

淘盘。淘盘中的液体由旋转的“搅拌器”不停地搅和着。捣罐里总是留着些水银，它吸附一些分离出来的金银物质。每隔半小时，水银通过一只震动的鹿皮口袋，呈雨雾状喷进淘盘里。经常加进定量的粗盐和硫酸铜，除去裹住金银的粗金属，使其不再与水银结合，以促进汞齐化反应。我们得不停地干这些讨厌的事。淘盘流出的脏水源源通过一条宽宽的木槽，流进深沟。人们以为金银微粒不会漂浮在六英寸深的水面上，但事实却与此相反。为了拦住它们，水槽里安置了粗毯子，再有，横过木槽，到处都安装有水银的障碍物——格条。每天晚上都得收拾格条，冲洗毯子，以取下上面积聚的宝贝——在这无尽的麻烦之后，每吨矿石里还有三分之一的金银流到深沟里的木槽尽头，待以后再来处理。没有什么事情比提银更令人恼火的了。那个厂里从来没有空闲时间，事情没完没了。很可惜亚当从伊甸园被赶出来后没有直接来到石英场，体验一下“用额头上的汗水换取面包”到底是什么滋味。白天，每隔一阵，我们得把矿浆从淘盘里舀出来，乏味地在一个角勺里“淘洗”——一点一点地淘出勺外，直到最后勺里只剩下些昏暗的水银液滴为止。如果它们变软或易于变形，得往淘盘里加进些盐、硫酸铜或别的什么化学杂碎，以维持反应；如果它们变脆、变色，那它们上面就附着有金银，结果，就需要再加些水银。如果没有别的事可干，总是可以去“筛尾渣”。就是说，可以把通过木槽的沙子铲起来，抛到十张竖起来的铁丝网上，分离出来，以备进一步淘取。汞齐化过程随机器的不同而不同，还包括淘盘和机械式样的差异，有一种极大胆的设计，效果极佳，使淘矿浆不用“筛尾渣”，但没有采用这种办法。在世界上的一切娱乐中，在大热天用长柄铲筛尾渣是最不好玩的了。

周末，机器停了，我们“做清洁”，就是说从淘盘和捣罐里舀出矿浆，仔细地冲掉泥沙，直到只剩下长期积留下的水银和它们俘获的财宝。我们把这些东西弄成沉重、密集的雪球，堆成闪亮、富丽的一堆，以备检验。造这种雪球毁掉了我一只漂亮的金戒指——这是出于无知，由于水银浸入戒指，就像水渗入海绵一样轻松——分离了里面的物质，使戒指断成了几截。

我们把水银球装进一只蒸馏罐，上面有一根管子连着一个水桶，然后焙烧加热。水银变为气体通过管道进入水桶，水再把蒸气变成美妙的水银。水银很昂贵，他们从来不浪费一滴。打开蒸馏罐，里面就是我们一周的劳动成果——一块洁白、像霜一样的银，有两个人头大。大约里面有五分之一是金，但从颜色上看不出来——就是含金三分之二也看不出来。我们把它熔化，倒进一个铁砖模里将它铸成一锭。

经过这种乏味繁重的过程得到了银锭。这座工厂是当时开办的许多工厂中的一家。内华达的第一座工厂建于伊干谷，是个没多大的企业，同以后的弗吉尼亚城和其他地方的无数企业相比算不上一回事。

在银锭上切下一块，用来“火试”——用这种方法确定金、银和贱金属的比例。这是个有趣的过程。把试样敲成纸一样薄，放进一架天平秤（这种秤十分精巧灵敏，如果你在上面称一张两平方英寸的碎纸头，然后用粗芯软铅笔在纸上写下你的名字，再称一次，天秤就会明显地显示出增加的重量），然后，把一小块铅（已称过）和这块银片卷在一起，放进一个叫作灰皿的小容器里加高热熔化，这种灰皿是用压缩骨粉在杯状钢模里铸成的。粗金属氧化并同铅一起被吸进灰皿的小空隙中去。留下一个纯净的金银小滴或小球，把它准确地称一次，化验员就知道了银锭中粗金属的含量。现在，得把金与银分离开来。把这小球敲成薄片，放进炉子，在高温中放片刻；冷却后卷成管状，在一个盛有硝酸的玻璃器皿中加热；硝酸熔解了银，留下纯金，以备称量。在熔解银的容器中加入盐水，银又恢复它的本来面目，沉到底下。现在，除了称出它的重量，无事可做了。这样，就知道了银锭中各种金属的比例，化验员在上面打上戳记，标明其价值。

精明的读者不用提示也会明白，投机的矿主要从他的矿中拿出一小块岩石来进行火试，以卖掉该矿，是绝不会把他库房中价值最小的那片矿石拿去检验的，而是恰恰相反。我曾经看见有人在一堆几乎毫无价值的石英矿石里翻检了一个小时，最后找到榛子大的一块，它含有丰富的金银——就把它留下来拿去火试！当然，火试会证明，每吨这种矿石产值为数百美元——由于这样的化验，许多毫无价值的矿给卖掉了。

化验员是个美差，因此，偶尔也会有一些并无严格的科学知识和能力的人从事这项工作。化验员从拿来的化验样品中得到极大的好处，有时，他甚至可以垄断这个企业。不过像所有获得成功的人一样，他也会受人忌妒、受人仇视。别的化验员会密谋反对他。他们纠集当地的名流参与密谋，以表明他们才是真正无私的。他们从木匠的磨刀石上敲下一小块来，让一个陌生人带到一个有名的化验员那里去化验。一小时后，结果就出来了——它表明，这种岩石每吨含银一千二百八十四美元四十美分，含金三百六十六美元三十六美分！

报纸将早已准备好的稿件刊登出来，那个有名的化验员“在两天内”离开了该城。

这里，我要顺便提一下，我在那个矿场只待了一个星期。我告诉老板，如不增加工资，我不愿再待下去了，尽管我喜欢选矿场，并且迷上了它。在这么短的时间内，我以前还从来没对任何职业产生过这样的缠绵之情。我觉得没有任何事情比往捣罐里填料、筛尾渣更使人增长见识，也没有任何事情比蒸馏水银、洗毯子更有助于提高道德品质了——尽管如此，我还是要求非增加工资不可。

他说每周付给我十美元，他以为这是一笔相当可观的款子了。他问我想要多少。

我说，考虑到这是困难时期，合情合理地讲，我每月只要四十万美元就是了。

他命令我从房子里滚出去！然而，当我回顾那些日子，回想起在那个矿场干的那些十分艰巨的劳动，我还是遗憾没有向他要七十万。

不久，我同别人一样，又被那美妙的“胶泥矿”弄得疯疯癫癫，并开始做准备，利用任何可能的机会去搞胶泥矿。

第三十七章

惠特曼的胶泥矿——发现的经过——一次秘密远征——夜间历险——狼狈的处境——失败，以及度假一周

据猜测，奇异的惠特曼胶泥矿位于莫诺湖附近的一个地方，不时有人报道说惠特曼先生深更半夜化了装偷偷地穿过爱丝梅拉达，于是我们便激动万分——因为他一定是向他的矿走去，现在是跟着他的时候了。天亮后不到三小时，附近所有的马、骡和驴都给买走、租去或被撤掉，一半的人将踏着惠特曼的足迹，向山区进发。但惠特曼会在山谷里漫无目的地游荡数天，直到这些探矿者的粮食吃光，只好回家去。一次，在一个大探矿营地里我听到了消息，夜间十一点钟，有人报告说惠特曼刚走过去。不到两个小时，原已空无一人的街道现在已经挤满了人和牲口。每个人都极力保守秘密，但还是大着胆子悄悄地只告诉一个邻人，惠特曼刚走过去。离天亮还早——这是隆冬寒天——拥挤的人群就已

走光，他们抛弃了营地，全体人马出发去追赶惠先生。

传说二十多年前，在早期移民时期，三个年轻的德国兄弟从平原上一场印第安人屠杀中逃脱性命，徒步在沙漠中跋涉。他们避开一切道路，只是朝西方走去，希望在饿死或累死之前找到加利福尼亚。有一天，他们在一条山谷里坐下来休息，三兄弟中的一个突然发现一条奇特的胶泥矿脉，贴着地面延伸着，暴露出暗黄色的金属块。他们看出，这是金子，只要一天的工夫就可以发财。这条矿脉宽如街边石，含三分之二的纯金。每一磅这种不可思议的矿石大约值二百美元。三兄弟每人带了约二十磅矿石，然后把矿脉掩埋起来，草草画了张地图，并在附近做了些明显的标记就继续向西走去。但是他们的处境越来越艰难。在路途中，一个兄弟摔断了腿，其他两个兄弟不得不继续前进，把他留在荒野中等死。另一个又饿又累，渐渐不行了，倒在路旁奄奄待毙。第三个又走了两三个星期，吃尽了苦头，来到了加利福尼亚时已精疲力竭，又生着病，由于受尽折磨而精神失常。他把矿石几乎都扔掉了，只剩下一些碎片，仅这一点已足以使大家激动万分。但是，他在那个矿的所在地区一带受够了罪，无论如何他也不愿带一群人到那里去。他在一个农场里干活挣工资糊口，感到十分满足。不过他还是把地图交给了惠特曼，并尽可能详细地描述了那个矿的位置。这样，也就把厄运传给了这位惠先生——因为，当我在爱丝梅拉达偶然看到惠先生时，他已经忍受着饥渴、贫穷和疾病，为寻找那个失踪了的矿度过了十二三个春秋。有人相信他已找到，但大多数人相信他还没有。我见过一块拳头般大小的胶泥矿石，据说是那个年轻德国人送给惠特曼的，它十分诱人。它里面的纯金粒就像水果蛋糕中的葡萄干一样密密麻麻的。只要获准在这个矿里开采一个礼拜，就足以满足一个人相当的欲望了。

我们的一个新伙伴，希格比先生认识惠特曼，我们的一个朋友范·多恩先生和他交往甚厚，不仅如此，惠特曼先生还答应过及时地私下暗示他，使他能够和他一起去参加下一次的探矿远征。范·多恩先生把暗示透露给我们。一天夜里，希格比十分激动地跑进来，说他敢肯定自己认出了惠特曼，他化了装，假装醉醺醺地向城外走去。不一会儿范·多恩先生也来了，证实了这条消息，于是，我们聚集在小屋里，脑袋凑在一起，激动地低声议论着，安排我们的计划。

我们分成两三个小组，午夜后悄悄地出城，避开人们的注意，第二天黎明在八九英里外俯瞰莫诺湖的“分水岭”上会合。出发后不得弄出任何声音，在任何情况下也只能低声讲话。我们相信这一次城里的人们没有看见惠特曼，他这次的远征也没有为人们所察觉。九点钟，我们的秘密会议结束了。在绝对保密的情况下谨慎地收拾行装。十一点，我们给马备上鞍子，用长套索把它们套好，然后拿出一大块腊肉、一袋豆子、一袋重一百磅的面粉、几个铁皮罐子和一个咖啡壶，还有煎锅和一些别的必需品。这些东西都要“驮”在一匹备用的马上——无论是谁，只要没跟西班牙行家学过怎样上驮子，他就别指望把这事干得地道。

这不可能。希格比有一些经验，但不完善。他安上驮架（一种像锯木架似的东西），把行李堆在上面，再用绳子把行李横七竖八、上上下下、四面八方捆绑起来，不时打一个结，有时又猛地一拉，直弄得那匹马肚子塌了进去，气喘不止——但这一个地方捆紧了，另一个地方又松开了。驮子捆得不怎么结实，但总算勉勉强强弄得像了个样，然后，我们就出发了，排成单行，一个接一个，一句话也不说。这是个漆黑的夜晚。我们顺着道路中间行走，轻脚轻手地经过一排排的木屋，每当一个矿工走到门口，我就浑身哆嗦，害怕灯光会照到我们身上，引起人们的怀疑。但什么也没有发生。我们开始沿着曲折的山谷朝“分水岭”攀登，不久，木屋开始稀稀拉拉，间隔也越来越远。这时，我才开始稍稍自由地呼吸，觉得不那么像个贼或杀人犯了。我牵着驮马走在最后面。山路越来越陡，这匹马也相应地对它身上驮的货物越来越不满，有时还往后拖缰绳，磨磨蹭蹭。我的同伴们已消失在黑暗中，真急人。我对这匹驮马又是哄又是吓，刚刚把它弄得开始小跑，捆在它身上的铁皮罐子和盘子叮当作响，吓得它狂奔起来。它那缰绳拴在我那匹马的马鞍上，当它从我旁边跑过的时候，把我从我的坐骑上拖了下来，这两个畜生扔下我疯狂地向前奔去。但我并不孤独——那些抖松了的物品从那驮马上甩了下来，掉在我身旁，几乎就在最后一座木屋旁边。一个矿工走出来喊道：

“谁？”

我离他只有三十步远。天太黑了，又是在山的阴影中，我知道他看不见我，便一动不动地躺着。又一个脑袋出现在屋门口的灯光中，这两个人朝我走来，走到离我只有十步远的地方，一个人说：

“嘘！听！”

我的处境是那么狼狈不堪，就是我逃脱了法律的制裁，有人悬赏要我的脑袋，也不至于这样狼狈。接着，他们好像在一块石头上坐了下来，虽然我看得不十分清楚，不能肯定他们在做什么。一个说：

“我听见一个声音，听得清清楚楚。我觉得附近好像有——”

一块石头嗖的一声从我头上飞过。我像一张邮票一样贴在沙地上，暗自想道，他稍微校正一下目标，大概就会听到另一个声音了。这时，我暗暗咒骂这次秘密行军。我发誓这是最后一次，哪怕是山岭上布满了胶泥矿脉，我也不干了。接着，一个人说道：

“我来告诉你我听到的事儿！韦尔奇说他今天看见了惠特曼，他明白那是啥意思。我听见了马蹄声——就是那种声音。我正要到韦尔奇家去，这就去。”

他们走了，我很高兴。他们到哪里去我不管，只要他们走开。我很满意他们要去见韦尔奇，越快越好。

那两个人刚关上门，我的伙伴就从黑暗中走出来。他们已经抓住了那两匹马，正在等待时机。我们把货物重新装上了驮马，又悄悄地上路了，黎明时分，到达“分水岭”和范·多恩会合。然后，我们走下“湖盆”，以为没事，就停下来煮早饭，因为我们又累又饿又困。三个钟头以后，全城的人都排成一条长队，翻过“分水岭”，消失在湖对面！

这是否是由我那场事故引起的，我们不得而知，但至少有一点是肯定的——泄了密，这次惠特曼不会去找那胶泥矿了。大家悔恨不已。

我们召集了一次会议，决定尽量利用我们这场不幸，在这个神秘的湖畔玩上一周。人们有时叫它“莫诺”，有时叫它“加利福尼亚死海”。它是陆上最奇特的畸形儿之一，但书本上几乎没有提到过它，也极少有人见过它。因为它远离通常的旅行道路，再者，它是那样难以接近，只有那种把最恶劣的生活视为享受的人才愿意做这种不舒服的旅行。第二天一早，我们沿湖游览，来到湖畔上一个极为幽静、人迹罕至的地方，在这里，有一股清澈、冰凉的泉水从山腰流出注入湖里。我们尽兴游玩一番后，愉快地回到营地。我们从一个住在十英里以外的孤独的农场主那里租了一条大船、两支猎枪，打定主意要舒舒服服地娱乐一下。不久，我们就完全熟悉了这个湖和它的脾气。

第三十八章

莫诺湖——便宜的洗发香波——狗的轻率行为及其后果——碱水——湖上奇观——免费旅行——一些稍微描绘过分的可笑情节

莫诺湖位于一片毫无生气、寸草不生的可怕的沙漠之中，海拔八千英尺，四周的大山高出湖面二千英尺，山峰终年云缠雾裹。这个庄严、沉静、帆影杳无的大海——这个地球上最凄凉角落里的最凄凉居民——没有沾到多少周围景色的光。它是一大片灰蒙蒙的水，茫茫荡荡，方圆一百英里，中央的两个小岛，只不过是隆起的地壳和火山的熔岩，到处像积雪一样是一堆堆灰色的浮石和火山灰，还有死火山的弯弯曲曲的岩浆斜坡，湖水已经封住并且漫入那巨大的死火山口。

湖深二百英尺，呆滞的湖水碱性极强，如果你把绝无希望洗干净的衣服放在里面浸一两下，再把它拧干，它就会干净得如同经过了最能干的洗衣妇之手。我们在那里野营的时间，洗衣服就不算一回事了，把一周换下来的衣服拴在船尾，向前开行几百米，衣服就已洗好，只等你去拧干了。如果浇点水在头上，揉搓一两下，白色的泡沫会堆起三英寸高。这水对于伤口和裸露的皮肤是不利的。我们有条极能干的狗，是条癞皮狗，身上的癞皮加起来比好皮还要多，几乎是我所见到过的癞皮最多的狗。有一天，为了躲避苍蝇的叮咬，它从船上逃进水里。但它判断错了，在那种情况下，它跳进火里可能还会舒服些。碱水强烈地刺激它身上每一处裸露的地方，它拼命向岸边游去，一边游一边又哼又叫又嚎，爬到岸上，就叫不出来了——因为肚皮早已嚎瘪，而身上的癞皮给碱水洗干净了，大概它已后悔不该来从事这码子冒险。它在岸上打着旋子，扒着泥土，四脚乱蹬，前滚翻，后滚翻，以最惊人的方式来了个七百二十度侧滚翻。总的说来，它并不是一条性格外向的狗，相反，它极为庄重严肃，我从来没有见过它这么活跃过。最后，它漫山乱跑，我们估计那速度是每小时二百五十英里。这是九年前的事。现在，它仍然在跑，我们每天都在寻找它在沿途还掉下些什么。

白人喝不下莫诺湖水，因为水几乎是纯碱。据说附近的印第安人有时喝这种水。这不是不可能，因为他们是我们见到过的最佳说谎者。（我开的这个玩笑是不会受到指控的，除了某些团体要我做出解释。当时一些最杰出的人曾经高度赞赏这种玩笑。）

莫诺湖里没有鱼——也没有蛙，没有蛇，没有蝌蚪——没有任何可以使生活中丰富些的东西。成千上万只野鸭和海鸥在水面凫游，但水下却没有任何生物，除了一种白茸茸的虫子，它们身体的两侧冒出一团白毛，就像磨破的线。如果舀出一加仑湖水，就可以捞到一万五千个虫子。它们使湖水呈一种灰蒙蒙的颜色。相应地，就产生了一种苍蝇，和一般的家蝇差不多。它们住在湖滩上，吃那些冲到岸上的虫子——无论什么时候，都可以见到一层一英寸厚、六英寸宽的苍蝇带。这根蝇带绕湖一周，全长一百英里。如果你向它们投一块石头，它们就会蜂拥而起，密密麻麻，就像一团云。你可以把它们按进水里，多久都行——它们并不在乎——只会为此而自豪。你一松手，它们就会射向水面，浑身就像专利局的报告单一样干，漫不经心地飞走，好像它们曾经受过特技训练似的，专门以这种特别的方式为人们提供富于教益的娱乐。上帝从来不会不明不白地把任何事物放出来的。一切事物在自然体系中都自有其用处、职责和适当的地位。野鸭吃苍蝇——苍蝇吃虫子——印第安人吃这三类生物——野猫吃印第安人——白人吃野猫——于是，万物皆可爱。

莫诺湖到太平洋的直线距离是一百英里——其间有一两座山脉——尽管如此，每年却有成千上万的海鸥飞到这里来下蛋、孵雏。人们在堪萨斯也可以找到海鸥。说到这里，我们来看看大自然的智慧的又一例证。湖心小岛只是一大块熔岩，覆盖着火山灰和浮石，没有一棵植物，或是任何可以燃烧的东西；海鸥蛋不煮熟就毫无可取之处，在最大的岛上，大自然提供了一股源源不断的沸水泉，把蛋放进去煮四分钟，就煮老了，坚硬扎实得像我过去十五年来所做的任何一种报道一样。离沸水泉不到一英尺，有一眼清洌的冷水泉，甘甜爽口。这样，在那岛上，吃、住、洗衣都免费——如果大自然再慷慨一点，提供一个顶呱呱的美国旅馆办事员，他既粗暴又任性，不知时刻表、铁路线——或者——一无所知——并以此为自得——那么，我就不会希望有更舒服的旅馆了。

有六七条山溪流进莫诺湖，但没有任何一条流出去，湖水并没有明显的涨落。多余的水到哪里去了呢？这是个神秘莫测的谜。

莫诺湖周围地区只有两个季节——即冬季的结束和下一个冬季的开始。我（在爱丝梅拉达）曾不止一次经历过酷热难当的早晨，八点钟，温度达华氏九十度，可是，不到晚上九点，同一个温度计在室内的数字降到四十四度，积雪有十四英寸。

在合适的条件下，莫诺小城一年中每月至少下一次雪。夏天的天气是那样变幻莫测，要外出串门的女士不可能指望能应付各种情况，除非左边挟一把扇子，右边挟一双雪鞋。七月四日国庆游行，通常是冒雪进行的，人们都说，那里的人如果要喝掺水白兰地，酒吧老板会用斧子砍下一块，用纸把它像槭糖一样包起来拿给他，这是很平常的事。有人还说，那里的老酒鬼都没有牙齿——是由于吃杜松子鸡尾酒和白兰地潘趣酒给磨掉的。我不能担保这些说法的真实性——我只不过提供这些说法的价值——它们的价值——嗯，我敢说，对于任何不是勉强相信的人来说，值一百万。但对七月四日下雪这说法我可以完全担保——因为我知道这是千真万确的。

第三十九章

游览莫诺湖湖心岛——火山灰烬，荒无人烟——死里逃生——船漂走了——为了活命，纵身一跳——湖上风暴——肥皂水——地质奇观——赛拉湖畔一周——从有趣的爆炸事故中捡得一命——“鬼炉子许多走了。”

一个酷热的早上——这时正值盛夏——七点钟，我和希格比登上小船，开始了探查那两个岛子的旅行。这是我们盼望已久的事了，但由于害怕风暴而耽延下来。这里时常刮起猛烈的风暴，可以轻而易举地掀翻我们的船，一旦翻船，即使是极善于游泳的人也难免一死，因为那恶毒的水会像火一样毁掉你的眼睛，如果灌进肚子里，会烧坏内脏。据说到岛上的直线距离是十二英里，这是一次艰难而漫长的航行，但那天的早晨是那样宁静，阳光是那样和煦，湖水是那样平稳、清澈而安详，我们无法抵抗它的诱惑。于是，我们装满了两大铁桶水就出发了，（据说那个岛上有泉水，但我们不知道在什么地方。）希格比肌肉发达、膂力过人，船走得很快，但到达目的地以后，我们估计划了差不多十五英里而不是十二英里。

我们在大岛靠了岸，尝了一下桶里的水，发现太阳已把水晒变质了，气味令人恶心，喝不下去。我们只好把水倒掉，开始寻找泉水，因为一旦知道没有方法解渴，人就会觉得渴得更快。这个狭长的、中等高度的岛是火山灰堆起来的山峦，除了火山灰和浮石什么也没有，每走一步，脚就陷进没膝的灰烬里，山顶上是一堵无法攀登的峭壁，由烧过的怪石垒成。我们爬到顶上，来到峭壁脚下，发现了一块浅平而宽阔的盆地，上面覆盖着火山灰，到处是一块块美妙的沙地。有些地方，奇怪的蒸汽流从裂缝中喷射出来，这证明虽然火山早已停止了剧烈的活动，在它那炉膛中还有余火。在一股蒸汽流旁边生长着一棵岛上唯一的树——一棵形态极为优雅、绝对对称的小树，翠绿可爱，因为水汽不停地穿过它的枝叶，使它保持湿润。这个生机勃勃的美丽的弃儿，同那死气沉沉、悲哀凄凉的环境相比，真是奇怪得很。它是举丧的家庭里的一个欢欣的灵魂。

我们四处寻找泉水，纵贯全岛（两三英里），横穿两个来回——耐心地登上死灰山，在另一边又蹲着滑下去，铲起的灰尘使人窒息。但我们什么也没有找到，只有荒芜与凄凉、火山灰和令人心碎的沉寂。最后，我们发现起风了，一种更为强烈的忧虑使我们忘掉了口渴，因为原来湖水平静，我没有花力气把船拴牢靠。我俩急忙跑回到一个能够看到我们登岸处的地方，然而——

言辞真难以描评我们的恐慌——小船不见了！这个湖上不可能再有第二条船。形势不妙——事实上，坦率地说，是很可怕。我们成了孤岛上的囚犯，离朋友们虽十分近，但这时他们不可能来帮助我们；更为不妙的是，我们既无吃的又无喝的。不过我们马上就看见了那条船。它自由自在地漂流着，离岸约五十英尺，在波浪翻滚的大海上漂流着。它漂流着，不断地漂流着，但离岸总是那么远，我们和它并行，等待着命运的恩赐。过了一小时，它靠近了一个突出的礁石，希格比跑向前去，站在边沿上等着它靠拢。如果这一次失败我们就完了。这时，它逐渐地向岸边靠近，但它靠上湖岸只能有一瞬间的时间。当它离希格比还有三十步时，我是那样激动，我相信我听见了心脏的跳动。过了一会儿，当它慢慢地漂流，眼看就要漂过去，只差短短的一码就可以抓住的时候，我觉得好像我的心脏不动了；当它和希格比相错而过，距离开始拉大，而希格比还像个木雕似的一动不动时，我明白我的心真的停止了跳动。然而，他纵身一跳，顷刻间，就端端正正地站在船头上，我这才解除了震惊荒野的战争动员令！

但是，我的热情立刻消失了，他告诉我，他完全没有考虑那条船是否会漂到他跳跃的跨度以内，因为他已下决心闭上眼睛和嘴巴游过那微不足道的距离。我是个愚人，根本没有想那些，只想到那是一段长距离的游泳，而且很可能是性命攸关的。

浪头越来越高，风暴越来越大，时间也越来越晚——下午三四点钟了。是否冒险划回去，是个重要问题。但我俩十分口渴，决定试一下，于是希格比动起手来，我也操起了舵柄，十分费力地划了一英里，情况显然十分危险，风暴越来越猛，波涛汹涌，白浪滔天，天空黑沉沉地压下来，狂风在呼啸。这时，我们应该往回走，但我们不敢掉转船头，因为它一卷进波谷，就一定会翻。我们唯一的希望就是迎着波浪行驶。这样做很困难，小船猛烈地颠簸着，一起一伏的船尾使劲地拍打着波浪。不时，希格比的一只桨刚挨着浪尖，另一只桨就会使船转半个圈，无论我如何拼命地把着舵。浪花不断打在我们身上，湖水不断涌进船来。虽然我的伙伴无比强壮，也慢慢地不行了。他希望我换一换他，让他歇一会儿。但我告诉他这不可能，因为在交换位置的时候，只要舵一离手，船就会掉进波谷里，就会翻船，要不了五分钟我们就得喝进一百加仑碱水，立刻便被波浪吞没，快得甚至我们还来不及去出席我们的最后审判。

但事情总有个完。天刚黑，我们突然驶进了港湾。希格比丢下桨站起来欢呼——我也扔下舵跟着凑热闹——大浪把船打了一个转，船翻了！

碱水折磨着伤口，皮肤上磨破的地方和起泡的手，那种痛苦简直不可言状，要全身擦满油膏才会有所减缓——尽管如此，那个夜晚，我们吃喝了个痛快，睡了个舒服。

谈起莫诺湖的奇特之处，值得一提的是，在湖岸上，间或有一堆堆、一团团奇特的田螺状的灰白色粗粒岩石，就像晒硬了的低等灰浆。砸开一块，可以看到里面嵌着滚圆的、完全石化的海鸥蛋。这是怎么回事？我不过是陈述事实——因为这是事实——让有地质知识的读者空闲时去砸开这种坚果，以自己的方式去解答这个问题吧。

一周后，我们去赛拉湖上钓鱼，在白雪皑皑的城堡峰下搭起帐篷住了几天，在这个明澈、精巧、海拔一万到一万一千英尺高的湖里钓了不少鱼。在八月份炎热的中午坐在积雪有十英尺深的湖岸上纳凉，背阴的岸边，绿草如茵，奇花盛开，晚间则冻得半死，从中得到极大的享受。过后，又回到莫诺湖，发现当初那种胶泥矿热已经消失，于是收拾东西返回爱丝梅拉达。巴娄先生继续勘探了几天，觉得没多大希望，就独自到洪堡去了。这时，发生了一件小事故——差点把我推进坟墓——到今天我还觉得挺有意思。有一次，人们预感到印第安人会来骚扰，就把火药藏到安全而又便于取用的地方，我们的一个邻居把六筒枪药藏在一个早已废弃不用的烤炉膛里，炉子放在院子里，挨着木房子或叫木棚子，从那以后就把这事忘掉了。我们雇了个半开化的印第安人为我们洗衣服，他带着个洗衣盆住在木棚子里面。旧炉子离他只有六英尺远，就在他面前。后来，他大概觉得热水要比冷水好些，走出去在那个被遗忘了的火药库下面点起火来，在上面放了一锅水，又回去洗衣服。跟着，我走进木棚，丢下几件脏衣服，正要对他说点什么，轰隆一声，那炉子被炸得无踪无影，碎片飞到两百码以外的街上。我们头上那棚顶有三分之一给毁了，炉盖子把那个印第安人面前的一根小柱头砍成两段，从我们两个中间呼啸而过，切进屋檐里。我面色惨白，站立不稳，目瞪口呆。但那个印第安人一点也不显得惊奇，甚至一点也不觉得不安，只不过停下手中的活儿，俯身向前，稍微观察一下那干干净净空空荡荡的地面，评价说："咦，鬼炉子许多走了！"——接着又平静地搓衣服，好像炉子爆炸是件极平常的事一样。我得解释一下，"印第安英语"中的"许多"，就是大部分的意思。读者可以从这个例子中理解到那种透彻的表现力。

第四十章

"大西方"矿——希格比"访问了"它——一条隐矿脉——值一百万——我们终于发财了——花费这笔财富的计划

现在，我的生活揭开了奇特的一章——我觉得它是我那懒懒散散、徒劳无益、敷衍马虎、默默无闻的生涯中最奇特的一章。在靠近上半城尽头的一座半山腰上，伸出一条茶红色的水晶矿脉，这是深入地底的金银矿脉的露头矿苗。它属于一个叫作"大西方"的公司所有。在露头处下侧的山腰上，打了一口六七十英尺深的竖井，大家都很熟悉这座矿的矿石——它还算丰富，但说不上特别丰富。这里，我要提一下，虽然在没有经验的外行眼里，某一区域的所有水晶矿石看起来都一样，但这营地的老住户只要看一眼，就能轻而易举地把一堆混合矿石分别归类，说出各种矿石的产地，就像糖果商能把一堆不同种类、不同质量的混合糖果分门别类一样。

顷刻，全镇陷入一阵异常激烈的热潮之中。照开矿业的行话来说，大西方公司“发现了富矿”。人人都跑去看那新矿的进展，有好几天，聚集在大西方矿井旁边的人是如此之多，外来人会以为那里正在召开群众大会呢。人们谈论的话题都离不开这个富矿，没有任何人去考虑或幻想别的事情。每人都带走一块样品，在研钵里捣碎，放进角匙里淘洗，屏住气，瞪着眼，看那惊人的结果。这种石头不坚硬，只是一种疏松、风化了的黑色岩石，放在手里可以像烤过的马铃薯一样地揉碎，摊在纸上，现出一些金沙和“天然”银粒。希格比带了一把回到小屋，淘净以后，他惊讶得难以形容。大西方矿的股票猛涨。据说有人一再提出以每英尺一千美元的高价购买矿脉，但立即遭到拒绝。大家都曾有过心情怏怏不乐的时候——仅仅是怏怏不乐，而我当时却是心力交瘁，因为我没有得到大西方矿的股权。我觉得世界一片空虚，活着只是痛苦，什么也吃不下去，对一切都丧失了兴趣。但我只得留下去听别人欢呼，因为我没有离开营地的路费。

大西方公司禁止人们带走“样品”，他们这样做很有道理，因为每一把矿石就是一笔钱。我举个例子来说明这矿石的非同一般的价值。井口的矿砂卖出了一千六百磅，每磅一美元。买主把矿砂装在骡子上，翻山越岭，跋涉一百五十到二百英里运到旧金山，他很满意，因为这些矿砂的卖价大大超过了他付出的代价。大西方公司的老板们还下命令给工头，没有他们的许可，禁止任何人在任何时间以任何目的进入矿井。我悲哀地沉思，希格比也在苦思冥想，但他想的不同。他看着“岩石”出神，用放大镜在不同的光线下，从不同的角度观察，每次试验后，他总是得出同样的结论，以同样的方式自言自语：

“这不是大西方的矿石！”

他说过一两次，如果有机会，他想到大西方矿井下去看看。我心情沮丧，他去不去我毫不在乎。那天，他失败了，没能进去，夜间又试了一次，又失败了；次日一清早又去，还是没有成功。于是，他埋伏在山艾树丛后，待了一个小时又一个小时，一直等到那两三个工人到一块大石头后面去吃午饭，他马上出动，但过早了些，有一个人回来取东西；再试一次，快到井口了，有人从那块大石头后面站了起来，好像要巡查，他立即趴在地上，一声不响；接着，他身子贴地爬到井口，眼睛扫了一下四周，抓住绳索滑下矿井。他刚拐进一条“侧巷”，便有个脑袋出现在井口，有人喊了一声“喂！”他默不作声。此后，他再也没有受到干扰。一小时后，他走进小屋，浑身是汗，满脸通红，一种压抑着的激动随时都可能爆发出来。他压低声音宣布：

“我发现了！我们发财了！那是个隐矿脉！”

我觉得天旋地转。怀疑——确信，又怀疑——狂喜、希望、惊讶、相信、相信之否定——各种难以想象的感觉杂乱无章地掠过我的脑海，我说不出一句话来。这样神魂颠倒地过了一阵子我才回过神来，说道：

“再说一遍！”

“那是个隐矿脉！”

“卡尔，我们——我们把房子烧掉——要不杀个人吧！跑出去找个地方欢呼吧！但这有什么用呢？这太好了，好得令人难以置信！”

“那是个隐矿脉，值一百万！悬帮、底帮、泥层——一切俱全！”他挥舞着帽子，三呼万岁，我的怀疑随风而去，热烈地响应他。现在，我成了百万富翁了，管他“有没有学历！”

也许我得说明一下。“隐矿脉”是一种不露出地面的矿脉或矿床。矿工不知道在哪里去找这种矿脉，但在挖坑道或打竖井时偶然会碰到。希格比对大西方岩石结构非常熟悉。他不断查考矿井的发掘，越来越相信这种矿砂不可能来自大西方矿脉。所以，在整个营地里，就他一人想到竖井下面有条隐矿脉，这一点，就连大西方的股东们都没想到。他对了。在竖井下，他发现隐矿脉单独斜穿过大西方矿脉，而且裹在自己完整的岩壳和泥层之中，因此，它属于公共财产。两条矿脉的界线极为分明，任何矿工都能看出哪一条属于大西方，哪一条不是。

我们考虑好了，要找个有力的支持者，于是，那天夜晚便把大西方矿的工头带进我们的小房子，告诉他那个惊人的消息。希格比说：

“我们将申索这条隐矿脉，履行登记手续，确立所有权，然后禁止大西方公司开采这种矿石。在这个问题上，你对你的公司无能为力——任何人也帮不了他们的忙。我们愿和你一道下井，使你信服这是一条隐矿脉。现在，我们建议你同我们合伙，以我们三人的名义取得那条隐矿脉的产权。你意下如何？”

他得到这个机会，就只消伸出手来便可接受一笔财产，既不冒丝毫风险，又不冒犯任何人，也不会给自己的名誉带来芝麻大的污点，还有什么要说的呢？他只能说：“同意。”

当晚就贴出了告示，十点钟以前就及时地写进了登记官的登记簿。我们每人主张占有两百英尺——三人共六百英尺——在该地区，这样的安排最为稳妥，也最容易管理。

谁也不会头脑麻木到认为那天晚上我们睡了觉。希格比和我半夜才上床，但只是清清醒醒地躺着，思索，幻想，筹划。这间没有铺地板的破破烂烂的小屋成了宫殿，破布片似的灰毯子变成了丝绸，家具都成了橡木和红木做的。从我对未来的幻想中迸发出的每一丝新的光彩都使我辗转反侧或跃然而起，好像我身上安装了干电池。我俩把只言片语射向对方。有一次，希格比问：

“你什么时候回家——回‘合众国’呢？”

“明天！”我变换了一两次姿势，最后翻身坐起来，“唔——不——最迟下个月吧。”

“我俩坐同一条船。”

“行。”

停顿。

“十号的汽船？”

“好的。不，一号的船。”

“行。”

又一次停顿。

“你打算在哪里定居？”希格比问。

“旧金山。”

“我也是。”

停顿。

“太高了——太难爬了。”希格比说。

“什么？”

“我想去俄罗斯山——在那里造座房子。”

“太难爬了？你不会备一辆马车？”

“当然——我倒忘了。”

停顿。

“卡尔，你要造座什么样的房子？”

“我正在考虑，三层楼加阳台。”

“什么结构的？”

“嗯，我还说不上来。砖的吧，我想。”

“砖的——呸。”

“怎么？你打算修什么的？”

“正面用褐沙石——法国厚玻璃——弹子房挨着餐厅——雕塑和绘画——灌木和两英亩草坪——温室——前门廊安有铁把手——灰色骏马——敞篷四轮马车，还要帽子上有徽章的马车夫！”

“真的！”

长久的停顿。

“卡尔，你打算什么时候去欧洲？”

“唔，我还没想过。你呢？”

“春天。”

“消磨整个夏天吗？”

“整个夏天！我要在那儿待三年。”

“嗯——你说话当真吗？”

“当真。”

“我愿同行。”

“你当然会。”

“去欧洲什么地方？”

“整个欧洲。法国、英国、德国、西班牙、意大利、瑞士、叙利亚、希腊、巴勒斯坦、阿拉伯半岛、波斯、埃及——到处——每一个地方。”

“我赞成。”

“很好！”

“真是一次了不起的旅行！”

“我俩花上四十万或五十万美元，无论如何要玩他个痛快。”

又一次长久的停顿。

“希格比，我们欠屠夫六美元，他威胁说要停止我们的——”

“吊死屠夫！”

“阿门。”

谈话就这样进行下去。已经三点了，我们发现自己仍然毫无睡意，只好爬起来边抽烟，边玩牌，直到太阳升起。这一周轮到我做饭了。我从来就不喜欢做饭，现在，我更憎恶做饭了。

消息传遍了全镇。本来人们就很激动，这一来更激动了。我平静而幸福地在街上走过。希格比说，已经有人出了两万美元要买下工头的那一份。我说，我倒想看到我自己卖这样的价钱。我的希望极高，我要价一百万。但是，我更加坚信，如果有人给了我这个价，就不会有别的结果，只会使我不断涨价。

我发现有了钱真是其乐无穷。有个人主动送给我一匹价值三百美元的马，只要我打张白条就行。这带给我最真切的感觉是，毫无疑问，我真的发财了。这样的证据多得是——我可以再举出一个，屠夫给我们送来了双倍的肉，压根儿也没提到要钱的事。

按照地区法令规定，矿脉“勘定者”或“提出产权申索者”在探明后的十天内必须在他们的新产业上做一定量的工作，否则就失去产权，任何人都可随意占有它。所以，我们决定第二天就去做那点事。半下午，我从邮局出来，遇到了加德纳先生，他告诉我约翰·奈船长病危，在他的家里（“九里农场”）卧床不起。他和他妻子几乎照顾不过来。我说如果他能等我一会儿，我愿意去照顾病人。我跑回小屋去通知希格比，他不在。于是我在桌子上给他留了张字条，几分钟后，我坐上加德纳的马车离开了小镇。

第四十一章

一个风湿病人——白日梦——倒霉的踉跄——我突然离开——又一个病人——希格比回到小屋——肥皂泡破灭了——一文不名——后悔和解释——我们那第三个合伙者

奈船长的病势不轻，他得的是痉挛性风湿病。但那老先生还是老样子——就是说，当他感觉舒服时，他是个善良平和的人，但当事情不如意时，就成了一头独一无二的狂乱的豹子。尽管他会很愉快地微笑，但是病一旦发作，他的微笑立刻就会变成一阵疯狂。他痛苦得又哼又吼又号，房间里的每个角落里都塞满了最新颖的亵渎和咒骂，只有那种具有最强烈的信念和健全的想象力的人才创造得出来。遇到适当的时机，他还能骂得非常出色，以恰当的判断力控制和使用形容词；一旦痉挛发作，听他咒骂简直是一种痛苦，此时很难与他相处。可是，我曾见过他自己照顾一个病人，应付那困难的环境，极为耐心，现在轮到他害病了，他也有这个特权，我心甘情愿。无论他怎样狂骂、咆哮也无法打扰我，因为我的脑袋正忙着呢，正在孜孜不倦地思考着，不分白天黑夜，不论手边有事还是闲着。我正在改变和修正我那房子的设计，考虑把弹子房摆在阁楼上而不是安在餐厅那一层是不是得体；我也在努力做出决定，起居室的糊墙纸到底该是绿色的还是蓝色的，虽然我喜欢蓝色，但我恐怕这种颜色太容易被阳光和灰尘破坏了；同时，我乐意让马车夫穿上朴素的制服，至于男仆，我还犹豫不决——我需要一个，已下定决心雇一个，但希望他不穿号衣也能显得体面，并且恪尽其职，因为我有些害怕炫耀。然而，由于我已故的祖父也曾雇过马车夫这种人，但没穿号衣，我觉得超过他——至少超过他的灵魂，无论如何总觉得有些别扭。我也系统地筹划着我的欧洲之行，设法把具体的方案确定下来，包括路费和时间——各个细节——除了一件——即到底是骑骆驼从开罗穿过沙漠到耶路撒冷，还是坐船到贝鲁特，再坐马车穿过那个地区。与此同时，我每天给家里写信，把我的全盘计划和打算通知朋友们，指示他们为我母亲找一处漂亮的住宅，在我回家之前说好价钱，还指示他们卖掉我那一份在田纳西的土地，并清理印刷协会里寡妇孤儿基金的收益，多年来，我是该协会有声望的会员。（田纳西这份土地多年来是我家的财产，很有希望将来有一天给我们带来巨大财富；现在看来仍有希望，只不过不是那样强烈了。）

我照顾了船长九天，他好些了，只是还很虚弱。那天下午，我们把他抬到椅子上，让他来个酒精蒸汽浴，再把他搬回床上去。我们格外小心，因为最轻微的牵扯都会给他带来痛苦。加德纳抬他的肩膀，我抬脚。在那不幸的时刻，我踉跄了一下，病人重重地摔在床上。我一辈子还没听见有人这样咒骂过。他像疯子一样乱骂，还去抓桌上的左轮枪，但给我抢了过来。他命令我滚出去，发了一千次誓，一旦他能下床，无论在哪里碰到我，就要把我宰掉。这只不过是暂时发疯，一点意义也没有。我知道要不了一小时他就会忘得干干净净，或许还会后悔的。但在当时，我有些冒火。一怒之下，决定回爱丝梅拉达去。我想，既然他已能打架，他就能自己照顾自己了。晚饭后，月亮刚刚升起，我徒步开始了那九英里路程。那时候，九英里的短途旅行，只要不带行李，就是百万富翁也不需要骑马。

当我看得见那俯瞰小镇的山头时，已经是差一刻十二点了。在明亮的月光下，远望山谷对面的山头，我看见好像半个镇的人都聚集在大西方矿的露头矿苗上。我的心怦怦直跳，自言自语地说道:“今晚他们一定又发现了一个新矿，比原来那个还富，毫无疑问。”我抬腿向那边走去，但又走回来，心想，那“发现”是跑不掉的，再说我已爬够了山。我下了山，穿过小镇，经过一个德国人的小面包店时，一个妇人跑出来，说她丈夫病了，请求我过去帮她一把。我走进屋去，发现的确如此——看那男人的样子，好像一百次发病压缩成这一次。两个德国人想按住他，但没有成功。我跑了约摸半条街，把医生从床上喊起来，他还没穿好衣服，我就把他带去了。我们四人与那个疯人角斗，医生给他灌药，放血，忙了一个多钟头，那个可怜的德国女人则只顾放声大哭。后来，他安静了，医生和我离开那里，把病人留给他的朋友们。

一点过了。我走进小屋，很疲倦也很快活，朦胧的牛脂烛光照着希格比，他坐在松木桌边，手指夹住我那张纸条，傻乎乎地盯着看，脸色苍白、衰老、憔悴。我停住脚步，看着他。他也呆头呆脑地看着我。我问：

“希格比，什么——发生了什么事？”

“我们完蛋了——我们没有干活。那隐矿脉给重新瓜分了！”

够了。我悲伤绝望地坐下来——心已完全碎了。一分钟以前，我还是个富翁，满脑子虚荣；现在，我成了个穷鬼，唉声叹气。我俩一动不动地坐了一个小时，忙于思索，忙于徒劳无益的自我谴责，忙于想“为什么我不这样做，为什么我不那样做”，但是谁也没有说一句话。然后，我们又相互解释，这个谜终于解开了。原来希格比把那事托给我，正如我把它托给他一样，而我俩都把那事托付给工头。真有意思！这个稳重坚定的希格比把这么大的事情拿去碰运气，而不真正去恪尽职守。但是，他到现在才看到我留下的字条，从九天以前他最后见到我以来，也是头一次走进这个小屋。在那个关键的下午，他同样给我留了张条子——他骑在马上，往窗子里看了看，没看见我，就把条子从破窗户丢进屋里。字条还在那里，在地板上一动不动地摆了九天。

千万别忘了在十天期限之内做那件事。W先生过去了。他通知了我。我将在莫诺湖与他碰头，今晚从那里出发。他说这次一定能找到。

卡尔

“W”当然是指惠特曼。那该死三次的“胶泥矿脉”！

事情就是这样的。一个像希格比那样经验丰富的矿工，竟然对荒唐无稽的“胶泥矿脉”——神奇矿脉“热”的诱惑也无法抗拒，反而忘乎所以，饥不择食地扑了上去。好几个月以来，希格比一直在梦想那神奇的胶泥矿脉；现在，他置自己的正确判断于不顾，跟着走了，并且甘愿冒风险让我来决定这个抵得上一百万个还未发现的胶泥矿脉的银矿的命运。这一次人们没有跟他去。大白天他骑着马跑过小镇是极其平常的事，一点也没有引起人们的注意。他说他俩在荒山野岭里找了九天，没有收获，他们没有找到胶泥矿脉。这时，一种不祥的恐惧感袭上心头，他预感到会发生什么祸事，可能失去隐矿脉（尽管他确信这种事绝不会发生），于是，他全速赶回来。本来他可以及时赶回爱丝梅拉达的，但他的马腿折断了，只得步行了好长一段路。碰巧他走的是一条路，我走的是另一条路，他到底精力过人，直接跑到大西方矿去了，而没有像我那样拐了回来——他晚到了五至十分钟！“告示”已经挂出，我们的矿已经“重新瓜分”，再也无法挽回了，人们正迅速四散离去。离开那里时，他了解到一些情况。从我们发现隐矿脉那天晚上起，人们一直没有看见工头在街上露面——一封电报把他叫回加利福尼亚去了，据说是因为一件生死攸关的事情。总之他什么事也没干，镇上的人都用警觉的眼睛注意着这一点。在这不幸的第十天午夜，矿脉“可以重新瓜分”了，刚到十一点钟，山头上已聚集了黑压压一片准备瓜分矿脉的人。那就是我以为又发现了新矿时见到的人群——我真是个白痴。（如果我们三人搞得快，也同样有权利重新分得那矿脉。）午夜一到，十四个全副武装、随时准备动用武力来保证他们的工作顺利进行的人挂出了“告示”，宣布以“约翰逊”这个新的名义取得了该隐矿脉的所有权。不过我们的那个合伙人 A.D. 爱伦（那个工头）这时突然出现，手提一把张开机头的左轮，说必须把他的名字加进去，不然，他就要“给约翰逊公司一点颜色看”。他英勇果敢，是个了不起的家伙，大家都知道他说话算话，于是他们让步了，分给他一百英尺，他们则按惯例每人保留两百英尺。这就是那天晚上发生的事情的经过，是希格比回家时从一个朋友那里打听到的。

第二天早晨，由于新矿引起的激动已烟消云散，我和希格比宁愿离开这个使我们倒霉的地方。熬过了艰难而令人失望的两个月后，又回到了爱丝梅拉达。这时，我们得知，大西方与约翰逊已经合并，合并的矿产分为五千英尺或五千股；那个工头讨厌打官司，认为那样一个大企业难以管理，以九万金币的价格卖掉了他那一百英尺，回“合众国”老家去享用去了。要是那矿产值那么大个数字，而公司拥有五千股，一想到我们原来那六百股该值多少钱，真使我眼花缭乱。这个差别就好比五千人拥有了一幢原来六百人拥有的房子。要是我们在那产业上用铁锹和铲子干上个小半天，确立了我们的所有权的话，我们本来会成为百万富翁的！

这读起来好像是个虚构的故事，但却是许多人的耳闻目睹，爱丝梅拉达地区的官方记载也很容易查到，可以证实这是真实的事件。我永远可以说，有一次，一共十天，我的身价绝对地、毫无疑问地值一百万。

一年前，我尊敬的、各方面都可钦可佩的百万富翁老伙计——希格比，从加利福尼亚一个偏僻的小矿给我写来一封信，说经过了九至十年的折磨和艰苦奋斗以后，他终于取得了一席地位，可以动用两万五千美元了，还说他打算开个小小的水果铺。在我们躺在小屋里计划欧洲之行、打算在俄罗斯山修一座黄褐色石头房子的那个晚上，要是有人给他提出这个建议，他准会觉得那是对他的莫大侮辱！

第四十二章

下一步怎么办？——我面临的困难——“万能博士”——再一次开矿——打靶——我成了地方新闻栏编辑——终于成功

下一步怎么办？

这是个严重的问题。我十三岁就进入社会自谋生路，（因为我父亲曾替几位朋友担保，尽管父亲把他拥有那些美妙的弗吉尼亚股票的骄傲以及这些股票在全国享有的盛誉都慷慨地遗赠给了我们，可我还是立即发现，如果偶尔没有面包来把它们送下去的话，单靠那东西也吃不饱。）我有许多挣得饭碗的机会，但取得的成就并不会吓你一跳。一长串的工作就摆在我面前，如果我想干活的话，可以随意挑选——不过我没有去挑选，因为我已经够富裕了。我在杂货店当过伙计，只干了一天，那天我吃了那么多糖，老板没再叫我干什么事。他说他想要我出去，这样我就能给他当个好顾客。我研究了整整一周法律，接着就不干了，因为那东西太啰唆讨厌。我在铁匠铺干了一阵子，但我浪费了许多时间去捣鼓那风箱，想让它自动鼓风，结果被师傅狼狈地赶了出来，他说我什么也不会干。我在书店当了几天店员，顾客的没完没了地打岔，使我无法安安静静地看书，于是老板准了我的长假，还忘了告诉我这长假到底有多长。有一年夏天，我在药房当伙计，但我开出的处方很不对劲儿，似乎我们卖的洗胃器比卖的苏打水还多，于是，我只好离开。我设法当了个普通的印刷工，心想有朝一日会成为富兰克林第二，但不久就断了这个念头。在爱丝梅拉达"贫民院"没有我立足的地盘，再说，我总是像个笨手笨脚的排字徒工，眼巴巴地希望两年学徒期满后能有所成就。我一开始排稿，工头们总是说"今年某个时候"将会采用的。我在圣路易到新奥尔良航线上当过一个普通的引水员，在这方面的能力我是无可指责的，每月二百五十美元的工资，包吃包住。我真想再站在舵轮后面，再也不用到处流浪——但是我像许许多多可怜失望的矿工一样，近来在夸大其词的家信中，傻乎乎地夸耀我那隐矿脉和欧洲旅行。我想："现在我全完了，我绝不回家去受人同情，遭人耻笑。"我做过私人秘书、银矿工和炼银工，几乎样样都一无所成，现在——

下一步怎么办?

我屈从了希格比的建议，答应再去试一试开矿。我俩爬到高高的山腰上，在我们那微不足道的一小块产业上干了起来，上面有个八英尺深的竖井，希格比钻进去，用铁镐勇敢地挥舞着，弄松了一些岩石和泥土，接着，我又下去用长柄铁铲（这是人类最可怕的发明）把那些东西铲上来。这得用膝盖使劲抵住那铲柄，弄满一铲，然后灵巧地一挥，从左肩向后抛出去。我舞了几下，把泥土刚好抛在竖井边上，又全部滑下来，掉到头上，再顺着脊梁骨滑下去。我二话没说，爬出来回家去了。我暗暗发誓，要我把自己当作靶子，用长柄铁铲挥起破烂往上面抛，我宁愿饿死。我坐在房里，让自己尽情地发泄心中的悲哀——可以这么说。当时，在那些比较愉快的日子里，我常常寻开心，给州内的主要报纸弗吉尼亚《边区企业报》写些通讯，发表后我总是很惊讶。我对编辑们的好印象不断地降格，因为觉得他们完全可以找到比我那些文章好一些的东西来填报纸。从山腰往回走的路上，我在邮局得到一封信，后来我把信打开。Eureka！（我根本不知道Eureka是什么意思，不过找不到更美妙的词的时候，发出这个词的音听起来倒挺合适。）来信慎重提议让我到弗吉尼亚去担任《企业报》的地方新闻栏编辑，每周二十五美元。

在我发现“隐矿脉”那些日子里，我相当瞧不起那些出版商——现在，我崇拜他们，真想给他们磕头。每周二十五美元——它好像是一笔横财——一大宗财产，一笔来路不正的、过分慷慨的钱财。但一想到自己经验不足，难以胜任那个职务，我惊喜的心情又低沉了下来——紧接着，最主要的，我接二连三的失败又浮现在眼前。如果我拒绝这个职位，马上就得寄人篱下，乞讨面包。这对一个从十三岁以来还没有经受过这等耻辱的人来说，这种事必然令人作呕。但这没有什么值得骄傲的，因为它太平凡了。然而，这在当时也是我唯一值得骄傲的事了，所以，我诚惶诚恐地去做了编辑。要不然，我会拒绝的。需要是“冒险”之母。我一点也不怀疑，那时，就是有人出钱叫我翻译希伯来文的《犹太法典》，我也会答应下来——尽管信心不足还有点害怕——为了钱而尽力在里面搞些花样。

我来到弗吉尼亚，开始了我的新的生涯。我是个衣着古怪的地方新闻栏编辑，坦率地讲——没有外衣，戴顶耷拉草帽，穿件蓝羊毛衫，裤脚塞在靴筒里，胡子垂到胸前，一把万能海军左轮吊在皮带上。但我弄了套更像基督徒的装束，去掉了左轮枪。我没有任何机会杀人，也从来没有想干那种事的愿望，原来佩带那东西只是为了随大流，也免得没有那东西而显得格外与众不同，遭人非议。但是，别的编辑和印刷工人都带左轮。我请求主编兼股东（我把他叫作古德曼先生好了，反正叫什么名字对他来说都没有差别）就我的职责做些指示，他叫我到全城各个角落去，对各种各样的人提出各种各样的问题，把得到的消息记下来发表。他还说：

“决不要说‘我们得知’如何如何，或‘据报道’‘据传’，也不要说‘我们认为’如何如何，而是要钻到核心里去，挖掘事实真相，然后说，‘事实上如何如何’。否则，人们就不会相信你的报道。绝对无懈可击的消息才能给报纸带来最稳固、最有价值的声誉。”

这就是全部的锦囊妙计，时至今日，每当我看见某记者的文章开头就是“我们认为”，我就会怀疑他是否竭尽全力去收集过消息。尽管我讲得这么头头是道，我当地方新闻栏编辑时并不总是照这样做。当消息不足时，我也时常让想象去占事实的上风，我绝对忘不了第一天当记者的经历。我在城里逛来逛去，盘问每一个人，打搅每一个人。发现人们一无所知。五小时过去了，笔记本里仍然空空如也。我告诉了古德曼先生，他说：

“在既无火灾也无审讯的淡季，丹常常从干草马车那儿弄到新闻。有没有从特拉基河来的马车？如果有，你可以再提一提关于干草买卖的事情，你明白，尽管它不会耸人听闻，也不会激动人心，但可以拿来发表，有点商业味儿。”

我到城里四处打听，看到一辆破破烂烂的旧马车从乡下驶进城来。我充分利用了这辆车，把它弄成了十六辆，把它们从十六个不同的方向拖进城来，写成了十六条不同的新闻，精心描绘了一个弗吉尼亚城前所未有的干草骚乱。

这事很鼓舞人心。它在报纸上占了满满两栏，我就接着干了下去。不久，生意又开始不景气时，有个亡命徒在酒店里杀了个人。我们又快活起来。以前，我还从来没有为一件小事如此高兴过，我对那杀人犯说：

“先生，我不认识你，但你今天为我办了件大好事，我永远忘不了你，如果长年累月的感激能够对你有所补偿的话，我愿永远感激你。我遇到了麻烦，在我意志消沉、前景一片黑暗的时候，你高尚地拯救了我。从今以后，请你把我算作你的朋友吧，我不是个忘恩负义之人。”

就算我真的没有对他说过这样的话，我也心痒痒地想这样说。我如饥似渴地搜寻细节来描述了这次凶杀案。写完后，我只觉得有一点遗憾——那就是，人们没有把我的恩人当场吊死。这样，我就好把他写上绞架了。

接着，我发现一些移民车辆开进广场的宿营地，我了解到他们最近经过了凶恶的印第安人居住的地区，旅途相当艰难。我在情况许可的范围内，尽量利用这条消息。我觉得如果不是有其他报社的记者们在场使我受到严格限制的话，我会加进去些特别的东西，使那段文章有趣得多。我终于发现了一辆继续前往加利福尼亚的马车，对车主进行了一些荒唐的盘问，从他简短而粗暴的回答中，我得知他次日就要离开，绝不会留在城里给我找麻烦，我就抢在各家报纸的前头报道了这件事。我记下了他那一车人的名字，把他们统统弄进已经被杀或受伤的人的名单上。这下子可以笔下生花了，我把这一车人弄来同印第安人厮杀了一场，这场厮杀在历史上是空前绝后的。

这消息又占了两栏。早上，我读完后，觉得终于找到了合适的职业。我心中推测，消息，激动人心的消息，正是报纸所需要的，我觉得，我对于提供这类消息具有非凡的天赋。古德曼先生说，我同丹一样，是个好记者。有了这样的评价就足够了。在这一评价的鼓励下，我觉得，如果需要的话，如果报纸的利益需要的话，我可以提起笔来把所有的移民都杀死在大平原上。

第四十三章

我的朋友波格斯——学校成绩报告——波格斯还我老账——弗吉尼亚城

不过，当我更加熟悉了业务，学会了利用消息来源之后，我就不再大量地求助于想象力，可以得心应手地填满我的专栏而不会引人注目地偏离事实真相了。

我和其他报纸的记者交了朋友，互相交换“老主顾”，以减少工作量。“老主顾”就是永久性的消息来源，诸如金锭银锭统计表、石英矿选矿场的赢利情况，以及法庭审讯等。因此大家都随身带着一切，我们每天都去采访一次，这个部门自然而然就成为“老主顾”了。当时有几家十分活跃的报纸。在同行中，我的劲敌是《联合报》的波格斯。他是个优秀记者。每三四个月，他会小醉一回，但总的说来，他还是个小心谨慎的酒鬼，尽管他随时准备小小地收拾一下他的对手。在有个方面他总是比我强，他能每月搞到公立学校的成绩报告单，而我却不能，因为校长讨厌

《企业报》。有个下雪的夜晚，学校成绩报告单即将公布，我走出门去，十分可怜，还不知道怎样去把它搞到手。不久，就在离我几步远的那条几乎空无一人的大街上，我碰到了波格斯，便问他打算到哪里去。

“去搞报告单。”

“我陪你去。”

“不行，先生。我将来再给你做解释。”

“随你便。”

一个酒吧的跑堂提着壶热气腾腾的潘趣酒走过来，波格斯贪馋地闻着酒香。他眼睁睁地盯着那个跑堂走上《企业报》社的台阶。我说：

“我希望你能帮我弄到那个学校的消息，既然你无能为力，我只好跑到《联合报》社去，等排好了版，看他们能否给我一份清样，尽管我觉得他们是不会答应的。晚安。”

“慢着。我倒不在乎弄到报告后和孩子们多坐一会儿，让你抄一份，你愿意跟我到校长那儿走一趟吗？”

“这还算像话。走吧。”

我们踏着深雪走了两条街区。弄到了报告后又回到我们的办公室。这是一份简短的文件，一会儿就抄完了。在我抄写的时候，波格斯自个儿品尝着潘趣酒。我把原稿交给他，又一起出去采访，因为听到附近传来枪声。我们不失时机地弄清了全部经过，这是一起发生在低档酒店的谋杀事件，公众对此是没有多大兴趣的，然后我们就分了手。凌晨三点，我们把稿子付印的时候，照常举行消遣音乐会，因为有几个印刷匠是好歌手，还有几个是顶呱呱的吉他和手风琴那种可恶东西的演奏家。这时《联合报》的老板进来，询问有没有人知道波格斯和那份成绩报告单的消息。我们向他说明了情况，然后全体一起出动去寻找那个玩忽职守的人。我们在一家酒店里找到了他，他站在桌子上，一手拿盏马灯，一手捏着成绩报告单，正在向一群醉醺醺的科尼什矿工们发表长篇演说，抨击有人极不公平地把人民的钱浪费在教育事业上，“而成千上万诚实勤劳的工人们却渴望得到威士忌”（狂热地喝彩）。他已经和那些人纵饮了好几个小时了。我们把他拖回家，放到床上。

自然，《联合报》没有刊登学校成绩的报道，波格斯却怪罪于我，尽管我没有任何意图或希望他的报纸不要登这则消息，同时也和别人一样为发生了这样不愉快的事而感到遗憾。

但我们还是十分友好。下一次公布成绩的那一天，吉内西矿的老板给我们派来一辆轻便马车，请我们下去采访——这是个极普通的请求，只要有人派马车来，我们总是乐意接受这种请求的，因为我们和别人一样喜爱旅行。我们按时到达“矿山”——它只不过是地下的一个九十英尺的洞，除抓住轱辘上的绳子下去外没法进去。工人们吃饭去了，我没有那么大力气把大块头的波格斯放下去，所以我只得衔着一支没点燃的蜡烛，把绳头打了个套，脚蹬在里面，恳求波格斯不要睡觉或是松了轱辘，然后大步跨进井口。我下到井底，浑身是泥，碰伤了手肘，倒也平安无事。我点燃蜡烛，检查了岩石，捡了几块样品，高叫波格斯往上拉。没有人回答。不一会儿，一个人头影子在高高的井口上出现，接着传来一个声音：

“你都弄好了吗？”

“都好了——往上拉。”

“你觉得舒服吗？”

“十分舒服。”

“稍等一下好吗？”

“当然可以——并不怎么着急。”

“那么——再见。”

“什么？你要到哪里去？”

“去采访学校成绩报告！”

他真的走了。我在底下待了一小时，当工人们把我摇上去，发现绳子上捆着个人，而不是一筐石头，他们大吃一惊。我步行回家——五英里——而且是爬山。第二天早晨我们没有登学校成绩报告，但《联合报》登了。

我进入新闻界六个月后，白银大地的辉煌的“繁荣时期”开始了，这种壮丽的场面热气腾腾地持续了三年。要填满“地方新闻栏”的一切困难都不复存在，这时唯一的困难是怎样把那些每天铺天盖地地涌进我们字纸篓的故事和消息报道装进那已经扩大的版面里。就弗吉尼亚的历史和人口来说，它已发展成为美国造就的“最生机勃勃”的城市。人行道上拥挤不堪——人流如潮，要想逆流而行，绝不那么简单，大街上同样挤满了石英矿车、货车和别的车辆。车队不见尽头，它们是那样密集，马车通常要等半个小时才能找到机会穿过大街。每张面孔上堆满笑容，每只眼睛里闪着快乐的、几乎是狂热的和紧张的光辉，每个脑袋里翻腾着赚钱的计划，每个胸膛中激荡着巨大的希望。金钱多如尘土，每个人都想发财，哪里也找不到一张忧郁的面孔。这里出现了军队、消防队、铜鼓乐队、银行、旅馆、戏院、“手摇风琴音乐厅”、生意兴隆的赌场、政治集会、公民游行队、街头斗殴、凶杀案件、审讯、骚乱、每十五步一家威士忌酒店、全体市议会议员、一名市长、一名海关检查员、一名城建工程师、一名消防队长，还有他的一等二等三等助手、一名警察局局长、一名警备司令和大批警察、两个矿产经纪人行会、一打酿酒厂、六七座充分运转的监狱和拘留所，谣传还要修一座教堂。“繁荣时期”欣欣向荣。高大的耐火砖楼在主要街道上耸立起来，树木葱茏的郊区正向四面八方扩展。市区地皮价格猛涨，速度之快令人咋舌。

巨大的“科穆斯托克矿脉”的富饶地段从北到南纵贯全城，上面的各个矿部在积极开发之中。仅仅其中的一个矿就雇用了六百七十五名工人。在选举问题上，有个流行的说法：“‘古尔德、卡利’领头，全城随后。”工人的日工资四到六美元。三班制，或三班倒，爆破、挖掘和铲土日夜不停。

弗吉尼亚城堂皇地坐落在海拔七千二百英尺高的戴维森山

陡峭的山腰上，透过内华达明净的空气，五十英里以外也清晰可见！它声称容纳了一万五千到一万八千人，这支不大的人群有一半成天蜂拥在大街上，而就在这些大街数百英尺深的地底下，另一半蜂拥在科穆斯托克的矿井和巷道里。我们经常觉得椅子嘎嘎作响，从办公室下面的地壳里传来模糊的爆破声。

山腰很陡，全城像个屋顶一样倾斜。每条街都是一条台地，相邻的两条街高差可达四十或五十英尺。房屋临街的一面与街平齐，但后面一楼的地板都架在高高的柱子上面。你可以站在乙街一座房子的后窗旁，从你脚下面丙街的那排房子的烟囱里看下去。在那样稀薄的空气中，要费很大的气力才能从丙街爬上甲街，待你爬上去，你会上气不接下气。但是，你转身朝回跑却很快，就像房子着了火似的——打个比方，由于海拔很高，空气太稀薄了，血液几乎要冲出表皮，皮肤被别针划破一点就是件使人担心的祸事，因为它很可能引起败血症。但可以抵消这种灾难的是：这种稀薄的空气似乎可以治疗枪伤。因此，如果你只是把你的对手的两片肺叶射穿，也不可能保你永远满意，因为在一个月内他肯定要到处找你，还用不着戴单片眼镜。

透过弗吉尼亚明朗的空气，你可以俯瞰广阔遥远的山脉和沙漠全景。无论是晴天还是阴天，无论是旭日东升、夕阳西下，还是红日当空，也无论是夜阑人静、明月斜挂，景色总是那么美丽动人。头上，戴维森山那灰色的山峰高耸，前方和脚下，崎岖的山谷冲开重峦叠嶂，开拓出一条不规则的通道，顺着它望过去，柔和的沙漠隐约可见，一条银线般的河流蜿蜒穿过峡谷，两岸树木葱茏，延绵数十英里，化为一串柔软的流苏；更远处，雪山拔地而起，在朦胧的地平线上横起一条障碍——极目望去，一个湖泊像落日一样在沙漠上燃烧，尽管它远在五十英里开外。从窗口向外看去，这美景使你如痴如醉。难得天空有云——非常难得。这时，落日把这辽阔的景色镀上金边，映得通红，装扮得更加壮丽，那瑰丽的色彩像符咒一样吸引眼睛，像音乐一样激荡心灵。

第四十四章

繁荣时期——股票漫天飞——报纸的吹捧——送给我的股票——加工了的矿——扮演新角色的悲剧演员

我的薪金增加到每周四十美元。但我很少支取。我有足够的经济来源，一个人腰包里装满了数不清的亮晃晃的半美元金币（那时太平洋沿岸还未流通纸币），那两块硕大的二十美元金币又算得了什么呢？新闻报道是赚钱的买卖，人人都在挥霍他的金钱和“英尺”。在城里和那开阔的山腰上的矿井密密麻麻，坑道比人还多。说实话，其中没有十个矿能生产值得拉到选矿场去的矿石，但每个人都说：“等竖井打到矿脉品位最高的地段，那时你再瞧吧！”所以，没有一个人泄气。这些几乎都是“野猫矿”，几乎毫无价值，但那时没有一个人怀疑。“奥菲尔”“古尔德－卡利”“墨西哥人”等矿，以及其他在弗吉尼亚科穆斯托克矿脉和金山上的矿，每天生产大量的富矿石，每个人都相信他那个小小的“野猫矿”也和“主矿脉”上的矿一样好，必然会一英尺价值一千美元，只要他“打到了品位高的地方”。可怜的家伙，他们死也不明白，他们永远见不到那一天。于是，成千的野猫矿竖井一天天越钻越深，大家满怀希望与欢欣。他们是多么拼命地干活，多么狂热地预言，又是多么的兴奋哟！自从开天辟地以来，还绝对没见过这种事。野猫矿——简直不是矿，而是在想象的矿上面打的洞——但是矿主人开家公司，印刷花花绿绿的股票，就可以出售了。每天在商会里进行这种疯狂贪婪的股票交易。你可以到山腰上去随便抓刨几下，找到个矿脉（并不缺乏），贴出“告示”，冠以夸大其词的名字，打个竖井口，印好股票，尽管没有丝毫证据表明你那座矿能值一根稻草，你就可以把股票抛进市场卖他个几百甚至几千美元。赚钱，快速地赚钱，就像吃顿晚饭那样轻而易举。每个人都在五十个不同的野猫矿拥有“英尺”，都以为自己发了财。想一想这没有一个穷人的城市吧！有人会认为，一个月又一个月过去了，还没有一个野猫矿生产出一吨值得粉碎加工的矿石来，（我说的野猫矿，用通俗的说法，是指任何不是位于母矿脉即科穆斯托克矿脉之上的矿。）人们应该会开始怀疑他们是否过分相信那未来的财富，但是谁都没有一丁点儿这样的想法。他们打洞放炮，买买卖卖，欢天喜地。

每天都有人申请新的开矿权利，友好的主顾径直跑到报纸编辑部，赠给记者四五十英尺，请他们去核定矿产，在报纸上登载告示。他们压根儿也不在乎你怎样报道财产，只要你说点什么。结果，我们一般只简单地说一两句话，如“那位置”不错，矿脉

“六英尺宽”，或者说那岩石“与科穆斯托克矿脉相似”（的确如此——但一般说来，那相似性并不足以把你吓瘫痪）。如果那矿石还有点希望，我们就遵循当地的习惯，大肆渲染，满嘴白沫，就好像银矿开发史上又出现了奇迹。如果那个矿已经“开发”，又没有富矿石来吹嘘（自然不会有），我们就赞美那坑道，说它是此地最振奋人心的坑道。把那坑道捧了又捧，到头来我们自己也忘乎所以，但对矿石却只字不提。我们会用半个版面的溢美之词来描述一个竖井、两种新型铁丝绳、一个抛光的松木轱辘，或是一种引人注目的鼓风机，末尾大谈对该矿的“体面而能干的管理者的钦佩”——对矿石却默不作声。这些人总是很高兴，总是很满意。偶尔，为了弥补和粉饰我们的信誉，我们会显得明察秋毫、严肃不苟、精确无误，也会给一个早已废弃的矿狠狠一击，其势之猛，简直把它那把干骨头捶得咔嚓咔嚓响——这时，有人就会来把它没收，并以它突然得到这个臭名声为由把它卖掉。

没有哪一种形式的开矿权利是不可出售的。我们每天都收到人们赠送的“英尺”。如果我们需要百把块钱，就卖掉一些；如不需要，就储存起来，相信总有一天会卖到一千美元一英尺。我有半箱子股票。当某一股票在市场上流通，价格抬到高额数字时，我就翻翻那纸堆，看看在里面能否找得到这种股票——一般总找得到。

价格不断涨落，但对下跌我们很少感到不安，因为每英尺一千美元是我们的要价，所以随它高兴想怎么波动就怎么波动好了，只要涨到我们要的数字，我们就满意了。送给我们股票的人并不都希望他们的开采权受到“注意”。至少有一半的人没有这么想过，他们只不过要你口头上说声“谢谢”，法律也并不强迫你非说不可。如果你提着两筐苹果上街，遇到朋友你自然会主动请他拿几个。这就是“繁荣时期”弗吉尼亚的情况。每个人腰包里都塞满了股票，不用朋友们开口就分给他们一小部分，这成了当地的习惯了。突然反悔停止赠送的事也是常见的，这倒是个好主意，因为当股票值不了几文的时候，拿去赠送朋友只是出于好意或义务而已。但稍微耽搁一下，价格猛涨，这就该后悔了。有一天，斯图尔特先生（现在是内华达州的参议员）告诉我，如果我愿到他的办公室走一趟，他想送二十英尺“加斯提斯矿”股票给我，我请他明天再送，因为我正要去吃晚饭。他说第二天他不在城里。于是我冒了个险，去吃晚饭，而没有去拿那股票。在一星期内，它的价格涨到七十美元，后来又达到一百五十美元，不过无论如何也不能使他回心转意了。我想他把我那一份也卖掉了，把那部分问心有愧的收入装进了自己的腰包。有天下午，我碰到三位朋友，他们说他们在拍卖场以每英尺八十美元的价格买进了“超人矿”股票。一个说如果我跟他到办公室去，他就送我十五英尺；另一个说他再加十五英尺，第三个说他也如数奉送。但我正要去采访一次审讯，无法抽空去取。几个星期以后，他们就以每英尺六百美元的价格把“超人矿”全卖了，还大大方方地跑来通知我——并且规劝我收下别人硬往我手里塞的又一笔四十五英尺。这些都是确凿的事实，我可以列举出一长串，并且严格地尊重事实。朋友们经常把每英尺二十五美元的股票送二十五英尺给我们，他们根本不以为意，就像递给客人一支雪茄一样。这真是个“繁荣时期”！我以为它会永远维持下去，但无论怎么说，我倒绝不会未卜先知。

为了说明这是一种什么样的疯狂精神在支配着矿区社会人们的思想，我举个例子。人们挖掘地窖时，会发现“矿脉”恰好位于铁锹挖开的好像有石英矿脉的地方——这地窖还不是在郊外，它就在城中心。他们立即印行股票，抛向市场。那地窖属于谁倒无关紧要——那“矿脉”属于发现者，除非美国政府出面干涉（因为政府对内华达的贵重金属拥有所有权——至少当时是如此），否则开采的特权就属于发现者。设想一个陌生人在你那种满奇花异草的庭院里发现了一条矿脉，心安理得地用钢钎、铁锹和炸药把它弄成一片废墟，你心里是什么滋味！可这在加利福尼亚是家常便饭。在弗吉尼亚一条繁华的商业街道中央，有个人“探明”一条矿脉，在上面开了个竖井。他给了我一百英尺的股票，我把它拿去卖掉换了一套漂亮的衣服，因为我害怕有人会掉进井里，就要吃官司。我在位于另一条街中央的矿井里也拥有股份。我要提一下人们能有多糊涂。“西印度”股票（它就叫这个名字）很快就一售而空，尽管就在它下面还有一条旧时的坑道，任何人走进去都可以看到它根本就没有碰到石英矿，或者任何与石英矿有丝毫相似的东西。

发横财的一个方法是“加工”野猫矿，待人们轰动起来就卖出去。这方法很简单。炮制者探明一条毫无价值的矿脉，在上面打口竖井，买一车科穆斯托克矿脉的富矿石，把一部分倒进竖井里，把剩下的摆在井壁上，堆在井口。然后去对一个笨蛋炫耀这份财产，以高价卖给他。自然那上当者买到的只是那一车富矿石。最有名的“加工矿”是“北奥菲尔”。据说，它是科穆斯托克矿脉上的一个有价值的“奥菲尔”主矿的遥远的延伸带。接连几天，人们都在谈论北奥菲尔富矿的开发。据说它生产的全是一坨坨纯银。我和股东到那地方去，看到一个六到八英尺深的竖井，井底是一片乱七八糟、色调灰暗、略呈土黄色的没有希望的岩石，如果指望在这里面找到银子的话，磨盘石里也同样找得到。我们弄出一盘，放在水坑里淘洗，千真万确，我们竟在沉积里发现了六七颗黑黝黝、像子弹一样毋庸置疑的“天然银”。从来没有人听说过这种事，科学也无法解释这样的怪事。它的股票涨到六十五美元一英尺，世界著名悲剧演员麦肯·布坎南以这个价购进一大股，准备再次退出舞台——他总是这样。不久就发现，那矿是“加过工的”——还不是用普通的方法，而是用一种胆大包天、厚颜无耻、特别新颖而野蛮的方式。在一块纯“银”上，发现了造币厂铸造的文字“……合众国”。显然，这矿是用熔化的半美元银币来加工的！把用这样的方法得到的银块“染”黑，弄得很像天然银，再同竖井底下的岩石碎片混合起来。这绝对是真事。股票当然马上变成了废纸，那位悲剧演员给坑了。要不是这一不幸事件，我们就再也看不到麦肯·布坎南出现在舞台上了。

第四十五章

“繁荣时期”在继续着——卫生委员会基金——人民的激情——要求立即捐款——一袋卫生面粉——把它带到了金山和戴顿——弗吉尼亚最后接受了——拍卖的结果——一笔巨款

“繁荣时期”以一往无前之势滚滚向前。大约在两年以前，古德曼先生和手下的一个印刷工借了四十美元，从旧金山来到弗吉尼亚新城碰运气。他们发现了《边区企业报》，这是一家濒临破产的周刊，奄奄待毙，正在垂死挣扎。他们把它连同铅字、设备、良好的愿望统统买了下来，代价一千美元，长时间分期付款。编辑部、资料室、排字房、发行室、寝室、会客室和厨房挤在一个房间里，而且还是一个小房间。编辑和印刷工睡在地板上，一个中国人为他们做饭，排字石板就当公用饭桌。但现在已今非昔比了。这份报纸成了一家大型日报，使用蒸汽印刷机，有五位编辑、二十三个排字工；每年订费十六美元；广告费十分昂贵，各栏排得满满的。每月盈利六千到一万美元，企业报社大楼已经建好待用——这是座雄伟的耐火砖楼。每天，“生动的”广告塞满了五到十大版，或者挤进临时凑起的“副刊”。

“古尔德－卡利”公司正在安装一座一百杆捣矿机，投资近一百万美元。古尔德－卡利股票红利极高——这是十分罕见的。只有在科穆斯托克主矿脉上面那十四五座矿才有这样的事。古尔德－卡利公司总经理住在一层设备齐全的豪华住宅里，这座住宅由公司修建，免费提供。他的那辆两匹马拉的漂亮马车是公司赠的礼物，他的年薪为一万二千美元。另一个兴旺的大矿的经理年薪二万八千美元，出入十分气派，在后来的一场官司中，他还要求占有银锭总产量的百分之一。

金钱多得惊人，麻烦的不是如何弄钱，而是如何花销、挥霍、摆脱、糟践这些钱。而就在这个时候，电讯传来一则消息，美国卫生委员会成立了，需要钱来拯救正在美国东部医院里遭受痛苦折磨的联邦陆海军受伤士兵。这真是件令人愉快的事。不到半天，又传来消息，旧金山热烈地响应了。弗吉尼亚团结一心，挺身而出！他们匆忙地组成了卫生委员会，它的主席站在丙街一架空马车上演说，他试图使沸腾的群众了解，其他委员们正在四处奔忙，竭尽全力开展活动，全城市民只需等候一个小时，办公室将打开登记簿，开始工作，委员会将接受捐款。他的演说为此起彼伏的一片震耳欲聋的欢呼声所淹没，人们要求立即收钱——他们发誓一刻也不愿等待。主席恳求着，争论着，但人们完全不睬，许多人劈开人群挤上前来，金钱支票像倾盆大雨一样倒进马车，又急忙挤出去拿钱。人们手里抓着钱，高高举在头上，希望这强烈的恳求会打开一条他们的体力所打不开的道路。中国人和印第安人也大为感动，把半美元的金币投进马车，不明白也不在乎这到底是怎么回事。衣着整齐的妇女冲进人群，拿着钱向马车挤过去，又慢慢挤出来，衣服已是破碎不堪了。这是弗吉尼亚有史以来的最坚决、最疯狂、最无法收拾的一次骚动。当这场疯狂终于平息下来，人们已经囊空如洗了。用他们的话来说，他们“发财”而来，“破产”而归。

在那以后，委员会进入了正常工作秩序，有好几个星期，捐款像滔滔河水一样流进它的金库。个人和各种团体根据各自的财力，自愿每周拿出一部分固定的钱来，捐作卫生基金，再没有发生声势浩大的行动，直到后来出现了那有名的“卫生面粉袋”事件。这个事件十分奇特有趣。我以前有一个叫作鲁埃尔·格里德利的同学，这时住在奥斯丁小城的里士河乡下。他是民主党市长候选人。他和共和党候选人达成协议，失败者应当众接受胜利者赠送的一袋五十磅面粉，并扛回家去。格里德利失败了。新市长给了他一袋面粉，他扛在肩上，从奥斯丁下城走了一两英里回到他在奥斯丁上城的家，乐队高奏着乐曲，全城人簇拥在后面。到达目的地后，他说他不需要那袋面粉，问大家他如何处理它最好。有个人说：

“卖给出价最高的人，作为卫生基金。”

大家对这个建议报以热烈的欢呼，格里德利登上一个杂货籍，充当拍卖人。随着人们同情心的觉醒和扩大，出价直线上升，最后，一个面粉匠以二百五十美元拍板成交，付了支票。有人问他，要把这袋面粉运到哪里去，他答道：

“哪儿也不去——再卖。”

这时，人们兴奋若狂，欢声雷动，表示赞同。于是，格里德利在那里高声叫卖，挥汗如雨，直站到太阳落山。当人们散去，他已把那面粉卖给了三百个不同的人，收入八千美元金币。那袋面粉还是属于他所有。

消息传到弗吉尼亚，那边回电：

“带那袋面粉来！”

三十六小时后，格里德利到了。下午，在歌剧院召开群众大会，开始拍卖。但是那袋面粉出人意料地来得早了点，还没有完全唤起人们的注意。拍卖进展缓慢，傍晚时分，才收到五千美元，人们个个垂头丧气。但他们并不肯就此善罢甘休，承认他们是小小的奥斯丁城人的手下败将。直到深夜，领头的几位公民还在积极奔走，安排次日的活动。上床睡觉时，已经胸有成竹了。

第二天上午十一点，一队装饰着色彩鲜艳旗帜的敞篷马车，在喧天的鼓乐声中，行进在丙街上，马上就有被一群欣喜若狂的人们挡住的危险。在第一辆马车上，坐着格里德利，那袋面粉放在显眼的位置，面粉袋上涂着耀眼的油漆，烫着亮晃晃的金字；同一辆马车上还坐着市长和记录员。其他马车装着市议会议员、报纸编辑和记者，以及其他有地位的人们。人群挤到丙街和泰勒街拐弯处，希望拍卖就在那里举行，但他们失望了，并且大感意外，因为游行队伍继续前进，似乎弗吉尼亚已经无足轻重了。队伍翻过“分水岭”，向小城镇金山开去。电报已经提前发到金山、银城和戴顿，这些地方的人们热血沸腾，准备一决雌雄。那天，天气酷热，尘土飞扬。鼓声咚咚，彩旗猎猎，半小时后，我们在滚滚的烟尘中，隆重地开进了金山城。全城人民——男男女女、老老少少、中国人、印第安人，都聚集在主街上，城里的旗帜一律升上旗杆顶，乐队的吹奏声，完全淹没在人群的欢呼声之中，格里德利站起来，问谁愿意第一个对这袋“全国卫生面粉”出个价。W会长说：

“黄茄克银矿公司出一千美元，金币！”

接着是一阵欢呼的风暴。电报把这消息传到弗吉尼亚，十五分钟后，全城居民聚集在街头，紧张地注视着消息——按照安排，那一天布告牌都大大派上了用场，因为这是安排的一部分。每隔几分钟，金山来的新消息就公布出来，人们越来越激动，从弗吉尼亚打回电报，恳求格里德利把那袋面粉带回去，但这并不在安排之中。一小时后，金山城那不多的人口为那袋面粉付出的捐款总额在布告牌上公布出来，这唤起了弗吉尼亚的全部热情。格里德利的队伍继续前进，这支浩浩荡荡的队伍喝饱了淡啤酒，精神抖擞——人们把啤酒送上车来，也不计报酬——又过去了三个多小时，这支远征军像风暴一样席卷了银城和戴顿，光荣凯旋。每一个行动都用电报传回去公布出来，晚上八点半钟，当队伍开进弗吉尼亚，沿丙街前进时，人们倾城出动，火把通明，旗帜招展，鼓乐高奏，欢声震天，全城已准备好要血拼一场了。拍卖开始了，每出一个价就爆发出一阵欢呼声，两小时后，全城一万五千人有一半人为那袋五十磅面粉掏出了金币，总数相当于四万美元！按全城人口计算，不分男女老幼，平均每人约三美元。这笔巨款本来可以加倍的，但由于街道十分狭窄，数以百计的希望出价的人无法冲破那人墙，他们的叫声也无法让人听见。这些人没有耐心再等待下去，好多人在拍卖结束前很早就回家去了。这恐怕是弗吉尼亚历史上最伟大的一天。

格里德利把那袋面粉在卡森城、几个加利福尼亚城市，还有旧金山出售。我想，他后来带着那袋面粉到东部去，在一两个大西洋沿岸城市拍卖过。这点我不敢肯定，但我知道最后把它带到圣路易斯，那里正在举办一个规模巨大的卫生义卖会，他展示了内华达捐赠的硕大无比的银砖，以充分鼓动起群众的热情，在那里，收入了一大笔款子之后，他把面粉烤成了小面包，高价零售。

据估计，当那袋面粉完成使命时，它共卖了十五万美元的巨款！普通食用面粉在市场上卖到了三千美元一磅，恐怕仅此一例。

格里德利先生后来回忆，那次面粉远征来来去去行程达一万五千英里，其费用即使不是全部，也大部分是他自己出的钱。他花在上面的时间不下三个月。格里德利先生是墨西哥战争时的士兵，加利福尼亚移民。他于一八七〇年十二月死于加利福尼亚的斯托克顿，受到人们的沉痛哀悼。

第四十六章

当时的富翁——约翰·史密斯去旅行——横财——一匹价值六万美元的马——精明的报务员——纽约城—富翁——包了辆公共马车——“上车，不要钱。”——“你一分钱也不能给。”——“加油，车夫，我坐够味了。”——友善的纽约人

那个时代——我指的是“繁荣时期”——每发现一个富矿，就造就出一两个富翁。我还记得几个。他们是些满不在乎、放荡不羁的人物，他们发了财，大部分居民也同样得利——在有些情况下，可能得利更多。

有两个表兄弟是赶车的，他俩为一个人拖运矿石，接受一小股银矿股份，抵偿三百美元的运费。他们把那座矿的三分之一交给别人去开采，自己仍然赶车，但没干多久。十个月后，那座矿就不再负债，每月付给每个股东八千到一万美元——即每年十万美元。

内华达早期发财的一个富翁胸前挂着价值六千美元的钻石，他发誓说他不幸福，因为他用钱还没有挣钱来得快。

另一个内华达富翁吹嘘他每月的收入常常达到一万六千美元。他喜欢告诉别人，他初到这个地方时，就在这个给他带来财富的小矿里，如何为了每天那五美元而拼死拼活地干活。

这个出产银子和山艾树的内华达州还产生了另一位命运的宠儿——他几乎一夜之间就从一个穷光蛋一跃成为富翁。不久以后，他居然能够出十万美元买一个政府要员的职务，他确实也出了钱，但未能如愿以偿，因为他的政治资本不如他的银行存款那么响当当。

还有个约翰·史密斯。他是个诚实、厚道、好心肠的人，生长在下层社会，目不识丁。他是赶车的，有个小农场。农场可以使他过得舒舒服服，因为尽管农场产草量不多，但他出产的那点干草在市场上每吨却值二百五十到三百美元金币。不久，史密斯用几亩草场换了金山一个未开发的银矿。他开发了那座矿，建了个简单的十杆矿石粉碎机，十八个月后，他放弃了干草生意，因为矿产收入已经达到他最满意的数字。有人说是每月三万，有人说是六万。总之，史密斯是很有钱的了。

后来，他去欧洲旅行。回来后，他一有机会就大谈他在英格兰见到的大猪，在西班牙见到的肥羊，在罗马附近见到的壮牛。他心中装满了旧世界的奇迹，奉劝大家都去旅行。他说，一个人不去旅行，就绝对想象不出世界上那些惊人的事物。

有一天，乘船的时候，乘客们下了五百美元赌注，谁能把轮船未来二十四小时的航程猜得最接近实际，钱就归谁。第二天将近中午时，这笔钱都交给了事务长，封在一个信封里。史密斯心中兴奋却不露声色，因为他买通了轮机手。但是，另一伙人夺得了那份奖赏！史密斯叫道：

“嘿！那不行！他猜的航程比我宽两英里。”

事务长答道：“史密斯先生，你猜的比船上任何人都差得远。昨天我们走了两百零八英里。”

“这就对了，先生，”史密斯道，“我就是赢在这上头了，我猜的是二百零九英里。如果你再看看我的数木（目），你会看到一个二和两个零，这就是二〇〇，是不是？——它们后面还有个九（二〇〇九），这就是两百零九。我捉摸这钱该归我。”

古尔德－卡利公司的矿产有一千二百英尺，它原来属于该公司牌号上的那两个人。卡利先生拥有三分之二——他说，他把它卖了两千五百美元现款和一匹不中用的老马，这家伙十七天内吃的干草和燕麦就花光了这笔钱。他还说古尔德把他那部分拿去换了两条旧军毯和一瓶威士忌，这瓶酒三小时内就弄死了九个人，有个无辜的陌生人闻了一下瓶塞就落了个终身残疾。四年后，这座他们转卖掉的矿在旧金山市场上价值七百六十万美元，金币。

在早些日子，有个穷困潦倒的墨西哥人，就住在弗吉尼亚城背后的一条山谷里，他的房子北面的山腰上流出一股手腕粗的泉水。奥菲尔公司分出一百英尺矿产和他交换那股泉水。那一百英尺原来是金矿最富的部分，这笔交易过后四年，它的市场价值（包括矿石粉碎机）就达一百五十万美元。

在奥菲尔矿的巨大财富还不为人所知的时候，有一个人在该矿拥有二十英尺，他拿去换了一匹马，还是匹可怜巴巴的牲口。大约一年后，奥菲尔股票涨到每英尺三千美元，这个一文不名的人常常说他是这个世界上最令人吃惊的奢华与穷困的典型——因为他能够骑上一匹值六万美元的马，然而却凑不出足够的现钱去买一副鞍子，他只好去借一副，要不只得不用鞍子。他说如果命运再送给他一匹六万美元的马，那会把他给毁了。

有一个十九岁的年轻人，在弗吉尼亚做报务员，月薪仅一百美元。最初，他就连从旧金山乘船来这里的乘客名单上的德国姓名都不认得，就机智地弄了本旧的柏林城市指南来依样画葫芦。他密切注意着经过他手中的探矿电报，根据这些情报，通过旧金山的一个朋友买进卖出股票，用这种方法，他发了财。有一次，从弗吉尼亚发来一份密电，报告在一个著名的矿里又有丰富的发现，并且通知对方在大量矿产探明之前严守秘密。报务员以每英尺二十美元价值买进四十英尺这种股票，后来他卖掉一半，价格每英尺八百美元，剩下一半价值翻了一番。不到三个月，他赚了十五万美元，便辞去了报务员工作。

还有一个曾经由于泄露电报秘密而被公司解雇的电报员。他和旧金山一个做投机生意的人合谋，要搞到弗吉尼亚一宗大的矿产诉讼审理结果，并在旧金山有关方面收到密电一小时之内提供给他。如果做到了，这位同谋者就从根据该情报买卖股票赚得的利润中，分给他一大笔钱。于是，他化装成一个车夫，来到山里一个偏僻的电报房，和报务员混熟了，一天又一天地坐在电报房里，抽着烟斗，抱怨说他的牲口精疲力竭，再也走不动了——同时，他倾听着从弗吉尼亚发来的嘀嘀嗒嗒的电报声。最后，密电通过电线宣布了诉讼结果，他一听到，立即发报给他在旧金山的朋友：

“倦于等待，将卖马回家。”

这是事先约定的暗语。省去了“等待”这个词，表示诉讼结果与原预料的相反。那个假车夫的朋友以低价买进该矿许多股票，结果赚了一大笔钱。

弗吉尼亚有个大矿合并了很久以后，原矿还有五十英尺属于一个人，他根本没有在合并文件上签字。那部分矿产已经很值钱，人们想尽千方百计要找到这个人，但他失踪了。有一次，听说他在纽约，一两个查访者赶到东部，但没有找到他。又有一次，传来的消息说他在百慕大群岛，一两个查访者立即径直去东部，再乘船去百慕大——但他没有在那里。最后，听说他在墨西哥。他的一个朋友，靠在酒店里做招待的工资为生，凑了一点钱找到了他，以一百美元买下了他的“英尺”，回来后把那笔财产卖了七万五千美元。

够了，在银地的传说中，这些例子比比皆是，就是我有意，也根本不可能一一列举。我唯一的目的是为了使读者了解一点

“繁荣时期”的特点，用其他方法我都不能讲得这样生动。为了准确、全面地呈现那段时期和那个地方，提及这些事例是很必要的。

我曾和以上提到的富翁中的大多数有过私交，因此，为了老交情，我改变了他们的职业和经历，为的是使太平洋沿岸的公众不至于认出这些红极一时的阔人。他们不再红极一时了，大多数都已经重新沦于贫困，默默无闻了。

在内华达，曾经流行着两个富翁冒险的故事，或许真有其事，也许没有，我把它写在这里，因为它值得一写。

吉姆上校见过一些世面，或多或少懂些人情世故；而杰克上校出生在一个偏僻的地方，生活十分艰苦，从来没有进过大城市。这两个发了横财的幸运儿计划去欧洲旅游——杰克上校是去游览观光，吉姆上校则是为了保持住不幸生活中养成的单纯质朴。他们晚上到达旧金山，次晨乘船出发。到纽约后，杰克上校说：

“我一辈子都听人说起马车，今天我想坐一回，花多少钱我都不在乎。走吧。”

他们走出大门来到人行道上，吉姆上校叫住一辆漂亮的四轮马车，但杰克上校说：

“不，先生！我不要你那种小里小气的东西，我来这儿要玩个痛快，钱多少都不在话下。我要坐最漂亮的车儿。瞧，就是那辆。叫住那辆上面有画儿的黄马车——你别为难——一切费用我全包了。”

于是吉姆上校叫住了那辆空载的公共马车，他们爬进去。杰克上校说：

“这不是很快活吗？啊，不，不，我并不觉得咋样！坐垫、窗子、图画直弄得你无法安静。那些伙伴们如果能看见我们在纽约像这样乘风破浪，会说些什么呀？的确，我希望他们能看见我们。”

接着，他把头伸到窗外，向车夫喊道：

“喂，约翰尼，这对我的胃口！——也真的对你胃口，千真万确，对你胃口！我要把这个破烂儿租上一整天。我坐上来了，老伙计！赶车吧！赶车吧！我不会亏待你的，小伙子！”

车夫把手伸进皮窗洞，拍着手要车钱——那时还没有普遍使用铜锣，杰克上校握住那手，诚恳地握了一下，他说：

“你了解我，老伙计！绅士之间好说话。闻一闻这个，看你是不是喜欢！”

他把一枚二十美元金币放在车夫手里。过了一会儿，车夫说他找不起。

“找个屁！开车吧。快把钱放进口袋里。”

接着啪的一巴掌拍在吉姆上校的大腿上：

“这不很够味吗？要是我不连续一个星期每天都租一架这东西，把我吊死。”

当车停下来时，一个少妇爬上来。杰克上校盯住她看了一阵子，然后用手肘碰了碰吉姆上校：

“什么也别说，”他耳语道，“要是她高兴就让她坐吧。上帝保佑，这里还空得很哪。”

那少妇掏出皮夹子，把车钱递给杰克上校。

“什么钱？”他问。

“请递给车夫。”

“把钱收回去吧，太太。我们不让你给钱。欢迎你来坐车，高兴坐多久就坐多久，这辆车是包了的，我们一分钱都不让你出。”

那少妇困惑不解地缩回角落里坐下。一个提着篮子的老妇人走上来，拿出车钱。

“对不起，”杰克上校说，“衷心欢迎你上车来，太太，但我们不能让你出钱。就坐这儿吧，太太，一点儿也别拘束，就像是你出过钱一样。”

不到两分钟，又进来三位绅士、两个胖女人和一对小孩子。

“过来吧，朋友们。”杰克上校招呼道，“别管我们。坐车不要钱。”他又凑近吉姆上校耳朵说：“纽约并不是个不爱好交际的地方，我捉摸——它没有这么个名声！”

他不让任何人交钱给车夫，诚心实意地欢迎每一个人。人们回过神来，都把钱装回口袋，舒舒服服地坐下来享受这快乐的时光。又进来六七个乘客。

“啊，还空得很，”杰克上校说，“进来吧，就像在家里一样。没有陪客，请客就毫无意义。”然后又对吉姆上校耳语道：“但是，难道这些纽约人是很友好的吗？难道他们不是冷冰冰的吗？到处都有冰块。我捉摸他们会去坐运尸车，如果顺道的话。”

又上来一些乘客，越来越多。两边的座位都挤满了，有一排人站着，抓着头顶上的楔子。提着篮子、带着包袱的人爬上车顶。压抑着的笑声从四面八方荡漾开来。

“嗯，就这种彻底的、冷冰冰的、十足的厚脸皮而论，如果他们不比我见过的任何人都棒，我就是个印第安人！”杰克上校小声说。

一个中国人挤进来。

“我坐够味了！”杰克上校叫道，“加油干，车夫！继续坐吧，女士们，先生们。只是别拘束——一切我包了。车夫，这些人爱坐多久就坐多久——都是我俩的朋友，你明白。把他们送往各处，到他们要去的地方——如果你还要钱，到圣尼古拉大街来，我们好说话。祝大家旅行愉快，女士们，先生们——爱坐多久就坐多久——一分钱也不要你们出！”

这两个伙伴下了车，杰克上校说：

“吉米，这是我见过的最友善的地方。那中国人和别人一样轻松自在地走上来。要是再待一会儿，还会见到黑鬼呢。的确，今晚得把门抵好，要不这些野鸭子还会来同我们睡觉呢。”

第四十七章

巴克·范肖之死——他的死因——葬礼的筹备——司科提·布里格斯委员——他拜访了牧师——司科提出不了牌——牧师迷惑不解——两人开始明白——“只剩九点，全打出去了。”——巴克·范肖公民——怎样“摇你母亲”——出殡——司科提·布里格斯成了主日学校教师

有人说过，为了了解一个社会，必须观察它的殡葬习俗，了解人们以最隆重的葬礼埋葬的是哪一种人。我说不清在我们的“繁荣时期”最隆重的葬礼始于哪个阶层，是最著名的社会慈善家还是著名的流氓——大概这两个主要等级或强大的社会阶层都同等地哀悼他们的杰出的死者。因此，毫无疑问，我引述的这位哲学家在对人们做出评价之前，有必要看看弗吉尼亚这两种具有代表性的葬礼。

巴克·范肖的葬礼极为可观。他是一位著名的公民，曾“杀

过他的伙计”——不是因为别人冒犯了他，千真万确，而是为一位力单势薄的陌生人打抱不平。他有个豪华的酒店，还有个漂亮的配偶，大概未经正式离婚手续便遗弃了。他在消防队担任高级职务。他逝世时，举城悲痛，尤其是广大的下层社会。

调查表明，巴克·范肖患了严重的伤寒，神志不清时，曾服过砒霜、用枪打穿身体、割破喉咙、从四楼上跳下去摔断了脖子，陪审团悲伤、落泪——尽管悲伤却不丧失理智——经过适当的考虑，下了结论，死亡是“由于上帝的造访”。要是没有陪审员，世界会成什么样子呢?

葬礼的筹备十分豪华。全城的车辆租用一空，所有的酒店肃穆致哀，城里和消防队的旗帜一律下半旗，全体消防队员受命身着制服，他们的消防器械披戴黑纱。现在——让我顺便提一下——由于这块白银之地上住着地球上各民族冒险家的代表，每个冒险家都带来了他那个民族或地区的方言土语，这种土语的大混合便使内华达的土语成为世界上其他任何地区前所未有的、最丰富多彩、最变化莫测的土语，大概只有加利福尼亚早期矿区例外。内华达的语言就是土语。离开土语难以布道，也不能为人理解。像“你可以打包票”“哦，不，我捉摸不会！”和“爱尔兰佬不中用”，以及一百多个别的短语都十分平常，会从说话者的嘴里不知不觉地溜出来——常常和眼下正讨论的话题毫不相干，挨不上边，结果毫无意义。

在对巴克·范肖进行验尸之后，召开了一次短发兄弟会。在太平洋沿岸，不召开群众大会，不统一思想，就什么也干不成。大会通过了举行哀悼的决定，组成了各种委员会。其中有个只有一名成员的委员会负责去拜见牧师，一个刚从东部神学院毕业的新手，文静、和蔼而风趣，对采矿这行道还很陌生。司科提·布里格斯委员拜见了他。牧师事后谈起这次造访，颇值得一听。司科提是个身材魁梧的粗人，在重要的公事场合——如给委员会办事时，他通常的衣着是戴一顶救火头盔，穿火红的法兰绒衬衫，腰间绑着根特制的皮带，上面别着个扳手和左轮，外衣搭到膀子上，裤脚塞进靴筒里，他和那面色苍白的神学院学生形成了鲜明的对照。不过，顺便提一下，公平而论，司科提热心肠，够朋友，只要有可能避开，从不参与任何争吵。的确，一般说来，无论司科提参与的哪一次斗殴，调查结果起因都不关他的事，而是由于天生的好心肠，他才主动投身进去，助了吃亏一方一臂之力。他和巴克·范肖是多年的知心朋友，经常一起吃冒险的“家常便饭”。有一回，他们看见一群素不相识的人在打架，便脱掉外衣扑进去，加入了弱的一方，好不容易才取得了胜利，转过身来一看，发现他们帮助的那些人早就溜了，不仅如此，还偷走了他们的外衣！还是回过头来说司科提访问牧师这件事吧。他执行的是件悲哀的差使，这时他那张脸就是一幅悲哀的写照。他在那位传教士面前坐下来，把他的消防头盔放在牧师鼻子下那份未写完的布道手稿上，从帽子里面抽出一张红丝手帕擦着额头，凄楚地叹了口气，这就表明了他的来意。他哽咽着，甚至还掉了眼泪，但他仍然努力控制住声音，伤心地问道：

“你就是隔壁开福音铺子的那个家伙吗？”

“我是什么来着？对不起，我好像没听懂。”

司科提叹了口气，哽咽了一下，接着说道：

“你看，俺们碰到了点儿麻烦，伙计们捉摸可能你会拉俺们一把，如果俺们找你的话——就是说，要是俺搞对了，你就是隔壁那个神学店里的老板吧。”

“我是羊群的牧人，羊栏就在隔壁。”

“哪样？”

“我是一小群信徒的心灵顾问，他们的圣堂就挨着这些建筑。”

司科提抓着头皮，思考了一会儿，又说：

“你简直在吓唬我了，伙计。我捉摸，我吊不起主牌，放弃坐庄。”

“怎么？请原谅，你说的什么呀？”

“呀，你简直占了俺的上手。要不咱们俩都占了些上手。你不糊弄俺，俺也不糊弄你。你看，有个伙计交了饭票，俺们想要好好地打发他。俺这次来就是要弄个家伙给俺们动一动下巴，美美地送他出去。”

“我的朋友，我似乎越弄越糊涂了。你的意思我一点儿也不理解。你是不是能够说得简单点？开始我认为我听懂了，结果我是在打瞎摸。你说得有条理些，不堆砌那么多碍手碍脚的哑谜和比方，事情不是要好办些吗？”

又是一阵沉默，再次考虑。接着，司科提说：

“俺只得放弃叫牌，我判断。”

“怎么？”

“你的赌注超过了我，伙计。”

“我还是没明白你的意思。”

“哎呀，你最后那点暗示就足够了——就是那个意思。俺既不能出王，又出不起同花。”

那教士困惑不解地倒进椅子里。司科提头枕在手上，沉思起来。不一会儿，他的脸突然亮了，虽然悲伤却很自信。

“俺现在想起来了，这一下子你就好办了，”他说，“俺们要个讲福音在行的。懂吗？”

“一个什么？”

“讲福音的行家，牧师。”

“哦！你为什么不早说？我就是个传教士——一个牧师。”

“这就对了！你看俺像个瞎子一样摸来摸去，就在这儿搁下吧！”——他伸出只粗壮的爪子抓住牧师的小手摇了一摇，表示那兄弟般的同情和热情的感激。

“这就对了，伙计。咱们从头来吧，你别介意我抽一下鼻子——因为俺们给麻烦压倒了。你看，有个伙计垮杆儿了。”

“垮什么了？”

“垮台了——认输了。你明白。”

“认输了？”

“是的——翘辫子了——”

“哦——他到那个人们去了就不回来的神秘国度去了。”

“回来？俺捉摸他回不来了。伙计，你说的啥？他死了！”

“对，我明白。”

“哦，明白了？俺还以为你越来越昏了呢。是啊，你看他又死了——”

“又死？什么，他以前还死过吗？”

“以前死过？没有！难道你捉摸人有猫那么多条命吗？但你可以断定这回他是死硬了，可怜的老伙计，俺但愿见不到这一天。俺找不到比巴克·范肖更好的朋友了。俺知道他的根根底底，俺认识了他这个人并且喜欢上他这个人，俺和他难分难舍——你听俺说。随便把他带到哪里，伙计，这矿山上也找不到比他更棒的人了。从来没听说过巴克·范肖不够朋友。现在完了，你知道，全完了。没有用了。他们已经抢走了他。”

“抢走了他？”

“是啊——死亡抢走了他。啊，啊，啊，俺们只得松手放他走了。当真的。这世道真艰难，不管怎么说，不是吗？不过，伙计，他是条好汉！你要是看到过有一次他发作时的样子才好呢，他是个棒小伙子，眼睛像玻璃一样！啐一口唾沫在他脸上，再让他准备一下吧，给他机会，让他去卖力气吧，瞧他脱掉衣服一头扎进去，那才真妙呢。他是会出气的最坏的贼儿子。伙计，他在那个上面！在那个上面他比印第安人都棒！”

"在那个上面？在什么上面？"

"在打枪上。在肩膀上。在打架上，你明白。屁也不在乎。请原谅，朋友，离你这么近骂了句怪话——不过，你看，来搞这么个事，我紧张得要命，什么事情都要说得那么文绉绉的，浑身不自在。不过，咱们还是把他丢开吧。那倒没有个啥，俺捉摸没有。好了，如果俺们能请你帮忙把他栽入土……"

"为死者做祷告吗？参加殡葬吗？"

"殡丧（葬），很好。不错，就是这么回事——这就是俺们那个小小的打算。俺们要不惜一切来办这件事，你知道。他从来就很讲究，所以你可以断定他的出殡就不能窝窝囊囊——棺材上要嵌银块，柩车上插六片羽毛，车厢上坐个黑人，穿胆汁色衬衫，戴高筒礼帽——你觉得这怎么样？俺们还要顾到你呢，伙计。俺们会好好安顿你的。给你一辆马车，你要什么，就划（开）张单子来，俺们会准毕（备）的。俺们给你弄了一套顶呱呱的房子住在一号的宅院里，你别害怕。如果你不卖哑巴的话，就大大方方地走进去吹你的喇叭吧。好好地打发巴克，越棒越好，伙计，不管哪个认识他的人都会告诉你他是矿区最棒的人。怎么夸奖他也不算过分。他从来看不惯那些不顺眼的事。为了使全城平平安安，他比谁都干得卖力气。俺就亲眼看见他十一分钟揍倒了四个墨西哥佬。如果要收拾一件事，他不会倒霉找人去干，他会一头扎进去，自己干。他不是个天主教徒，几乎不是。他瞧不起他们。他爱说'爱尔兰佬不中用！'尽管这样，当有人的权利被——或者说当有些流氓霸占天主教坟地时，他就去找他们算账！他把他们打发了！俺就在场，俺亲眼看见的。”

“那的确不错——至少动机是好的——不管那行为严格说来是否说得过去。他的宗教信仰都死了吗？我的意思是，他是不是觉得依赖或者忠于一个更高的权威？”

一阵思索。

“我捉摸你把俺弄糊涂了，伙计。能不能再说一遍，说慢点？”

“嗯，简单地说吧，他是否，或者说他是否曾经和任何非世俗的机构有过联系，并且以自我牺牲精神献身于道德利益？”

“只剩九点了——把它们放到那条巷子去吧，伙计。”

“你说的什么呀？”

“哎呀，你把俺整惨了，你知道。每次你提着腔调，我都抓了瞎。每次你一拖腔拖调，你满意了，我倒是屁也不懂。咱们重新开个头。”

“怎么？重新开头？”

“正是。”

“好极了。他是个好人，并且——”

“这个——我懂。别插嘴，让我扳着手指头数一数。一个好人，你说是吗？伙计，这名声最恰当了。他是个最好的人——伙计，你可以信得过他。他能打得过美国任何一个和他一般高大的蠢家伙。上一回选举，骚动还没有发生，就给他镇住了，大伙儿都说只有他才镇得住。他一手提扳手，一手提喇叭，轻轻松松地溜进来，不到三分钟，就把十四个人干干净净地打发了。还没有哪个来得及动动拳头，他就把那场骚动了结了。他总是赞成和平，他宁愿要和平——他不能容忍动荡。伙计，他的死是本城的一大损失。要是你就这么说，公公平平地对待他，伙计们会欢天喜地的。有一次，爱尔兰人用石头砸美以美主日学校窗子那一回，巴克·范肖自告奋勇关了酒店，提两杆六发猎枪，把守着主日学校。他说‘爱尔兰佬不中用！’他们果然不中用，他是矿区最棒的人，伙计！方圆十八县，他比谁都跑得快、跳得高、打得重，灌得进更多燥辣味的威士忌，还不会吐。把这也说出去，伙计——这比什么都更使小伙子们高兴。你可以说，伙计，他从来不摇他妈。”

“从不摇他妈？”

“正是——随便哪个小伙子都会给你这么说。”

“嗯，不过为什么他应该摇他妈呢？”

“我也是这个意思——但是有的人就这么做。”

“不会是有地位的人吧？”

“自然，平平常常的人就这样。”

“依我之见，对自己亲妈妈的人身施行暴行的人，应该——”

“别说了，伙计，你把球完全打斜到线外去了。我要说的是，他从来没有抛弃他娘——你不明白吗？真的没有。他给她一座房子住，在城里，还有许多钱。一直照顾她，服侍她，她出天花的时候，要是他没有熬夜，服侍她，俺该死！请原谅俺说这话，它一跳就出来了，对你阁下真太突然了。你彬彬有礼地对待我，伙计，俺不是故意要伤你的感情，俺不是那种人。俺觉得他真棒，俺觉得他是个正直的人。伙计，俺喜欢你，哪个不喜欢你俺就揍他。俺要把他揍得和去年的死尸没有两样！就在这儿搁下吧！”（又一次亲热地握手——走出去了。）

殡葬完全合“小伙子们”的心意。弗吉尼亚还从来没有过这样排场的葬礼。插着羽毛的柩车、奏哀乐的铜管乐队、市场停业、下半旗、一长列身着丧服的黑社会成员、军队、消防队、饰着黑纱的消防器械、一车又一车的官员、坐车的和步行的市民，在街上缓缓行进，把一群群看热闹的人吸引到人行道上、房顶上和窗口旁。以后许多年，弗吉尼亚城里任何豪华排场的等级，都得用巴克·范肖的葬礼相比较才能确定。

司科提·布里吉斯又是抬棺材者又是送葬者，在葬礼中占了个显要的地位，当祷告结束，超度死者灵魂的最后一句祷词的话音刚落，他低声地，但是动人地答道：

“阿门。爱尔兰佬不中用！”

这回答大部分显然不恰当，大概是为了怀念已故的朋友而表示谦恭的颂词，因为司科提曾说过，这是“他的话”。

后来，司科提·布里吉斯取得了弗吉尼亚流氓中唯一皈依宗教的好名声。很显然，具有天生的高贵品质，为弱者打抱不平的人是塑造基督教徒的好材料。他成了基督教徒，既不会减少他的慷慨，也不会削弱他的勇气；恰恰相反，只会给前者以理智的指导，给后者以宽广的天地。如果他在主日学校里教的那个班比别的班进步快，这件事奇怪吗？我认为并不奇怪。他对那些启蒙的小家伙讲话，他们听得懂！在他死前一个月，我有幸听他“不看书”对学生讲约瑟夫与教友的精彩故事。我请读者去想象那是个什么情景，那位庄重、热诚的老师说着故事，其中夹杂着许多令人莫名其妙的方言土语，小学生们听得津津有味，这说明他们和他一样不明白，神圣的礼仪正遭到粗暴的践踏！

第四十八章

内华达最早的二十六座坟墓——该县的名人——杀过一打人的人——陪审团的审判——典型的陪审员——私人墓地——亡命之徒——他们杀害的人——唤醒疲惫的旅客——未流血的圆满结局

最早在弗吉尼亚公墓里落户的是二十六个被杀害的人。每个人都这么说，每个人都相信，大家永远这样说，永远相信。当时发生了那么多杀戮事件，其原因在于新辟的矿区里流氓无赖占优势，任何人要“杀过人”才会受到尊敬，这是当时流行的说法。

如果来了个生人，人们不会问他是否能干、诚实、勤快，而是——“他杀过人吗？”如果没有，那么他就注定是个社会地位卑微、无足轻重的角色；如果杀过，他就为人们所接受，其热烈程度依他杀人的数量而定。手上无血的人要想爬到高位，是场极艰难的斗争。但是，如果一个人背着六七个人的血债而来，他的价值立即受到承认，人们会找上门去巴结他。

在内华达，有一个时期，律师、编辑、银行家、流氓头子、大赌棍和酒店老板在社会上平起平坐，同属最高阶层。要变成有权势的人，要受到大众的尊敬，最便宜最简单的办法就是戴着钻石胸针，站在柜台后面卖威士忌。我敢肯定酒店老板的等级要比任何社会成员要高一点点。他们的意见很有分量。选举应该怎样进行，这是他们的特权。任何大的活动，如果没有酒店老板们的赞助和指导，就别想搞成。如果酒店大老板答应当议员或当高级市政官，那真是大驾屈尊。野心勃勃的年轻人追求的倒不是法律职业的荣耀，不是陆军、海军的威风，而是酒店老板的高贵。

做一个酒店老板和杀一个人都是极荣耀的。因此，当读者了解到在内华达有不止一个人以还算不上是挑衅的借口而被杀掉的时候，就不会大惊小怪了。杀人犯极不耐烦地想要夺得荣誉，摆脱因朋友的冷淡对待而令人恼火的感觉。我认识两个年轻人，他们平白无故想“杀人”——自己却给这种痛苦折磨死了。“那个人杀了比尔·亚当斯”，在这类人的耳朵里，这句话比从崇拜者嘴里流出的任何词句都要动听，这是至高无上的赞誉之词。

最早躺在弗吉尼亚墓地里的那二十六个人的杀人凶手根本没有受到制裁。原因何在？因为阿尔弗雷德大帝发明陪审制的时候，自以为在当时那个社会里，这个制度可以极其奇妙地维持绝对的公正，却未曾料到在19世纪时势已大不一样，除非他从坟墓里钻出来修订陪审制度以应付特别情况，否则这个制度就必然成为最巧妙、最有效的力量，专门与人类智慧和公正作对。既然他无法想象我们发明了天文钟以后，还会继续使用他那时的烛钟，又怎能料想到时代已把陪审制度的用处剥夺得干干净净之后，我们这些傻瓜还会继续采用它呢？他那个时代，消息传播很慢，因此他可以轻而易举地找些诚实、明智、对他们应召前去审理的这个案子一无所知的人来组成个陪审团——但如今是个电报和报纸的时代，他那个制度却迫使我们对蠢货与无赖组成的陪审团宣誓，因为这个制度干干脆脆地排斥诚实的人和有头脑的人。

我还记得弗吉尼亚有这样一场可悲的闹剧，我们称之为由陪审团进行的审判。一个臭名昭著的亡命徒，手段极其凶残毒辣地杀害了一个安分守己的市民B先生。这一案件自然登上各报，凡认得字的人都读过了。任何不聋不哑不痴不傻的人自然也都议论过了。有人拟出了陪审员名单,B. L先生——一个著名的银行家，有身份的公民——受到了详细的询问，在美国的任何法庭上，他都会受到这样详细的讯问：

“你听说过这个凶杀案吗？”

“是的。”

“你与别人谈论过这件事吗？”

“是的。”

“你是否就此案产生或发表过意见？”

“是的。”

“你是否在报上看到过此事？”

“是的。”

“我们不需要你。”

一个明智、可敬、极受尊重的牧师，一个品行高尚、敦厚诚实的商人，一个精明干练、名声清白的银矿主管，还有一个身居高位的石英矿场主，都受到了同样的讯问，都同样靠边站。每个人都保证公众的议论和报章报道并未使他们产生偏见，他们庄严宣誓将抛开事前形成的一切看法，根据事实真相做出公正的判决。但是当然不能把这桩案子交给这些人去审理，真正的公正只能交给无知的蠢材来判断。

这种决定性的盘问结束后，选出了十二个人组成了陪审团——这个陪审团宣誓说，连牛圈里的牛、艾灌树丛里的印第安人和大街上的石头都知晓的凶杀案，他们都一概没听说过，没读过，没谈论过，更没有表示过看法！这个陪审团的成员有两个亡命之徒、两个下贱的啤酒店政客、三个酒吧老板、两个目不识丁的牧场主，和三个迟钝、愚昧、披着人皮的蠢驴！实际上大家后来得知，最后这三个家伙中有一位认为乱伦与纵火是一码事。

这个陪审团做出的裁决是：无罪。你还能期望有什么别的结果吗？

这种陪审制度禁绝智慧与诚实，奖赏无知、愚蠢与伪证。一种毫无益处的制度仅仅因为一千年以前不错，我们就得继续沿用，真是一件可耻的事！在当今这个时代，要是一位聪明、正直、具有很高社会声望的先生发誓说，在这庄严的誓词约束下所作的证词将压倒街谈巷议以及捕风捉影的报道，他就抵得上一百个对自己的无知和愚蠢起誓的陪审员，正义在他的手中远比在他们手中安全得多。为什么不能修订一下这种陪审制度，使有头脑、正直的人与傻瓜和无赖具有相等的机会呢？在一块自诩一切公民均享有平等、自由的土地上，对一些人滥施恩惠，而对另一些人却肆意伤害，难道这是正确的吗？我是议会候选人，我要干预这种陪审制。我希望改变它，以奖励明智与正直，将白痴、无赖和不读报的人赶出陪审席。但是无疑我会失败——我为拯救祖国所做的一切努力都还“欠火候”。

本章的开头，我想讲一讲内华达“繁荣时代”的暴行。如果要描绘那个时代、那块土地，而闭口不谈鲜血和尸体，就如同描绘摩门教而不讲一夫多妻制一样。亡命之徒在街上昂首阔步，其架子大小要看他行凶的次数，谦卑的崇拜者只要蒙他点个头，当天就足以幸福无边了。所不同的是，对于名声赫赫以及照当时的说法“拥有专用墓地”的暴徒，人们的崇敬更为突出，并且一致热烈欢迎。当他身披下摆特长的大衣，脚蹬亮锃锃的尖头皮靴，头戴小巧精致的卷边草帽，帽檐盖着左眼招摇过市的时候，小瘪三们为他的大驾让道；当他走进馆子，侍者们抛开银行家和商人，蜂拥过来巴结、侍候他。当他抢着膀子挤进酒吧，被撞的人们气势汹汹地转过头来，一认出是他，就一一道歉。他们得到的却是冷入骨髓的白眼，这时，那位头发卷曲、别着胸针的酒吧老板便隔着柜台满脸堆笑地表示欢迎，为他们的老相识关系使他能说出下面这样的亲热话深感自豪：

“你好，比利，老哥？高兴见到你。你要什么——老东西？”

“老东西”，自然是指他常用的酒。

内华达地区最知名的人士是那些挎着左轮枪、身披长下摆外衣的好汉们。演说家、州长、资本家和议会的官儿们都享有名气，但与山姆·布朗、杰克·威廉斯、比利·马利根、法默·皮斯、休格富特、麦克、麻脸杰克、艾尔·多拉多·约翰尼、杰克·麦克那布、乔·麦克吉、杰克·哈利斯以及六指彼得之流相比，他们的名声便显得土里土气、可怜巴巴的了。这种人还有一大串。他们是些勇猛、鲁莽的汉子，把性命别在腰带上到处游荡。说句公道话，他们主要是自相残杀，很少打扰安分守己的公民。因为他们认为宰掉个把照他们的说法是“不堪一击”的人，把这小玩意儿加在他们那战功纪念碑上，简直是小意思。他们为芝麻大点小事就大动干戈，希望并且渴望自己被杀——照他们的话来说，要是没有“穿着靴子”被杀，简直是个耻辱。

亡命之徒瞧不起要平民百姓的性命这种小游戏，这种例子我还记得一个。有一天晚上，我在一个馆子里吃夜宵，同坐的还有两个记者、一个小印刷商，名字就叫布朗吧，什么名字都可以。不久，一个身穿燕尾服的陌生人走了进来，他没有看到布朗放在椅子上的帽子，就坐了下来。小布朗立即骂骂咧咧地跳了起来。那个陌生人微笑着，抚平了帽子，递给布朗，一面连连道歉，口气却颇有点尖酸刻薄，请求布朗别杀了他。布朗甩掉大衣，激他打架——辱骂他，威胁他，嘲笑他没胆量，要求甚至恳求他打架；与此同时，那微笑着的陌生人在我们身边躲来躲去，装作很苦恼的样子。但是，顷刻他就严肃地说道：

“很好，先生们，如果我们一定得打，那就来吧，我想。不过别等吃了亏后才怪我没有给你们打招呼。我一动起手来，就是你们一齐上来也不是我的对手。我可以给你们证据，如果这位朋友还是坚持要打的话，我会尽力成全他的。”

我们坐的那张桌子有五英尺长，极其笨重。他叫我们把手放在盘子上，用力把它们按着，有个盘子是个巨大的椭圆形盘子，里面还装着只硕大的面包。然后他坐下来，抬起桌子那一头，把两只桌腿放在膝盖上，牙齿咬住桌子，松开手，衔着桌边往后拖，直到把桌子放平，上面还有盘子等！他说他能用牙齿衔起一桶铁钉。他拿起一只普通的玻璃酒杯，一口就咬下一半。然后他扯开衣服，露出胸膛上那横七竖八的刀疤弹痕，膀子上、脸上还有许多，他相信他肉里的子弹足够铸一只铅锭。他真是武装到了牙齿。末了他宣布他是卡里布的某某先生——这个鼎鼎大名使我们听了立刻毛骨悚然。我很想披露他的名字，但担心他会来劈了我。最后他问布朗是不是还想见血。布朗把这事在心里掂量了一下，然后——请他吃了晚饭。

如果读者允许的话，我愿在下一章中讲述几件昔日蛮荒时代发生在我们那个小山村里的生活琐事。我当时就在那里。读者会看到我们这个官法俱全社会的特点，也会看到——举个例来说——在新开发的土地上，谋杀是怎样孕育着谋杀。

第四十九章

致命的枪杀事件——公开抢劫，铤而走险——典型的市政官员——一位名声不佳的人物——街头斗殴——惩办罪犯

从当时的报纸中摘引一两段便可构成一张不必加以修饰的照片：

致命的枪杀事件——

昨日晚上，在丙街的弹子房，副警长杰克·威廉斯与比利·布朗发生了一场斗殴，后者当场毙命。双方的纠纷已经持续好几个月了。

立即进行了调查，下面是证词：

警官乔·伯索尔宣誓后作证说——我听说比利·布朗喝醉了，正在寻找杰克·威廉斯。我一听说，便动身

去找这两人以防发生冲突。走进弹子房，看见比利·布朗跑来跑去，说要是有人和他找岔子的话那就太好了。他口气十分粗暴，佩里警官把他带到屋子里的那一头去和他谈了话。布朗回到我这里后对我说，他和别人一样清醒，知道怎样照顾自己。他从我身边走到酒吧去，我不知道他喝酒没有。威廉斯在球台那一头，靠近楼梯。布朗从酒吧回来后，说他和世界上任何人一样清醒，然后，他走了出去，到了从酒吧过来的第一张球台那头。我紧跟着他，猜想要出事。布朗一抽出手枪，我上去把枪抓住了，他已对威廉斯开了一枪，我不知道结果怎样。我一只手抓住他，一只手抓住手枪往上推，我记得我抓住枪后他还开过一枪。我夺下手枪，走到球台那头，告诉那一方我已下掉了布朗的手枪，制止了乱子。我觉得一共开了四枪，出来后，福斯特先生说布朗中弹身亡。

啊，对这事没什么激动——他只不过“讲”了一件小事！

四个月后，同一家报纸——《边区企业报》上登出了下一条新闻。在这则新闻中，刚才提到的那位治安警官（副警长杰克·威廉斯）的名字再次出现：

公开抢劫，铤而走险——

星期二晚上，一个名叫夏尔·赫兹尔的德国人——银城一座矿场的工程师——来到此地，逛进了乙街的手风琴舞厅。音乐、舞蹈和日耳曼姑娘唤起他对故国的回忆。后来，我们这位德国朋友欢喜若狂，有些飘飘然了。他显得很有钱，并且肆意挥霍。深夜，杰克·威廉斯和安第·布列辛顿邀请他下楼去喝咖啡。威廉斯建议打牌，便上楼去找牌，可是却空手而回。他在楼梯上碰到了这个德国人，便掏出手枪把他打倒在地，从他口袋里搜出大约七十美元。赫兹尔不敢叫喊，因为威廉斯用枪口抵住他的脑袋，警告他说要是发出声音或是告发他们，他们就要他的脑袋开花，他吓得要死，要不是他的朋友逼他去告发，他是不会去的。昨天发出了拘捕令，但罪犯已不知去向。

这位能干的地方警官杰克·威廉斯具有窃贼、强盗和亡命徒的声誉。据说有好几次他在弗吉尼亚的大街上，深更半夜持枪向公民勒索钱财。

上一条新闻见报五个月后的一天夜晚，威廉斯坐在牌桌前被人暗杀。一杆长枪从门缝里伸进去，威廉斯从椅子上摔到地上，身上给打得净是窟窿。据说威廉斯早就知道他的同行（亡命徒们）之中有个人发誓要取他的命，人们一致相信威廉斯的朋友和仇敌都要把这次暗杀弄得引人注目——同时也令人满意——通过大量互相消灭的方式。

事情并没有到此结束，反而变得更热闹，此后的二十四小时并不枯燥。在那段时间里，一个女人被手枪打死、一个男人被钢鞭敲破了脑袋、一个叫里德的人也给打发上了西天。《边区企业报》上刊登的关于杀害里德的案件的报道值得注意——特别是弗吉尼亚一位治安推事那殷勤讨好的态度。下面报道中的黑体字是我加的：

又是杀戮和枪击——

似乎魔鬼又挣断锁链，窜进本城。大街上又像早期那样枪声阵阵，磨刀霍霍。过了一长段平静的日子，人们都手脚迟缓了，一旦鲜血飞溅，刀砍和枪击就来得容易了。前天夜晚，杰克·威廉斯遇刺，昨日午前，由于威廉斯被害，我们又碰上了更加血腥的凶杀案，就在威廉斯送命的同一条街上。事情的经过似乎是这样的：威廉斯的一个朋友汤姆·里德与乔治·冈伯特在后者开的肉店里谈起前天晚上杀害威廉斯的事，里德说把人这样打死，没让他“出风头”，是最卑怯的行为。冈伯特说威廉斯“出够了风头，就像他对比利·布朗一样”，他指的是威廉斯去年三月杀的那个人。里德说这完全是假话，威廉斯根本就没出一点风头。这时，冈伯特拔刀向里德捅去，在他背上扎了两刀。一刀砍穿了里德的衣袖，斜着向下戳破了衣服插进了腰背部，另一刀砍得更准，伤势更严重。冈伯特向治安官员投案，在自己缴纳保证金后，阿特威尔法官批准释放他回家，叫他下午六点出庭。与此同时，里德被送进欧文斯大夫的诊所，妥善地包扎了伤口。其中一处伤据说十分危险，许多人认为是致命伤。但多半是由于酒精的作用，里德并不觉得疼痛，起身走到街上去了。他赶到肉店，又和冈伯特吵起来，威胁说要他的命。朋友们极力出面劝解，平息了争吵，把他俩拉开了。在时尚酒店，里德又口出恶言，扬言要宰了冈伯特，据说他恳求警官别抓冈伯特，因为他打算亲自动手干掉他。在这次恐吓之后，冈伯特回去弄了支双筒猎枪，装上大号子弹，也许是左轮枪弹，向里德赶去。两三个人架着里德，想把他拖回家去，刚把他弄到克洛普斯托克-哈利斯合营商店前面。冈伯特提着枪从街对面朝他走来。走到离里德大约十英尺或十五英尺的地方，他对那些和他在一起的人喊道：“当心！闪开！”他们刚来得及听见他的警告，他就开枪了。那时，里德想往摆在克洛普斯托克-哈利斯合营商店栏杆边的一个大木桶后面躲，但是有些弹丸击中了他的心窝，他向前一滚，扑倒在木桶前。接着，冈伯特抬枪第二次开火，这一枪没有打中里德，子弹钻进了地里。这事发生的时候，街上附近有许多人，不少人看到冈伯特举枪时对他喊道："住手！""别开枪！"十点钟左右动刀子，十二点左右又发生了枪击。枪响之后，街上立即挤满了附近的居民，有的人看起来很兴奋，很快活——他们宣布这就好像"六十年代那好时光"。事件发生时，佩里队长和伯赛尔警官就在附近，冈伯特当场缴械被捕，立即被送往监狱。许多被刚发生的流血事件吸引来的人们看起来很困惑，似乎在寻思下一步又会出什么事，弄不清这场杀戮是否已达到高潮，是不是我们将要进入大屠杀时期，把任何冒犯了自己的人杀死，风闻事情还没有完结——入夜之前还有五六个人被杀。里德被送进弗吉尼亚城旅馆，叫来了医生给他检查伤势。他们发现了有两三颗子弹打进了他右边，其中一颗似乎钻进了肺叶，另有一颗进了肝脏。一条腿上也找到两颗子弹。有几颗子弹击中了那只木桶，大概里德腿上的伤就是这几颗子弹擦下来造成的，也许是第二枪击中的。受伤后，里德站起来说——边说边笑——"要杀死我。枪法还欠火候。"医生们认为他几乎不可能恢复，挨了那么多枪，伤势又很严重，但因为他体格强健，也许还能活下来。目前全城极为平静，好像最近的风暴时代净化了我们的道德风气。但是，谁又能预言乌云何时盖下来，阴谋何时成熟呢？

里德——或者至少是里德的残余部分——熬着枪伤，只活了两天！也没把冈伯特怎么样。

陪审团审判制是我们自由的保障。我从来没受过什么保障，不知道保障为何物，但不管怎么说，它无疑是件好事。在内华达有一百多人被谋杀——也许我就是说三百人也没夸大——就我所知，那里只有两个人被判处死刑。不过总算还是有四五个无钱无势的人被处监禁——我听说其中一个在监狱里受了八个月罪。但是，我不想言过其实，也许还要短些。

第五十章

内德·布莱克利船长——比尔·诺克斯得到了他想知道的结果——杀害了布莱克利的大副——一支会走路的武器——布莱克利捉住了诺克斯——先吊死，后审判——布莱克利做了牧师——绞刑之前先念《创世纪》第一章———绞死诺克斯——布莱克利的懊悔

这些凶杀和审讯的统计数字使我回想起二十年前的一起极不寻常的审判与行刑，这一小段历史是每个老加利福尼亚人都很熟悉的，地球上凡是喜爱朴实、坦率、不掺废话的人们都值得听一听。我老是偏离主题，本想给大家道个歉的，不过我将要讲的这个故事本身便足以向诸位表示歉意了。既然我总是东拉西扯，或许干脆不道歉，还能免得使人更加厌烦。

内德·布莱克利船长——这个姓名同别的什么虚构的名字差不多（因为他已风烛残年，并不想出名）——驾船从旧金山港出海远航已有很多年了。他是个身强力壮、古道热肠、目光敏锐

的老水手，当海员已差不多五十年了——从少年时代起就在海上漂泊。他是个粗鲁忠厚的人，很勇敢，同时也很精明而又讲究实际。他痛恨那些无聊的、因循守旧的惯例，用他的话来说叫作“混账事”。他以一个水手的全部精力去对法律的荒唐可笑施加报复，并且坚定地相信，法律与律师的最初与最终目的都是为了战胜正义。

他驾驶着一艘鸟粪船开往钦查群岛。他的船员们都是好样的，但他最宠爱那个黑人大副，多年来对他十分钦佩，评价极高。内德船长是第一次到钦查群岛去，但他的名声早已传去了——说他是个受了欺骗就会不顾一切打架的人，一个决不忍受废话的人。这名声是他辛辛苦苦挣来的。到了钦查群岛，他发现人们谈论的主要话题都是围绕着一个恶棍的所作所为。这个恶棍是某商船的大副，叫比尔·诺克斯，在这一方横行霸道。晚上九点，星光灿烂，内德船长一个人在甲板上漫步。一个人影从船舷上爬上来，向他走过去。内德问：

“谁在那里？”

“我是比尔·诺克斯，此地的第一豪杰。”

“你爬上船来要干什么？”

“我听人说过内德船长，我们两人总有个强弱——我要在上岸之前分个高低。”

“那么你找对庙门了，我就是你要找的那个人。我看你是不请自到。”

他抓住诺克斯，把他紧紧地压在桅杆上，将他的脸打了个稀烂，然后扔进了海里。

诺克斯不服气。第二天晚上他又来了，结果脸上又挨了一顿狠揍，像昨天晚上一样，栽到海里。这下内德船长满意了。

一星期后的一个中午，诺克斯正和一群水手在岸上狂喝滥饮，内德船长的黑人大副走了过来，诺克斯上前百般寻衅滋事。那黑人没有上当，想走开了事。诺克斯向他追去，黑人拔腿就跑，诺克斯用左轮枪向他开了一枪，把他打死了。有六七个船长亲眼看到了这件事的全部经过。诺克斯和另外两个恶棍回到他那条船的后舱，扬言闯到那里者，死路一条。没有人想到要捉拿凶手，连这个念头都没有，的确也很少有人想到要这么个机构。这里没有法律，没有警官，也没有政府。群岛属于秘鲁，但秘鲁离这里很远，它在这里没有官方代表，别国也没有。

但是，内德船长并不为这些事操心，有没有这种机构与他无关。他怒火中烧，不顾一切地要伸张正义。晚上九点，他把双筒猎枪装满子弹，取出一副手铐，弄了盏桅灯，叫起舵手来到岸上。他说：

“你看见码头边那只船了吗？”

“哎，哎，先生。”

“那是维纳斯号。”

“哎，哎，先生。”

“你——你认得我吗？”

“哎，哎，先生。”

“那么，很好。把灯拿着，举到和你下巴一样高。我跟在你后面，把枪架在你肩膀上，就这样往前走。把灯拿好，这样我才看得清楚你前头的东西。我要一直走到诺克斯那里去——捉住他——把那些家伙关起来。你要是怕死——嗯，你可认得我。”

“哎，哎，先生。”

他俩就这样排着走，无声无息地爬上船，来到诺克斯的舱房，舵手推开门，灯光正照着坐在地板上的那两三个恶棍。内德船长叫道：

“我是内德·布莱克利。你们都在我枪口下。没有命令不得乱动——所有的人在内。你们两位跪到屋角去，脸朝墙——嗯。比尔·诺克斯，把这手铐戴上，现在走过来。舵手，把他俩捆起来。对了。别动，先生。舵手，把钥匙放在门外。现在，伙计们，我要把你们两位锁起来。要是你们想冲出这扇门——你们是听说过我的。比尔·诺克斯，走前头，齐步走。一切都弄好了。舵手，锁门！”

诺克斯在布莱克利的船上度过了那个夜晚，作为囚犯受到了严密的看管。第二天一大早，内德船长拜访了码头上所有的船长，以海上的传统礼节请他们九点钟到他船上，去观看把诺克斯在帆桁上吊死。

“什么？这人还没有受审啊。”

“当然没有。不过，难道他不是杀害那个黑人的凶手吗？”

“他是凶手。不过难道你是想不经过审判就绞死他吗？”

“审判个鸟！既然是他杀害了那个黑人，我干吗还需要审判他呢？”

“哦，内德船长，这千万使不得。你想想这事传出去像什么话。”

“传出去个屁！他莫非没有杀害那个黑人？”

“当然，当然，内德船长——没有人否认这点——不过——”

“那我就要把他吊死，就是这么回事。我找过的每个人都跟你们一个口气。每个人都承认他杀害了那个黑人，每个人都知道他杀了那个黑人，然而你们这些笨蛋都想要他受审。我真搞不明白这种愚蠢透顶的事。受审！听着，要是结果令人满意的话，我并不反对审判他，我还会到场帮帮忙呢。不过下午再说吧——把这事拖到下午干吧，眼下我还要忙一阵子，要把他埋了后我才——”

“什么，你是啥意思？你无论如何也要把他吊死——过后才审判他吗？”

“我不是说过我要把他吊死吗？我从来没有见过像你们这样的人。那有什么两样？你们来求情，我答应了，你们又不满意。先审后审还不是一码事——你们知道该怎么做。他杀害了那个黑人。嗯，我得走了。要是你那位大副想看看绞刑，把他带来吧。我喜欢他。”

大家一片哗然。船长们一齐上来恳求内德船长别干这种冒失事。他们保证要选品质最好的船长来组成法庭，组成陪审团；行事的方式都要适应眼下这件案子的严重性质；毫不偏袒地听取申诉，对被告做出公正的判决。他们还说，要是他坚持把他吊死在他船上，那就是谋杀，是要被美国法庭判罪的。他们苦苦哀求。内德船长说道：

“先生们，我并不固执，也不是不讲道理。我做事情总想做得地道。要花多长时间？”

“大概就一会儿工夫罢了。”

“你们一搞完，我就可以把他带到岸上吊死吗？”

“如果他被判定有罪的话，就没有必要耽搁，立即把他绞死。”

“如果他被判定有罪！海王爷，难道他无罪吗？这完全是糟蹋我的时间。你们全都明白他是有罪的呀！”

最后，他们保证决不做昧良心的事，他才满意了，说道：

“那好吧。你们接着来审判他，我得去修理一下他的良心，准备打发他上路——多半他很需要呢，我也想让他出出风头，然后才送他上路。”

这又是个障碍。他们终于说服了他，有必要让被告出庭。然后，他们讲要派个人去提他。

“用不着，先生，我倒愿亲自去提他——他逃不出我的手心。还有，我总得到船上去拿根绳子。”

照一定的程式组成了法庭，选出了陪审团，内德船长很快就进来了，他一手抓住那囚犯，另一只手拿着一本《圣经》，一根绳子。他坐在那俘虏身边，叫法庭“起锚升帆”。然后，他紧紧地盯住陪审员们，审视着诺克斯的朋友——那两个恶棍，走过去悄悄对他们说：

“你们也到这儿凑热闹来了，你们放明白些。规规矩矩地投票，听见了吗——要不，审判完了以后，这杆双筒枪还要提问题，你们的尸首就要用两个篮子抬回家去。”

这警告不是没有效果，陪审团一致通过——判决“有罪”。

内德船长一下子跳起来喊道：

“来吧——老伙计，你到底成了我的下饭菜了。先生们，你们做了件了不起的事。我邀请你们大家都去看着我干干脆脆地了结这事，跟我到峡谷里去，离这儿只有一英里。”

法庭告诉他，已经选了一个刽子手来执行绞刑，并且——

内德船长的耐性已经到了尽头，他怒火冲天。刽子手这件事只好算了。

大家都到了峡谷的时候，内德船长爬上一棵树，弄好了绳扣，然后溜下树来，把绞索套在那人脖子上。他打开《圣经》，将草帽放在一边，胡乱翻到一章，低沉而又庄重严肃地读了一遍，然后开口道：

“伙计，你就要到天上去结账了，罪行坦白得越是彻底，越对你有好处。坦白吧，汉子，带一根经得起检查的木头去。你杀害了那个黑人吗？”

没有回答。长久的沉默。船长又读了一章，不时停下来以加强效果。接着，他以真诚、规劝的口吻对他讲了一阵，最后又是那个问题：

“你杀害了那个黑人吗？”

没有回答——只有恶狠狠的眼光。这时，船长深情地念了《创世纪》的第一和第二两章——顿了一下，虔诚地合上书，以显然很满意的口吻说道：

“嗯，一共四章了。很少有人像我们这样为你费心。”

后来，他跳向那罪犯，拉起了绳子，站在一旁，看着手表等了半小时，就把那具尸体放下来交给了法庭。过了一会儿，他站在一旁看着那一动不动的尸体沉思的时候，脸上露出怀疑的神情，显然他的内心在斗争着——是一种遗憾——他叹了口气说：

“嗯，也许我应该把他烧死。不过我当时是想用最好的办法。”

这事传到加利福尼亚（这是在“早期”），引起了许多议论，但内德船长的声誉丝毫没有降低，实际上还提高了。

当时，加利福尼亚有不少人以一种朴素原始的风尚与司法审判“作对”，因此，当别的地方也尊崇这种风尚时，他们当然会大加赞赏。

第五十一章

《西方周报》——一个伶俐的编辑——一部小说——浓缩的才能——男女主角——雇了个放荡的作家——小说引起了大乱——浪漫之至的一章——把一对恋人拆散——胜过先知约拿——一首未发表的诗——老舵手——伊利运河上的风暴——舵手多林吉——可怕的暴风——更加危险了——关键时刻到了——奇迹般得救

在我们那个“繁荣时代”的全盛时期，罪恶繁荣昌盛，兴旺发达。酒店里坐满了顾客，法庭上排满了被告，赌窟里挤满了赌徒，妓院里睡满了嫖客，监狱里关满了罪犯——这是矿区高度繁荣的最可靠的标志——任何地区都是这样。难道不是这样吗？法院里堆积如山的案卷就是商业发达、银钱似水的最确凿的标志。但是，还有一个标志：它姗姗来迟，但一旦来到，那就无可挑剔地证明“繁荣时代”达到了泛滥时代。这就是“文学”报纸的诞生。“致力于文学”的《西方周报》在弗吉尼亚问世了。全体文人都为它撰稿。F先生是该周报的主编。他是个以笔当枪的身手了得的悍将，一个能够把赏心乐事写得生动、简洁的人。他当《联合报》编辑的时候，一位同行呕心沥血写了整整两栏语无伦次的文章来攻击他，而F先生只用一行字就轻而易举把这家伙给打发了。这一行文字初看起来好像是一句严肃与卖力的恭维话——这就是："我们敌人的逻辑就像上帝的和平。"——这话是《圣经》中的某句经文的一半，它让读者回味，自己去回想这话的后半句，从而去体会那行文字的言外的、"大不相同"的含义。一次，他谈到一个小小的、饿得半死的路旁行乞集团，他们专靠抢掠乘坐大陆驿车碰巧和他们在一起逗留一天的乘客为生。他说他们在教堂里祈祷的时候，把先圣的祈祷词篡改为："赐予我们每天过路的生客吧！"

我们对《西方周报》寄予极大的希望。当然，要是没有新颖的小说，它就没法生存，于是，我们动员全班人马，全力以赴地投入这项工作。F夫人是一位能干的传奇作家，出自一个说不清名称的门派——我叫不出这个派别的名称，因为他们作品里的主角都是些极其高雅、尽善尽美的人物。她撰写了开篇第一章，塑造了一位可爱的金发女郎，这位女傻瓜别的不谈，只谈珠宝与诗歌；她信守道德，几乎达到了离奇的地步。她还塑造了一位更为高雅的法国年轻公爵，他爱上了金发女郎。第二个星期，F先生也紧紧跟上，他写的是一个精明能干的律师打算使法国公爵陷入财产纠纷，还有一位才华出众的上流社会的少妇前去勾引公爵，大败了金发女郎的胃口。第三个星期，D先生——某日报的一位愚昧无知透顶的编辑，跟在F先生后面写了一个炼金的神秘的术士。他深更半夜在一个山洞里与魔鬼密商占卜那几位男女的星象，打算给他们未来的生活增添大量的磨难，使小说更具有神圣凛然的气氛，从而引起读者的兴趣。他还塑造了一个披斗篷戴面罩的无赖，给他一份薪金让他手持涂了毒药的尖刀埋伏在公爵半夜回家的路上。他还搞了个满口土话的爱尔兰马车夫，让他为那位上流社会的少妇当差，完成把情书递给公爵的特殊使命。

大约就在这个时候，一个放荡不羁的具有文学才华的新人来到了弗吉尼亚——他衣着褴褛不堪，人却非常文静谦和，简直可以说是羞怯。他的态度是那样的温文尔雅，他的举止是那样讨人喜欢，无论是清醒着还是喝醉了酒，对一切和他交往的人，他都极为友好。他请求搞文学，提出确凿证据表明他能够轻松老练地舞文弄墨。于是F先生立即请他帮忙写那部小说。他的那一章排在D先生后面，我的则排在他的后面。这家伙所下的功夫不过是先出去喝个酩酊大醉，然后回到住处天马行空地施展想象力，开始下笔。这是最为颠三倒四状态下的天马行空，其结果可想而知。他翻了翻头几章，发现已经创造出足够多的男女主人公，他对这些角色非常满意，决定不再增添。满怀着威士忌激发起来的自信以及威士忌带给醉鬼的全部的自满，这个可爱的家伙全力以赴地动起手来。他把上流社会的少妇嫁给了马车夫，是为了令人愤慨；把公爵配给了金发女郎的后母，是为了耸人听闻；停了那个亡命徒的薪金；在魔鬼和术士之间制造了一场误会；把公爵的财产全搞到了那个邪恶的律师手中，迫使律师受到良心责备而去酗酒，接着便产生震颤性谵妄，要去自杀；他弄断了车夫的脖子，让车夫的寡妇受尽了辱骂、白眼和贫困，最后死于痨病；让金发女郎去投河，把衣服丢在岸上，上面照例别着留给公爵的纸条，并祝他幸福；通过左臂上的胎痣，让公爵最后弄清，原来他娶了自己失散已久的母亲，毁了自己失散已久的亲妹妹；安排了公爵和公爵夫人适当而必要的自杀，达到劝善惩恶的目的；打开地壳，让那个术士钻到地下去，照例伴随着烟火、雷声和硫磺味。本章结束时提出保证，在下一章，他要来一次全面的考察，然后再根据该小说的性质，继续描述那个魔鬼的下落，等等！

此书读起来极为流畅，言词“绝对”恳切，十分有趣，足以把人噎死。但它一经问世，便使得人们大动干戈。别的小说家们被激怒了。那位性格平和的新编辑酒还没有完全醒过来，面对一片怒骂的熊熊烈火，他胆怯而困惑地挨个看着那些攻击者，不知道自己到底干了什么，竟惹起了这样一场风暴，风暴终于暂时平息下来的时候，他做了谦和而恳切的解释——他说到底写了些什么他也不大记得清了，不过他敢肯定他尽了最大努力，知道自己的目的是使小说不仅生动有趣，合情合理，而且富于教益并且——

攻击又开始了。小说家们刮起一阵辱骂和奚落的风暴，攻击他滥用形容词。围攻就这样继续着，每当那个新编辑想让他的敌人息怒，事情反而搞得更糟。最后，他提出重写那一章，这才缓和了大家的敌意。怒火慢慢平息下来，又恢复了和平，那位受害者安全退却，缩进了他那堡垒。

但在回去的路上，罪恶天使又勾引他喝得酩酊大醉。他的想象力又野马脱缰了。他领着那些男女主角比以前更加狂欢乱舞，然而，通篇却依然洋溢着先前著作中的那种令人信服的诚实和恳切的味道。他把主人公弄进最离奇的情节里，让他们做最令人惊讶的表演，叫他们说出最古怪的话来！不过这一章小说实在妙不可言。它是和谐的癫狂、艺术的荒唐，还有和正文一样稀奇的注释。我还记得一个情节，把它写出来作为全书的例子。他改变了有才干的律师的性格，把他变成了勇敢杰出的人物，赋予他声誉和财富，把他弄成三十三岁。然后，通过那个术士和那个戏剧化的歹徒的帮助，金发女郎发现公爵一方面觊觎她的钱财，另一方面却暗暗地倾慕那个上流社会少妇。她快刀斩乱麻地割断了和公爵的关系，把十倍的柔情倾注在律师身上，而律师则回报以二十倍的热情。但他们的父母却不答应，他们希望家族中有一位公爵。他们下决心一定要一位公爵，虽然他们承认，除了那个公爵，律师就是最中意的人选了。这时金发女郎自然害了一场大病。她的父母万分担心，恳求她嫁给公爵，但她断然拒绝，绝不让步。于是他们耍了个手段，要她等待一年零一天，要是到了那天她还不愿嫁给公爵，他们将完全同意她嫁给律师。其结果正如他们所预料的那样，金发女郎欢喜重上眉梢，健康迅速恢复。于是她的父母开始进行计划的第二步。他们让家庭医生建议，为了使金发女郎的体力得到完全恢复，她必须做一次长时间的海上旅行和陆上观光，他们还邀请了公爵和他们一道去。他们估计，她有公爵一直陪在身边，又长期同律师断了联系，一切问题都会了结的——因为他们没有邀请律师。

于是，他们登上了一艘开往美洲的轮船——三天过去了，晕船已经停止，他们第一次来到公共餐桌就餐的时候，看见律师也坐在那里！公爵和金发女郎一家极力应付那尴尬的局面，航行继续进行，船就要到美洲了。但是，不久后，就在离新贝德福还有两百英里的地方，船着火了，一直烧到了吃水线，全体船员和乘客，只有三十人得救。他们在海上漂泊了一天一夜，其中就有我们的朋友。律师以非凡的毅力拯救了金发女郎和她的父母，他一个来回游两百码，每次救出一人——那姑娘是第一个。公爵则自己救了自己的命。第二天早上，两艘捕鲸船驶到这里，放下了救生船。这时风暴大作，登船时一片惊慌混乱。律师像个男子一样尽了自己的义务，帮助筋疲力尽人事不省的金发女郎、她的父母和另外几个人爬上了一条救生船（公爵是自己爬上去的）。接着，有一个小孩从小船的那一头掉进了海里，孩子母亲的悲切呼唤声使律师忍不住又跳下海去，帮助六七个人救起那个娃娃。然后他又急忙游回去，但是迟了几秒钟，金发女郎坐的那条船已经开动。于是，他只好爬上一条小船，然后上了另一条捕鲸船。风暴更大了，把那两条船吹得互相看不见踪影——想把它们往哪里吹就往哪里吹。到了第三天，风暴平息下来，金发女郎那条船在波士顿北部七百英里的地方，另一条船在波士顿以南大约七百英里的地方。金发女郎那条船的船长要开往北大西洋捕鲸，未得命令不得返航或停泊，这是航海法的规定。律师乘的船要开往北太平洋去捕鲸，未得命令也不能返航或停泊。律师所有的钱和行李都在金发女郎那条救生船上，因此都搬上了她乘的那艘捕鲸船——于是，船长让他当了一名普通水手挣自己的路费。两艘船各自航行了将近一年的时间，一艘来到格陵兰岛沿海，另一条正在白令海峡。那金发女郎几乎早已被说服，相信她的律师被浪头打下海去，捕鲸船还没有把救生船开拢，他就失踪了。这时，在父母和公爵的劝诱下，她终于开始鼓起勇气去接受命中注定的结合，准备举行那可恨的婚礼。但是，只要一年零一天的期限未满，她一天也不妥协。一周又一周过去，日期一天天临近了，已经下令张灯结彩举行婚礼——这是一场在冰山和海象之间的大海上举行的婚礼。再过五天，一切就将无可挽回了。于是，金发女郎又是流泪又是叹息，心潮翻腾，思绪万千。啊，她真正喜爱的人儿在哪里呀？——为什么，为什么他不来搭救她呢？她不知道，在那个时候，他正在白令海峡举起钢叉投向一头鲸，从北冰洋过来有五千英里，绕过合恩角过来有两万英里——原因就是这样的。他把钢叉投出去，但不是很准——他脚下一滑，掉进了鲸鱼的嘴里，顺着喉咙溜了进去。他昏迷了五天五夜。然后他清醒过来，听见有声音，看见阳光从鲸鱼背上砍开的一个洞中照射进来。他爬了出来，把几个正在船舷边起鲸油的水手吓了一跳。他认出那条船来了，飞身跳到甲板上，使圣坛边那些正在举行婚礼的人大吃一惊，他高叫道：

“停止举行婚礼——我在这儿！到我怀里来，我的宝贝儿！”

对这篇信口开河的文学作品还有些注释，作者极力要表明这一切经历都是有可能的，他说，鲸鱼五天之中穿过北冰洋游完五千英里，从白令海峡游到格陵兰沿海这种事，他是在查尔斯·里德的小说《爱情要细流绵长》里看到的。他认为，这就可以证明这种事是可以办到的。他还引证了约拿的冒险事迹，证明人能在鲸肚子里生活，还加上一句：要是牧师能够忍受三天，律师当然能够忍受五天！

这一来，编辑室里炸了锅，立即解雇了那位新编辑，把那份手稿朝他脸上劈去。但他已耽搁了那么长时间，再也没有人来得及重写那一章了。因此，那一期上面没有刊登任何小说。这只不过是一家资金薄弱、拼命挣扎、低级无聊的杂志，没有刊登小说这件事也许动摇了公众的信任。总而言之，它的下一期的第一版还没有来得及付印就像个婴儿一样无声无息地死去。

有人努力想用一个有吸引力的新颖刊名使它复刊，F 先生说就叫它《凤凰》吧，因为这个名字具有一种在新的、想象不到的条件下从死灰中复活的意义。但是，有家报社的一个既低能又自作聪明的人建议我们把它改作《拉撒路》，因为人们对《圣经》不甚了了，认为复活的拉撒路和衣衫破烂、在富翁门前要饭的乞丐是同一个人，这个刊名就成了全城的笑柄，彻彻底底地毁掉了这家报纸。

我遗憾极了，因为我曾为和一家文学报纸有关系感到非常自豪——也许比我在那以后做过的任何事都要自豪。我曾经为它写过一篇韵文——我自己认为是诗歌——可是实在令我伤心万分，那部作品排在没有付印的那一期的第一版上，因此没有见到天日。但时间为我报了仇——现在我可以把它写在下面了。这就算一滴眼泪，悼念那夭折的《西方周报》吧。它的思想（不是中心思想，而是表达中心思想的形式）大概来自一首叫作《怒涛汹涌的运河》的古老的歌谣，不过我现在已记不清了。但是我的确还记得，在当时，我自以为我的打油诗是那个时代最有才华的代表作了。

老舵手

那是在伊利运河上，
夏天的一个日子里，
我和父母亲乘船远行，
要到奥尔巴尼去。

中午时分，乌云压顶，
刮起了可怕的暴风，
卷起了滚滚的白浪，
船上的人一片惊恐。

一个人从房中冲出来，
喊道："嘿！把船挽住[1]，
把你们的船挽住，天啊！
趁还有救，快拴住！"

船长望了一眼船尾，
又忙向前方望去，
他说："恐怕再也不能
见到我的妻子儿女。"

舵手多林吉开了口，
话虽不多，却伟大高尚——
"别怕，莫慌，相信多林吉，
一切都包在我身上。"

---

① 运河航行习语，意为挽桩系缆停船。——马克·吐温

木船继续挣扎向前，
惊慌的骡子在风雨中乱窜，
但那赶骡人不顾安危，
仍勇敢地紧跟在后边。

船长喊道：“上船！上船！
别在这暴风雨中冒险。”
骡子发疯地向前飞奔，
赶骡人仍紧跟在后面。

这时船长对我们说：
“啊呀，事情相当明显，
那边的危险并不严重，
这儿却像沸腾的海面。

拿出最后的力量，加油干，
使全船的人脱离危险，
要是最终在劫难逃，
让我们……我不能说出那个字眼。”

舵手多林吉开了口，
像座高塔立在船员上方：

“别怕，莫慌，相信多林吉，
一切都包在我身上。”

“矮桥啊，矮桥！”大家低下了脑袋，
沉重的木船乘风破浪，
驶过了磨房，驰过教堂，
掠过了玉米地，还有茅草房。
两岸的人都拥上了河堤，
紧跟着木船焦急地张望。

高声呼喊着：“啊呀，大雨，
啊呀，狂风，暴风雨在发怒！
天啊！这英勇的船员和小船，
莫非再无人能给些援助？”

在甲板上，我们哀伤的眼睛
盯着那暴风雨中的情景：
船尾犁出滔滔的行迹，
吹弯的树林一片青青。

鸡群缩在板车下面，
奶牛躲在舱房背后，

母猪衔着青草狂奔，
浪花飞溅上了船头！

“船稳住了！
船摇摆起来！
现在，让它去随波逐流吧！
要是抢风失败，船身打横，
我们都”——（又是一阵惊呼）
“快点，快点！
停止拽缆
好！再收起些帆！
好大的风呀，我的天！
嗬，孩子，把后边那骡子尾巴抓紧点！”

喂！摇动水泵！喂！减轻负荷！
喂，绞盘机，放下测水砣！
“三又四分之一英尺！——船要搁浅！
三英尺多！——三英尺！三、三……”
三英尺多啊！我恐惧地惊呼：
“啊，难道已经没有退路？”

木船飞也似的向前，

舵手多林吉又把话讲：
“别怕，莫慌，相信多林吉，
一切都包在我身上。”

最勇敢的心也惊慌一片，
最坚定的面孔也变成白纸一般，
大家都明白河水太浅，
危险就出在河床中间！
可怕的狂风推着木船，
就像一支离弦的箭，
拖着水砣直奔向前！
“快打跛骡腿！砍断纤！”
……猛地一撞！可惜已太晚！

再晚一步，这可怜的船儿
就要冲进省水闸里边！

遇难的船员们聚在一起
拥抱诀别互诉衷肠，
悲哀的泪水从绝望的眼睛里
流满了无可奈何的脸庞。
有的思念着幼小儿女，

就连一眼也再看不上，
有的思念倚门盼望的妻子，
还有那定会伤心不已的爹娘。

在那下沉的可怜的船上，
在那些悲悲切切的人们当中，
有一个人满怀信心和希望，
他的话叫人钦佩尊敬，
这是舵手多林吉在高喊——
（啊，多么勇敢，诚恳又坚强！）
“别怕，莫慌，相信多林吉，
一切都包在我身上。”

啊，那无畏的预言家口中
刚刚吐出坚定的话语，
周围的人们已经看到，
他的信念将创造出奇迹！

“快清点人数，不论大小，
就当作清点死人一样！
从少年到老年，整四十年，
我做水手在这运河上，

还没有见过这么大的风暴，
或是像它起风时这副模样！”

于是掀下一桶铁钉，
再扔掉三个铁砧，
还有四捆黄麻口袋，
两百磅骨胶皮胶，
两袋玉米，四袋小麦，
一头母牛，一箱书，
一把小提琴，拜伦爵士的作品，
一把木锯，还有一头老母猪。

弯道！弯道！又是一道难关！
加油！——稳着——一定沉着——好！——
左满舵，多林吉！向背风打舵！
嚯，让头骡向左转！——船尾向右！
逆风行驶！——把船头迎着风头！

有个农夫搬出木板——
（突然间来了灵感）
他把木板搭在船上，
畏惧地悄悄离开岸边。

受难者一个个惊奇不已，
老舵手站在最前面，
霎时间便恍然大悟，
默默无言地登上河岸。

第五十二章

到加利福尼亚的货运费——银锭——地下坑道——坑木支柱——参观矿井——井陷——一八六三年的总产值

我希望在这一章中谈谈有关银矿的知识，这也是给读者打个招呼，如果愿意的话，可以跳过这一章不读。一八六三年那一年，可以说是“繁荣时期”发达到了登峰造极地步的年代。弗吉尼亚挤满了人群、车辆，那个地方看起来就像个大蜂窝——只要人的视力能够穿过夏日常刮起的那种浓雾一样的碱尘，就会看到这种景象。关于这种碱尘，我要说，只要你赶在它中间走十英里，你和马身上就会裹上两毫米厚的尘土，好像穿了一身淡黄色的制服，马车里面就会落进三英寸厚的灰，这是车轮扬进去的。化验员用的精密天秤密封在玻璃罩中，然而，这种灰尘是那么细小，看不见摸不着，还是钻得进去，弄得那些天秤也不灵了。

投机猖獗，无法无天，不过还是有许许多多的实业。全部物资一部分由驼马队翻山越岭从加利福尼亚运来（一百五十英里），一部分由大马车运过来，那长长的拉车的骡队每一套就是一个大队，有时候，那浩浩荡荡的混合牲口队延绵不断地从弗吉尼亚直拖到加利福尼亚。在横穿内华达地区的沙漠时，它卷起一道蜿蜒如长蛇的尘土，使这条长长的运输大道更加清晰可见。这一百五十英里路程，运小件货物的马车运费是每吨两百美元（驿车运送的直达快件也是同样的价格），大件每吨一百美元。弗吉尼亚有家公司每月收到一百吨货物，每月付出运费一万美元。冬天运费还要高得多。所有的金银块都制成条状由驿车运往旧金山（每条大约有两个生铅锭那么大，依含银量的多少，价值一千五到三千美元），它的运费（大批货物）是其价格的百分之一点二五。因此这些金银锭的运费大约是平均每锭二十五美元以上。小宗货物是百分之二。每天通往各方向的驿车有三辆，我曾看见三辆驿车运走了一吨金银条，我还不止一次看到过三辆驿车一次运走了两吨货物。话说回来，这些都是特殊情况。两吨银块大约有四十条，运费是一千多美元。此外，每辆马车通常还载一些普通小件，也捎带十五到二十个旅客，每人二十五到三十美元。弗吉尼亚城的威尔斯·法戈合营公司随时都有六辆驿马车在外面跑，这是个既重要又赚钱的买卖。

在弗吉尼亚中部和金山下面，有一条两英里长的巨大科穆斯托克银矿脉——它那岩壁间的矿砂达五十到八十英尺厚——有纽约的某些大街那样宽。我想请读者注意，在宾夕法尼亚，一条仅有八尺宽的煤矿脉就被人们认为是极丰富的了。

弗吉尼亚地面上是座房屋林立、街道纵横的繁忙城市。在它下面，也是一个繁忙城市，一直深入地底，在这里，众多的人群在错综复杂的坑道迷宫里川流不息，在闪烁的灯光照耀下来来去去，在他们的头上，耸立着巨大的支架网，分别支撑着窄巷似的科穆斯托克矿脉岩壁。这些圆木有人体那么粗，这些框架向上伸去，在昏暗的光线中，没有人能看到它的顶。这就好比通过一副筋骨剔得干干净净的巨大的骷髅架往上看一样。请想象这种两英里长、六十英尺宽，比美国任何教堂塔尖都要高的框架。请想象一下这宏伟的格子结构伸到百老汇，从圣·尼古拉大街拖到华尔街，七月四日国庆节，参加庆祝的人群都变成了俾格米矮人，在它上面游行，他们挥舞的旗帜在三一教堂的尖顶上空高高飘扬。你也许能够想象到这些，但是你难以想象出那一片浩瀚的支撑木的费用，从华休湖对岸的松林中伐倒，以骇人听闻的高价运费拖过达维森山，锯成方条，放下矿膛，在那里安装起来。二十个富翁的财产加起来也顶不上这些最大的银矿中的一个。西班牙谚语说“要个金矿开个银矿”，这话很对。一个拥有一座银矿的乞丐要是不能把它卖出去，那他就穷得可怜。

我把弗吉尼亚的地下说成是座城。古尔德－卡利矿仅仅是那下面许许多多矿中的一座。然而，古尔德－卡利矿那幽暗的坑道街市总共只有五英里长，共有五百矿工。全部加起来，那地下城市约有三十英里长的大街，五六千人口。直到今天，有些人还在弗吉尼亚和金山一千二百至一千六百英尺深的地下工作，地面的主管通过铃声信号向他们发出指令，就像我们报火警一样。不时有人掉进一千英尺深的竖井。在这种情况下，例常的处理办法是进行调查。

要是你想看看这种矿，如果愿意的话可以走过一条约半英里长的平巷，也可以坐上小吊车，像飞镖一样射进竖井。那就脚朝下像从一座空荡荡的塔筒中落下去一样。到了坑底，点上一支蜡烛，慢慢地穿过巷道，那里有成群的人在挖掘、爆破，你会看到他们运上满载的大石块——银矿砂；你会从那些石块中选取一两块样品，留作纪念；你会赞叹那个支架构成的骷髅世界；你会常常觉得被埋葬在一座山下，离地面有一千英尺；在矿的底部，你会攀登那无穷无尽的、直上直下的梯子，从“一条巷道”爬上“另一条巷道”。到最后，你的腿实在拖不动时，你可以躺进那像半倒立的阴沟一样的“斜坡”里的一辆小矿车里，被拖上去见到天日，仿佛爬过了一口没有尽头的棺材。到了顶上，你会发现一群忙碌的人正在接收升上来的矿车，把矿石从升降机中倾倒进排成长串的每只能装六吨的大箱子；在这些箱子的下面，一排排的马车从箱子的斜槽与活门里装载矿石，大队马车满载着值钱的货物正沿着大街浩浩荡荡地开往炼银场。这样，一切就完毕了，你也回到了地面。你绝对不必再下去，你把什么都看过了。如果你已经忘记了处理矿石，炼出银锭的过程，要是你乐意的话，可以翻回去，再读一读我在爱丝梅拉达那几章。

自然，这些矿井的有些地方偶尔也会坍塌，这时，就值得冒险到井下去察看一下一座下坠的大山的压力发出的粉碎性的威力。我曾经把这种经历发表在《企业报》上，现在从中摘录一段，以飨读者：

在坍塌的矿井中的一小时——

昨天，我们到奥菲尔矿中去看了那场地震。我们无法从那漫长的斜坡里下去，因为有许多地方仍有可能坍塌。于是，我们穿过一条长长的坑道，到了奥菲尔矿本部上面的那座山上，然后爬过一连串的梯子，从第一层巷道下到第四层。我们插过一条小平巷，来到了西班牙生产线，再通过五座没有毁坏的支架，就看到了地震的结果。这里简直是一片前所未见的混乱——大片的泥土和破碎的木头杂乱地堆在一起，几乎没有老鼠钻得过的缝隙。顶上还不时掉下泥土石头，一根早些时候还支撑着其他撑木的木头，这时已经被压倒，脱了节，表明那巨大的泥土的坍塌还在继续进行着。我们是在奥菲尔“北矿”那个地方。回到了地面，我们走进了一条通向“中央”矿的坑道，想进入奥菲尔主矿。在这条坑道中下了一条长长的斜坡，插过一两条小平巷，然后降下一条深深的竖井，就来到奥菲尔第五层巷道。从一条侧巷中，我们穿过一个小洞，又来到了地震的中心——泥土和碎木头混合在一起，丝毫不顾美观和对称。第二、三、四层巷道的大部分已经坍塌，完全毁坏——后两层是在前晚七点钟时毁掉的。

在第五层坑道北尽头附近的转盘处，两大堆泥土从第五层坑道里涌出来，从支架的样子看来，似乎还会涌出泥土。这些横木都是很结实的——十八英寸见方。先是一根木头横放在地上，两头再安上两根垂直的支柱，支撑着另一根水平的横梁，就这样一直向前排去，像窗格子一样。那从上到下的重量足以把那些粗大的支柱压进做横梁的木头三英寸深，把垂直支柱压得像弯弓一样，在西班牙坑道坍塌之前，有些这种十二英寸见方的横梁就像这样给压成了只有五英寸厚！请你想象一下把一根结实的木头榨成这个样子的那种巨大的威力吧。这里还有一排约二十英尺长的木头，在上面塌下来的坑道的压力下，一头翘起六英寸高，你会听见破碎和脱榫的声音，你明白头上那个世界在悄悄地缓慢地向你塌下来，这是不太令人愉快的事。不过，到矿下来的人倒不在乎。

沿着第五层坑道回来，我们来到奥菲尔矿斜坡的安全部分，再沿着这斜坡到了第六层，但我们发现那里有十英寸深的积水，又只得返回来。为了修整斜坡中被损坏的地方，水泵已停止抽水两小时了，其间水又涨了将近一英尺。不过水泵又转动起来，积水退去了。我们又爬上第五层，摸进一条深邃的竖井，本来可以从这里下到第六层没有水的地方去的，但使人失望的是工人已去吃午饭，没有人开鼓风机。于是，我们从“联合”矿的坑道和斜坡中走出来，浑身淌着热汗，糊着烛油，到奥菲尔矿本部共进午餐去了。

在一八六三年那极发达的一年中，内华达（自称已经）生产出价值二千五百万美元的银锭——几乎，如果不是绝对的话，每一千居民可达整整一百万美元，考虑到它没有农业和机器制造业，这确实不简单。银矿的开发是它唯一的工业[1]。

---

① 以上文字付印之后，我从官方得知上述数字虚高，一八六三年的产值其实并未超过两千万美元。但是，实现巨大产值的日子即将来临。苏特罗坑道将贯穿整个科穆斯托克矿脉，深达两千英尺。到那时，开采就会很容易而成本相对低廉；关键性的排水、矿石的提升和拖运作业将不再笨重费力。完成这项巨大的工作将耗费多年时间，耗资数百万美元；不过产生经济效益可用不了多久，因为打到矿脉之日，就是辉煌时代的开始。这条坑道约八英里长，将会创造出惊人的财富。到那时，机车将矿砂运出坑道，送到炼银场，抛弃目前采用的利用骡马进行装运的事倍功半的方式。坑道里排出的水将为炼银场提供动力。这个宏大的计划的发起人苏特罗先生是世界上少有的人才，他胆识过人，坚韧不拔，具备开创、完成这样一项事业所必不可少的品质。他已经说服了几位固执的议员，得到了他们对这项重要的计划的首肯，他还在欧洲上下奔走，以期在那里募集一大笔赞助资金。——马克·吐温

第五十三章

吉姆·布莱恩与他爷爷的老山羊——费尔金斯的错误——老姑娘瓦格纳和她的玻璃眼珠——棺材贩子雅可布斯——等候顾客——他和罗宾斯的买卖合同——罗宾斯要求赔偿损失——传教士的新用途——结果——他的大叔勒姆以及他对上帝的用途——推车工的厄运——他老婆的虔诚——一座典型的纪念碑——老山羊的下落

这几天来，伙计们常常告诉我，说我应该去找一个叫吉姆·布莱恩的人给我讲一讲他爷爷的老山羊，那是个十分开心的故事——但他们每次都提醒我一定要等到他喝醉酒的时候——醉得舒舒服服的，乐意与人交往的时候——才给他提这件事。他们一直对我这样讲。到后来，这引起我的好奇，心给折磨得难受，很想听听那个故事。我去找过布莱恩，但没有用，伙计们总是挑剔他的醉态不够。他经常喝酒，但总是适可而止，从不放量一醉。我还从来没有像这样专心一意而焦躁不安地去观察一个人的状态，以前也从来没有如此渴望见到一个人喝得酩酊大醉。终于，有一天晚上，我匆匆忙忙地赶到他的小屋去，这次，我听说他的样儿就是最爱挑剔的人也找不出岔子——他醉得平静、安详、有条不紊——没有饱嗝打断他的声音，没有腾云驾雾的感觉妨碍记忆。我进去的时候，他正坐在一个空火药桶上，一手捏着根陶土烟袋，另一只手举起来叫大家安静。他的脸又红又圆，极为严肃；他的嗓门粗犷，头发乱成一团。从外表和衣着看来，他是那年月的一个典型的矿工，身材高大，块头结实。松木桌子上点着一根蜡烛，暗淡的光亮照着那些伙计们，他们东一个西一个散坐在板铺上、蜡烛箱上、火药桶上。他们轻声地说："嘘——别说了——他就要开讲了。"

我立即找了个地方坐下来，布莱恩开口道：

我看那些年月是再也不会回来了。再也找不到像它那么呱呱叫的老山羊了。我爷爷把它从伊利诺伊带来的——从一个名叫耶兹的人手里买来的——比尔·耶兹——你们说不定也听说过他。他爸爸是个教堂执事——浸礼会的——还是个十分活跃的人呢，你要起得很早才能赶在虔诚的老耶兹的前面。就是他劝说格林家在向西部迁移时和我爷爷搭帮的。塞恩·格林怕要算是那群人的头儿吧，他讨了个叫威尔克森的女人——萨拉·威尔克森——一个美人儿，她是——在老斯托达德喂出来的一头最漂亮的小母牛，真标致，认得她的人都这么说。她可以轻轻松松地举起一桶面粉，就像我摆弄一张煎饼一样。讲跳舞吗？那就别提了！讲有心胸吗？哼！赛尔·霍金斯在她身边纠缠的时候，她对他说，尽管他有的是钱，也不配骑着马和她并排走。你们看，赛尔·霍金斯是——不对，不是赛尔·霍金斯，压根儿不是——是个姓费尔金斯的蠢货——我记不得他叫什么名了。不过他是个硬树桩子——有天晚上喝醉了去听布道，大叫着要选尼克松，因为他把布道弄成开初选会了。执事老头儿弗格森赶过来，撵着他跳窗子溜掉了，他掉到了杰弗逊老小姐的头上，这可怜的老姑娘。她是个好女人——有个玻璃眼珠，常常把它借给没有眼珠的老姑娘瓦格纳，让她戴着去招待客人。这个眼珠子有点小，瓦格纳小姐一不小心，眼眶里的珠儿就会不是朝着天上，就是歪向一边，四面八方转来转去，另一个眼睛却直端端地朝着前头，像个望远镜一样。大人还不怕，但经常会把小娃娃吓哭，真是个吓人的东西。她想用棉花把它包起来，但起不了什么作用——棉花松了沾在眼珠上，看起来可怕极了，哪个小娃娃都受不了。她常常把它弄掉，把她那个黑洞洞的空眼眶对着大家，弄得他们都不舒服，因为眼球什么时候掉出去的，她也不知道，那半边是瞎的，你们也晓得。于是，就有人推她一把，“你那个玻璃眼睛掉了，亲爱的瓦格纳小姐”——这时候，大家就只好等着她又把它塞进去——放反了，后面放到了前面，每回都是这样，雀儿蛋一样绿幽幽的，她忸忸怩怩，当着大家很容易放反。不过放反了也没有关系，因为她自己的那个眼珠是天蓝色的。那个玻璃珠前头那一面是黄色的，所以不管她把它往哪边转，都不相配。老小姐瓦格纳常常借东西，她就是这么个人。当她要缝被盖，或者妇女缝衣慈善会到她家去的时候，她总要去借希金斯小姐的木头腿，安在自己身上走来走去。这假腿比她自个儿那条要短些，不过她自己倒不大在乎，她说和别人在一起，她就受不了用拐杖，因为拐杖太慢了。她还说只要有人陪着，有事情做，她就要起来自己走。她头秃得像个水罐子一样，所以她常常去借雅可布斯太太的假发——雅可布斯太太的丈夫是个棺材贩子——他是个下贱的老杂毛，哪里有人得了病，他就栽到人家门口，等着人家断气。这匹老驽马会弄来一副他认为适合那个候选人身材的棺材，放在阴凉处，坐在上面整天守着。要是那顾客动作太慢，情况还说不定，他会带上干粮和毯子，在那棺材里睡上几个晚上。有一回，天寒地冻，他就那样在罗宾斯门前等了他差不多三个礼拜。打那以后，雅可布斯有两年都没有和那老头说话，因为老头使他很失望。他冻坏了一只脚，还赔了钱，结果那罗宾斯老头儿的病好了。下一回罗宾斯又害了病，雅可布斯想算计他，把上次带去的那副棺材漆了一下，又弄去了。但他哪是罗宾斯老头的对手，老家伙把他耍了，假装病得要死，花十块钱买下棺材，言明要是他装进去以后不喜欢那副料，雅可布斯得退钱，还得倒赔二十五块钱。过后，罗宾斯死了，出殡的时候，他突然顶开盖子，从裹尸布里坐起来，叫牧师停止送葬，因为他忍受不了那样的棺材料。你们要晓得，他年轻的时候害过昏睡病，这次他又害一回，心想要是设个圈套成功了，银子就进他的腰包了，即使失算，他还是不亏一分一文。他向法院起诉要雅可布斯赔钱，官司还打赢了。他把那口棺材摆在后堂，说这回他就要这副。那可怜的老东西做的事把雅可布斯气得要死。没多久，他就回印第安尼去了——到了维尔思维尔——维尔思维尔就是霍格登家来的那个地方。那个家好得很哩，马里兰的大户人家。霍格登老爷喝的混合酒比谁都多，骂人骂得那么精彩，我还没见过第二个。他的第二个老婆就是比林斯家的寡妇——她在娘家的姓名是贝基·马丁，她的娘是邓拉普副主祭的第一个老婆。她的大闺女玛利亚，嫁了个传教士，死得很体面——给野人吃了。野人把他吃掉了，可怜的家伙——把他啃了。传教士的朋友们赶去收拾骨头，野人给他们解释说他们并没有吃人的习惯，只不过他们以前用别的办法解决过传教士，但都没得到什么好处——传教士的亲戚都很愤怒，一条命就这样被野人该死的实验给打发了。不过你们注意，并没有真正损失什么，人们不懂，看不出个究竟的东西都有好处，只要你公平地看待它。上帝从来不放空枪，伙计们。那个传教士的身体，他自己都不知道，实际上倒使那些尝过烤人肉的野蛮人都皈依了。什么事情都没有能感化他们，只有这件事。别给我讲他给啃掉是件偶然事，根本就没有偶然这种事。有一回，我大叔勒姆靠在脚手架柱子上，不知是病了，喝醉了还是怎么了，一个爱尔兰人扛着满满一斗砖头从三楼上摔下来，掉到他身上，把老头的背砸断了两个地方。有人说这是偶然事件，这种事偶然得很。他不知道他到那里去做什么，不过他到那里却做了件好事。要是他不在那里，那爱尔兰人就得摔死了。谁也不能使我相信另一种解释。勒姆大叔的狗也在那里，为什么爱尔兰人没有掉到狗身上呢？那是因为狗一定看到他掉下来了，所以就走开了。没有选中狗，就是这个道理。不能靠条狗来执行天意。记住我的话，这都是命中注定的事，没有什么偶然的，兄弟们。勒姆大叔的狗——我希望你们能看看那条狗。它是条可靠的牧羊狗——还不如说又是哈巴狗又是牧羊狗——顶呱呱的畜生，勒姆大叔弄到它以前是哈格牧师的。哈格牧师是西部保留地的哈格家的，大户人家，他娘是个沃森人。他有个妹妹嫁了个推车工，他俩在摩根县住下来，他在一家地毯厂里被机器卷了进去，还不到十几秒钟，就给榨过一遍，从机器那头给送出来了。他的寡妇把那块将他的尸体也织进去的地毯买了下来，人们赶了一百英里路来参加葬礼。那块地毯有十四英尺。她不准他们把他裹起来，就要那样埋了他——平伸地躺着。举行葬礼的教堂有点小，他们只好让棺材一头伸到窗外。他们没有埋了他——他们把一头栽进地里，让他站着，就像座纪念碑一样。上面钉了块牌子，写——写着“——纪、纪念——这十四码、码的三层地、地、地毯——上面有不朽、朽、朽的——威、威廉——威——”

吉姆·布莱恩越来越困——他的头栽了一下，两下，三下——平平安安地垂到胸前，安安静静地睡着了。泪珠儿从伙计们的脸颊上淌了下来——他们给压抑着的笑声憋得难受——从一开头就是这样，尽管我没注意到。我意识到我给“卖了”。这时我才知道，吉姆·布莱恩的特点是每醉到一定的程度，人的力量就没法使他不信口开河，津津有味地讲起他有一次和他爷爷的老山羊的美妙的历险记来——至于第一句话中提到的那头老山羊，和任何听他讲过的人一样远不可及。他总是颠三倒四，没完没了，东拉西扯，直到威士忌涌上来，他睡着了为止。他和他爷爷的那头老山羊到底怎么了，直至今天还是个不解之谜，因为还没有人发现过。

第五十四章

弗吉尼亚城的中国人——洗衣账单——模仿的习惯——中国移民——访问唐人街——阿兴、洪武、史悦等先生

当然，弗吉尼亚有大批的中国人——太平洋沿岸的每个城镇都是这样。他们是个无害的民族，即使白人不理睬他们，或者像狗一样对待他们。事实上他们根本不会伤害人，因为他们几乎想不到要对哪怕是最可恶的侮辱和最残酷的伤害施行报复。他们安静、平和、温顺，不会喝醉酒，一天到晚勤恳耐劳。不守规矩的中国人很罕见，懒惰的根本不存在。一个中国人只要还有力气动手，他就不需要任何人的帮助。白人常常抱怨没有活干，而中国人却从不发这样的怨言，他们总是想方设法去找点活儿做。中国人对任何人——甚至对最低下的白人——都是极为有利的，因为他为白人的大部分罪恶受过，为他们的小偷小摸挨罚，为他们的抢劫罪坐牢，为他们的谋杀而送命。

任何白人都可以在法院里宣誓作证，送掉中国人的性命，但没有哪个中国人可以作证控告一个白人。我们这个国家是块“自由的土地”———没有人否认这一点——没有人提出异议。（也许是因为我们不准别人开口。）我写到这里的时候得到消息，在旧金山，几个小伙子在光天化日之下用石头把一个无辜的中国人活活砸死，尽管一大群人目睹这桩可耻的暴行，居然没有人站出来干涉。

在太平洋沿岸有七万（也许有十万）中国人。弗吉尼亚约有一千。他们被赶进“中国人区”——这种事他们并不怎么反对，因为他们喜欢聚居在一起。他们的房子是木头的，通常是平房，沿着几乎连马车都通不过的街道密密麻麻地挤在一起。他们的居住区和该城市的其他部分稍微隔开一点。中国人在城里的主要职业是洗衣。他们总是把账单别在衣服上送去。这只不过是个礼貌的形式而已，这并不会使顾客变得开明多少。他们的洗衣价格是每打二块五美元——这在当时白人所能支付的洗衣费用来说，是相当低廉的了。中国人的房子前最常见的招牌是“史悦，浆洗熨烫”“洪武，洗衣作”“尚兴和阿侯，洗衣作”。在加利福尼亚和内华达，家庭用人、厨师等，大部分都是中国男人干的。极少有白种人做用人，根本没有中国女人干那种活计。中国人是优秀的家庭用人，麻利、顺从、耐心，学东西快，干活不知疲劳。一般说来，任何事情都用不着教他们两遍。他们善于模仿。要是一个中国人看见他的主人在发怒的时候把大桌子砸烂，点把火烧掉，这个中国人从此以后就可能把那种家具当柴烧。

所有的中国人都能读、能写，善于计算——可怜的是我们的可爱的选民们并非都能如此。在加利福尼亚，他们租来小块的土地，培植许多东西。在沙滩上，他们能令人吃惊地种出蔬菜来。他们什么也不会浪费，基督徒认为是垃圾的东西，中国人会仔细地搜集起来，想法子变成有用的东西。他们把白人丢掉的牡蛎、沙丁鱼罐头盒子都收集起来，熔化后做成焊锡拿到市场上去卖。他们收集骨头，做成肥料。在加利福尼亚，他们依靠白人废弃不要的、开采完了的、没有价值的旧矿为生——这时，官员们就每月跑去一次，对他们进行骇人听闻的讹诈，州议会冠冕堂皇地把这种讹诈叫作“外国人开矿税”，但通常只对中国人征收。有的时候这种讹诈在同一个月内对同一个受害者征收一两次——这样做，公共财富未必就会增加多少。

中国人极为尊重死者——事实上，他们简直是崇敬他们已故的先人。因此，在中国，不论在一个人的前院、后院，还是他家住地的别的地方都成了他的家族的茔地，这样，他就能每时每刻光临那些坟墓了。由此看来，那个大帝国就是一个巨大的公墓。从它的中心到边缘，坟墓连成一片，蜿蜒逶迤——因此，中国的每一寸土地一定得到了最大限度的利用，免得众多的人口挨饿，坟地也被开垦出来，生产粮食，风俗认为这并不是对死者不敬。既然如此崇拜死者，中国人绝不能忍受对他们安息的地方有任何无礼行为。柏林厄姆先生说，中国强烈地反对修铁路的原因就在于此，在帝国的任何地方修路都不可能不冒犯他们的祖先或亲友的坟墓。

中国人相信，要是他的尸骨不埋在他可爱的中国，就绝不可能享受来世的幸福。他崇敬他已故的先人，自己也希望死后受到同样的崇敬。因此，要是他到外国去，会事先做好安排，在他亡故之后遗骨一定要回归故土。要是他受雇到外国去做工，合同上总有那么一条，申明他死后，应把他的尸骨运回中国。如果中国政府把一群通常是为期五年的苦力卖给外国人，契约上会特别着重写上一条：如果他们死亡，应将其尸骨送回中国。在太平洋沿岸，所有的中国人都属于几家大公司或机构之一，这些公司造有他们的成员花名册，登记上他们的姓名，在他们死亡后将其尸体运回家。史悦公司是其中最大的一家。宁永公司其次，在太平洋沿岸拥有一万八千名成员。它的总部设在旧金山，在那里，它有一座金碧辉煌的庙宇，住有几名大官员（有一位大官还保留着朝廷命官的威严，高高在上，一般人不能接近），还有许多和尚。我在那里看到一份成员花名册，死者运往中国的日期都做了明确的记载。从旧金山驶出的每一艘船都载着大量的中国人的尸体——至少在国会以基督徒的聪明机智，残酷地禁止装运尸体，阴险地阻止中国移民入境以前是这样。不管通过还是没有通过，这议案是提出来过的。我记得好像是通过了的。还有一个提案——后来成了法律——入境的中国人在码头上强制接种牛痘，还得为此付款给一个指定的江湖庸医（没有哪一个正派的医生会堕落到这个地步，去干这种合法的抢劫)，每人十美元。因为入境的中国人很少愿意付这笔钱，立法的人们认为这是对中国移民的又一沉重打击。

弗吉尼亚的中国人聚居区是个什么样子——或者说太平洋沿岸各城市的中国人居住区是什么样子——我在《企业报》做记者时为该报写的一篇报道可以说明一下这个问题：

唐人街——

在一位同行的陪同下，我们前天晚上采访了中国人居住区。中国人按自己的需要修建了那部分城市。因为他们没有车辆，所以街道一般来说很窄，车辆无法通过。晚上十点钟，是中国人很活跃的时间。在每一座低矮窄小肮脏的棚屋里，飘散着淡淡的佛灯燃烧的气味，那微弱、摇曳不定的牛脂烛光照出一些黑影，两三个皮肤姜黄、拖着长辫子的流浪汉，蜷缩在一张短短的小床上，一动不动地抽着大烟。他们那无神的眼睛，由于无比舒适、非常惬意而朝向里面——或者说刚刚过足了瘾，把烟枪递给旁边的同伴后的人就像这副模样——因为烧鸦片是件不舒服的事，需要全神贯注。一盏灯放在床上，离烧烟人的嘴刚好有烟袋杆那么远。他把一丸鸦片插在一根铁钎上，用火点着，抹在烟袋锅上，就好像基督徒用灰泥抹破洞一样。然后，他把烟袋锅凑在灯上，开始抽起来——那烟丸的煎烤焖炸，以及烟管里汁水的吱吱响声，就是泥塑木雕的塑像也会翻肠倒胃，不过，约翰喜欢它，鸦片对他起安神顺气的作用，他大约连抽二十多口，然后翻过身去做梦，天知道做些什么梦，因为我们不能看着那个瘫软的家伙就凭空想象。也许在他的幻觉中，他离开了这个碌碌世界，告别了他的洗衣活计，到天堂享用美味的老鼠和燕窝宴去了。

阿兴先生在王家巷十三号开了家食品杂货店，他以最好的态度对我们一行极尽好客主人之能事。他有各种各样的有色的、无色的果酒和白兰地，无法念出它们的名字，都是装在小口的陶罐里从中国运来的，他用小巧玲珑的瓷壶盛着酒招待我们。他请我们尝了些燕窝，还有细小、干净的香肠。要是我们愿意尝一下的话，本来可以吞进几码长的，不过我们怀疑每节香肠里都装有个耗子尸体，于是我们只好忍住了。阿兴先生的铺子里有上千种商品，看起来很奇特，我们无法想象其用途，也没有能力描绘。

不过，我们还能认识他的鸭子和蛋。鸭子给剖开，像干鳕鱼一样压平，就弄成那个样子从中国运来。蛋用一种灰泥包起来，经过遥远的水路运来，还能保持其新鲜可口。

我们在“粥粥街”三十七号遇到了洪武先生，他在做彩票生意——实际上我们发现还有十几个人在这个区的其他部分干这种买卖，大约每三个中国人就办个彩票行，轮流“坐庄”。“汤姆”的英语没有毛病，两年前，在《边区企业报》有个单身汉俱乐部时，他曾经是那里主要的、唯一的厨师，他说:“有时候中国人买一张彩票，一块钱弄它个两三百，有时候什么也捞不着。抽彩好比一个人打七十个人——说不定他揍了人家，说不定他自个儿挨揍，妙得很。”说到底，那百分比是六十九对他一个，概率一般来说是“他自个儿挨揍”。我们看不出那些彩票与我们那种有什么不同，只是数目字是中国字，没有哪个愚笨的白人搞得明白“哪个是哪个”，彩票的图案和我们的差不多。

史悦先生在“活狐街”开了一家装饰品店。他卖给我们装潢富丽的白羽毛扇，气味像林堡格奶酪一样的香水、毛笔，还有用一块玉石做的、挂在表链上的小饰物。那玉石就是用钢针也划不破，然而却打磨得很光滑，还染了色，就像贝壳内层一样光彩夺目[1]。为了表示尊敬，史悦还送给我们每人一件用金丝和孔雀翎毛做成的装饰品。

---

① 一种罕见的“绿玉”——对于中国人特别珍贵。——马克·吐温

我们在中国餐馆用筷子吃中国菜。我们中有一个客人还责骂饭馆前面的那些小姑娘，她们圆睁着眼，用惊奇的目光盯着我们看，他说她们不懂姑娘家的规矩。我们还从店老板那里得到保佑平安的灵光，并且向一两尊异教神合十行礼。最后，一个中国书铺老板的天才让我们大开眼界。他在一部像烤肉格子那样的机器上算账，格子上串着一些纽扣，不同的格子代表不同的数位，十,百,千。他拨弄纽扣的速度快得令人难以置信——实际上，他把它们拨来拨去，快得就像音乐教授的手指头在钢琴键盘上滑行一样。

他们是个乐于助人、生性善良的人种，在整个太平洋沿岸，他们受到上等社会的尊重和良好的对待。不论什么情况下，没有哪个加利福尼亚的先生或太太会侮辱或者欺压一个中国人。这种现象似乎很有必要对东部的人介绍一下。只有人类的渣滓才会干这种勾当——这些人渣及其后代，除了他们这种人，自然而然且顺理成章地还有警察和政客，因为这些人是社会渣滓们的下贱的拉皮条的人和奴仆，在美国的其他地方也是这样。

第五十五章

厌倦了弗吉尼亚城——一位老同学——为期两年的借款——当上了编辑——差点接受了邀请——一桩意外事——三个醉鬼的趣事——告别戴维森山——一件美好的事

在一个地方待得太久，我开始厌烦了，再也没有什么兴趣到卡森去报道一年一度的议会、三个月一次的赛马和南瓜展览会（他们在华休谷种南瓜和土豆，自然，议会的最大成就之一就是拨出一万美元举办农产品展览会，在会上炫耀价值四十美元的南瓜——不过，地方议会常被人们叫作“收容所”）。我想看看旧金山，我想到别的地方去，我想要——我不知道我想要什么。我得了“春倦症”，想换个环境，这是主要的，毫无疑问。此外，议会已经拟出了个州宪法，十分之九的人都想要个一官半职。我相信那些先生们会拉拢那些一文不名、不负责任的人们接受该宪法，这简直要毁掉这个地方（它无力承担州政府这样的负担，因为这里没有什么企业可以拿得出税款，未开发的矿山不能，正开发的还不到五十个，没有可能纳税，似乎还没有人想到一个简单的挽救办法：对谋杀罪课以罚金）。我相信一个州政府会毁掉“繁荣时代”，我想离开这个地方。我相信我手中的银行股票不久就会值十万美元，要是批准宪法以前能达到这个数目，我就把它们脱手，这样，政府更替带来的衰落就影响不到我。我考虑有十万美元就足以体体面面地回家了，尽管这比起我当初所期望得到的来说是一笔小数目。对于这点钱我感到相当失望，不过想到有了这笔钱还不至于饿饭，又觉得宽慰。这个时候，我的一个从少年时代起就再没有见过面的同学步行从里斯河流浪到了这里，他简直就是贫困的象征。这个富家子弟，来到这个陌生的地方，饥饿不堪，双脚赤裸，披着一块破旧的马毡垫，顶着一个掉了边沿的帽子，那样褴褛不堪却放荡不羁，他快活地说，他要“使《圣经》上那位浪子黯然失色”。他想借四十六美元——二十六美元做到旧金山去的盘缠，二十元做别的事，也许拿去买肥皂吧，看来他用得着。我发现自己的衣袋里几乎还不够他要的这个数，又不愿再走半个街区到办公室去，那里我还放了些现金。所以我走进银行，在老板那里借了四十六美元（为期二十天，没有正式开票据），把钱交给他。要是当时有人告诉我，我要两年后才能把这四十六美元还给老板（我并不期望那浪子会还这笔钱，也不怎么失望），我会认为是侮辱我，老板也会这么看。

我想换个环境，我想干干别的事情。机会来了。古得曼先生要离开一个星期，把主编的职位留交给我。这可把我给毁了。第一天，我上午写了一篇社论。第二天，我找不到题目，拖到下午。第三天，我一直拖到晚上，然后从全美国报刊编辑的最忠实的朋友《美国百科全书》里抄了一篇优秀的社论。第四天，我一直“鬼混”到半夜，又一头栽进了百科全书。第五天，我绞尽脑汁，直到半夜，叫印刷厂等着，同时对六个人写了几篇恶毒的人身攻击文章。第六天，我痛苦地挣扎到后半夜，写出了——什么也没有。报纸没有一篇社论就付印了。第七天，我不干了。第八天，古得曼先生回到报社，发现有六个人要求和他决斗——我的人身攻击开花结果了。

除非亲自去尝试一下，没有人知道当编辑是什么滋味。涂抹些本地废话很容易，你面前有的是事实。从别的报纸断章摘句很容易，从任何地方弄出个读者来信也很容易，但是要写出社论说不出有多难。主题就是个麻烦——我的意思是少得使人伤心，每天，就是拖呀，拖呀，拖呀——思索，着急，受罪——世界一片空虚，然而社论栏必得填满。只要给编辑一个主题，他的工作就完成了——把它写出来并不麻烦。但是，一年五十二个星期，每星期七天，要是你天天必须绞干脑汁，请你想象一下这种感觉如何。你只要想一下就会头痛。每一个美国日报编辑一年中写的东西就可以填满四至八本像这本书一样厚的大部头！你再想象一下，一个编辑工作二三十年后，他的作品可以办多大个图书馆。然而人们还常常惊诧狄更斯、司各特、仲马父子等能写出那么多书，要是这些作家能够像报纸编辑那样多产的话，那结果真该令人目瞪口呆了。这些编辑怎么能够日复一日、年复一年地继续这种艰巨的劳作，这种消耗脑神经的苦役（因为他们的工作是创造，不像报道那样，只不过机械地罗列事实），实在无法理解。牧师在仲夏要放两个月的假，因为他们发现一周连续布两次道，长期下去毕竟很累人。这一定不假，事实上的确如此。因此，一个编辑怎么能够在十到二十条消息的基础上，每周写出十到二十篇艰难费力的社论，一年到头坚持写下去，实在比什么都无法理解。从我当编辑那一个星期中侥幸活出来以后，我在手中的报纸上至少发现了一个快乐，这就是崇拜那大版大版的社论。我暗自纳闷，他写出这东西，受了多少罪哟！

古得曼先生回来后，把我解雇了，除非我还愿意当记者。我不能干那差事，我不能当了将军再去当士兵。于是，我想我得离开这里，我要出国到世界别的地方去。正在这关头，我的记者部同事丹偶然告诉我，有两个内华达州人劝他跟他们到纽约去，帮助卖掉他们在邻近的新矿区取得的一个富银矿。他们负责花销，卖得的钱分三分之一给他。他拒绝了。这正是我想得到的机会。我骂他怎么一声不吭，不早告诉我。他回答说他没有想到我愿意去，因此，他给他们推荐了另一家报纸的记者马歇尔。我问丹那是不是个真矿，其中有没有欺诈。他说那两个人给他看了九吨矿石，那是他们挖出来准备运到纽约去的，在内华达他还没有见过比这矿更富的。他还说他们在矿的附近弄到了一片优质的木料，找好了炼银场的地盘。我的第一个念头就是要宰掉丹。不过我改变了主意，尽管我很气愤，因为我想机会恐怕还没有失去。丹说根本没有失去，那两人不在矿上，他们要离开弗吉尼亚到东部去大约十天，他们请他找马歇尔谈一谈，他已答应在他们回来的时候给他们说妥马歇尔或别的什么人。他答应对什么人都不说，等那两个人回来，就履行诺言把我推荐给他们。

这太妙了。上床的时候，我兴奋得火辣辣的。还没有人到东部去卖过内华达银矿，这是一片黄熟的田野，只等着镰刀去收割。我觉得像丹描绘的这种矿在纽约一定能卖个大价钱，而且随便脱手，没有困难。我睡不着，我的想象力在它的空中楼阁之中恣意纵横，这又是一个"隐矿脉"。

第二天，我乘马车走了，几个老朋友照例前来欢送一番——只要你在那个地方有那么五六个朋友，他们就会发出一百个人的声音，绝不会让你无人理睬地悄悄走掉，绝不会让你不感到留恋就走掉的——还有，丹保证特别留意要卖矿的那两个人。

这趟旅行中有意思的只有一件小事，发生在我们刚要动身的时候。一个衣着褴褛的流浪汉乘客暂时跳下车去等候着，因为人们照例要把一些银锭装上车。他站在人行道上，这时一个拙笨的快车雇员扛着一块重一百磅的银锭，脚下不稳，踉跄了一下，银锭砸在那汉子的脚上。他立刻倒在地上，凄惨万分地号叫起来。同情的人们围了上来要把他的靴子脱掉，但他叫得更凶，人们只得罢手。接着他又喘息起来，喘息之间断断续续地叫两声

“白兰地！看在上帝的分上，白兰地！”他们给他灌下去半品脱白兰地，这东西奇迹般使他平静下来。然后他要人们把他扶到车上去，人们照办了。驿车公司的人劝他赶快找医生看看，他们出钱，但他拒绝了，说只要随身带一点点白兰地，阵痛发作时好用，他就十分感激，非常满意了。他马上就得到两瓶，我们开车了。过后，他一直满脸是笑，乐不可支。我忍不住问他，脚砸坏了，怎么可能还那么舒服。

“嗯，”他说道，“我有十二个小时没喝酒了，一文钱也没有。我快完了——这时，那个笨蛋把那一百磅掉在我脚上，我找到机会啦。我有条木头腿，你看！”他挽起裤子给我看。

一路上，他酩酊大醉，不时为他的机智而咯咯笑个不停。

一个醉鬼自然使我想起了另一个。有一次我听一位先生讲了件他在加利福尼亚一个酒吧里亲眼看见的事，他把它叫作“一个害羞的人喝酒”。这只不过是个小品，但我觉得简直是场完美的表演。这个害羞的人，灌了些啤酒还有些别的什么东西，醉得还算可以，他走进一家酒店（任何东西，每样东西的价格都是二十五美分，只收硬币），掏出半块钱，要了一杯威士忌喝下去，店老板找他的零钱放在柜台上一处有水的地方。这个害羞的人伸出无力的手指去抓硬币，但它滑掉了，又落到水里。他考虑了一下，又试了一回，结果还是一样。他发现人们对他正在干的事情很感兴趣，便脸红了，又去拈那二十五美分——脸红——食指小心地、慢慢地放下去，对准目标——把那枚硬币推向老板，叹了口气说道：

“(呃！)来根雪茄！”

自然，在场的另一位先生也讲了个醉鬼的故事。他说，在深更半夜他跌跌撞撞地赶回家去，错走进了别人的大门。他以为台阶上有条狗，它是——一条铁狗。他停下来想了想，弄不清楚它到底咬不咬人，便壮着胆子吼道：“走、(呃！)走开！”没有反应。然后他小心翼翼地走过去，换了妥协的策略。他嘟起嘴巴，想打口哨，但没打响，再往前走，嘴里叫道：“可怜的狗！——狗儿，狗儿，狗儿！——可怜的狗狗儿！”爬上台阶，还在亲切地念着那些温柔的名字。最后他终于占了优势，大吼道：“滚开，你这个贼！”——起脚朝它肋骨狠狠地踢去，结果自然是他自己一头栽了下去。他歇了一下，痛得哼了一两声，然后意味深长地评价道：

“硬得要命的狗。它吃的什么呀？(呃！)说不定是石头吧。这种动物很危险。我是说‘咬人’——它们很危险。要是人——(呃！)要是人要拿岩石喂狗，就让他喂石头吧，咬就咬吧，不过得把它关在家里——别让它到处乱跑，这地方、(呃！)这地方人一不当心就会绊着它！”

我不无遗憾地最后看了一眼那面小旗(它有三十五英尺长，十英尺宽)，它在离弗吉尼亚城两千英尺高的戴维森山顶上高高飘扬，像妇人的手绢一样，我觉得无疑将永远告别这个使我享受了一生经历中最有生气的生活的城市。这使我想起了一件事，这件事即使是当时弗吉尼亚自夸记忆力最糟糕的人，也会时常栩栩如生地回忆起来，直到他死去。一个夏日的傍晚，下了一场阵雨。这雨本来就够奇怪的，把全城的人都惊动了，因为内华达只有在冬天（一两周）才下雨，就为这场雨也不值得商人囤积伞来卖。但这场雨还不算最奇怪的事，这雨只下了五到十分钟。人们还正在议论这场雨的时候，天空突然变得像午夜一样一团漆黑。俯瞰弗吉尼亚城的戴维森山的巨大的东端整个笼罩着一片阴森森的黑影，只是由于那高耸挺拔的山峰离得很近，它的轮廓在死一般黑暗的天色的衬托下，才隐约可见。这不寻常的景象使所有的眼睛都转向了戴维森山。正在这时，他们看见山巅上一条小小的金光灿烂的火焰在夜色的深处摇曳，闪烁！不到几分钟，街上就挤满了人，张口结舌地瞪着黑暗笼罩的世界中那个辉煌的小点。它像蜡烛的火焰一样摇曳着，看起来只有那么大。尽管那亮点是那么小，但在这样的背景下，它明亮得惊人。它就是那面红旗！——虽然人们开始时没有想到这一点，它看起来那么像某种天外来客——有的人甚至相信它是带来喜讯的神秘的信使。它是落日余晖铸成的国徽，在这幅广袤的山岭和沙漠风景画中，那光辉只降临在那么一点上，甚至没有降临到旗杆上——因此，在远处看来像针一样细的旗杆，在此时的黑暗之中就根本看不见了。整整一个小时，那怪客高贵而沉寂地闪烁着，燃烧着，成千上万双仰视的眼睛仍然入迷地盯着它。人们多么激动哟！迷信的说法迅速传播开来，说这是一个神秘的使者，从战场上带来了重要的消息——由于这种看法颇有诗意，所以便站住了脚——它传播开来，从心灵到心灵，从嘴巴到嘴巴，从这条街到那条街，到最后，人们有一个共同的冲动，要出动部队，鸣放礼炮去欢迎那位光辉的使者！

这当中有一位备受煎熬的人——电报员，他曾发誓保守官方机密，此时只得紧锁嘴唇，管住舌头，那难受的沉默随时都会冲破嘴唇，因为在这群胡乱猜测的人当中，他，只有他知道这落日曾经看见东部的重大事件——维克斯堡陷落，联邦军队在葛底斯堡大捷！

新闻的垄断严禁透露东部的消息，一定要等到加利福尼亚的报纸发表一天以后，要不是这样的话，在那个难忘的晚上，只要还剩有最后一点火药，人们一定会对戴维森山上那面光辉的旗帜一遍又一遍地致敬。全城一定会欢腾，凡是自尊的人都会去喝个痛快——这是当地的习惯，每到群众活动的时候都是如此。事情已经过去很久了，但一想到那个最难得的机会给无端破坏了，都会禁不住遗憾不已。那回我们本来该有多快乐哟！

第五十六章

到旧金山去——东部和西部的风景——地球上最热的地方——夏天与冬天

我们轰隆隆地驶过平原和山谷，爬上高耸入云的内华达山脉，鸟瞰披着夏装的加利福尼亚。说到这里，我得顺便提一下，加利福尼亚的所有的景色都需从远处欣赏才能看到它的妙处。群山巍峨壮丽，无论从哪个角度来看——但必须从远处看，才能使粗犷变为柔媚，使简单的色调变得更加丰富多彩。观看加利福尼亚的森林也最好远望，因为植物品种少得可怜，树木主要是一种单调的科目——红杉、松树、云杉、冷杉——这样，从近处看，它们的硬扎扎的枝条姿态相同，叫人厌烦，都向下伸出去，反反复复地向人们要求“嘘！——别作声！——你们会打扰人的！”再走近些，就会闻到阵阵刺鼻的松油气味，听到枝叶没完没了的叹息和哀怨。你无声无息地走过一片苍黄斑驳的树皮和枯萎的松针铺成的地毯，会觉得自己像个没有脚步声的飘忽不定的精灵。

你会讨厌那一片片无边无际的松针，渴求实在的、成形的树叶；你会寻找青苔和草地，想在上面躺一会儿，但根本找不到，因为没有树皮的地方就是裸露的黏土和污泥，这里是幽思和洁净的衣着的大敌。加利福尼亚的草原也有不少像样的，但常常还是得从远处眺望，因为，尽管草高叶大，但它们自满地傲然挺立，互不理睬地远远分离，其间难看地点缀着荒芜的沙土。

我知道的最奇怪的事情就是听说从“联邦”来的游客们迷上了那可爱的“鲜花常开的加利福尼亚”。他们也的确总是陷入那种迷恋。不过，老加利福尼亚人对这里的黄沙覆盖、说变就变的夏季“青翠的原野”仍然记忆犹新，他们看到把东部风光打扮成人间天堂的那种繁花似锦、青葱翠绿、享用不尽的清新空气、千姿百态的花草树木，会不禁目瞪口呆，心中充满钦慕。如果那些游客了解到这些的时候，也许他们就不会那么迷恋了。一个人领略了新英格兰的片片草原、枫树、橡树，以及用夏日的浓荫掩映着教堂的窗户的榆树，还有秋日那乳白色的阳光普照下的森林，如果这个人还会着迷于阴郁暗淡的加利福尼亚风光，这种事情很滑稽——事实上，这种事情不合理。气候没有变化的地方绝不可能很美。热带就不美，不管你对它们浪费多少感情。它们初看起来还美，但是单一的气候就把它们的魅力慢慢破坏殆尽。变化才是自然女神创造奇迹的女仆。四季分明的地方绝不会缺乏美景，也绝不会单调乏味令人生厌。每一个季节——看到它的发生，它的稳步而和谐的发展和它达到绝顶的风韵——都会产生一个充满欢乐，兴趣盎然的世界——你刚要厌倦它的时候，新的季节又来临了，随之又是崭新的变化，一系列的更替带来了新的魅力、新的壮观。我认为，对于与自然息息相关的人来说，每个季节，在它来临的时候，都是最可爱的。

旧金山是个真正迷人的城市，最适宜居住，从适当的距离看过去，端庄而秀丽，但走进去看，你会发现建筑物大多是老式的，许多街道都是残缺破败、烟熏火燎、面目丑陋的木头房屋，伸出城外的荒芜的沙丘突出得太过分。就是它那温和的气候有时也是从书上读起来比亲身经历更舒服些，因为美丽而晴朗的天空会慢慢地令人生厌，当你盼望已久的雨终于来到时，它又赖着不走了。甚至就是那有趣的地震也最好从远处观察——

但是，也有不同的看法。

旧金山的气候温和，极为稳定。温度计一年到头总是指着华氏七十度。气温差不多丝毫不变。无论是夏天还是冬天，睡觉都只盖一两床薄毯子就是了，根本用不着蚊帐。没有人穿夏装。你总穿黑色细布衣服——要是你有的话——八月和一月都是一样。一个月不会比另一个月冷，也不会热。你不会穿大衣，也用不着摇扇子。总的来说，这种气候是你能期望的最舒服的气候，无疑是世界上最稳定的气候了。夏季多风，不过要是你乐意的话，可以到奥克兰去——离城三到五英里，那里没有风。旧金山十九年中只下过两次雪，只残留在极远的地方使孩子们吃惊，让他们迷惑不解：那羽毛似的东西是什么呀？

一年之中，有整整八个月天空晴朗无云，没有一滴雨。但是另外那四个月来到的时候，你就得去搞一把伞了，因为你需要。雨不是只下一天，而是几乎片刻不停地下一百二十天。要是你想去串门，去做礼拜或是去看戏，你绝不会先看看天，估计是不是要下雨——你会看看日历。冬天就下雨，夏天就不下，这让你无可奈何。你用不着避雷针，因为这儿从来不打雷，从不闪电。你在六到八月的每天晚上听够了那淅淅沥沥凄凉而单调的淫雨声后，心里会希望它来一声迅雷，划过那沉闷的天空，奔腾，轰鸣，使万物复苏——你会希望被囚禁的闪电劈开那沉闷的苍穹，用炫目的光芒把它照亮，哪怕是一瞬间也好。你愿付出一切代价想再一次听听那久违的雷声，看着闪电击人。整个夏天，当你忍受了差不多四个多月的耀眼无情的阳光的折磨之后，你简直就要跪下来乞求下雨——降雹——落雪——雷鸣电闪——什么都行，只要能打破这单调——要是办不到的话，你会盼望来场地震，地震的机会倒有的是。

旧金山建筑在一片沙丘上，不过这是一片富饶的沙丘，上面长满了繁多的植物。“联邦”的人们在花盆和温室里精心培养的各种奇花异卉，都在这露天的沙堆上终年争芳斗艳。有水百合，形形色色的天竺葵、西番莲、蔷薇——它们的名目我还说不出十分之一。我只知道，当纽约人忍受着一堆堆、一片片的大雪时，一堆堆、一片片的鲜花却像沉重的负担一样压在加利福尼亚人身上，要是他们放手不管，任其自由生长的话。我听说那里还有一种百花中最罕见、最奇妙的花，西班牙人叫作“Espiritu Santo”——也叫圣灵花——原来我还以为只有在中美——到巴拿马海峡才有。它的花萼上有一个最精巧、惟妙惟肖的小鸽子，像雪一样洁白。西班牙人对它崇敬到了迷信的地步。有人把它的花蕾浸在乙醚中带到了北方，还有把球茎也带去的，但是到了北方后，一切使它开花的努力都失败了。

我在本书前面的一章中曾讲过加利福尼亚的莫诺那漫漫的冬日，这里，我又讲了旧金山的永恒的春天。现在，我们再往前一直走一百英里，就见到了萨克拉门托那永久的夏日。在旧金山，你永远也别想见到夏装和蚊子——但在萨克拉门托，就看得到了。情况并不一定永久不变，不过十二年中也许有一百四十三个月是这样。那里鲜花常开，读者很容易相信——人们备受煎熬，挥汗如雨，骂声连天，从早上、中午，直到晚上，倾其全力拼命挥扇。这里太热了，但是如果你到尤玛堡去，你会发现那里更热。尤玛堡也许是地球上最热的地方。无论什么时候，在阴凉处，温度计一直指着华氏一百二十度——只升不降。那是个美国军事驻地，那里的人们完全习惯了酷热，没有酷热他们还难受。有个传说（是约翰·费尼克斯讲的①），说是有一次，那里有个非常、非常捣蛋的士兵死了，自然就直接送到了那最热的墓地的一角——第二天，他打电报回来要他的毯子。这个传说的真实性是

① 有五十个蹩脚的作家抄袭了这个传说，他们可怜得无法想象，却毫不害臊地去偷。——马克·吐温

没有疑问的——不可能有任何疑问。我去过那个士兵过去住的地方。萨克拉门托永远是火辣辣的夏日，在早上八九点钟你可以采摘玫瑰，吃草莓、冰淇淋，穿白色亚麻布衬衫，喘气，冒汗，然后乘坐列车，中午时分穿上皮大衣，套上滑雪板，在高出峡谷七千英尺的封冻的多纳湖上那十五英尺厚的雪堆中滑雪，要不，也可在冰峰高达海拔一万英尺的崇山的阴影中滑冰。

这就是你经历到的变迁！在西半球，你还能找到这样的地方吗？我们有些人曾经乘坐列车在那附近的海拔七千英尺的雪墙夹道的太平洋铁路的弯道上奔驰过，像鸟儿一样地俯瞰萨克拉门托峡谷那不死的夏日，它那丰饶的原野、那羽毛般的树叶、那银色的溪流，一切都在它那迷人的气氛中、美妙的雾霭里憩息。从这样的远处看去，一切都无限地柔和、出神入化——透过冰封雪冻的悬崖峭壁的天门，朦胧地、梦幻般地掠一眼那块仙境，那就更加迷人，更加动人心弦了。

第五十七章

加利福尼亚——看见了个女人的新奇感——“唉，可惜是个小孩！”——一百五十美元买一个吻——等待轮到我

就是在这刚才提到过的萨克拉门托峡谷，早期曾大规模地开发过最赚钱的金矿。在许多地方，你至今还能看到十五、二十年前那些贪婪的掠夺者们挖掘、开凿、打洞破坏了的草坡和平坝。在加利福尼亚，到处都看得到这种破坏——有些地方，现在只看得到草地和森林——没有一个活物，没有一间房子，没有一根房柱，没有一块基石，没有房屋的废墟，没有任何声音，甚至没有一丝儿风声来打破那安息日似的沉寂——你将很难相信那里曾几何时兀立着一座蓬勃发达、有两三千人的小城，有它自己的报纸、消防队、管乐队、自卫队、银行、旅馆、热闹的七月四日游行队伍和演讲，赌窟里充斥着烟草味、咒骂声，和各个民族、各种肤色的胡子乱蓬蓬的男人们，桌上堆集的金砂足以抵得上一个

日耳曼公国的收入——街道拥挤，百业兴旺——街上的门面地皮值四百美元一英尺。劳作、笑声、音乐、跳舞、咒骂、斗殴、枪杀、砍杀——每天早上的凶杀案调查和早饭——一切使生活丰富多彩的东西应有尽有。一个繁荣、茂盛、前途无量的年轻城市的一切建筑和设施一应俱全——而现在，什么都不复存在，只剩下无声无息、无房无舍的荒凉。那些人走了，房屋消失了，甚至那地方的名字也被人遗忘。在当今这个时代，还没有哪个地方的城市像加利福尼亚的老矿区那样，死亡、消失得如此干净彻底。

那时候的人群是敢作敢为、生气勃勃、精力充沛的人群，是奇特的人群，是这个世界上仅能看见一次绝不可能再次产生的人群。你看一下，这是个二十万年轻男人的群体——没有忸忸怩怩、温文尔雅、戴羊皮手套的人，有的都是强壮、结实、无畏的年轻好汉们，精力十足，干劲冲天，忠诚地贡献出一切，要创造出一种绝世无匹、神圣高尚的人类来——他们是世界精华的荟萃。没有妇女、儿童，没有头发花白、弯腰驼背的老人——绝没有这些人，而是腰板挺直、目光炯炯、行动迅速、臂力过人的年轻巨人们——他们是最奇怪的人、最优秀的人，是开进这片荒无人烟的处女地的最英勇的军队。现在，他们到哪里去了？散布到了天涯海角——也许未老先衰——也许在街头斗殴中饮弹挨刀——也许死于希望与伤心——都去了，或者说几乎都去了——成了贡献在金犊祭坛[1] 上的牺牲品——袅袅的香味飘向天空的最

① 即金钱崇拜。

高尚的燔祭。想起来都觉得可怜。

他们是优秀的人们——没有一个行动拙笨、睡眼惺忪、待在家里的呆头呆脑的懒虫——在拓荒者中你绝对找不到这种人——这种材料绝不可能造就成拓荒者。就是这些人给加利福尼亚带来了赫赫的名声——创办惊人的企业，并以迅猛的速度、无畏的胆略、不惜一切代价、不顾任何后果地把企业推向前进的名声，直到今天，她仍然享有这个名声——每当她创造出一个新的奇迹时，东部的人们总会照常会心一笑：“唔，加利福尼亚就是这样。”

但在那个时代，他们是些粗鲁的人！他们完全沉迷于金子、威士忌、打架斗殴和跳舞作乐，说不出有多快活。一个老实的矿工从矿里每天扒出一百到一千块美元，进了赌窟，再到别的地方作乐一番，第二天一早他就身无分文了，这还算他运气好。他们自己煮腊肉和豆子，自己钉纽扣，自己洗衣衫——蓝色羊毛衫。要是有人想打架，而且急不可待，他只要穿上白衬衫，或者戴上高筒帽出现在人们面前，他的愿望就会得到满足。那里的人们憎恨贵族，他们对于他们所说的“浆洗过的衬衣”怀有一种特殊的深仇大恨。

这是个粗鲁、自由、无法无天，奇形怪状的社会！男人——只有一群群五大三粗的男人——到处都看不到一个小孩，看不到一个女人！

那时，要是来了个女人，矿工们会蜂拥而至，瞧一眼那稀罕而神圣的物种！老居民还记得，在某个营地里，有个女人来了，这消息一大清早就不胫而走，闹得沸沸扬扬！他们看见一件花布裙子从马车上拖到地上——这就表明是从大平原来的移民。大家一起赶到那里，当发现那实在的、千真万确的裙子随风飘荡的时候，欢呼声响成一片！那个男移民出现了。矿工们叫道：

“把她弄出来！”

他说：“那是我妻子，先生们——她病了——印第安人抢走了我们的钱、行李，什么都抢光了——我们要休息一下。”

“把她弄出来！我们要看看她！”

“不过，先生们，那可怜儿，她——”

“把她弄出来！”

他“把她弄出来”了，他们挥舞帽子，欢呼三声后又一次高呼。他们围过来盯住她，摸摸她的裙子，听听她的声音，他们那模样简直是在听一种回忆，而不是真真切切的声音——然后凑了值两千五百美元的金子，交给了那个男人，再一次挥动帽子，连呼三声，心满意足地回家去了。

有一次，我在旧金山一个拓荒者的家里吃饭，和他的女儿，一个年轻姑娘交谈，她在旧金山的第一个经历就是一次冒险，尽管她自己不知道，那时她才两三岁。她父亲讲，下车之后，他们走上大街，一个用人抱着这小姑娘走在前头。不久，一个魁梧的矿工，满脸胡子，腰扎皮带，靴子上装着马刺，腰佩着致命的武器——显然在山里苦战了许久，刚下山来——横在路上，他拦住那用人，贪婪地凝视着，满足而惊讶得满脸生辉。然后他恭恭敬敬地说道：

“唉，可惜是个孩子！”接着，他从衣袋里一把抓出个小皮口袋，对用人说；

“这里头的金砂值一百五十美元，我都给你，让我亲亲这孩子！”

这逸事是真的。

不过，你看看事情变化有多大。坐在那餐桌旁，听了那件逸事，就是我出两倍的钱要亲一下那同一个孩子，人家也会拒绝的。增加了十七岁，那价钱就涨了远远不止两倍。

说到这个话题上，我还得提一提另一件事。在洪堡山区的星城，有一回，我站在排成一路纵队的矿工们中间，耐心地等候着机会从一座木棚子的缝隙里窥视一下，看一眼那光辉的、新奇的东西——一个真正的、活生生的女人！等了半个小时，终于轮到我了，我把眼睛贴着缝隙，她在那里，一手叉腰，一手翻着锅里的煎饼。她有一百六十五岁[①]了，嘴里一颗牙也没有。

---

① 这时情绪不那么激动了，我自愿把那年龄扣掉一百岁。——马克·吐温

第五十八章

旧金山的生活——一文不值的股票——我第一次见到地震——记者的本能——股票的价值——新鲜事与好奇心——搅乱了安息日——房客与女招待——被人模仿的实用服装——地震对牧师们的影响

几个月来，我享受了一种对我来说是全新的生活——游手好闲，无所事事，不对任何人负责，绝不为金钱问题操心。我爱上了这座联邦中最友好、最可爱的城市。穿过了华休那生长着山艾树的大地和碱化沙漠后，旧金山就成了我的天堂。我住在第一流的旅馆里，在最引人注目的场所展示我的盛装，在歌剧院进进出出，学会了装出一副迷上了音乐的样子，其实要是我还有一点起码的诚实的话，我会坦白地说，那音乐并不使我那无知的耳朵舒服，反而常常使它们受罪。不过我还是以为在这方面我并不比我的大多数同胞差多少。我一直期望成个游手好闲的人，现在达到目的了。我穿着豪华的晚礼服去出席私人聚会，像一个天生的花花公子一样忸怩作态，炫耀我的体面，用我自己独有的一种步子跳波尔卡舞或薛迪希舞[①]——半吊子。一句话，我那副模样十足像个将来有十万美元身家的阔人。等到那银矿在东部卖掉的时候，我就会腰缠万贯。于是，我大手大脚地挥霍钱财，同时密切注视股票的买卖，关注着内华达的情形。

一件大事发生了。内华达的有产者们投票反对州宪法，但是没有什么家产、无所谓损失的人们占了大多数，他们十分拥护这个议案。不过，总的说来眼下还不像是场灾难，虽然这无疑是场灾难。我拿不定主意，估量了一下利弊，最后决定还是不卖股票。股票不断上涨；投机事业发了疯；银行家、商人、律师、医生、技工、工人，甚至洗衣妇和女仆都把自己的钱拿去买了银矿股票，早上升起的太阳到了落山的时候，穷鬼发了财，有钱人成了乞丐。这是个多么疯狂的赌博狂欢节哟！古尔德－卡利猛涨到六千三百美元一英尺！接着——转眼间，跌进了深渊，一切的一切，每个人都给毁了！希望的破灭是干净彻底的。肥皂泡破了连点湿气都没留下。我过早地成了个乞丐，一个地道的乞丐，积蓄的股票连废纸都不如，一股脑全给扔了。我，这个花钱如流水，从来没有想到自己还会遭受不幸的快乐的白痴，还清了各种债款以后，只有五十块钱了。我从旅馆搬到了寒酸的客栈，又重操旧业，干起记者的营生。我精神上还没有完全崩溃，因为对银矿在

① 一种19世纪流行的类似波尔卡舞的二步圆舞。

东部脱手仍充满信心。但是我没收到丹的来信，我写去的信不是没寄到就是他没有答复。

一天，我情绪不太好，整天没到办公室去。第二天，照往常一样快到中午才去，看见桌上有张纸条，已经放了二十四小时了。上头签名是“马歇尔”——那个弗吉尼亚记者——要我当晚到旅馆会见他和一两位朋友，他们第二天早上就要乘船到东部去。上面还写着他们此行的目的是关于一大桩矿产买卖！我一辈子还从来没有这样难受过。我痛骂自己离开了弗吉尼亚，把一件本来该自己去办的事托给了别人。我痛骂自己那一天偏偏不在办公室，本来我一年到头都是守在那儿的。就这样骂了一番后我小跑了一英里赶到轮船码头，恰恰是太迟了，轮船已经冒着烟开走了。

我自我安慰，想这宗买卖也许什么也捞不到——可怜的，无可奈何的安慰——后来又去干我的苦差事，要靠那每周三十五块钱的薪金混日子，把那件事忘个干净。

一个月后，我平生第一次见到了地震。这场地震很久以来被人们称为“大地震”，一直到今天，无疑还是很有名的。它发生在十月里的一个晴朗的日子。正午刚过，我正走在第三大街上。在这房屋拥挤、人口稠密的街区上，看得见的活动东西除了我后面有一个人驾着辆车，还有一辆街车从十字路口慢慢地转过来。除此以外，到处是一片冷清与安息日的沉静。我刚转过弯，正经过一座木头房子，这时听见一阵巨大的震动和轧轧声，我想又有东西可写了——肯定是这房子里在打架。我还没来得及转身去找门，又是一阵阵可怕的震动，脚下的大地像波浪一样摇动起来，一阵阵猛烈地上下颠簸，还有像砖房子互相摩擦发出的刺耳的噪声。我摔倒在木头房子上，撞伤了手肘。我明白这是什么了，出于纯粹的记者本能，我掏出表来，记下了当天的时刻。这时，第三次更为猛烈的震动发生了，我在人行道上踉踉跄跄，拼命想站稳脚步，我看到了那惊人的场面！第三大街上一座高大的四层楼房整个门面部分像一扇门一样鼓了出来，倒塌到了街对面，扬起的灰尘像一团浓烟！那驾马车正好过来了，架车的人一头栽了下来，我还来不及叫出声，车子就四分五裂成了碎片，在街上撒了三百码远。你可以想象有个人把车轮和破烂装在枪膛里一枪打了出去是何等情景。街车停了下来，那些马后蹄着地立起来，然后向前猛冲，把乘客们从车厢两头倾倒出来，一个胖子从车门一侧的玻璃窗中摔出半个身子，给夹得紧紧的，像个绝望的疯子一样挣扎尖叫。极目望去，每座房子的每一扇门都吐出一串串的人来，几乎还不到一眨眼的工夫，从我那位置看得到的每一条街上，大群的人汇成一条条看不到尾的长龙。刚才还是一片宁静，瞬间就成了沸腾的生活，转变之快，前所未有。

这是“大地震”创造的部分奇迹，它们就发生在我的眼皮底下。但是它在全城其他地方的恶作剧，却创造出九天九夜人们津津乐道的谣言。毁坏的财物倒微不足道——它带来的伤害却是广泛的，相当严重的。

这地震引起的“反常现象”简直没完没了。生病在床的、正在睡午觉的，还有放荡了一个通宵正在补瞌睡的先生们与女士们拥上了大街，穿着各种各样千奇百怪的服装，有的人还是一丝不挂。有个正在给光屁股娃娃洗澡的妇人跑上大街，把娃娃夹在脚脖子间，就像只拔了毛的火鸡。据认为是恪守安息日规矩的名人们只穿着衬衣就从酒店里冲出来，手里还捏着弹子球。几十个脖子上晃荡着围嘴布的男人从理发店里跑出来，有的还满脸涂着肥皂泡，有的半边脸刮得光溜溜的，那半边脸还留着毛烘烘的胡子茬儿。马儿们从马厩里挣脱出来，一条惊恐的狗冲上一架短短的顶楼梯子，蹿到了房顶上，恐怖过去以后，却再也没有胆量从原路走下来。在一家大旅馆里，一位名记者跑下楼来，只披着件贴身内衣——碰到个女招待，他叫道：

“哎呀，我怎么办啊？我该到哪里去呀？”

她天真而平静地答道：

“要是没地方去的话，到服装店去试试。”

有位领事夫人是当时大家公认的时装领袖，不论她穿着什么新颖奇特的东西出门，附近的女士们都要对她们的丈夫的钱袋发动攻击，自己也照样打扮起来。一个为此吃过不少苦头常常抱怨的男人，地震发生的时候正站在窗前，就在这时，那位刚从澡盆里爬出来的领事夫人逃了过去，身上几乎没有什么遮羞的东西，只有——一条浴巾！那位吃尽苦头的丈夫克服了对地震的恐惧跳了起来，对他的妻子喊道：

“这打扮真是妙极了！把你的浴巾拿出来，宝贝！”

那天，旧金山房屋的天花板上掉下来的灰泥可以铺几英亩地。事后好几天，一群又一群看热闹的人们围着一座座大楼指指点点，观看那些从屋檐直伸到地面的弯弯曲曲的裂缝。有一座房子上有三个烟囱，顶部给折断了四英尺，又扭转了一下，把烟囱给堵死了。在一条街的中央，一条一百英尺长的裂缝张开了六英尺宽，然后又猛烈地合上，那巨大的力量把接合部的泥土挤得隆了起来，像座狭长的坟墓一样。一个妇人坐在她家那摇晃颠簸的客厅里，看见墙与天花板分开了，像张嘴巴一样一张一合地折腾了两次，接着一块砖头掉到地上，像吐出颗牙齿一样。她是个蠢得令人讨厌的女人，跳起身逃了出来。有位太太正走下楼梯的时候，看见一个青铜的赫拉克勒斯雕像身子朝前倾着，好像要用棍棒打她一样，她吓了一大跳。他们同时滚到了楼梯底下——那妇人吓得昏死过去。她不久生下来个孩子，脚是畸形的。然而话说回来——要是读者认为这是什么巧合的话，你不妨自己去试一试，不过发生了这种事情必须自己负责。

第一次震动就把一座教堂的巨大的风琴管折断了两三根。那个牧师举起双手正要结束礼拜式，他两眼向天，停了停说道：

“不过，我们就免了祝福礼吧！”——话刚说完，他站的那个地方屋顶上就出现了一个大洞。

第一次震动过去以后，奥克兰的一位牧师说道：

“大家坐好！要死的话，再也找不到比这儿更好的地方了——”

第三次震动过后，他又加上一句：

“不过还是外面好！”然后他就从后门溜出去了。

至于这场地震毁坏的壁炉装饰和香水瓶之类，其数量之大，旧金山此前还从来没有见过。这个城里没有哪位姑娘或主妇没遭受这类损失。悬挂在墙壁上的图画掉了下来，但更多的是，由于地震的稀奇古怪的幽默感，这些图画给完全翻了个个儿，面子朝着墙！起初，人们对地震的路线或方向的说法还有分歧，但许多从水槽和水桶里溅泼出来的水就解决了大家的分歧。数以千计的人们给摇晃的地板和街道弄得十分恶心，他们极为难受，在床上躺了好几个小时，有些甚至躺了好几天——几乎没有一个人不感到有点难受的。

这场奇怪的地震——旧金山以后一个礼拜的闲言碎语的主要原料，其情节可以写成比这本书厚得多的书，因此我得换个话题了。

不久以后，有一天我纯属偶然翻到了一张《企业报》，在这场残酷的打击下我彻底倒下了：

内华达银矿在纽约出售——G.M.马歇尔，谢巴·赫斯特和阿莫斯·H.罗斯一行三人，去年七月带着洪堡县松树区和里斯河地区银矿的矿石离开旧金山前往纽约，现已卖出一座六千英尺的矿，并且给松山联合矿标价三百万美元。该契约正在从纽约送往洪堡县途中，为进行注册登记，该契约应付印花税款三千美元，据称这是有史以来为一份契约所付的最大一笔印花税。一百万美元的经营资本已经交付国库，一座大型石英冶炼场所需的机械已经买齐，并将尽快安装。该公司的股票已经付讫，完全不可估价。此地区的矿砂和洪堡的谢巴矿有些类似。该矿的发现者谢巴·赫斯特及其朋友在透露他们的行踪之前就找到了他们所需的最好的矿脉、土地和木料。那里的矿砂经本城化验表明，其金银的含量特别丰富——主要是银。该地区木材与水的资源极为丰富。听到纽约资本已经投资开发本地矿山的消息，我们很高兴。看到了矿石和化验报告单后，我们非常满意，此地区的矿山极有价值——野猫矿除外。

又是弱智和低能的结果，我白白丢了一百万！这又是一个"隐矿脉"。

让我别再提这件悲惨的事了吧。我要是虚构这种事的话，我会幽默个没完，但这件事是那样的真实，直到事隔多年的今天，我谈起它心情还是轻松不起来。[①] 只要说一件事就够了：我是那样的伤心，那样没完没了地发牢骚、叹息、后悔，我完全忽视了我作为一家兴旺的报纸的记者的职责，几乎成了废物一个。最后，一位股东把我拉到一边，他那慈悲心肠我至今回想起来还尊敬得很，他给了我一个辞职的机会，免得我被解雇，丢了面子。

---

① 事情是真的，不过以上写的数字也许不那么准确。几个月后，我见到了马歇尔，尽管他有很多钱，他并没有声称弄到了一百万。我估计他当时实际上还没捞到五万美元。这个数目以外，他的财富似乎包含一些还说不定的巨大希望，而不是巨大的把握。但是，那条消息一登出来，我就完全相信了，之后就不由自主地心力交瘁，一蹶不振了。——马克·吐温

第五十九章

又成了穷光蛋——以溜为职业——一位典型的讨债者——不幸喜欢同伴——互相交往求得安慰——一线希望——拾到了一个银角子——比较起来看算有钱——两顿丰盛的晚餐

有一段时间，我为《镀金时代》写文学性文章。C.H. 韦布创办了一份很不错的文学周刊，叫《加利福尼亚人》，但是质量高并不是成功的保证，刊物办得很不景气。他把它卖给了三个印刷商，布雷特·哈特任主编，周薪二十美元，我受雇每周为它写一篇文章，挣十二美元。但是这杂志却每况愈下，印刷商们把它卖给了奥格登上尉，他是位有钱而快活的绅士，喜欢以这种昂贵的奢侈品来取乐，并不怎么在乎代价。他也很快便玩厌了这新奇的玩意儿，又把它卖还给了印刷商，这周刊便立刻平静地寿终正寝了。我又失业了。我本来不愿意重提这些往事的，只不过这些事恰如其分地记述了在太平洋之滨那段生活的辛酸沉浮。在任何别的地方，你很难有机会跌进这变化万端的兴亡盛衰之中。

在两个月中，我唯一的职业就是避开熟人，因为在那段时间里，我没有挣得一分钱，没有买过任何东西，也没有付过房租饭钱。我学会了很内行地“溜”。我从一条僻静的街道溜到另一条僻静的街道，每当看到一张似乎有些熟悉的面孔向我走来，就赶忙溜开。我溜去吃饭，卑贱地吃，每扒一口从慷慨的女房东那里抢来的饭菜，就默不作声地道一回歉。我四处溜达，避开欢乐与灯光，直到深更半夜，才溜回床上。我觉得自己比蛆虫还要下贱，还要低劣，还要卑鄙。那段时间里，我仅有一枚硬币——一枚十分的银币——我把它攥得紧紧的，无论如何也不肯花掉，以免那种完全一文不名的意识产生自杀的冲动。我把一切都典当光了，只剩下身上穿的，因此我拼命抓住那十分钱，到后来都把它捏得光溜溜的了。

不过，我差点忘了，除了这个“溜”的职业以外，我还有个职业，那就是接待一个债主（他也接待我）。他手头有一张期票，就是我为我的“浪子”老同学，向弗吉尼亚那位银行老板借的四十六美元。这人每周定时来催讨一次，有时还要频繁些。他这样做完全是出于习惯，因为他明白什么也收不到。他会拿出期票，对我计算利息，每月百分之五，清楚地向我表明这期票上既无伪造的企图，也没有错讹。然后就恳求、争辩，竭尽全力地催讨任何一笔数目——任何一笔小的数目——哪怕是一美元——甚至半美元也行。这以后，他的使命就告结束，良心也安逸了。他总是立刻撇开这个话题，掏出两支雪茄，一人一支，把脚跷在窗台上，我们两人就海阔天空地聊了起来，他会从他那丰富的记忆仓库里取出许许多多稀奇的讨债历险记，对我滔滔不绝地谈起来。最后，他把帽子扣在头上，快活地说一声：

“嗯，公事公办——总不能老是守着你！”——一秒钟后就走了。

想到讨账的事我心里多么难受哟！然而我却常常渴望他来。哪天我盼望着他，而他又没来，我会同任何母亲盼望儿子一样忧虑不安的。但他并没有能讨到这笔债，连一分钱也没要到。我后来终于亲手还给了那位银行老板。

不幸的人不单行。夜晚，在冷落僻静的地方，我不时碰到另一个不幸之子。他衣衫褴褛，凄凉孤独，无家可归，无亲无故，被人抛弃了。我像一个哥哥一样地可怜他。我想和他亲近，共同分享我们的不幸遭遇。我觉得我俩都有结交的愿望，总之我们经常见面，虽然看起来似乎是偶然的。尽管我们都不说话，甚至装作不认识，每当我们见面的时候，我还是觉得我俩都流露出一种沉闷的渴望，然后我们心满意足地闲逛几个小时，分得开开的，在茫茫的夜色中，借助于房子里射出的灯光和炉边聚会透出的光亮，偷偷地瞧一眼，欣喜地分享我俩那沉默的友谊。

我们终于开口了，以后就彼此难舍难分，因为我俩的悲伤几乎是相同的。他也曾经是个记者，失了业，这就是他的经历，我所能回忆起来的就是这些。失业以后，他就一落千丈，不停地往下栽：从俄罗斯山的公寓搬到卡尼大街，从那里搬到杜邦；从杜邦搬到低矮的水手棚子；再从水手棚子搬到码头附近的货物箱和空桶里。后来，有一阵子，他在码头上靠缝补开绽的粮食口袋勉强糊口。这差事也干不成以后，他就到处找吃的，全凭运气所赐。现在，他白天再也不露面了，因为记者什么人都认识，穷的和富的，高贵的和卑贱的，他无法在光天化日之下避开熟面孔。

这个要饭的布鲁彻——我这样叫他是为了方便——是个不一般的家伙。他充满希望和勇气，熟谙事理，他博览群书，是个意趣高尚的人；他聪明机智，是个幽默大师。在我的心目中，他的和善与豪爽的品性使他高贵无比，他那沿街边的座位成了王位，他那顶破帽子成了王冠。

他也有过一次奇遇，这件曾触动我的同情心的最有趣的奇遇深深地印在我的记忆中。他曾经两个月没有一分钱。他在昏暗的大街上，在对他很友好的微弱灯光下游荡，到后来，这已成了他的第二需要。但他终于被迫白天出来了，原因很充分：他已经四十八小时没沾一点食物了，他实在无法无所事事地躲着忍受那悲惨的饥饿了。他顺着一条僻静的街走着，盯着面包店橱窗里的面包，觉得只要能吃上一口，他可以把那条命都卖掉。看见了面包使他倍觉饥饿，不过看看也好，请想一想一个人只要有了面包，他会干些什么事来。不一会儿，在街中间，他看见一个亮闪闪的小点——再看一看——不会，也不能相信他的眼睛——扭过头去，擦一下眼睛，再看看。这是真的——并不虚妄，也不是饿出来的幻觉——这是一枚银角子！他一把抓起来——贪婪地盯着它，心中怀疑——咬一下——发现是真的——把跳到嗓子眼的心咽了下去，强忍住没有欢呼起来。然后他向四周看了看——没有人在看他——把那银角子扔回原地——走开几步，又走回来，装着不知道它在那里，这样，他就能再次品味发现它的那种狂喜。他围着它踱了一圈，从不同的角度去观察它。然后，手插在衣袋里溜达起来，抬头仰望天空，不时瞥它一眼，再次体会那惊心动魄的快感。他终于把它捡起来走了，放在口袋里细细把玩。他慢悠悠地穿过已经不常去的街道，在门洞和角落里停下脚步，把它拿出来看看。不久，他回到了自己的家——一个空的乳白色的大桶——一直忙到晚上，考虑到底用这钱来买点什么。但是，这真不容易办到。他的想法是最大限度地利用它。他知道，在矿工饭店，十美分可以买到一盘豆子，一块面包，或者一个炸鱼饼和一些小菜，不过那里“一个炸鱼饼不搭面包”。在彼特法国餐厅，花十美分他可以吃到一块家常小牛排，几根胡萝卜和面包，或者一杯咖啡——至少一品脱——加一片面包。不过那面包片还不到八分之一英寸厚，有时候他们切的面包比这还要罪过。到七点钟，他饿得像条狼一样，但他还没有拿定主意。他出来走到商人街，心里还在筹划着，嘴里嚼着一根棍子，挨饿的人都这么做。他来到了城里最有气派的马丁餐厅门前，停住脚步。在过去那些好日子里，他常来这里吃饭，马丁很熟悉他。他站在灯光照不到的地方，敬慕地望着橱窗里的鹌鹑和排骨，想象童话的时代也许还没有过去，一个王子很快就会走过来，请他进去，爱吃什么就吃什么。他一边用这想法自我陶醉，一边饥肠辘辘地嚼着那棍子。就在这时，他觉得有人站在他身旁，这一定没错；接着有根指头碰了碰他的手臂，他扭头往后一看，看见了一个幽灵——一个饥饿的化身！这是个六英尺高的男人，憔悴不堪，蓬头垢面，披着破布片片，脸色苍白，两颊深陷，一双眼睛虔诚地乞求着。这个鬼影说道：

“跟我来一下——请您。”

他挽住布鲁彻的手，走到行人稀少，灯光昏暗的地方，脸对着他，乞求地伸出两手，哀求道：

“朋友——陌生人——看看我吧！生活对于您很容易——您心平气和，心满意足地走来走去，我也有过这种日子——您在那里头，吃了丰盛的晚餐，剔着牙齿，哼着小曲儿，想着愉快的事情，心想这是个美好的世界——但您从来没有受过罪！您不知道什么叫苦难——您不知道什么叫辛酸——也不知道挨饿是什么滋味。看看我吧！陌生人，可怜可怜一个无亲无故，无家可归的人儿吧！上帝为我作证，我已经四十八小时没有吃东西了——瞧瞧我的眼睛，看我是不是在说谎！给我哪怕是世界上最少的一点钱，别让我饿死——多少都行——二十五美分就够了！行行好，陌生人——行行好吧，求您！这对您不算什么，对我却是性命攸关。行行好吧，我给您跪下来，舔您面前的灰尘！我可以亲吻您的脚印——我将敬仰您走过的地面！只要二十五美分！我正在挨饿——一点点地给饿死！看在上帝的分上，别抛弃我！”

布鲁彻手足无措——感动了——深深地感动了。他想了一下，又寻思了一番，突然有了个主意，他说：

“跟我来。”

他挽住那流浪汉的手，带他来到马丁餐厅，让他坐在大理石桌旁，把菜单放在他面前，说道：

“想吃什么就点吧，朋友。算在我的账上，马丁先生。”

“好吧，布鲁彻先生。”马丁答道。

而后，布鲁彻走过去，靠在柜台上，看着那人把七十五美分一盘的荞麦饼填进去一盘又一盘，灌进去一杯又一杯的咖啡，吞进去了几块每块两美元的上等牛排；当六块五的东西给风卷残云一般吃个精光，那陌生人的饥饿消除了之后，布鲁彻来到彼特法国餐厅，用他那枚银角子买了一块家常小牛排、一片面包、三根胡萝卜，坐下来像个国王一样地享用起来！

总的看来，这件事同加利福尼亚生活中的无数的稀奇事一样，都令人迷惑不解。

第六十章

一位老朋友——一个受过教育的矿工——鸡窝矿——捉摸不定的运气

不久，我的一位老朋友，一个矿工从加利福尼亚图隆内的一个衰败的矿区来找我，我跟他回去了。我们住在一个翠绿的山腰上的一座小木棚里，在那广阔的山坡和森林中，还看不到五座木棚。然而，在十二到十五年前的繁荣时代，这片野草横生的荒地上曾经有过一座有两三千人的兴旺发达的城市，我们的小木屋所在的地方原来是那拥挤的蜂房的心脏、城市的中心。矿一采完，城市就衰落了，几年后就完全消失了——街道、房屋、商店、一切——一点痕迹也没留下。这片长满野草的山坡，青葱、平坦、杳无人烟，好像从来就没有人来过似的。留下来的为数不多的几个矿工，曾经见过那座城市的兴起、发展、成长以及达到极盛，他们也看见了它生病、死亡，像梦一样地消逝，带走了他们的希望和生活的热情。他们早就顺从了这种放逐，再也不与远方的朋友通信，再也不遥望故乡。他们接受了这惩罚，忘掉了世界，也被世界所遗忘。他们远离电报与铁路，就这样站在活坟墓里，不理睬震动世界的事件，不关心人们的共同利益，孤独凄凉地远离他们的同类。这是想象得到的最离奇的，也几乎是最伤感和最可悲的放逐。在这里和我合伙了两三个月的一个同伴是个进过大学的人，但现在，他已经在那里一点一点地霉烂了十八年了，成了一个胡子拉碴、衣衫破烂、浑身泥土的矿工。有时，在叹息和自言自语中，他还会下意识地夹杂一两句印象模糊的拉丁和希腊句子——死亡腐朽的语言，却是表达一个梦想已经成为过去、生活已经失败的人的思想的最适当的工具。他是一个疲倦的人，被现实所压倒、对未来无所谓的人；一个无牵无挂的、丧失了希望和兴趣、等待休息与末日的人。

在加利福尼亚这个小小的角落里，发现了一种很少或者根本不为人所知、从来没有见诸书报的金矿，叫作“鸡窝矿”。我不知道在这个角落之外的地方还有没有这种矿。它不像通常的那种砂金矿，挖开表土就会看到均匀分布的金矿，而是聚集在一个一个的小窝里。它们的分布很广但极难找到，不过要是你找到一个，就会得到丰收而突然发财。现在，在这个小地区中，已经剩下不到二十个鸡窝矿矿工了。他们中的每一个人我都很熟识。其中有一个人，他每天在山坡上耐心地搜寻，一直找了八个月，弄到的金子还不够做一个鼻烟壶——而他在杂货铺赊的账却不断地无情地增加——而后他找到了一窝，两铲就刨出两千美元。我知道他两个钟头就搞到了三千美元，还清了欠账，然后就开始骇人地纵情作乐，还不到天亮，他就打发掉了钱袋里的最后一个子儿。第二天，他照常赊东西，扛着淘盘和铲子高高兴兴、心满意足地到山坡上去找金窝去了。在各种各样的采矿方式中，这是最有魅力的一种，为疯人院输送了百分比相当大的顾客。

寻找鸡窝矿的过程很简单。你从山腰上挖一铲泥土，放进一个大锑盘中，让它化开，慢慢地淘洗，直到只剩下一羹匙纯净的沉淀物。只要那泥土里有金子就留了下来，因为它最重，就会沉到底部。在沉淀物中，你会发现几颗比针头还小的黄色颗粒。你高兴起来，挪到一边再淘一盘。要是再发现了金子，再移到另一边，淘第三盘。如果这一次没有找到金子，你又会高兴起来，因为你知道已经找到了真正的线索。你在想象里绘出一张图纸，像一把扇子，扇柄直指山上——因为就在扇柄的顶端处，估计值钱的沉积物就藏在那里，细微的金粒暴露出来，从那里被冲下了山，同时散布到越来越宽的地方。于是你爬上山，淘洗泥土，每到盘里空空，没有找到金子的时候，这就表明到了扇形之外，这样下去，你就会逐渐缩小范围；最后，往上爬二十码，各条路线就会汇集到一个点上——只要偏离这点一英尺，就一点金子也找不到。你呼吸紧迫，激动得发烧。哪怕是吃饭的铃铛敲破，你也不会注意。朋友们死掉，婚礼给搞砸了，房子给烧成灰，这些对你来说全然不值一顾。你会全身冒汗，发狂地挖啊，捶啊——突然挖到了！挖起来一铲泥土，里面混合着一块块、一片片、一颗颗可爱的金子。有时候那一铲就是整整——五百美元。有时第二铲，就值一万美元，要挖三四天才能挖完。鸡窝矿矿工们讲，有一窝生产了六万美元，两个人两个星期就花光了，再把这块地以一万美元卖给别人，这人过后从这里还没捞到三百美元。

野猪是优秀的鸡窝矿矿工。整个夏天，它们在灌木丛中安下家来，拱出数以千计的小土堆。这时候，矿工们就盼望下雨了，因为雨水冲刷着小土堆，会洗出金子来，也许恰恰就在窝子上。有一个人在同一天内就这样发现了两个窝子。一个窝子挖出了五千美元，另一个八千。这人会欣赏这笔款子的，因为他差不多一年没有一分钱了。

图隆内有两个矿工，他们常常下午到附近一个村子去，每晚带着日用品回来。他们得走一段小路，每次都要坐在路边一块大石头上歇脚。十八年间，他们把这块石头都坐得光溜溜的了。不久，有两个精明的墨西哥人来到这里，占了这个座位。他们用长柄锤从这石头上敲下些碎片，只不过是为了好玩。他们检查了一块碎片，发现里面含金量极高。后来，这块石头给他俩赚了八百美元。但更糟糕的是这两个墨西哥佬知道这块石头滚下来的原来那个地方必定有更多的金子，于是他们一直掏上山去，找到了也许是这个地方最富的窝子。花了两个月才挖尽，挖出的金子值十二万美元。过去常在这块石头上坐的那两个美国矿工还是那么穷，他们每天一早就起床，换着班咒骂那些墨西哥人——要论纯粹的、变着花样骂人，土生土长的美国人的天赋又高于芸芸众生了。

我谈了好些开采鸡窝矿的情况，因为书报上很少写这个话题，因此，我估计这会引起读者对新奇事物的天然的兴趣。

第六十一章

迪克·贝克和他的猫——汤姆·夸兹的怪脾气——一次旅行——他逃出来时的模样——一只有偏见的猫——空空如也的口袋以及流浪生活

在那个地方，我有一个伙伴——经历了十八年无报酬的苦役，成为希望完全破灭的又一个牺牲品。在那些坚忍地背着十字架度过辛苦的流放生活的人之中，他是最温和的一个。他就是——稳重而单纯的迪克·贝克，停尸房山谷的鸡窝矿矿工。他四十六岁，头发灰白像只老耗子，对人诚恳，善于思考，文化不高，衣冠不整，满身泥土，但他的心比任何金属、比他的铲子铲起来的金子都还要纯洁——的确，比开采出来的金砂或者铸造的金币都要纯净。

只要他运气不佳，或者心情不大好，他就会伤心地提起过去养过的那只奇妙的猫（那里没有妇女和孩子，善良的男人们就喂小动物，因为他们总得爱点什么东西）。他总是谈起那只猫的奇特聪明，他那口气表明他心里相信那只猫通人性——甚至超乎自然。

我听他讲过一次这只动物。他说：

“先生们，原来俺这儿有只猫儿，叫汤姆·夸兹，俺捉摸你们会觉得有意思的——大半人都会这么看。俺养了它八年——它是俺见识过的最呱呱叫的猫儿。它是只顶大的灰色公猫，鼻子比这儿的人都灵——还自尊得很呢——连加利福尼亚州长和它套近乎，它都不干哩。它一辈子都不抓耗子——它才看不起这差事。它什么事都不干，只会找矿。对找矿这活儿，这猫咪倒比俺原来、原来见过的人都在行。你别给它讲什么砂矿这种事——要说到鸡窝矿嘛，它生下来就是干这活儿的。它会跟着我和吉姆到山上去找矿，跟在俺们后面跑五英里，要是俺们走那么远的话。它判断有矿的地点最准了——兴许这种事你还没见过。俺们干活儿那当儿，它朝周围瞄一眼，要是它觉得没有什么苗头的话，它那副样儿就好像是说：‘嗯，不好意思，我不奉陪了。’跟着便一声不吭、鼻子朝天地回家去了。要是它认为这地方合适，它就一声不吭，趴下来等你淘完第一盘，这时它就悄悄爬过来看一看，要是有六七颗金砂，它就满意了——它的要求就这么高。然后，它就躺在俺们的大衣上，像条气筏子那样打起呼噜来，直到俺们挖到了窝子，它就爬起来指挥，干指挥这活儿，它可高兴呢。

“嗯，过了一阵子，又闹腾起开矿脉来了。大家都这么干——大家不再到山腰上去挖土，都去打眼放炮——大家不再刨地皮子，而是打起竖井来。汤姆不想这么干，但是俺们也得搞矿脉吧，说着就干起来了。俺们开始打了个竖井，这把汤姆·夸兹给弄糊涂了，不知道这到底是干什么玩意儿的。它还从来没见过像这样开矿呢，它心里才烦哩，你都会这么说——它怎么也搞不懂这码子事儿——这对它太难了。它还讨厌这种事，肯定——它讨厌得很——它总认为这种事笨得该死。这猫咪，你知道，总是反对新花样——对这种事情它受不了。你明白它那老脾气有多犟。过了一阵子，汤姆·夸兹有一点点缓和了，尽管它还是闹不明白那深不见底的竖井到底是什么玩意儿，什么也淘不出来。最后，它亲自下井了，想弄个明白。它给弄得垂头丧气，窝一肚子火，又恼火又恶心——它知道别人的矿一直在冒钞票，俺们连一分钱也没捞到——它蜷缩在角落里那条黄麻袋上去睡觉了。嗯，有一天，竖井打了八英尺深，岩石硬邦邦的，俺们只得放炸药——打从汤姆·夸兹生下来起，俺们就没有放过炮。俺们点燃了火引子，爬出来跑了差不多五十英尺——忘了汤姆·夸兹还在那麻袋上呼呼大睡。过了一分钟，一股烟子冲出洞子，轰的一声什么东西都炸了出来，差不多有四百万吨石头，还有泥土，还有烟子，还有破烂都冲上了天，有一英里半那么高。天啊！就在那最中间，汤姆·夸兹狼狈地爬出来，吹胡子，打呼噜，拼命地又抓又扒。但是，这没有用啊，你知道，这帮不上它的忙。这是俺俩看到的它最倒霉的两分半钟，突然，岩石和破烂像下雨一样落下来，汤姆噗的一声直端端地跳到离我们站的地方有十英尺远的地方。噢，俺捉摸它是你见到过的最暴躁的动物了。一只耳朵搭在脖子上，尾巴像根棍子一样竖起，眼睫毛都给烧焦了，给火药烟子弄得黑不溜秋，从头到尾都是泥。嗯，先生，赔个不是管什么用呀——俺们一句话也说不出。它厌恶地看了看自己，又看看俺俩——那简直等于是说——‘大人们，你们占了个没见识过石英矿的猫的便宜，你们也许觉得很好玩吧，不过我看不一定。’然后抬腿回家去了，再没有说一句话。

“它就是那么个脾气。你们大概不相信，不过打那以后，你再也见不到像它那样反感石英矿的猫了。过了不久，它到底又下井了，看它那机灵劲，你都要吃惊。俺们放炮的时候，引线嗞嗞一响，它那样儿就好像是说：‘哼，我不奉陪了。’它爬出洞就跳到树上去了，真奇怪。机灵吗？说不上来，是灵性。”

我说：“唔，贝克先生，想一想它那次经历，它对石英矿的偏见真是不同一般。你把它改过来了吗？”

“把它改过来！不行！有一次汤姆喝醉了，它总是喝醉——你就是揍它三百万次，也打不掉它对石英矿那该死的偏见。”

每当贝克极力对他昔日的那位坚定、谦卑的朋友表示崇敬的时候，脸上就会放射出熠熠的光彩，他那深情和骄傲将永远栩栩如生地留在我的记忆之中。

过了两个月，我们还没有挖到一个窝子。我们在山腰上淘上淘下，把那地方刨得像块农田。我们当时本来该播种粮食的，不过收成没办法弄到市场上去。我们找到许多很好的“矿样”，但是，当盘子里出现金砂，我们满怀希望迫不及待地挖下去的时候，却是一场空——那窝子就像我们的口袋一样空空如也。于是我们扛起淘盘和铲子，到山顶上去另辟新地方。我们到加拉维拉斯县的天使营去碰运气，折腾了三个礼拜，也没有成功。然后，我们在山里游来转去，晚上就在树下睡觉，因为天气还暖和，不过，我们还是像夏天最后一朵玫瑰那样一文不值。这是个可怜的玩笑，但那玫瑰和我们的处境倒是可悲地一致，因为我们本身就是那么可怜。按照当地的习惯，我们的房门永远敞开着，我们的床铺永远欢迎流浪的矿工——几乎每一天，他们四处漂流，把他们的铁铲丢在门边，和我们共同享用"家常便饭"——现在，我们到处流浪，也从没有受到过怠慢。

我们流浪到过很多地方。现在，我可以生动地给读者描绘一下古杉和约·塞迈特国家公园的奇异景色了——不过读者到底得罪了我哪一点，我为什么要折磨他们呢？我宁愿把他们交到不那么有良心的旅行家们的手里，以得到读者的祝福。还是让我积点德吧，尽管别的道德我已丧失殆尽。

* * *

以上有些词句纯属采矿专业术语，一般读者也许不太了解。"砂矿"指金砂散布于表土中；"鸡窝矿"中，金子聚集在一小团地方；"石英矿"中，金子夹杂在一条坚实、延续的岩石矿脉中，分明地裹在另一种岩石的石壁里——在各种各样的采矿中，这是最费力、最费钱的一种。“探察”是指寻找“砂矿”；“迹象”是指有砂矿的兆头；“淘洗”是指用水将金粒与泥土分离的过程；“矿样”指第一盘淘出的矿石样品——它的价值决定了该矿的好坏，决定有无价值停下来进一步寻找。——马克·吐温。

译本修订后记

马克·吐温的作品很多，其现实主义代表作当属国内读者最为熟悉的长篇小说《汤姆·索亚历险记》(1875)和《哈克贝里·芬历险记》(1883)。

而奠定马克·吐温幽默大师地位的则是其早期成名之作,《卡拉维拉斯县著名的跳蛙和其他随笔》(1867)和《苦行记》(1872)。《苦行记》记述作者青年时期在美国西部开发中的经历和见闻，充分反映作者作为幽默大师的才华和语言风格。

《苦行记》的结构是松散的。初版七十九章从时间上可以分为三部分：1～61章，介绍作者在远西(Far West)的经历和见闻；62～77章，夏威夷行纪；78～79章，在各地的演讲。各章之间并无联系，甚至在一章内的人物、故事和事件之间也没有清楚的联系。与其说是一部“半自传体的作品”，也可以说是一部结构上相当随意的文集，是一部任何时候都可以打开，翻到任何一页，随便读他一段也能赏心悦目、会心一笑或乐不可支的幽默小品文集。

也许正是由于其松散的结构，作者的幽默的才华才发挥得如此淋漓尽致。马克·吐温幽默的素材是没有限制的：物品、植物、动物、人物、事件、政治……在大师的笔下，似乎一切皆是笑料，顺手拈来便会让人捧腹：作者自己一贫如洗的狼狈、胡言乱语的酒鬼、杀人如麻的土匪，甚至恐怖的旧金山大地震。看马克·吐温的《苦行记》，我总想到迪士尼的动画，想到电影《疯狂的原始人》，似乎这里面总能看到《苦行记》的影子。

就《苦行记》的大部分内容来看，作者这种幽默似乎可以称为“纯幽默”（pure humor）或“吹牛似的幽默”（wild humor）。或曰，这样的幽默缺乏价值判断，无非笑话而已。其实不然，就作品整体而言，《苦行记》是以独特的视角和手法展示在那个火红的年代，有过那样一个群体，曾经有过那样的生活。这个语境下的那种幽默事实上反映的是美国这个兴起的国家在19世纪中叶的远西开发中展现出的乐观、自信、顽强和无所畏惧的精神。

但是，《苦行记》也不乏是非价值判断。它讽刺政府的官僚主义，嘲笑“劣等的高苏特印第安人”，咒骂不公正的陪审团制度。在第五十四章，作者以整整一章的篇幅称颂内华达华人的勤劳、智慧与好客，痛骂迫害华人的“人渣”。要知道，美国国会在2012年才为1882年《排华法案》道歉并承认华人在西部开发中的重要贡献。马克·吐温早在1871年这本书中就为华人仗义执言，由此可见马克·吐温对华人之厚道。

还有一件与修订《苦行记》有关的事情值得提一下。2012年，传“马克·吐温被‘政治上正确’”，在美国有专家把《哈克贝里·芬历险记》中的“Nigger”换成“Slave”，把“Injun”换成了“Indian”。此次修订《苦行记》，我仍然把“Chinaman”译为“中国人”（而不是“中国佬”），把“Chinawoman”译为“中国女人”（而不是“中国婆娘”）。这并不是“政治上正确”吐温，这部写于一百四十多年前的书应该历史地看。当时就流行那样的称呼，作者并没有恶意。这一点，《哈克贝里·芬历险记》就是证明，《苦行记》也是证明。再有，马克·吐温的幽默就连他自己、他的同胞都不放过。

借此机会，我向我的先师刘文哲老师致敬。此次译文的修订由我完成，所以其中的翻译错误（肯定还有）也应该算在我的账上。恳请读者朋友指正，本人先行谢过。

张明林

宁波大学

2013 年 8 月